为我的母亲而写——生母与养母

南洋泪

四部曲

第三部 夕阳西下

昆洛 著

中国华侨出版社
·北京·

图书在版编目（CIP）数据

南洋泪：四部曲 / 昆洛著 .—北京：中国华侨出版社，2017.7
ISBN 978-7-5113-6909-3

Ⅰ.①南… Ⅱ.①昆… Ⅲ.①长篇小说—中国—当代
Ⅳ.① I247.5

中国版本图书馆 CIP 数据核字（2017）第 151960 号

南洋泪：四部曲

著　　者 / 昆　洛
责任编辑 / 桑梦娟
责任校对 / 高晓华
经　　销 / 新华书店
开　　本 / 787 毫米 ×1092 毫米　1/16　印张 / 92　字数 /1605 千字
印　　刷 / 三河市华润印刷有限公司
版　　次 / 2018 年 1 月第 1 版　2018 年 1 月第 1 次印刷
书　　号 / ISBN 978-7-5113-6909-3
定　　价 / 184.00 元

中国华侨出版社　北京市朝阳区静安里 26 号通成达大厦 3 层　邮编：100028
法律顾问：陈鹰律师事务所
编辑部：（010）64443056　　64443979
发行部：（010）64443051　　传真：（010）64439708
网　址：www.oveaschin.com
E-mail：oveaschin@sina.com

此书献给几个世纪以来，那些苦斗于南洋的，无论是在艰难困苦、饥寒交迫之中抑或是在事业有成、腰缠万贯之时，都对故国以及侨居地怀着深沉执着、世代相承之爱的晋江人（包括活着的以及逝者的魂灵）；献给在漫长的岁月里如乳娘般哺育了一代代晋江华侨的淳厚善良的菲律宾人民。

致陈华岳先生、侯培水先生的信

——代序

尊敬的华岳先生、培水先生如握：

又是一年多没有到菲律宾了！多年来，我已将菲律宾当成我的第二故乡，我的乳娘了，每每在夜深人静的时候，我常常要想到您们；想到那些待我如亲的友人，想得心都发痛！正是基于这种浓烈的情愫，几年了，我推谢了许多稿约，一直致力于《南洋泪》的写作。《南洋泪》的第一部《艰难岁月》、第二部《春风秋雨》已全书在《世界日报》连载。近半年多来，愈来愈多的菲律宾友人一再问起第三部的写作情况，这种对我的创作，对《南洋泪》的真诚关注与深爱，使我不敢掉以轻心，不敢将《南洋泪》的写作停止下来。去年5月份从菲律宾回来后，我几乎是全身心地开始了第三部即《夕阳西下》的写作，至10月份，已完成了前三卷的写作，但在送交打字时，原稿丢失。我对电脑打字一窍不通，每个字都是手写的，底稿一旦丢失，只能重新“爬格子”了。对于我来说，重新写比初写更艰难，有些激情是不能重现的，就如同婚姻可以重复，而初恋只有一次。但是，终于重新写了下来。现在呈上的，就是重写的作品。《南洋泪》初定写3部100万字，时空跨度从“二战”时期到20世纪80年代后期。在这个历史时期里，菲律宾华侨经历了抗日战争、菲化案、中菲建交……一系列变数。而唐山的侨眷属则经历了解放战争、土改、大跃进、“文革”等，前后半个世纪。《南洋泪》旨在描述这一段（旅菲华侨及其眷属）历史变迁，写的是在正统秩序之外的，处于民间状态的这种变迁。我自始至终以一种悲情的怜悯来进行这种表述，华侨社会（菲华社会）绝不是那些伪华侨文学作品想象的那样灯红酒绿、纸迷金醉。不是的！《南洋泪》的第一部《艰难岁月》已由中影集团改编成25集电视剧拍摄完成，并已顺利通过片审，即将播出。而在今年6月，在第三部《夕阳西下》已写出初稿时，《人民日报》影视中心又与我签约。将三部曲一起改编成60集电视连续剧筹拍。初定名为《此岸彼岸》或《闽南番客》，到底哪个剧名更好一些，他们想通过我征求菲华社会广大侨亲及众多《世界日报》读者的意见。我更希望华岳先生、培水先生能提供宝贵意见。长篇小说是拼体力与脑力的写作，《南洋泪》我已写了3

部100来万字，写得真艰苦，但即使100来万字写过了，对于菲律宾，对于菲华社会，我似乎仍有说不完的话，第三部脱稿以后，如果我还有生命，我或许还将继续写下去……那是因为：亲爱的菲律宾；亲爱的菲律宾华侨——

——我深深地爱着您们！

致

崇高的敬礼！

昆洛

2009年7月8日于中国

《夕阳西下》在菲连载后，我将再广泛征求读者的意见，重新修改后再付印单行本。昆洛又及。即日。

关于《夕阳西下》的一封信片断

——代序二

……7月份尊嘱将《夕阳西下》初稿送上，没想到您竟那么快就将之阅完了，并回了那么一封长信……《夕阳西下》写得很吃力，因为它写的是“当代”，而不是过去。经历过那个时代的人至今仍都还年老或年轻地活着，许多事记忆犹新。而且，关于这个时代，多年来已出现过难以计数的非常好的文学作品，有些“事”似乎已经铁定了下来……

……然而，我总以为，任何作家（或作品）都不能成为任何一段历史的裁判者（裁定者），而仅仅只能是从个人的视角出发，写下某个时代的极狭小的片断（场面）……或真话或假话……

……现实生活犹如丰富多彩的万花筒，文学作品也应是如此……

……是的，如同我的所有作品，《夕阳西下》没有更坏或特别坏的人，而只有特别好或更好的人……

目录

第一卷 | 如烟往事

第二卷 | 青春啊，青春……

第三卷 | 此岸彼岸——记忆的长河

第四卷 | 别了，鲁山……

第五卷 | 大地·海洋

第六卷 | 回家

第一卷

如烟往事

鹰有时会比鸡飞得低，但鸡永远不可能像鹰飞得那样高！

——一位伟人的话

※ ※ ※

……后来，我还是决定写下这段往事，

因为我是在人生最美好的季节里经历了这段岁月……

现在回过头去看那些人、那些事，更多的是感到一种带泪的荒唐与滑稽……

——题记

第一章　除夕夜

/ 一 /

林仁玉的厄运是从正月初一开始的……

其实，早在1966年秋天以后，她就有了一种一场灾难即将降临的预感。那些日子，她常常眼皮突然间就跳了起来，跳得让人心慌意乱；更奇怪的是曾经在24年前做过的那种噩梦，也多次在夜里重现——那是朱永明在南洋被日本人杀害的那一年，她梦见了丈夫满身弹孔的尸体从南洋漂进了溜石湾——那怎么会是梦呢？那是活生生的丈夫啊！自从在溜石塔下的海滩上为丈夫引了“水魂”之后，20多年过去了，朱永明便很少走进她的梦境，怎么到了20多年后的1966年冬天，那种血淋淋的梦境又频频重现？

可怜的女人，她一生中经历的灾难太多太多了，直到抱养了朱省身，直到溜石湾解放了，她才总算过上了安稳的日子，她应当是到了人生的黄昏岁月了吧？可是那一段长长的日子里，她的心一直悬着，她一直过得提心吊胆，生怕会有一场灾难突然砸到自己头上！

那会是一场什么样的灾难呢，她怎么能说得清楚？

1966年的除夕，在泉州南门外，没有了以往那种过大年的味道，城里来的红卫兵小将与溜石湾革命造反司令部的那伙人，早早就贴出了告示：要过一个革命化的春节，不许敬天公，违者将被“砸烂狗头”！但年还是要过的，一个人能有几个大年可过？到了林仁玉这个年龄，那是过一次少一次了。除夕这天一大早，她就磨出了一锅粳米浆，把酵母拌进米浆里，然后塞进暖和的被窝里等着发了用来蒸发糕，这一天是够林仁玉忙的。等到林仁玉最后一次翻开被盖，看到锅里的米浆已经冒泡起发的时候，夜已深了。再把这些米浆舀进一只只小碗砵里置入蒸笼内，蒸过了一炷香的工夫后，出笼的时候，已是下半夜了。

林仁玉是颤抖着双手揭开蒸笼的。在浓浓的雾气散去的那一瞬间，她手上的蒸笼盖一下子掉到地上！

她看到今年蒸出来的碗糕没有发！

这可不是好兆头。林仁玉往年蒸出的碗糕头上可都是笑开了嘴裂成四瓣的，糕头突出碗砵老高老高的，那样的碗糕，叫人一看心里都跟着乐开了花！今儿蒸的碗糕，虽然已见熟了，怎么碗糕头就还沉在碗砵半腰里。这是被泉州南门外乡下人家称为“凹头糕”的，这预示着来年的晦气！

蒸出凹头糕，是泉州南门外每一户农家的大忌，在来年的每一个日子里，只要一碰到倒运的事，人们都会将它与凹头糕联想起来。看着这满笼的凹头糕，林仁玉心头又蒙上了一层莫名的恐惧。

这时候，夜更深了，该忙的都忙过了，现在，就剩下烧一锅汤，把自己浑身上下洗个透了。她在灶前的小凳上坐了下来，背靠着灶屋墙，往灶膛里添着柴草。

红彤彤的火光从灶腔里映照出来，在这个寒冷的除夕夜，那火光是多么温暖，多么迷人啊……

可惜啊，这个一年一度的除夕夜，只有林仁玉守着空荡荡的朱家小院！婆婆早过世了，儿子眼下也不知道去了哪里，这个夜晚，他在哪里过？最后，她想到了永明，哎，永明啊。我嫁进你家30多年了，扳着手指算起来，我们守在一起过的除夕，能有几个？冤家啊，你怎么就撇下我了……

这是咋啦？这一阵子来，怎么总是想起那个冤家？朱永明都走了整整25年了，可是在这个夜晚，林仁玉想朱永明想得特别心酸，想得心都痛了！

夜很沉很沉，除了天井里紧一阵慢一阵的风叫着之外，还有谁能陪这个孤单的番客婶说上一句话？对着灶膛里暖洋洋的火影，突然有一支遥远的酸涩的歌从心底涌了上来：

父母做主将阮嫁番客
南洋番客不回家
阮一年一年大
在家中受拖磨
轻重活路都是我
无人与阮共担当
……
……
抽签又卜卦
求神还托佛
但愿神佛保庇我郎君
平平安安回唐山……

啊，这些年来，都唱的是革命歌曲，那些侨乡女人几辈子唱下来的歌谣，正在逐渐被淡忘，就如林仁玉此时哼出来的小调子，她在御桥村娘家的少女时代，就陪着母亲唱过，陪着朱秀娥嫂子唱过；嫁到溜石湾以后，陪着婆婆唱过……那都是远去的事了，没想到在这个夜晚，已经到了头发花白的年龄，她还会唱起这支歌，并且唱出了落满胸襟的泪水！

哎，永明啊永明，你的在天之灵听到我唱这支歌了吗？

这个不幸的女人，她做梦也没有想到，朱永明还活着呢！而且已经踏进了唐山故土！

/ 二 /

朱永明乘坐的客轮从马尼拉到达厦门太古码头时，已是午后了，幸好附近码头上还有开往晋江溜石湾的最后一趟机帆船，朱永明赶上这趟船靠到溜石湾渡头上时，夜已深了！

虽然近 30 年没回家了，但南洋回来的晋江番客，只要一踏上唐山的溜石湾，即使在伸手不见五指的黑夜；即使是闭上双眼，也能一步不误地摸到自家门前来——那是“家”的气味；那是妻儿身上的气味，牵引着他们呢！

坐在灶膛前烧汤的林仁玉听到了敲门声！

这会是谁呢？这可是个除夕夜啊，这样的夜晚，谁不是窝在自家屋里，一家人围炉守岁，谁会在这样的夜晚去串门呢？

又是一阵敲门声！这一阵敲得更加沉重而响亮了，同时，睡在院里的那只大白鹅也呱呱叫开了门。

没错，是有人来了！

“来啦，来啦，谁啊，等等！”林仁玉从灶前霍地站了起来，走下天井，来到院子门前，打开了门！

1966 年泉州南门外的除夕日，是罕见的阴寒天，大股大股的冷风从晋江口外的海面上，涌进了溜石湾，在溜滨村的村街小巷中穿梭着，家家户户都闭紧了大门。

这个敲响朱家小院的人会是谁呢？

林仁玉上下打量着眼前这个被凛冽的寒风送进门来的夜行者……

啊，这又是一场梦吗？

不是的！

那是活生生的朱永明；那是林仁玉的夫君朱永明！

“永明啊！”林仁玉叫了一声，扑进了丈夫怀里，“你怎么这才回来啊，20多年了，不，不，是快30年了，你看，我都等白了头，等伛了腰啊……你真狠心啊，几十年了，也不捎个信来……”

“南洋路太远了，回一趟不容易啊——你瞧，我这不是回来了吗？”他把林仁玉紧紧搂进怀里，而林仁玉呢，张开了嘴，狠狠地咬住了丈夫的胸襟，用头碰撞着丈夫的胸膛：

“那些空嘴嚼舌的人，都说你被日本人打死了，胡说啊，我都为你把魂引回唐山，引到溜滨村了……”

“日本人没有打死我，我死不了的……还记得进洞房的那一夜吗？我答应过要一生一世陪着你的，我怎么会撒下你，一个人去了呢……当年，在南洋，在菲律宾红奚礼示郊外，日本人只是打伤了我，过后，我又活转过来了……”

“回来了就好，回来了就好，我们有儿子了，抱养的，能读书呢，都上高中了，都快毕业了，要不是碰上‘文化大革命’，学校停课了，现在该上大学了——你等等，他在房里睡了，我去叫醒他，快来见爸爸——哦，不，不，你进屋来吧，我们这样抱着搂着，让路过的人见了……都老夫老妻的了……”

“不，不，仁玉，我的妻，让我再抱一会儿，都几十年了……”

“回来了就好，不许你再回南洋了，回来了就好，我天天让你抱，我也要抱着你……”

……黑夜中忽有一声刺耳的巨响传来，是有人朝朱永明的后背开了一枪！林仁玉睁眼望去，那不是革命造反司令部的那些人吗？

“你们怎么能开枪呢？我们永明可是顶天立地的好人！”

“日本人没能杀死他，反倒让你们开枪给打了……”林仁玉怒吼起来。

“横扫一切牛鬼蛇神，凡是……你不打他就不倒！”那伙人高喊着，又开了一枪！这一枪更狠，从朱永明的后背透过胸腔，钻进了林仁玉的心口……

/ 三 /

又到了新的一年了。

在泉州南门外，元旦不是真正的新年，只有正月初一，才是真正的新年开始了。

1967年大年初一到来了！

这个时候，启明星还半悬在晋江口外的海面上，上弦月也未退隐。尽管世事动乱，然而，这一刻里，辞旧的爆竹声，还是此起彼伏地在溜石湾里响了起来。

林仁玉就是在那一阵接一阵的爆竹声里醒过来的。她发现自己双臂交叉在胸前，背靠着灶屋墙板，坐在灶膛前睡着了，她不知道自己已睡了多久了……

永明又回了一趟朱家小院，此时已走了，又走得无影无踪了。

她终于明白过来了：自己又做了一个梦；又梦见了鲜血淋淋的丈夫——不幸的女人！她现实中经历过的不幸还不够吗？连梦也如此折磨着她！

她终于完全醒过来了，她记起来了，这不是大年初一了吗？想到这里，她猛地蹬起身子，提上一串爆竹，朝院门走去。

此时，溜石湾外的海面上，已隐隐约约露出了些许晨光……

第二章　番婆玉

/ 一 /

林仁玉打开院子大门的时候，手上突然有一种异样的感觉。她走出门来一看，只见两扇门板被人从外面贴上了一张大字报，这一开门，那张大字报便从中撕成两半了！

这是谁造的孽？把大字报贴到老娘大门上来了？她把两扇门重又拉上，将那张撕开的大字报并着看了起来，那上面赫然写着：将漏网富农婆林仁玉揪出来示众！反党反社会主义反毛泽东思想的富农婆林仁玉必须老实向革命群众坦白交代才有出路……落款是：

革命小将造反司令部。

多少日子来，她眼皮直跳，她做噩梦，她蒸出凹头糕，她提心吊胆地预感的那场祸事，难道就从这张大字报开始了？

林仁玉的心猛震了一下，但马上就镇定了下来，她是那种深信不做亏心事，半夜不怕鬼敲门的女人，活到60岁了，她随时可以从容审视自己的生活历史，不管是于私于公，不管是对婆婆、对丈夫、对儿子、对亲戚邻里；抑或是对毛主席、对共产党、对新社会，她自认完全可以问心无愧！这种生发于崇高的人格基础上的正气，让她有足够的胆量，对半夜三更贴到自己家大门上来的这张大字报产生强烈的愤怒。

林仁玉望着那张大字报，一时怒火冲天，她才不管是谁贴的：

“见你娘的鬼，我的富农帽子早在土改时就说清楚了，我反哪门子主义反哪门子思想，谁不知道我林仁玉行得直坐得正，清清白白做人，我才不信这个邪……”她双手叉腰，高声壮气地叫骂了一阵子，可是总不见有人站出来回应，便愈加怒火冲天，这个生性耿直的番仔玉，可不是那种可以任人拿捏的软柿子！她把手中那串用来辞旧迎新的爆竹往院子内一丢，顾不得放了，更不用说要吃早饭了，竟气哼哼地喷着鼻孔，急步直奔供销社去了。那时候，供销社还没开门，她走上前去使劲擂开了门，掏出一元钱，往柜台上一拍：

“给我备一份写大字报的物件，毛笔、墨汁、白报纸都要！”

那个除夕值夜班的营业员一一为她备齐了这些物件递过去，她双手一抓就走。

待那营业员追出门来叫道："仁玉婶，还要找钱给你哪！"

她已走出好远，头也不回地说："先放着，写不够时我还过来拿，一起结！"

/ 二 /

林仁玉家离生产队的队址不到几步远，队址是一座已废弃了多年的土地公庙。早饭后，当社员们三三两两上队址过革命化春节时，就看到她墙外刚贴上的大字报，纸沿的糨糊还湿乎乎地往下滴着，人们围拢过来，有识字者这样念道：

严重警告

我林仁玉在旧社会苦大仇深，日本鬼子杀了我的丈夫，我对共产党、毛主席、社会主义绝无二心，誓死捍卫，谁再敢污灭（蔑）我，往老娘头上扣黑帽子，再敢再来门上贴大字报，当心我林仁玉拿尿盆扣到你头上，毛主席万岁！共产党万岁！！社会主义祖国万岁万岁万万岁！！！

革命群众林仁玉

1967年2月9日，也就是旧历1967年正月初一，是闽南多年来罕见的一个严寒的日子。晴朗的天空，阳光像往年的冬日那样明媚，但是很冷，刮了整整一夜的寒风，不仅在杂草枯黄的田埂上催结出许多冰花花，就是在村中小道旁积水的坑坑洼洼里，也凝出片片薄冰，直到日头升得老高了，还不愿意融去。

这是一个死冷死冷的大年初一，天气冷，人气更冷。

那时候，泉州南门外是穷困的，但是老一辈人传下了一句话"千穷万穷不能穷在大年初一"。在往年，当黎明前后那一阵阵惊天动地的爆竹响过了；当大年的第一轮通红的日头在晋江口升起来，整个溜石湾也就沸沸扬扬开始闹腾了：一声声"恭喜恭喜"充斥着村街小巷；这里响起卖艺的锣鼓震耳的响声；那里传来舞狮队或拍胸舞队那高亢粗犷的吼声；穿上了新衣裳的孩子们，口袋里揣着二角、五角甚至是一元的压岁钱，紧随在那些肩挑小贩后，计划着买一个心仪已久的氢气球或一张齐天大圣的面具……而在1967年，一个"革命化的春节"的指示，使得泉州南门外大年初一应当有的这一切荡然无存。于是，林仁玉门前的这张大字报，把众多的邻里乡亲都吸引过来了。

其实，自从1966年夏天以后，晋江北老顺济桥那边，泉州城内；还有往南15里路外的晋江县城五店市的大街小巷，每天都会贴上五花八门、枪药味十足的各种大字报，而且，时不时地会有一阵阵锣声响起，一个或一串头戴高帽的“牛鬼蛇神走资派”，会被一群手臂上戴着红卫兵箍套的小将们，推搡着游街批斗：有当官的，有唱戏的，有呛粉笔灰的教书匠，有医院里坐诊的大夫……最初的时候，南门外乡下那些进城挑大粪的公社社员们往往会驻足下来，看一阵子，然后把这些新闻带回乡里，四处传说。自从秋天以后，这种事见多了，也不当一回事了。城里人嘛，学生娃有父母供着，当官的、上班的、吃公粮的，有大锅饭扒着，他们尽可以成天造反；而乡下人，挣不来工分，就别指望往家里挑回口粮，肚皮要紧呢！然而，像林仁玉这样敢于对革命小将提出“严重警告”，并公然提出会用尿盆解决问题的大字报，在泉州南门外，还是第一张！而林仁玉就站在自己亲笔写的那张大字报前，双手叉腰，威风凛凛，这就使得溜石湾里那些老姐妹、老妯娌们为她提心吊胆地捏着一把汗：老天爷，这番仔玉真“番癫”到家了，这岁月躲还躲不起呢，谁惹得起那些革命小将！

其实，林仁玉这张“严重警告”的大字报，每一句话都是实心实意的，绝对不是赶时髦。她容不得人家说她反党、反社会主义、反毛泽东思想，说她什么不可，非要这样冤屈她？毛主席共产党领导抗日，终于打败了与她有杀夫之仇的日本侵略者，单凭这一点，她林仁玉为毛主席、为共产党、为社会主义祖国，即便是抛头颅，洒热血，她也没有二话！

这张大字报很快就轰动了整个溜滨村。

临近晌午，林仁玉门前里三层、外三层，识字的、不识字的、半识字的，围观大字报的人越来越多了。而林仁玉依然站在那里，她在等待昨晚到她门上贴大字报的人：

“是明人就别做暗事，有话就站到日头底下说明白，别三更半夜的走鬼路。”

一直到了晌午过后，仍不见有谁上前来回应林仁玉的叫骂。看到天色不早了，林仁玉回过身去：

“老娘我做午饭去了，谁能说出我反这反那证据的，随时找上门来，我林仁玉只反日本侵略者、反旧社会，别的什么也不反……”

吃过午饭，林仁玉又站到家门口叫开了阵。可是整整一天了，还不见有人为昨夜的那张大字报吭一声。冬季日短，太阳刚偏西，夜色就蒙过来了。林仁玉见着人群渐散，便不再叫阵，回身走进院里去了。

别看林仁玉是大大咧咧、叫叫嚷嚷的一个娘们儿，她心细着呢，她料定那伙贴她大字报的人不会善罢甘休，夜里还会生事的，便一夜不敢踏实入眠，躺在床上，她一直在听着院外的动静。

夜渐渐深了，不时有呼呼作响的东北风从溜滨湾里刮过来，又是一个打狗不出门的寒夜！

听着呼呼的风声。林仁玉一直不能入睡。她百思不得其解；自己到底得罪了什么人，竟招惹来那样的大字报？莫不是……

……她想起了几天前，遇上一群学生娃推着小学里“右派”老师朱志远游街的事来了。

这朱志远算起来还是朱永明的远房堂兄，解放前在泉州南门兜批馆里当邮差，现在一家和林仁玉同在一个生产队。解放后批馆关门了，朱志远便回溜滨村当了教书匠，朱省身是他教到小学毕业的，林仁玉深知他是个正正经经的老实人。早些年，学校里评模范，都有朱志远的份。溜滨村成立农业生产合作社后，朱志远的厝内人林彩妹天天与林仁玉一起出工，两个女人特合得来。每当大节日过后，比如“五一”“七一”“十一”等，总会听到林彩妹兴奋地告诉她：我们家志远又评上先进模范或什么“分子”了。总之，都是有奖状的那种“分子”。大约是 1957 年秋后的某一天，两个女人在一起干活时，心直口快的林彩妹又喜洋洋、神兮兮地告诉林仁玉：

“仁玉啊，你猜猜看，我们家那个，今年国庆又评上了什么分子吗？”

仁玉说：“你们被窝里的事我怎能知道，快告诉我，志远又评上什么先进了？”

林彩妹美滋滋地说：“告诉你吧，全校只评了一个，就评给我们家那个了，是评上右派分子呢！”

两个傻女人，当时都不知道评上“右派分子”是怎么回事，一个乐，另一个也帮着乐。

后来，才知道这评上“右派分子”并非好事！再后来，才知道，上头一定要每个单位评出一个“右派分子”来，评选当天，朱志远刚好去看病，不在场，校长说：还是评给朱志远吧，大家都鼓掌通过了。其实当时大家都没料到这“右派分子”是这么严重的事，大家都认为志远老师年年评先进模范，学校里什么工作他都走在前头，但在帮助党整风大鸣大放的运动中，却没有以往那样积极，有点“右”，评给他，热闹一阵子也就过去了。于是大家就替他填了表，按了手印，把表格交了上去，上级很顺利地批了下来，学校算是完成了一项政治任务，这是一种说法。另一种说法是：评选“右派”当天，朱志远开会中途尿急了，便下楼到操场角厕所撒了一泡尿，尿完上楼回到会场时，评选工作已胜利结束，“右派”非他莫属。事后多年里，学区中一直流传着这么一句话：朱志远一泡白尿换来了一顶“右派分子”的黑帽。至今，两个传说的真伪，没有人认真考证过。1979 年平反冤假错案，一纸为朱志远

“右派”脱帽的通知书送到林彩妹手中时，朱志远已过世多年，而林彩妹也年近花甲头发尽白了，这个老妇人花了几元钱，做了一个镜框，镶进这张脱帽通知书，将之挂在朱志远那些花花绿绿年代久远已蒙尘泛黄的奖状旁，这是后事了。

我们还是回到1967年早春的现实中来吧。

当年谁也没想到这一顶“右派帽”压得朱志远好苦！以后溜滨村斗争地富反坏右，那个“右”字当然是朱志远的份了。

“文革”开始后，溜滨村第一个被揪出来批斗的就是朱志远。那一天，林仁玉在村街上遇到朱志远脸上涂了墨，被几个小将推搡着拳打脚踢批斗时，她看不下去了，便上前怒斥了学生娃。那些学生娃哪惹得起，便和林仁玉对骂了起来，完了还放出声来：谁敢包庇阶级敌人谁就是阶级敌人，就专谁的政，就游谁的街……

想到这里，林仁玉明白过来了，这是自己惹来的祸。但她并不后悔，她是见不得不平事的那种人！

那时候，在泉州南门外，还没有用上电，当日头落山之后，整个溜滨村便沉入了无边的夜色中，尤其是在这样的冬夜。社教工作队还没走的时候，在各生产队建立了《毛泽东语录》学习班，每天晚上，生产队都会点起不明不暗的煤油灯，记完工后，参差不齐的读书声，还有高低不齐的语录歌声便四处响了起来。后来，社教工作队被赶出了村，这种读书声或歌声便也消失了。

很静很冷。林仁玉躲在被窝里，听着窗外呼呼作响的风声，正在迷糊之间，她依稀听到了院墙外有另一种声音——那不是呼呼的风声，是窸窸窣窣的声音。她心里一个咯噔，猜想是贴大字报的人来了，便提了条椅板搁到院墙根下。又回身从床巷里端出来马桶蹴在板凳的中间，然后一脚跨上椅板的另一端。院墙不高，她踩在椅面上，往前探出了半张脸，朦胧的月光里，果然看到了一群人又在往自己院墙上贴大字报！她就不作声地弯下腰去，端起脚边的尿盆，倾盆泼了过去：

“老娘都等了你们半夜了！”

/ 三 /

林仁玉尿泼红卫兵革命小将，理所当然就上纲上线为反革命事件。

可怜的女人！

别看林仁玉人高马大的一副身架，可她终究只是个失去了男人的番客婶，一个早早守寡的侨乡女人。孝敬婆婆、哺育儿子、掩磨受苦、挨饥忍冻……如果人生中的灾难只有这一些，她都可以咬咬牙挺过去。可是生活强加在这个善良女人身上的不幸，还有很多很多！

……可怜的林仁玉！这一次却是在劫难逃，她躲不过去了！

第二天，县城五店市来的，泉州市区来的，各路红卫兵小将会合起来，一齐前来涌向林仁玉院宅：

“揪出漏网富农婆林仁玉！”

“谁敢破坏无产阶级文化大革命，就砸烂他的狗头！”

“革命无罪，造反有理！”

……

那时候，林仁玉正在喝早粥，听到外面的声响，知道喊叫声是朝自己来的，便几步跨了出来。只见院子门前黑压压的一群学生，男的女的都有，她一眼认出了站在台阶前的那个女学生，这不是朱晓云吗？正在泉州城内上中学，听说她老妈在泉州城里当着不小的官，是专管学校的呢。这群学生娃们显然是她带过来的。林仁玉一下子愣了：“这丫头吃了枪药了，她不是与省身同学吗，平日里见面都还打招呼哩。这年头的人，怎么说翻脸就翻脸了。”她心里这么想着，口里就叫开了：“不劳你们揪，我自己出来了！”

那些学生娃见她脸不变色、声不打战，先是一惊，接着又高声喊了起来：

“打倒反革命黑帮林仁玉！”

可林仁玉的声音也不比他们的低：

“谁敢说我黑帮，我林仁玉屁股比你哪个腮帮都白！”

“上啊，不许富农黑帮侮辱革命小将！”这群戴红卫兵袖套的娃们一拥而上，跨上台阶，拥进了厅堂，在一方大相框前站住了：

“这是什么人？”

“不认识吗，这是我老公朱永明！”

“怎么穿西装结领带？”

“怎么会是这模样？”

“这模样怎么啦？”

“这模样不是汉奸不是阶级敌人是什么，你说说看，哪个贫下中农是这副模样？”

小将们说着，已经拥到朱永明的遗照前面，并已动手揪下了那个玻璃镜框，林仁玉见状急了，猛喝一声：“别乱来！”便奔了过去，与那两个提着镜框的小将争夺起来，推来搡去之间，那木框架散开了，玻璃片碎了，几个人的手掌都被割出了血道儿。突然间，一张发黄的厚纸片从中掉了下来，这一张7寸见方的厚纸片又给林仁玉头上添加了一份罪证！

这是一张青天白日旗上印着十二角星的纸片，那些小将们如获至宝，更加喊声雷动了：

“好啊，铁证如山。公然把青天白日旗暗藏在镜框内，这不是存心反攻复辟吗？”

“复你娘的屁，我老公是在南洋被日本人杀害的，这是抗战胜利后中国（国民党政府驻马尼拉）总领事馆发的死亡证书，你不看看上面写的什么……”林仁玉气急败坏地说。

“看什么看，单看那青天白日旗，暗藏在镜框内，就足以证明你盼望国民党反攻大陆！”

小将们不容分说，把那张厚纸片抓在手里：

“再搜，肯定还有其他反革命罪证！”他们呼喊着，一窝蜂拥进林仁玉房里去了。

林仁玉的床沿上搁着一只檀木箱，那是抗战前朱永明从南洋带回来的。许多永明遗留下的物件，她都整整齐齐地装在里面。20多年了，自从永明死了之后，林仁玉一直将这只木箱搁在自己床沿上，夜间醒了，想起永明，便伸出双手抚摸它。这个木箱自然引起了小将们的注意，他们围拢过去，想要打开箱盖，却发现那箱子是上了锁的。

叫喊之间，有一个小将抓过来一块砖头，砸碎了箱上的铜锁。

见到他们已打开箱盖，林仁玉扑了过去，想要护住木箱，无奈他们人多势众，把她架开了。

小将们将箱里的衣服杂物一一翻了出来。后来他们发现箱底一个深紫色的物件，那似乎是一座炮的模型！是，真的是，那不是翘起的炮筒吗，炮筒两边一对圆圆的东西，那不是轮子又是什么？孩子们起先只是这样猜测着，后来他们看到箱壁上重叠地立着两面红油光纸印制的旗帜，一面是五星红旗，一面是铁锤与镰刀交织的党旗。那是社教工作队进驻溜滨村的时候，发给生产大队里妇女忠字舞演出队的道具，林仁玉也进了忠字舞演出队，也分了两面这样的旗子。林仁玉舍不得丢了这两面旗子，便将其珍藏进木箱里了。这一看，孩子们更肯定那深紫色的物件是大炮无疑了。因为那炮口正对着两面红旗，而红旗后面，是一本《毛主席语录》！——又是确凿的罪证——漏网的富农婆妄想变天——这还了得！红卫兵们举起那尊大炮怒号了：

“看吧，罪证如山，公然把炮口对准国旗与党旗！”

“说，这尊炮是哪里搞来的？”这回是朱晓云说话了。

林仁玉做梦也没想到，那珍藏了几十年的物件，今天会被一群嘴上没毛的孩子搬了出来！她虽然早已年过半百，少妇时代容易羞赧的岁月已经远去。然而，当年朱永明为她备下的这个物件——那是独居的年轻番客婶，只有在夜深人静的时候，才敢偷偷掏出来把玩的这个物件——一旦在光天化日之下，大庭广众之间被翻了出来时，她仍然一下子老脸红到了耳根下，她能说什么呢？她能承认那就是一尊大炮的模型吗？那炮口分明是对着两面红旗的，真是鬼使神差！

她一下子愣在那里了，久久说不出话来，心跳得厉害。那物件是压在箱底的一层牛皮纸上的，掀起牛皮纸，底下那一把不锈钢匕首，也是丈夫的遗物，那是抗战胜利后林仁和哥哥从南洋带回唐山的。她记起来了，那刀尖也是对着红旗的！小将们要是掀起那层纸，那不是还要罪加一等！而且，更主要的是那刀不能让他们搜了去——那可是朱永明留下的啊！

她提心吊胆地站在一旁，直愣愣地看着小将们终于将木箱推到一旁去，这才暗暗松了一口气。

她就那样阴着脸，紧闭着嘴站在一旁，她此时是进退两难了：不开口吧，那等于是承认了那是一尊大炮，她是在炮轰无产阶级司令部，那可是跳进黄河也洗不清啊！开口吧，她能说些什么？她这么一个已到了当奶奶年龄的女人能对这群孩子——这群乳臭未干的男孩子、女孩子说那不是炮，那其实是另一种物件——那是什么样的物件？那是作什么用的，她开得了这个口吗？

后来，她看到那物件就紧紧地握在朱晓云手里，而且正贴在鼻孔下，仿佛要闻出上面有没有炮火味，便心急火燎地对她说：

“你一个未出嫁的女孩家，你闻它干什么？快放下，快别拿着它……”

可那朱晓云却是一副革命到底绝不回头的气势：

“我为什么要放下它，我怕它爆炸了不成？要奋斗就会有牺牲，死人的事是经常发生的。但是我们为人民而死，就是死得其所……”

“那不是炮，那也不会爆炸，也死不了人，只是你个女孩家，不该拿那物件！”

朱晓云一手把那物件高高举在头顶上，一手指着它开始了大批判：

“这虽然不是一座真炮，但却是一座迫击炮的模型。这迫击炮，我们参加军训时就看到过，你看，这一根是炮筒，旁边两个圆圆的不就是炮轮子？你拿它对准红旗，不是要发泄心中的反革命仇恨？你还想抵赖？——凡是反动的东西，你不打它就不倒！”

朱晓云喊着叫着，林仁玉听着看着更急了：“那绝不是炮，你问问你阿嬷（祖母）去，你阿公当年也从南洋给你阿嬷带回过这物件，你再仔细看一看，这物件像炮吗，它像你阿公裤裆里那撒尿的东西啊，那叫‘角车’……”〔1〕

/ 四 /

1966年秋天以后，对于发生在中国大地上的，无数起如林仁玉这样罪证确凿的“反革命分子”的处理方法，不是捉拿归案，投进监狱，因为在那个时候，晋江地区的所有公安局、检察院、法院已被“砸烂”了，这等罪证只能实行无产阶级专政，那时候最通用的做法就是挂牌游街示众，触及灵魂，批倒斗臭！

做牌子的木料是现成的——那只檀木箱里的罪证已被起获，箱子已没有存在的价值。于是有两个小将砸下了那个沉重的木箱盖，写下了那个年代流行在这类牌子上的文字，系上铁丝，不由分说地套到了林仁玉脖颈上，然后把她推出院子，推到街上。

就在这个时候，一阵扑闪闪的声音从空中传来，随后，一串威武的鸣叫声也降落到地面上来了。

降落到林仁玉跟前来的是一匹威风凛凛的大白鹅！

这是养在朱家小院里的鹅。

林仁玉已经多年不养狗了，她不敢养。一生中经历了太多亲人死离的林仁玉再没有勇气养狗了。狗太通人性了，它除了不讲人话之外，它与主人是那样心心相印，它是那样善解人意。然而它又不如人的命长，最多是七八年，然后它就寿终正寝，永远闭上了眼睛。每一次家养的老狗死了，林仁玉都要难过上好长时间。既然如此，林仁玉便不再去寻那份烦恼了。

这一只白鹅，是朱省身考上泉州城内高中那个秋天养的。本来是买了4只鹅苗的，可是活下来的只有这一只。没有想到，活下来的这白鹅，比以往养过的狗更通人性！朱省身去了泉州城上高中之后，这朱家小院一下子空寂了下来。可自从这只白鹅养大之后，朱家小院便添了几多生气。每次林仁玉下工后回到自家小院来，这只白鹅便会扑闪着双翅，欢叫着迎了过去，用它长长的脖颈缠绕着林仁玉的小腿磨蹭。它本来是被罩在院内墙角下的，现在看到女主人被死死地架着，推搡着出了大门，它似乎明白了：一场大祸已砸到女主人头上！于是，它死命顶翻了那个很大的竹篾罩，见到院子门已被掩上了，便鼓起两片巨大的翅膀，冲天而起，飞越院墙，降落在林仁玉跟前。它昂起了头，如一头威风凛凛的雄狮，毫不畏惧地站定了。

从这一天开始，一直到不久后死去，它都陪伴着、护卫着林仁玉四乡五里游街请罪。

/ 五 /

1967年正月初二，林仁玉游遍了溜石湾的每一个角落回来的时候，早已天黑了。这整整的一天里，她就如同早年间走江湖卖艺的丐帮带出来的猴子一样，任由那些人一手牵着她，另一只手拿着响鞭，指向哪里，就走到哪里去示众。小将们是轮班押送的，而她得整天里一路走到底，直走到全身失去了知觉。

现在，她终于回到自己院里来了！

她跌跌撞撞地走上天井，推开房门——终于回家了！

到家了，一股家的味道迎面扑来，她又复苏了过来！这种复苏对于林仁玉来说，无疑是一种十分残酷的事！

天啊，这是怎么一回事？

厅堂里，是散了架的相框。破碎的玻璃片，朱永明的照片掉落在地上；房间里，是砸开了的檀木箱板——她终于又记起了早晨的那场浩劫，她这才又发现了，挂在自己胸前一整天了的那些物件！

天啊，这是怎么一回事啊？

她今后还怎么走在溜滨村的街巷里？她怎能在人前抬起头来？还有儿子，儿子也跟着她丢人现眼啊——瞧啊，这不是溜石湾那个脖子上挂着破鞋，挂着角车游街的那个林仁玉的儿子嘛！

而且明天还得接着游到外乡去……

她打了一个寒战，她不敢再想下去！

然而，面对一片狼藉的家，以及挂在胸前的那一些物件，她不能不想！

她弯下腰去，把地上那张被踩了脚印的照片捡起来，嘬起嘴唇，吹去上面的浮尘，然后又俯下头去，看看还不够洁净，便将之贴在脸颊上擦了擦，细细看着上面没有尘粉了，才把它放进胸襟里。

——那可是丈夫的照片啊！

那一刻里，她做出了一个悲壮的决定。

她捎上了胸前挂着的那些物件，她不愿把这些物件留在家里——儿子哪一天回来了，不能让他看到这一切！

她做出了一个绝望的决定；她将投向溜石湾，让自己；让身上所带的一切，随着溜石湾退潮的水，漂向大海。

她不敢再活下去了！

于是，她又走下天井，走向院门，走了出去，她甚至再没有回头望一眼她嫁过来已三四十年的朱家小院，便向溜石塔下走去了。

/ 六 /

晋江水从这里静静注入大海。宽阔的溜石湾啊，把江北、江南两片土地以及江东的大海连在了一起。而出了江东的海面，往南、往南、再往南，穿过漫漫的云天与雾海，沿着曲折的南中国海岸线外的水域，便到了遥远的南洋。

50 多年前，从菲律宾马尼拉港驶过来一艘小小的机帆船。这只船在海上走了 13 个日夜之后，终于在太阳偏西时进了溜石湾。从船上下来的南洋客中，有一对年轻的番客夫妇，这便是御桥村的林清水、唐山玉两口子。他们还带来一对儿女，大的是儿子，那当然是林仁和了，女儿呢，便是林仁玉了，她由林清水抱着，走下跳板。当这一家子人走下跳板之后，男人把正在怀里挣扎的女儿放到洁净绵软的沙滩上，让她自己深一脚浅一脚地朝前走着。他则靠了过去，轻声地对着身边的女人说：

“玉啊，这就是唐山了。”

“没有山啊。”女人眯起那双非常动人的重眼皮眼睛，遥望西天正在沉落的太阳，茫然地说。

丈夫顺着妻子的目光，深情地指着太阳正在西沉的那片原野，颤着声音说：

“那里，就在那里，是御桥村，是我们的家……”

……50 多年的岁月，50 多个春秋，就那样逝去了。就如同川流不息的晋江水，流过去的岁月，再不能往回流了。当年那个颠着两条胖嘟嘟的小腿，执意要深一脚浅一脚自己走在沙滩上的小女孩，如今已是 60 岁的老妪了……

……这一个夜晚，是 1967 年正月初二的夜晚。现在，这个老妪深一脚浅一脚地走到晋江口的沙滩上来了。

……还是这个溜石湾，还是这片沙滩，在 1946 年的清明节，林仁玉在这里从江口向大海推出去一只纸船，把亡命南洋的夫君朱永明的游魂引回了唐山故土……

从那年到现在，又是 20 年过去了，那时候，林仁玉还不到 40 岁呢……

而如今，这是 1967 年的正月初二夜啊！从溜石湾渡口往北望去，那是泉州湾的码头，灰暗的上弦月下，隐约可见港湾里泊着许多船只，星星点点的船火闪烁不定……

死冷死冷的倒春寒夜风，扑打着一个孤独地站在夜色里的女人，这个女人的发髻早已散开了，风吹着她凌乱的头发，遮住了她的脸面。她正在朝着东方的海面；朝着沙滩的深处，踉踉跄跄、跌跌撞撞地走下去……

如果是在这个夜晚，你独自一人在溜石湾的沙滩上遇到这个女人，你一定会被吓得毛骨悚然且以为是遇上了鬼！

这个如鬼的女人就是林仁玉。

江外的海水，被风吹送着，无声地漫上沙滩，又无声地退回去了。

正当这个女人一步一步走近水边的时候，一只巨大的白鹅，突从身后腾飞而起，随着一阵聒噪，落在她的跟前，并张开了长长的坚强的双翅，挡住了她……

这两扇巨大的翅膀，在那一瞬间竖成了一道坚固的屏障。

在这道屏障的背后，是黑夜笼罩的，漫无边际、深不可测的大海；是亿万年来拥抱着溜石湾的大海——是可以解脱人世间一切屈辱不平与不幸的大海……

黑夜中的大海正在涨潮，林仁玉只要再向前走出一步、两步、三步……她便将沉入大海；她便将从死亡中获得解脱。

或者，她只需要原地不动。待到第二天朝阳升起的时候，退潮的大浪已将她带向外海——那时候，林仁玉以及缠绕在她身上的所有不平不幸与屈辱已不复存在……

而在这道屏障的前面，也就是林仁玉的身后，那是晋东北平原，此时也重压着无边的夜色，那是一片生发着生命，也生发着不平不幸与屈辱的土地。林仁玉只要回转身去，那么，她还得活下去；她还得伴随无穷无尽的不平不幸与屈辱活下去！

那是一种比死亡更加艰难万倍的生存！

然而，林仁玉无法跨越这座横挡在生死线上的屏障。

“唉，你这个冤家啊！”林仁玉无奈地骂了一句，甚至抬起腿来，狠狠地踢了大白鹅一脚。

那只白鹅并没有退却，它依然落地生根般坚定不移地伫立在那里，并且准备再次迎受女主人那又怨又爱的脚板。

然而，女主人终于没有忍心再落下一脚。

于是，大白鹅更高地昂起了头，深情地凝望着自己亲爱的女主人，同时，仰天长啸起来：

——轧——轧——轧！

这悲烈的长鸣只有林仁玉才能听懂——

——那是生命的呐喊；那是生存的呐喊：

——活——下——去！

随着这声深情悲烈的长鸣，大白鹅又靠前迈了一步，两道长长的翅膀合并过来，紧紧地夹住了林仁玉的小腿。

林仁玉终于憋不住了，她哀号一声，泪水奔涌出来，而后，她弯下腰去，把白鹅抱了起来，搂在怀里，回过身来，朝着前面的大地；朝着生存，朝着屈辱，朝着不平与不幸——走了回去……

是啊，是得活下去——

——为了这只亲爱的大白鹅！

——还有，儿子！儿子如今在哪里——为了儿子！

/ 七 /

她身后的沙滩上，汪洋大海正在弥漫过来。

注释：

〔1〕详见《南洋泪》第一部《艰难岁月》第一卷“故土”。

第三章 白鹅

/ 一 /

一只大白鹅站在那里。

虽然已经立春好久了，但在 1967 年年初，在泉州南门外，直到这个时候仍没有一丝春天的气息。晚稻早已在去年秋天收割了，开镰后留下的稻茬子，在肃杀的秋风中抖索着。好久没有落雨了，空旷的田地上满目裂纹，那一只白色的母鹅，就顶天立地地站在这片空旷的田野上。它的身后，是西照的太阳，阳光把它的身影拖得很长。它的脖颈是笔直的，支撑着蓝天。它昂着头，傲视着田野，时不时发出一阵凌厉的叫声。

距这匹白鹅不到两步远的地方，站着一个女人，那是一个上了一点年纪的女人。在泉州南门外，这个女人的身板算得上是高挑的。她的头发已经花白，经过了一天干燥的寒风的扑打，她脸上的皱纹比早上出门的时候，更是多了许多，也深了许多。

那只白鹅瞪起威风凛凛的眼睛，环视了四周之后，转过头来，目光一下子变得温和了，它用那双温和的眼睛张望着面前的这个女人，它发现那个女人也正深情地看着自己——那是它的主人。

四只眼睛相望着——两只是白鹅的眼睛，两只是女人的眼睛。在这个翻滚着凛冽寒风的空寂的原野上，这显然是两个相依为命的——亲人。

两个亲人，一个女人，一只白鹅。

那女人胸前挂着一方木牌，木牌的上方有两个小洞，一根铁丝从两个小洞中穿过，绕过她的脖颈，将木牌挂住了。那木牌上有一行毛笔字，只是牌上一双黑色破布鞋遮去了那些字。因而，我们暂时还不能看清那是些什么字。

这个女人一只手上还提着一面铜锣，另一只手握着一杆锣槌。

她在那里伫立了片刻，又迈开了两脚。

看着女人走动了，那只白鹅又威风凛凛地叫了一声，赶在女人两步远的前方，开路了。

它总是在离着女人两步远的地方走着，有时走在女人的前头，有时走在女人的身后，有时左，有时右。有时候女人走得快了点，它不得不张开双翅，飞奔几步紧跟上去，不让自己落远了。

现在，西照的太阳，距离地平线已经很近了。两条生命：一个女人，一只白鹅，迎着西下的夕阳走远了……

那女人双眼无光，神色呆滞，她已不知道自己从哪里走来，要往哪里走去。然而，当她走上一座石板桥的时候，暗淡的双眼里突然闪出一丝恐惧，死滞的大脑在那一瞬间复活了片刻——这不是御赐桥吗？

——怎么就走到娘家村口来了！

她提起锣槌。于是震耳的锣响伴随着沙哑的女人声，从石板桥上冲向了冷冽的高空，传出去好远好远：

“咚咚咚！”

“轧——轧——轧”

“我是漏网富农，破鞋……”

开头是铜锣的声音。

接着是白鹅的声音。

最后是女人的声音。

这些声音交织着，重复着……

/ 二 /

虽然，还在正月期间，然而，在离晋江口以西几里外的御桥村，也跟泉州南门外所有的地方一样，此时没有一丝过节的气氛。

夕阳即将沉落，一阵紧过一阵的寒风，早已把人们赶进家门。

那时候，在泉州南门外，人们早已听惯了各种各样的锣声和吆喝。比如，一阵阵锣声夹着一阵阵爆竹响，各路革命造反派送来了中央“文革”的最新指示；当然，更多的是伴着大锣声游街的各路“走资派”“黑五类”“牛鬼蛇神”“阶级敌人”……

所以，人们也不大在意这个黄昏里的这一串锣声和吆喝声。

然而，在御桥村，却有一个独居在一座破落大宅里的女人，对那阵盖过风号的锣响没有掉以轻心。她认真地听出了那夹杂在锣声中的沙哑的吆喝声。这个女人就是柳月娇。

那时节，她正坐在灶台前烧粥，听清了那阵喧哗之后，她忙打开大门，朝着御赐桥望去，她看到站在桥板上那个披头散发的女人！她环顾了一下四周，看清楚村街上的门户大都关上了，于是，她提起脚来，几乎是一阵小跑快步上了御赐桥，抱住那个女人。

而紧随在她后面，几乎是踩着她的脚后跟跑上桥去的，是另外一个瘦骨嶙峋的上了点年纪的女人，如果我们认真一看，可以发现，这个女人少了一只耳朵。两个女人，跑上桥来，同声问道：

“这不是仁玉姑仔吗，怎么会是你？”那个年轻一些的女人，也就在柳月娇这样揪心地问着的时候，猛感到小腿脖子一下剧痛，忙回过头来，往身后一望，只见那只白鹅张开大口，正连着裤管蛮横地叼着她的小腿，狠命地拧着——这是一只准备随时誓死护卫女主人的鹅。柳月娇的举动，让它产生了错觉，它把她当成了又一个欺侮女主人的歹人。此时，它正用双脚撑在地上，死命地叼住柳月娇的小腿，把她拉开了。接着，它又掉过头去，狠狠地张口咬住那个少了一只耳朵的女人的脚拇指——她也被误认为是欺侮女主人的歹人了。直到林仁玉清醒过来，出声了，那只白鹅才松开了口，怒目圆睁，站到一边了。

“快，到家去喝口粥暖暖身子，看你的手，死冰死冰的。”柳月娇握住林仁玉的一只手，连推带拉地把她拖下桥板，带进了自己家中，那个少了一只耳朵的女人，也紧护在林仁玉身旁随了进去。

已到了吃夜的时辰，柳月娇手忙脚乱地从灶台上打起一碗热腾腾的地瓜粥，端了过来，看到那个缺了一只耳朵的女人，正在把林仁玉胸前的牌板卸下来。柳月娇忙搁下饭碗，转到林仁玉脑后一看，禁不住大吃一惊，她看到那条铁丝已把林仁玉的后颈割开了长长一道伤口，并深深地勒进了皮肉之中！她颤抖着双手帮着，小心翼翼地把铁丝从皮肉中提了上来，卸下那块木牌子。

刚才在桥板上敲锣喊叫的时候，林仁玉总算还是个人呢，总还认出了柳月娇。现在呢，锣搁到桌面上去了，木牌子卸下来了，一停止了吆喝，她整个人几乎成了一个游魂，一个站立着的游魂，木然地任由两个女人摆弄着，又把什么都忘了。

柳月娇端起搁在桌上的那碗地瓜粥，塞到她手上，当碗口冒出来的腾腾热气扑上脸面时，她似乎才记起来了，自己是林仁玉！她忙把满满的一碗粥往桌面上一放，站了起来：

“哦，你……你是文宝家的月娇了……我，我这是游行到御桥村来了——啊，不行，我身上带着表格呢，还得到你们大队革委会去，让主任签名，证明我今天游到这里来了，回去好交代。”林仁玉像从梦中醒过来了一般，“——还有，你是谁啊，怎么跟着我？”她看定那个缺了一只耳朵的女人，莫名其妙地问道。

“是我啊……仁玉姑姑……当年抢水的时候……是你推倒草寮，救了我的命……仁玉姑姑啊，你看看我啊，难道你忘记了……”那个缺了一只耳朵的女人紧紧抓住林仁玉一只胳膊说着，竟嘤嘤地哭开了，“……18年过去了，我一直没有忘记你啊……你看看我这只耳朵啊……”那女人说着，把自己的脸凑了过去。

“抢水……草寮……我救了一个人，18年了……”那个缺了一只耳朵女人的一席话，正在唤醒林仁玉遥远的记忆。她茫然地自语着，终于记起了民国三十八年，不，不，是1949年夏天那件事，如此说来，她林仁玉并不是——那么坏：当年她真是救过一个偷水的女人哩，瞧，人家还记得她呢！

“那也得喝了这碗粥再走。”柳月娇又把那碗粥塞了过来。

林仁玉只好接住了饭碗，低头一看脚前那只白鹅正伸长了脖子，眼巴巴地望着她，她朝柳月娇又要过来了一只碗，匀出半碗粥来，递到它眼前，“都跟着我一天了，连汤水都没沾过点滴。”

柳月娇见着林仁玉扒动了筷子，这才说：“你先吃着，我这就过去把月珍叫过来。”

“你瞧我这样……你别……”林仁玉伸出手想拦住柳月娇时，却见她已踏下天井，虚掩上大门快步出去了。

/ 三 /

林仁玉刚把那半碗粥扒进口里，见到柳月娇推开了院子门：

“仁玉姑仔，月珍过来了。”

被称为“月珍”的这个人，其实就是罗茜，我们在《春风秋雨》里已说过了：杨月珍早在1948年5月里被晋江水吞咽了，罗茜是在那一年从南洋来到唐山御桥村照料摇篮中的林云昭的。解放后重新登记户口时，她是用杨月珍的名字入户的。18年了，村里人都习惯称她为月珍了，不过多在前面加上两个字“番仔”，称“番仔珍”或“番仔月珍”。喝了18年的唐山（中国）水，如今罗茜的皮肤已白皙了许多，能讲一口流利的晋江话了，当然时时还会冒出一些菲律宾番仔腔。

这个时候，还没有掌灯，厅堂里有些许夕阳的余晖映着。已经好些时日没见到姑妈了，这猛一见面，罗茜都不敢认林仁玉了，一向光鲜亮洁的这位溜滨姑妈，怎么一下子就蔫成了枯黄的芥菜叶！她跨了过去，一把将林仁玉抱住了：

“姑姑，你，你这是遭的什么罪？”

听到罗茜这么问，林仁玉也只能把头摇摇，喃喃地说：“我，我也不知道，这叫什么罪……”

“是啊，这叫什么罪？谁也说不清啊，前段时间城里三天两头过来红卫兵，翻箱倒柜地搜家，说我是冒牌的杨月珍……云昭与他们理论，差点被掴了耳光，后来幸好有云昭的几位球友赶到了……”

听到罗茜提起云昭，林仁玉忙问：“云昭，阿昭，他现在怎么了……”

罗茜说：“能怎么样，学校早停课了，因为子钟在南洋，他连红卫兵都不能参加……”

“不参加的好，别去……省身呢，他非要参加红卫兵，说不靠一派……组织，更会被人欺，年内串联去了，据说结群去了北京，至今也没个音讯，我真担心他也结伙去抄人的家……云昭呢，云昭怎么不过来看姑婆了，不敢来了？”

“阿姑，不是这样的，阿昭懂事，学校散伙了，学校管图书馆的老师是北方人，一直守在学校里，怕图书馆毁了，一直没有回家去，阿昭三天两头地就上学校陪着他，有时就在那里过夜，但是前段时间，这位老师也被下放农村去了，图书馆也封了，阿昭这是又去学校看看情况去了。”

“唉，这都是怎么一回事啊？”林仁玉叹着气说。

“阿姑，你晚上就别过溜滨村去了，回家躲躲吧，别再遭这份罪了。”

林仁玉连忙说：“那可不得了……我待会儿还得赶回溜滨村交代呢。”

她们正谈论着的时候，那个缺了一只耳朵的女人走了进来，谁也没有注意到她是什么时候出去的，现在，她手里抓着一把青草：

“仁玉姑姑，这是田乌草，治新伤的药，当年我这只耳朵，要不是靠了这，不知道要烂到啥时候呢？”她说着，提着一把板凳，走到林仁玉身后，按她坐下了，然后使劲把手中的田乌草揉碎了，将它贴到林仁玉火辣辣的后脖上。

/ 四 /

已经过了立春好些日子了，虽然白天里的日头明显地长了起来，然而，当林仁玉赶回溜滨村，到大队红卫兵造反司令部，把那张证明她游街到过御桥村的条子缴上去时，天已经黑下来好久了。

她拖着沉重的双脚，走回自己的家，在黑灯瞎火的灶屋里，她摸着火柴，点着了灯，那像墓穴一样沉寂的朱家小院，才有了一丝生气。

此时，一路走在她身后的那只白鹅，也跟进灶屋里来了，它正紧偎在她小腿上，亲昵地磨蹭着。林仁玉看着白鹅那份情，一时间里，冰凉麻木的身心，竟热腾了起来，喉咙口也哽住了，随后，又是两行泪水漫了出来……

多少日子了，林仁玉每天都重复着同样的事情：她游街，她敲锣，她嘶着嗓子叫喊……她看似活人，实际上她已经麻木了，死亡了，像是一具行尸走肉重复着那些事。每天日头落了，天暗了，她凭着本能走回朱家小院来，是那只大白鹅磨蹭着她的腿脖子，她才感觉到自己还活着……

如果不是因为那只大白鹅，她甚至连饭也懒得做！为了那只大白鹅，她必须每天上午在出游之前熬一点粥，大白鹅吃，她也吃一点。现在，灶锅里还有一些剩粥，是早餐剩下来的，她舀净了，倒进竹槽里，招呼着大白鹅吃了，自己却不沾星点儿，她没一点食欲。

/ 五 /

……她是在南洋出生的，还在牙牙学语的时候，就被父亲带回了唐山。她是在泉州南门外中国的这处古老的土地上长大的。从儿时开始，她就目睹了许许多多的游方和尚或各路道士，用各式各样的符咒烧成灰，泡成符水，让那些邪魔缠身的男女老少喝了驱魔避邪……

近年来，经过一波又一波的“破四旧立四新”，特别是去年夏天以来，一场又一场声势浩大的，横扫一切牛鬼蛇神的大潮，更是由泉州城里那些停课“闹革命”的小将们，铺天盖地地推到南门外乡下来了，大小庙宇里的和尚道士乃至那些神婆神棍被一拨一拨地拉出来游街示众后，泉州南门外端这饭碗的人差不多绝迹了。然而，那些曾经深深地烙印在林仁玉心灵里的东西，是不能轻易清除的。

在 1967 年早春时节，林仁玉竟鬼使神差地想起了那些烧符咒驱邪魔的事儿，并且活学活用到自己身上来了。那时候，她已经没有资格跟人家一起去唱语录歌、跳忠字舞、早请示晚汇报了——她只有四乡五里挂牌示众游街请罪的份，那是什么样的一种屈辱啊！

然而，那有什么办法呢？

在游过了好多乡里，游过了好多时日之后，林仁玉终于触及灵魂了！

于是，在某一个严寒的深夜里，林仁玉朦朦胧胧地坐了起来，她迷迷糊糊地听到两个林仁玉在自己眼前争论起来——一个说：我是无罪的，我冤枉啊！另一个说：你犯下的那些事不是罪吗？

两个林仁玉就重复地吵着这几句话，没完没了。

……

林仁玉打了一个激灵，一个房间里，连她自己，怎么就变出了三个林仁玉？

她怀疑自己疯了！

啊，不不不，绝不能疯，怎么能疯了呢？

疯了是多么可怕！

——像那些披头散发；像那些浑身发臭；像那些衣服撕成破条袒胸露乳、四处流浪的——疯子！

啊，不、不！

她慌忙揪紧了自己的头发，不让自己疯下去！

那么自己是中邪中魔了？

她想到了那些驱魔避邪的符咒。

啊，此时此刻，要是一个神婆、要是一个道士，能为她林仁玉画一张驱魔避邪的神符，烧成灰，让她拌着蛄水喝下去，让那神符水驱走心中的邪魔，把她的灵魂拯救过来，那该多好！否则，她林仁玉真是邪魔缠身、鬼迷心窍了！

……这些念头刚闪过脑海，林仁玉立即又否定了：那些能画符念咒的神婆神棍、师公道士不都一个个被打倒了吗？他们自己都救不了自己，还能救得了我？而且，社教工作队还在村里的时候，不是说过了吗，那些都是封建迷信！

……天啊，谁能救救我啊？

刚刚闪过的那一线希望，瞬间又破灭了！

刚刚抬起来的头，又无力地垂落下去，散乱的头发把一张脸都遮盖了。泪水、鼻涕、唾沫一起涌了出来，与散乱的头发搅和着，贴在她脸上……她就这样，像一摊泥瘫倒在地上了。

/ 六 /

……在她被游街的最初那两三天里，她不承认自己有何罪过，她只感到一种奇耻大辱，她满怀委屈，无限悲愤。这个刚烈的女人，她想过反抗，然而，她只是狂风暴雨中的一根小草，她没有力量反抗；她想过自杀，以结束自己生命的方式来了结这场悲剧，并且曾经在一个夜晚，她已走到了晋江口，走近了死亡，但家中那只白鹅把她挡了回去。她觉得自己的命太苦了，连死都由不得自己！她自问是行得正坐得端的那种女人，在那些日子里，她曾经回顾了自己的一生，她发觉自己无论明里暗里，都没有做过亏心事，如此说来，那是命——她的命太苦了！眼看着朱省身长大了，到了考大学的时候，儿子又争气，成绩总是名列前茅，又是团支部委员。她常常香甜地憧憬着未来的岁月：她想象着儿子考上了大学，然后读上三年或四年，大学毕业后，就能成为吃公粮、拿公薪的公家的人了——最好是在泉州城内上班——然后谋个对象讨个媳妇，她也就盼到抱孙儿的日子了——女人图个啥，不就是图老来有这个晚景吗?

她林仁玉当了一辈子苦命的人，直到解放了，她才能望着这条道上走来了。毛主席带领共产党坐了江山十几个年头了，她一直深信不疑从旧社会到新社会，那是一场从地狱到人间的变化；那是一场赋予老百姓新生的变化。她这种信念是从她的生活经历中体验出来的，这种信念发自内心，而不是出于盲从，所以是根深蒂固的。十几年了，她林仁玉对毛主席、共产党从没有过二心：抗美援朝中她要捐出那些银元，是卢老师让她转成买了公债，那些公债已到期好些年头了，早就可以连本带息地兑现往口袋里装钞票了，可她没有想过要去兑现，即使是在1961年那个饿得浑身水肿的年头，也没动过这个念头！大炼钢铁那一年，她家那扇院子门，是溜滨村唯一的一扇铁栅栏门，看着大队里的土高炉再没有往里填的铁料了，她竟横下心咬了牙，卸下那扇做工精致，沉甸甸的实心铁栅栏门送了过去——那可是朱永明抗战前一年最后一次从南洋回来，特意上泉州城购置的啊！这个女人，是溜滨村里所有人都知道的，心眼实到了死心眼份儿上的那种女人。她一直深信跟着毛主席，跟着共产党没错；深信共产主义正一步步近了！那些年，泉州南门外年年都有评五好社员，她林仁玉年年能得到那样一张红彤彤的五好社员奖状……

这个苦命的女人，眼看着就熬出头了，谁承想，1966年夏天以后，从北方——据说是从首都北京那边蔓延过来的这场风暴，把她盼了一辈子的希望打碎了，她原先以为这场风暴还会像以往的那些运动那样，一阵风就过去了，没想到这风暴越刮越急，最终自己也稀里糊涂地被卷了进去！

她百思不得其解，本来是和和睦睦的，大家日子虽然过得都清贫，但平日里乡邻乡亲见个面，也婶婶长姑姑短地相互间嘘寒问暖，怎么一夜间，人人都像结了仇一样呢？她疑惑了：这年头，人们都是怎么了？她真想找一个人问个明白啊，可找谁去问呢？她又想到了卢老师，要是卢老师还在溜滨村，那该多好！自从认识了卢老师之后，她就觉得卢老师懂的道理多，什么解不开的结，说不清的理，到卢老师那里一摆，她都能说出一番道理来，她的每一句话都能说到人们的心坎儿上去，让人心顺气畅。可卢老师呢，早在八九年前就落难了。那时候，卢老师已从海南回到泉州城内的晋江地委工作了，后来听说犯了事，不再当官了，要到永定去了——那是她的娘家祖地呢。临走的前几天，她还特意赶到溜滨村来向林仁玉辞行呢。林仁玉打死也不相信像卢老师那样的人会犯事，清清白白的一个人哪！那一天，林仁玉也想不出一句合适的话来安慰她，搜肠刮肚只说出了这么几句：

“这兴许是一场误会呢……一张嘴里的舌头与牙齿，有时还会相碍呢……一定是一场误会，你别往心里去，事情总会过去的……”

她宽慰着卢老师，说着说着，自己却喉咙一哽，两溜泪滚了出来。倒是卢老师反过来安慰起她来了：

“仁玉啊，你干吗落泪啊，我这不是好好的嘛，我本来就是从永定那边山沟缝里走出来的，怎么就不能再回去呢……再说啦，出来都20多年了，就一直没有回去过，还真惦着那里的山水草木，惦着那里的父老乡亲，这不，现在终于有了这个机会……”

然而，八九年过去了，落在卢老师头上的那场误会竟没有过去！

天啊，卢老师何时才能熬到头啊？

……从自己眼下的落难，她又想起了当年卢老师的落难，……如此说来，这样的难，不是今儿个才发生的。从前呢，也时时在发生，有时候发生在你身上，有时候发生在他身上。眼下，就发生在我身上了，这仅仅是一场“误会”吗？

眼下不明不白地砸到自己头上来的这场灾难，是不是也是一场误会？这场误会几时才能过去呢？几天？几个月？几个年头？

她浑身哆嗦了一下，打了一个寒战，不敢再往自己身上想了……

第四章　无题

/ 一 /

……1960年的冬闲，林子钟从南洋寄来了一些吃的，其中就特别交代了，有两听椰子油与一大盒巧克力糖务必当面交给卢老师。这事传到了沈霏那里，那时，她正当着泉州市侨务办公室的主任。她连夜回到南门外，找上了罗茜、林仁玉，把口袋里几斤粮票和一卷钱都翻了出来，那是下午刚领到的当月全部工资，硬是塞到她俩手里：

"拜托了，把这些都交给卢老师。告诉她，我，还有黄杰汉，我们许多同志都没有忘记她，我们一定会去看望她的！仁玉啊，你特别要记得告诉卢老师，就说我沈霏心中有愧啊，我对不起她啊！"

林仁玉吃惊地问："这话怎么说？"

沈霏沉思良久，才又开口了："……说来话长啊，往后我再告诉你吧，你明天先把我这句话捎到了，记住了吗？"

林仁玉说："这句话我一定捎给卢老师就是了。"

第二天，林仁玉拖着两条饿肿得蜡黄发亮的腿脚，叫上杨月珍，两个"番"女人，提着那合起来有十几斤重的南洋食品，也不管山高路远，竟然辗转到了永定；并竟然在离永定县城几十里外的一处叫陈东溪的小山村里（这地名是卢老师临别时告诉她的），在一座大土楼里找到了卢老师，把林子钟从南洋捎来的东西当面交到卢老师手上……

……那是一座很大很大的土楼，也不知道住了多少人家，只记得那天晚上，围到卢老师房间里来的孩子多得数不清呢。卢老师撕开了那一大盒巧克力糖，逐一塞到孩子们的手里，完了，也没给自己留下一颗来。接着，又招呼土楼里各户各家的主妇端过来饭碗，打开了那两听椰子油，往每一只碗里都舀进去两勺匙，也匀完了……

……林仁玉清晰地记得，那时候，卢老师的双眼也肿得只剩下两条缝了，那件贴了补丁的列宁装穿在她身上，就像晾在竹竿上，都看不到里面会有皮肉甚至骨头了……

林仁玉没有阻止卢老师分完那些东西，她的眼睛，她的喉口，她的心胸都被泪水堵住了……

……多年过去了，林仁玉还能一字不差地记得卢老师在那个晚上，在远离永定县城的陈东溪山村里那座土楼上说的话：

“……一整座土楼的人都在挨饿……我毕竟还是在党的人啊，看着大家挨饿，我心中有愧啊……我吃得下吗？”

而且，她还记住了，卢老师把她俩送上回泉州的汽车时，特意交代她给沈霏捎去了一串话：

“仁玉啊，回去后你可牢记了要告诉沈霏：不要再说对不起我的话了，面对饥饿的人民，我们每个共产党人都有责任。她捎来的这些钱，这些粮票，我会代她转交给陈东溪小学堂里那些饥饿中的孩子们的。”

善良的林仁玉，她还不能理解沈霏与卢老师之间捎过来捎过去的话的深层含意，她只认准了她们都是好人，她愿意把她们双方的话都一字不落地捎到。

这个落难中的善良女人，她无法理解这些错综复杂的国家大事。天下的事，是大家的事，天塌下来，自会有人顶着，她一个平头百姓，管不了呢！

……这样，她只好想着自家的事了。她又想到了自己的儿子朱省身，细细数来，儿子出走都快一个月了……

她一直认为儿子是被自己打走的……

/ 二 /

……那时候，学校里已经停课“闹革命”好长时间了，朱省身自然也无书可念了。虽然如此，林仁玉还是三天两头地要他进城去，打听学校复课的消息。有一天早上，她又催着儿子进城了：

“去吧，经过御赐桥的时候，把云昭也叫上，一起去学校看看，这学生不读书怎么行呢。”

朱省身有一辆自行车。1966 年的时候，数遍溜滨村只有两辆自行车，一辆是公社兽医站的阉猪师傅的，那是他骑着四乡五里阉猪用的，已经老旧得认不出本来的牌子了。还有一辆就是朱省身的了，那是林子钟从南洋捎钱回来要林仁玉买的。多年了，凡是大样的物件，只要儿子云昭有的，林子钟也一定落不下溜滨村的小表弟朱省身。朱省身与林云昭是在同一年考进泉州城内高中的，林子钟同时给他俩各买了一辆凤凰牌自行车。在 20 世纪 60 年代，泉州南门外进城读书的高中生，能骑上自行车的有几个？一辆凤凰牌自行车值160多元钱哪！那年头，在御桥村，在溜滨村，一个强劳力，一年四季在生产队里老老实实出工，往往要干上一年多甚至两年积下的工分，才能兑足一辆凤凰牌自行车的钱呢！

从溜石湾骑车进泉州城，只需小拐一段路，就能经过御桥村。朱省身来到御桥村时，林云昭也正准备进城。不过，他不是去探听学校复课的消息，他是进城参加一场篮球赛的。林云昭自小就好打篮球，上初中三年级的时候，他就被选入校队一路打了下来。考上高中以后，他又被挑进了泉州市青年队。那段日子，他不仅在泉州打，还到厦门打，到省城福州打。一时间里，各地的体委都知道泉州古城有个专打主力中锋的球场小将。

1966年秋天，从北京来的“八一”篮球队到泉州参加福建省军区组织的一次军内外篮球友谊赛，在迎战“八一”队的泉州队花名册中，林云昭仍然被安排为中锋。这一天下午，林云昭要进城参加一场预赛。他告诉朱省身：

“学校里反正还没有复课的动静，这样吧，下午我们迎战‘八一’队，是要凭票进场的，我可以带你进去。”

朱省身当然乐得去看篮球赛了，他也知道学校里一时复不了课，只是妈妈催得紧，他才上城里来的。

从年龄上讲，林云昭与朱省身只差几个月，从辈分上算，林云昭该称朱省身表叔。那一天，表叔侄俩各自骑着自行车上路了，刚过了顺济桥，林云昭的车轱辘坏了，好不容易在城内南门兜找到一家修车店，店里又没有现成的车轱辘换，修好车还要等上好长一段时间，朱省身说咱们就别等了，车放着修，你坐到后架上我带你。

本来呢，早有规定市区里骑车不准载人，可那阵子，泉州城里早已乱成了一锅粥，街上看不到交警的影子了，也就没人管事了。但那一天，涂门街头偏偏冒出来一支“无产阶级专政巡逻队”，据说是为了这次篮球邀请赛，临时拉起来的，巡逻队员把他俩拦了下来，当然是因为车后架上载人了。于是就连人带车将他们带到了无产阶级专政巡逻队队部。办公室里一个头儿要朱省身好好写检查，朱省身便坐下来写了：……因为法制观念淡薄，所以没有遵守交通规则，犯了严重的错误，保证以后不再重犯……类似这类的话连写了三遍，但那头儿看了都这样说：

“什么法制，都什么时候了，公检法早砸烂了，还讲什么法制？要紧跟‘无产阶级文化大革命’这个形势，三份检查都不行，车先扣着，回去好好反省，写好了再过来领车！”

眼看已临近中午，再拖下去，专政队的人就要停午吃饭了，这不但误了云昭参赛的事，更重要的是这么好一辆车放在这里，也让人不安心。在一旁的云昭更是急出了一身汗，离泉州军分区球场还有好长一段路呢，他又不忍撇下小表叔自己先走，他开不了这个口。这关键时刻，朱省身决定豁出去了。他横了横心，便写出了如下一份检查：

“朱省身，男，1947 年 11 月 16 日出生，家庭成分侨小商，本人泉州第十中学高三学生，共青团员。本人因平时没有刻苦认真学习无产阶级专政理论，以致受了中国头号走资派刘少奇的蒙蔽，中了这些阶级敌人鼓吹的自行车后架可以载人的理论的毒害……”这一份检查送到那头儿手里，他认真看了一遍，终于松口了：

“这才像话嘛，思想检查要跟上形势，上纲上线，触及灵魂……”于是，放人还车，这已到了吃午的时间了，还好没误了林云昭参赛的时间。

/ 三 /

那一天，“八一”队出场的球员，都是一米八几以上的北方大汉，泉州青年队呢，站在那里，都矮了人家一大截。两队球员排在场上，简直就像是一方是大人，一方是小孩。哨子吹响，比赛开始后，就更是小孩与大人对阵了。“八一”队在场上就如入无人之境，而泉州青年队呢，就只有跟在他们屁股后面跑的份，哪还有招架之力？可就在这个时候，泉州队中偏偏就有一个球员，几步亡命的奔跑，突然从对方那个中锋的腋下钻到前面去，硬是从他手中夺得一个球，位置就在对方的半场上。虽然夺得了球，但是他左冲右闯，还是被“八一”队员死死封锁在那里，相持了好几秒，“八一”队员也没能从他手中夺得球去。对峙之间，出现奇迹了，只见泉州队那队员往下一蹲，钻出封锁圈，就地一个远投，篮球进网，干净利落，丝毫不拖泥带水，那是在半场外命中的！球场上一时都傻了眼，沉默了好久，直到“八一”队那位林姓主教练站了起来，带头鼓起掌来，全场才响起了雷动的掌声。接下来的比赛，泉州队这位球员越打越勇，又夺了两个半场外投篮得分。比赛的结果是 68 ：9，泉州队的那 9 分，是林云昭夺的。那时候的林云昭，也就是 1.76 米的身高——几十年过去了，直到如今，泉州各地篮球场上，那些上了年纪的老球迷，谈起往事，还时不时会提到 1966 年秋天的那场赛事，提到林云昭：

“……那才是高手呢，手上就像带着麦芽糖，球到了他手里，似乎就粘上了，谁也别想夺走……都是半场外投的篮，百发百中。那真是小个打大个……”据说“小个打大个”最先就是“八一”队那位林姓主教练说出来的。并有一段时间里，在全国传开了。那林教练指的“小个”当然就是林云昭了。

关于林云昭球场生涯的结局，我们已经在本书的第一部《艰难岁月》中说过了，不再重复。

那一天看完球赛回到溜石湾的时候，已是黄昏了。

林仁玉当然要问儿子咋这么晚才回来，问中午饭吃了没有。朱省身自幼没对母亲说过一次假话，他如实地告诉了妈没上学校去，而是跟云昭去了球场。想着世事都乱了，儿子即使去了学校，又能怎么样，林仁玉也就没有一句责备的话，待问到儿子车被扣的事后，林仁玉便说了儿子几句：

“没警察？没警察就能违犯交通规则啦，这政府定下的规则，明里暗里都要遵守啊……”又问出儿子是怎么写的思想检查后，林仁玉便发火了，“谁蒙蔽你啊，哪个走资派鼓吹自行车后架载人有理啦，你怎么可以……血口喷人哪，你才做人起头，说话操事都要凭……良心，不能想要什么，就可以乱说……”林仁玉竟越说越气，待儿子辩道说：不这样写怕车现在还在那里扣着；而且满城铺天盖地的大字报都差不多是那么一个调儿时，林仁玉更来火了，竟不轻不重地掴了儿子一个耳光。林仁玉一生最恨的就是说昧心话，而儿子却竟然学了这一套。

这事过去没多久，林仁玉没想到朱省身又做了一件更让她失望的事，于是她平生第二次掴了儿子一个耳光。

儿子的出走毫无征兆，说是上学校去，可是直到夜里都没有回来。直到夜深了，林仁玉才在儿子的床头发现了他留下的信——他告诉母亲，他决定参加红卫兵，要出去串联了，争取到北京去……

他在信中还对母亲说：……我想了好久，这个社会，大家都在闹事，大家都在赶潮流，不管是说话还是做事，赶不上潮流，到头来啥事都办不成……过往，你总是教育我要说诚实话，做诚实人……可你看看……这不都是诚实人吃亏吗……你真不该为了那份检查书打我……最后，他还交代妈妈，看完了信，就烧了，因为他信中说的都是老实话，别落到外人手里自家吃亏……

一个人的老成世故甚至圆滑，并非一定是经过人生坎坷的长期磨炼所形成。一段短暂的生活经历甚至仅仅是一桩意外的事件，有时也可以使一个人在一夜间成熟起来——尤其是如朱省身这样，一向纯洁得如一汪清水、一张白纸的少年。

仿佛是一夕之间，朱省身明白了社会的“真谛”，开始怀疑10多年来母亲教给他的，而他也一直信守着的那些为人处世之道。

——按照时髦的说法，他开始成熟了。

儿子在信中说的，林仁玉竟然不能理解——我们已经说过，她是一个实心眼到死心眼地步的那种女人、那种母亲，她太单纯了！

她从朱省身留下的信中，只想到儿子是被她那两次不轻不重的耳光打出家门的！

为了这事，林仁玉反复想了好几天，自己是不是打错了，最后她告诉自己，没错！她丈夫朱永明是什么样的一条顶天立地、光明磊落的男子汉，她也必须让儿子朱省身长成像朱永明那样的一个人，这是不容置疑的，就如同眼睛里不能揉进一粒沙子一般！

第五章　白鹅死了

/ 一 /

泉州城区嘛，本来就小。

当年有一首诗，几句话，就高度地概括了这座有近千年历史的古城的一切：

一条街
两座塔
三个岗亭
四位警察
街分中山南中北
是笔直的三段
塔称东与西
是孪生的一对
南门炒米粉
北门闻到香
北门放个屁
南门听得见……〔1〕

3个岗亭，怎么能容下4位警察？据那位诗人解释说：其中1位是流动巡警。这首诗没有丝毫的揶揄或戏谑之意。1967年的时候，泉州城区只有一条街，称“中山路”，不用1小时，就可以走个来回，短短的一条笔直的中山路，却要分成中山南路、中山中路、中山北路。而像孪生兄弟般一模一样的东西塔，塔下那座闻名海内外的开元寺，据说有七八百岁高龄了。寺门正面的照墙上，有古人留下的墨宝，镌刻在花岗岩板材上，上书“此地古称佛国满街都是圣人”。

自古以来，不论是本地人或是外乡人，一说起这座古城，都要连着把这些景点提了出来：“泉州东西塔”或“泉州开元寺”，少有人单独说起“泉州”两个字的，可见“泉州”之小，而“东西塔”“开元寺”之大了，似乎是如果没有这几样庞然大物摆着，泉州城就不值一提了。

开元寺是怎么建成的，就不去说它了。而数十米高七层的东西塔，全都是几千斤甚至上万斤的实心花岗石建起来的，当年这些如此之沉的方形大石是怎么抬上去的？传说中是先挑运过来泥土，夯成了斜坡，那巨大的筑塔石料，搁在圆木上沿着斜坡，一层一层推了上去。那人工堆起的土坡，逶迤东去竟有几里路呢。直到双塔建成了，那山一样的土坡才又搬走了。后来，那堆过土坡的地方，成了街道，人们便称之为“涂门街”了。不论是普通话或是泉州方言，“涂”“土”都是同音。可见现今这条“涂门街”，实际上就是当年用来建塔的那条“土门街”了。

1967年元宵节前，朱省身从北京串联回到泉州城内的时候，已近黄昏。其时，城里的“革命”形势更加汹涌澎湃了。以中山中路那座警察岗亭为界，分成了对垒的南北区。北区呢，有泉战总等红卫兵司令部，南区呢，则有“过得硬”“红色造反者联合总部”等，双方已不再仅限于口诛笔伐、唾沫喷飞的语录战，而是动起了棍棒甚至真枪实弹了。至今，老泉州人还记得，当年在南门兜的高楼顶上，有红卫兵用汽车轮内胎对半剪开了，做成巨大的弹弓，夹上几斤重、十几斤重的石卵当弹子，几个学生娃合力往后拉出去几步远，然后松开了手，那石弹竟然能飞到中山北路，据说有一回还击碎了第三座岗亭对面钟楼上的壁钟。

朱省身已离家近半年了，他们一伙是拦汽车扒火车，一路“闹革命”到了北京城的。离家前，母亲打了他，他感到委屈，他自小虽被林仁玉管得严，但母亲别说从没打过他骂过他，甚至连重一点的话也极少说过，他不能理解，怎么只为了那两件小事，母亲会动起那么大的肝火？这一趟出走串联，他对于社会有了更深刻的认识，他开始发现，现实的生活并非像母亲平时告诉他的那样！在他看来按照母亲那样的处世方法，在眼下这个社会里，是必定行不通的。我们已经说过，一个人从单纯到世故甚至圆滑，有时也不一定非要经历过什么，就如现在的朱省身。应当说，在遇上这场史无前例的“大革命”之前，朱省身在林仁玉那样的母亲严格监守之下，他如同一张洁白的纸，上面没有丝毫污点。可是从1966年的初秋开始，社会开始在这张白纸上涂鸦了。从那一次自行车在城里被扣写了思想检查书，到这次将近半年的外出串联，20岁的小青年朱省身完成了从单纯幼稚到成熟世故的蜕变——这就让人奇怪了！同是朱家小院里的人，他的母亲林仁玉一生所经历的是什么样的磨难与不幸啊，可这个女人，她的心地依然洁净得如一张白纸；清澈得如一泓可以见到底的泉水，她至今善良得如同一个圣徒。这是为了什么？——我们或许可以这样解释：同样的土地，同样的雨露，可以催生出玫瑰，也可以催生出罂粟？

可林仁玉与朱省身，是母子啊！离家这些日子的所见所闻，他又成熟了许多！一路回来，他已拿定了主意，今后的路要自己走了。

/ 二 /

朱省身在泉州城里下了车，一路赶回家的时候，就已听说家里出事了！

回家一看，母亲竟变成这样了！

他坐在地上，把母亲的头捧在自己的大腿上，将她脸上的乱发拢到脑后去，这才看到了一张死尸般的脸，他连连呼唤了几声妈妈后，终于看到她幽幽地张开了眼。接着，林仁玉一偏头，惊叫一声，跪了起来——她看到了儿子手臂上别着红卫兵箍套！那箍套已挂了好多天了，一直没有脱下来洗过，沾满了污垢。

那一瞬间，作为一个人，作为母亲该有的思维又回到林仁玉的大脑中来了。她一下子把儿子的双臂牢牢地扳住了：

"孩子，看着我，不许骗我。你在外面，也抄别人的家，也让别人挂牌子游街吗？"

她的眼神是严厉的，紧紧地盯住了儿子的双眼。朱省身没有勇气直视母亲的目光，他躲开了她的双眼，然而，母亲把他的脸扳了过来：

"告诉妈，儿子，你没有，是吗——你回答啊，你怎么啦？"

儿子没有再回避母亲的目光，他的回答使林仁玉如五雷轰顶：

"我有，大家都一样，革命不是请客吃饭……"

一记响亮的耳光落在朱省身的脸上！

……从小到大，林仁玉是把儿子含在嘴里怕化了，捧在手心怕碎了的那样一个母亲。

而在这场触及人们灵魂的"文化大革命"中，几个月的时间里，林仁玉竟然动手掴了儿子三次耳光：

第一次是为了那次自行车在泉州城里被扣，儿子写了那样一份检查。

第二次是在"自行车事件"过后不久的一天傍晚。那时候，朱省身也参加了学校里的红卫兵，有一天傍晚他从城里回来，给母亲带来了一捆用旧报纸包着的油条：

"妈，你吃，是南门兜义全摊上炸的，刚出锅的，脆得很！"

妈一数，整整有十根油条，喷香喷香的，虽然裹在厚厚的报纸里，可还能摸得出热气：

"身儿，你哪来的粮票，这可是要整整一斤的粮票啊！"那时候，油条珍贵着呢！泉州南门外乡下人轻易吃不到的，1 根油条 5 分钱或许不是大事，可外加 1 两粮票就事大了！

"妈，你就放心吃吧，别问粮票的事了。"

"身儿，你不告诉妈，妈能吃得安心吗？"林仁玉看到儿子躲躲闪闪的双眼，更非得问个透底不行。

儿子知道母亲的较真劲上来了，只得躲开她严厉的目光，嗫嚅着说：

"那，那，那是用煮糨糊贴大字报的面粉换来的，……在场的人都分了一份……"

"啥呀，那算是怎么回事啊……"林仁玉捧在手里的油条撒了一地"那……那……是公家的面粉啊！"

——"啪"的一声，林仁玉也没有想到，那一巴掌是怎么落到儿子脸上的！

……那个时代里已经远去，可是曾经在那个时代，在泉州南门外我们的故乡生活过的人们，都相信在那个时代，遇上这样的事情，我们侨乡的母亲都会这样做的。

第三次是在今晚，是在 1967 年元宵节的晚上。

她不敢相信自己的耳朵；她不敢相信自己的儿子会说出这种话来；她不敢相信儿子口中会说出这字字句句像刀子一般刺痛她心头的话来！

天啊，这是怎么回事啊？

怎么在一天里，人都变了，这样还算是人吗？包括自己的儿子！

林仁玉绝望了……

她再一次瘫倒在儿子脚下了……

/ 三 /

就在儿子回来的这一个夜晚，林仁玉家中的那只白鹅死了……

……当母亲再一次清醒过来之后。朱省身把她扶到床上，泡过来一碗红糖水，让她喝下了：

"妈……你别怪我，也别再扇我的耳光……好不好？妈……你早点休息吧，我回房去了……"

她听清儿子说了些什么吗？——她听清楚了。

她听到儿子说的是什么吗？——她什么也没有听到。

她木然地躺在床上，儿子早已回自己房间去了，她似乎也没有发现。

她眯着眼睛，像一具僵尸那样，毫无知觉地躺了很久很久。

终于，她的思维复活了；她的记忆复苏了！

于是，从大年初一开始以来，她所遭受到的那些屈辱，那些不平与不幸，又一幕幕地在眼前映现——这一切总算过去了，可是有一桩事不能过去，那就是在她蒙羞受难的时候，她的儿子也在其他的地方，欺辱着另外一些人——那些人——男的？女的？老的？少的？当母亲的？或当父亲的……

老天爷，那是造的什么孽啊！

儿子虽不是她亲生的，但却是她教养出来的，她怎么教养出来这么个儿子，这是朱家的不幸！她怎么对得起死去的朱永明啊！

儿子这一趟出去，挂了几个人的牌？游了几个人的街？欺辱了多少人？她都不知道，否则，她应当代替儿子前去谢罪的！

过去几天里，她遭受的那些强加到自己头上来的灾难，她都可以隐忍，唯独儿子对别人所做出来的同样的那一切，她难以承受！

儿子做出来的一切，令她绝望了！

她在床上躺着想着，也不知道过了多久。

最后，她又想到了死！她太纯善，也太脆弱了。儿子出走后造下的孽，她通通揽到了自己身上，那种负罪感压得她喘不过气来。

儿子走进家门后所发生的这一切，让林仁玉毛骨悚然，冒出了一身冷汗……忽有一个字眼蹦了出来——

死！

只有死，才能忘掉，才能解脱！

她爬下床来，走过朱省身的房间时，听到了儿子那熟悉的鼾声，她确认儿子已经睡着了。她想再多听一会儿儿子的鼾声，又怕儿子醒了过来……

她蹑着脚走下天井，走到院子门旁来了。

清厉的月光下，她看到稀疏的竹篾套里那只亲爱的大白鹅，她看到它把脖颈翻仰到背后，头贴在自己的翅膀上睡着了。

于是，她拨出了门闩，轻轻地打开了院子门，迈了出去，再提起门扇，无声地虚掩上了。

/ 四 /

1967 年正月里，有两个深夜，一个是在初二晚上，一个是今晚，是元宵夜——林仁玉走出家门，去寻找死亡。

第一个夜晚，没有死成，是因为大白鹅挡住了她通往死亡的路；她因而惦记起了还没有回家的儿子，她不能死得不明不白，她还要再见上儿子一眼，把事情问清楚！

现在，儿子终于回来了，她却彻底地绝望了！

她走出了家门，走在通往溜石湾的黑夜中。

寒冷的月光，把溜石塔的身影往晋江口方向推出去好远好远。

那是什么声音？那是一只夜栖在溜石塔顶的鸥鸟在低鸣。

正在往晋江口外走去寻找死亡的林仁玉，没有发现在自己的身后，正跟随过来一条生命……

/ 五 /

她突然听到了一阵刺耳的长鸣！

/ 六 /

那声音来自她的身后；来自离她 10 来米远的溜石塔下。

那时候，林仁玉已经走过了溜石塔，看到了晋江口外那片茫茫的大海……

她听出了那一声刺耳的长鸣来自那只亲爱的大白鹅！

接着，她听到了大白鹅双翅竭力扑打的声音。

/ 七 /

溜石塔下正在进行着一场殊死的决战！

尾随林仁玉而来的那只大白鹅，在走过溜石塔下的时候，突然遭到了一群黄鼠狼的围攻……

当林仁玉亡命地奔跑过去时，虽然黄鼠狼群四处逃散了，而那只大白鹅却已躺倒在血泊里，白色的羽毛，撒满在沙滩上……

……它已经奄奄一息了，然而，当林仁玉跪了下去，把它抱进怀里的时候，它还是用尽最后一丝气力，将自己已垂软下去的脖颈昂了起来，高举过林仁玉的肩膀，紧贴在她的腮旁，吻着她的耳窝，深情地、恋恋不舍地哀鸣了一声……

在那一瞬间，林仁玉顿悟了！

林仁玉听出来了，亲爱的大白鹅，是以垂死的声音，再一次发出了生命的呐喊：

——活——下——去！

注释：

〔1〕昆洛 1965 年所写的诗。

第二卷

青春啊，青春……

……如此说来，我们逝去的那段青春，并不都是辛酸苦涩的。

——题记

第一章 母亲

/ 一 /

1966年的圣诞节刚刚过去，远在菲律宾马尼拉王彬街上朱林记商号的老板林子钟，接到了一封寄自唐山的家书，林子钟一眼便认出了信封上儿子的笔迹！信中写道：

父亲大人尊前：

自今年夏天以后，唐山各地学校全面停课开展文化大革命，至今已过去数月之久……自“文革”开始至今，儿一直牢记父亲大人一日为师，终身为父的教示，不敢参加各种造反批斗师长，更不敢扰乱社会治安，请父亲放心……儿牢记父亲教示，未曾荒废学业，除了在家自习之外，仍时时前往学校图书馆阅读各类书籍，以等待日后复课高考。然事与愿违，至今学校仍无复课通知，更不提高考之事了，原来留守图书馆的老师，也已下放农村去了，图书馆封闭了……儿现已十九岁了，理应好好读书，掌握科学知识，以期将来报效祖国，但现在看来，此路不通了……

近日泉州城里已贴出“我们也有一双手，不在城里吃闲饭”的大幅标语，并有同校同学邀儿上山下乡，到农村广阔天地去锻炼自己……儿现正值青春年华，年轻力壮，不能再依赖父亲，而应当做一名自食其力的劳动者……此事，儿尚未与母亲商量，先请示父亲，望父亲能理解儿的理想，并来信说服母亲……

……家中一切安好，请父亲放心……唯母亲常挂念父亲独自一人在外，饮食起居无人关照……深盼父亲能注意保重身体，万不可过度操劳，以让母亲能够安心……

敬祝

康安

儿云昭敬上

一九六六年十二月十二日

读着儿子的来信，林子钟心里禁不住一震：他仿佛这才知道，云昭已经19岁了！

……1948年护送老父的骨灰回御桥村时，儿子尚在襁褓中呢……那一次父亲骨灰被盗，母亲悲愤去世，当头砸下来的灾难，差点没让他得了痴癫症甚至差点就救不回来了，但他硬是活着挺了过来；随后杨月珍在晋江里溺水身亡，遗下孤零零的儿子，若不是罗茜执意前往唐山，儿子还能生存下来吗？……18年了，当年罗茜离开马尼拉的时候，是18岁，她把云昭哺养到了19岁，如今，她却已——36岁了！一个菲律宾土生土长的番婆，与林家无亲无故，她为什么非要抛离美丽的故国家园；告别亲爱的父兄，漂洋过海，到了几千里外的异国他乡去哺养一个年幼的婴儿……

……18年了，林子钟一直没有回过唐山！却让罗茜一人苦苦撑着林家小院，把云昭拉扯到19岁。如果说，这18年中，有云昭与罗茜相依为命，她有个伴儿，然而，现在儿子长大了；儿子来信说，他要去上山下乡了，今后的岁月，罗茜便要独自一个人苦守林家小院了……

……想到这里，林子钟心底泛上来一股莫名的悲凉，他无奈地叹了一口气，深深地埋下了头。

此时，夜已经黑下来好久了，林子钟颤巍巍地立起身子，走向床头，从枕头下掏出一个油布缝成的口袋。

那里面有3帧照片。

/ 二 /

那时候，对于泉州南门外乡下的农户来说，照相可不是一桩小事。乡下没有照相馆，偌大的泉州城，也就只有中山中路花桥亭再往上走的那一家罗克照相馆，四寸见方的黑白照片，连拍带冲一组3张就得4元钱！4元钱对于当年的农户们来说，可是一笔不菲的支出！在上个世纪50年代，一斤猪肉还卖不到6角钱，而绝大多数的农家，非到过年过节，桌面上是很难见到肉腥的！而且，就御桥村而言，出入一趟泉州城，往返就得10多里路！

18年里，罗茜与云昭只寄过来3帧照片：这3帧照片都是在罗克照相馆照的。

多少年了，多少个夜深人静的时刻，马尼拉王彬街上的林子钟，只能从枕头下抽出这3帧照片，按亮电灯，深情地看着照片里的人……

现在，他又依次把那3帧照片捧在手里，细细地凝视着……

……第一帧是林云昭上三省小学一年级时照的。1955年初秋，林云昭8岁了，而罗茜呢——25岁了。她坐在一张大靠背椅上，把站在前面的林云昭拥在怀里，云昭的头偏在一旁，以免遮住身后罗茜的脸颊。他偏过去的小脑瓜儿，已有坐着的罗茜的额头高了。或许是懂事后的第一次照相吧，林云昭靠在罗茜怀里笑得很甜。他身后的罗茜，还明显地有着红奚礼示郊外热带渔家少女的风韵：不高不低的额头，略带些许忧郁神色的重眼皮后面的那双瞳孔，那笔直的小巧的鼻梁，那圆圆的下巴……夏季刚刚过去，秋凉还未到来，罗茜还穿着唐山闽南乡下姑娘的那种偏襟衫，是半长袖的，白底碎花布做成的，黑白照片上看不出偏襟衫上花朵的颜色：红的？粉红的？金黄色的？只看到露到袖管外的，轻轻地搂在林云昭腰前的那双小臂是浑圆的。

7年整了，儿子长大了，罗茜呢——也完全长大了！

第二帧，也是照在初秋里，罗茜依然穿的是半长袖衫，但不是偏襟的，而是对襟衫。这是一张彩照，已经能够看出罗茜穿的是那种浅绿色底印上金黄的雏菊花的布料了。这是1961年秋天，林云昭接到泉州城初中录取通知书时照的，罗茜已不再将他拥在怀里了。他紧贴在她左边站着，罗茜还是坐着那种大靠背椅，她的头部只到了站着的林云昭的耳朵旁，6年了，儿子显然长高了一个头！罗茜的右手臂搁在自己的大腿上，左手臂绕过林云昭的后背，抚贴在他的小臂上。天哪，6年过去，罗茜那浑圆丰满的手臂已不复存在，照片上看到的手臂是让人触目惊心的骨节！她才……31岁哪，怎么双颊就如被刀削去了一样，那张脸是那样的清瘦憔悴。

她顽强地笑着！

那双有些沉陷的美丽眼睛里，吃力地露出了一种阳光般灿烂的笑容！——这种笑容，只有那些在艰难的生活中，见着一天天长大的儿子，而且觉得儿子有出息的母亲的脸上才能找到！

然而，她不是一个母亲！她依然仅是一个已到了31岁的未婚女人——一个处女！

这种笑容之所以比一个真正的母亲的笑容更加令人震撼，那就在于它不是母亲的笑容！

——它是罗茜的笑容！

子钟啊子钟！你要知道，这是一张拍摄于1961年的照片——子钟啊子钟！你可知道，这一个年头，你的遥远的唐山故国，正在经历着一场空前的大饥饿！每一天，当你的儿子能够喝饱了粥背着书包走进学堂，扑闪着双眼坐在教室里的时候；罗茜只能喝着儿子不忍喝尽的那些粥汤，不让自己饿昏过去。而在初秋里升学考试的那一天，当你的儿子啃光了整整一只炖汤的母鸡——那是你唐山家中唯一一只饿得只剩皮包骨再也下不来蛋的老母鸡——精神抖擞地走进八里路外的泉州城中学考场的时候，罗茜正在满山遍野地寻找枯黄了的番薯叶充饥啊！

自从饥饿蔓延开来之后，她一直都把从生产队食堂里打回来的那点稀粥，浓的都捞进林云昭碗里，剩在锅底的米汤，她喝了——为了把生命延存下去，为了还能喘过来一口气活下去——否则，林云昭便没人照顾了！

……记住罗茜吧，林子钟！记住罗茜吧，所有生活在菲律宾的中国人！——过去的，现在的，将来的……

忘记，就意味着背叛——那是一种对于崇高与伟大的背叛。

/ 三 /

在泉州南门外，甚至在整个闽南地区，一直以来，就长久地流传着一句民谚“三十打捕是真男，三十查亩是老人”。闽南话称男人为“打捕”，称女人为“查亩”，这是原汁原味的闽南方言。这句话说的是男人到了30岁，才算真正进入了人生的黄金季节：包括生命，包括事业；而女人呢，一旦过了30岁的门槛，便逐日走向人老珠黄了。

然而，菲律宾王彬街上的华侨商人林子钟商海中的黄金岁月，是早在1948年，他25岁的那一年就开始了。那一年，他以高于实际的价钱盘下姑舅父朱永明的店铺之后不久，刚从美国回到菲律宾的李东泉遗孀颜漱夫人，又鼓励他赎回了林记商号，他一下子有了两家店铺。菲律宾光复之后，美国资本大举进入菲律宾，那时候，年纪轻轻的林子钟不仅在王彬街上，甚至在马尼拉，在菲律宾各地的商界，都以诚信厚道闻名。他的声誉很快进入了美国大型洗涤品制造厂商高士洁跨国公司的视野，在经过了很长一段时间的明察暗访之后，该公司的东南亚代表处找上了林子钟，让他作为高士洁产品在菲律宾国北吕宋地区的总代理商，并且签下了20年的合同期。那是1948年8月里的事，随后的日子里，林子钟呕心沥血，拼尽全力地在北吕宋地区推销高士洁的产品，应该说，对于美国人，林子钟的心中是有感情的，这种感情来自抗日战争的那些岁月。在菲律宾沦陷前后，居住在菲律宾的美国人，曾经与菲律宾华侨并肩浴血抗击着日本侵略者。林子钟是一个重情义的商人，就为了那段历史，林子钟卖力地为美国的高士洁公司开拓着市场，当然作为商人，他也获得了丰厚的回报，如果没有后来发生的事，林子钟完全可能成为千万富商亿万富商的。

1949 年大陆解放后，中国共产党人执政。对于远在唐山的那场翻天覆地的变革，林子钟感到由衷的兴奋，虽然远在南洋，但是旧中国屡屡强加在林家头上的那些灾难，他一次也没能逃脱！现在，唐山终于解放了，共产党终于执政了！他是从当年卢老师身上，感受到中国共产党人是什么样的一群人：卢老师他们那个政党掌管江山政权，那是林子钟一家人盼望了多少年的事呢，终于在他林子钟这一代人身上实现了！

他多想插翅飞回唐山啊！他多想回到解放了的祖国，那里有失散多年的卢老师，有沈尔齐（当时他还不知道沈尔齐已经战死）、黄杰汉，还有他牵肠挂肚的儿子云昭，以及罗茜……

然而，他终于没有回去！他实在是分不出身去！

唐山解放，却使菲律宾华侨陷入了一种困境。新中国政府成立了，国民党政府的“驻菲使馆”依然存在，菲律宾政府以及大多在菲律宾的美国人；当然是包括了美国政府驻菲使馆及大多美国商人，都只承认设在台湾的国民党政府。那段时间，在菲律宾华侨社会，一时间里，也人心惶惶，乱成了一锅粥。抗战期间，家国存亡的生死关头，菲华社会不问姓“国”姓“共”，万众一心，同仇敌忾的那种局面已不复存在，很快分成了两个派别。两方同时存在的局面，使旅菲华侨的处境日益艰难，时起时伏的“菲化案”更加甚嚣尘上！在那样的状况下，林子钟难以脱身啊！

然而，林子钟毕竟是幸运的，他是美国的代理商，其时，美国的各方势力在菲律宾迅速扩展，甚至左右着菲律宾的政局。他因为代理着美国商品，而没有像大多华侨商人那样受到“菲化案”的严重冲击，他的生意做得顺风顺水。

然而，抗美援朝战争爆发后，林子钟一下子陷入了深沉的彷徨困惑之中！

他在旧中国经受过的灾难与屈辱；他的生活经历，决定了他的心中只有北京的新中国政府。现在，抗美援朝战争打起来了，那是新中国的军队在朝鲜与美国人打仗，有多少新中国的儿女在前线流血牺牲，而他却在菲律宾推销着美国货，那不就如同在抗战中经营日本货？

作为商人，在菲华社会，不管是亲共的还是亲台的，没有人会去指责他在那个年头代理美国货，可是作为一个从孩童时代开始就向往着、崇拜着中国共产党的中国人，他的良知，使他觉得自己所做的愧对新中国——那才是他心目中真正的祖国！

那时候，沈霏已回到新中国了，一时间，他找不到一个可以倾诉心中困惑与彷徨的人！

促使林子钟最终痛下决心中止高士洁公司产品代理权的，有两件事：一是扶西、比罗父子，具体地说是比罗；二是卢老师女儿的死。

长期以来，菲律宾是作为美国的同盟国存在的。依照同盟国之间的军事条约，朝鲜战争开始以后，菲律宾国必须派出军队，加入美国指挥下的联合国军与中朝联军作战。菲律宾开始在全国范围内征集北上参战的兵士，比罗也属征兵对象，然而，他逃脱了，他连夜从红奚礼示驰马来到了王彬街，找到林子钟门上：

“子钟先生啊，我要在你店里躲几天……我不能与你们……中国人打仗……真要那样子。我对不起你们，对不起我的妹妹罗茜，她还在中国啊……”

听清了事情的缘由后，林子钟突然感到了自己的自私。比罗只比林子钟大两岁，可他是这样大义凛然地珍视着与中国人的感情！那时候，在菲律宾逃脱兵役可是要被判刑的！

那一夜，林子钟把比罗藏进自己店中——那也同样是犯法的，可是林子钟别无选择……

几天之后，他又收到了姑舅妈林仁玉的来信，信中写到了卢老师的女儿莹莹在朝鲜前线战死的消息，悲痛之余，他更是受到良心的谴责！

第二天上午，林子钟终于作出了一个差不多令整个菲律宾华人社会都感到震惊的决定：他单方终止了美国高士洁洗涤品的代理权。为此，他必须付出巨额的违约金，他再一次卖掉了林记商号，并以朱林记商号为抵押，向银行贷款，按期付清了违约金。

办妥了这件事，他终于舒了一口气，觉得自己又做回了可以昂首走在王彬街上的中国人林子钟了！按照中国人传统的说法，这一年林子钟虚岁才 29 岁。

卖掉了林记商号，抵押了朱林记商号，林子钟又一次陷入了困境之中！

多年之前，在他以超过实际价格的款项盘下舅姑父的店铺之后，就曾经对唐山的姑舅妈承诺过：朱省身如果日后有意前来南洋谋生，朱林记商号仍可作为他的庇身之所。为了这个承诺，他忍痛卖掉了与自己有着千丝万缕感情的林记商号，保住了“朱林记”，而为了真正保住“朱林记”，他必须拼命赚钱，偿还银行抵押贷款！父亲早已过世，罗茜又去了唐山，30 岁不到的林子钟，只能单肩挑起人生的重压！

他是一条有诺必践的汉子，过去的多年之中，他一直冒用沈尔齐的名义，按时给清濠村的沈家足娘捎去生活费用，有时甚至比寄给罗茜的还多！1951 年，他接到了沈霏寄自唐山的信，信中告知了沈尔齐的确切下落，要他千万别再往清濠沈家捎钱，今后一切由她负责（并嘱咐寄放在他那里的沈尔齐穿过的新四军军装要精心保存），他了解沈霏的为人，接到那封信后，他才没有再往唐山清濛沈家捎钱。

生存的重担，压得林子钟多年来不敢存有回唐山故里的想法！年复一年，就这么过去了 18 年！

/ 四 /

……此时，他捧在眼前的那帧照片，是摄于 1964 年初秋的。仍然是泉州城里的罗克照相馆照的，仍然是儿子云昭与——罗茜！

依然是那样一张靠背椅，坐在上面的依然是罗茜，紧贴着站在她身边的依然是儿子云昭。

是彩色的照片。1964 年的彩拍技术，比 1961 年进步了许多，从照片上可以清楚地看出，罗茜穿的已不再是浅色的碎花布了，是灰色的偏襟衫，她的辫子已剪成了盖到耳根下的短发了。18 年唐山泉州南门外的风风雨雨，似乎已洗去了她身上所有的“番婆”痕迹，当年那个美丽的南洋少女，如今已成了地道的泉州南门外农妇了！生长在菲律宾祖国的 18 年，加上在唐山中国生活的 16 个春秋，照片上的罗茜该是 34 岁了！

我们已经说过：闽南地区有一句古老的方言，叫作“三十查亩是老人”——34 岁的罗茜是老了；真的老了！她的眼角，她的额头，她的双颊，都那样令人心碎地老了！

而她依然笑着！

16 年的岁月，她为林子钟孤独地守护着林家小院，拉扯着林云昭，那是怎么过来的 5000 多个日日夜夜啊！她过得很艰难，然而，她只知道，远在南洋的林子钟一定过得更加艰难，否则他怎么忍心 16 年了，一直也不回一趟唐山！当年与曾文宝同船回到唐山，在厦门码头上他不敢走进已近在咫尺的溜石湾故乡的那一幕，她一直没有忘记——林子钟这几年来一定也和当年的曾文宝一样难呢！

她把自己 16 年来的难处嚼碎了，和着泪水咽下肚里去。在相馆师傅压下按钮的那一瞬间，她顽强地张开了笑脸，把那笑容寄到了遥远的南洋，她深信自己的笑容一定能使林子钟得到一点慰藉！

然而，林子钟是一条有情有义的汉子，一个有责任心的男子汉，所以他能读懂罗茜那张顽强的笑脸后面所掩盖着的深深哀怨！

番婆罗茜是一个痴情女子，尽管她深知，林子钟心中有一种爱已经随着杨月珍的死亡而死亡，永远不可能再重新萌发复活了。

可是她爱过林子钟！不是爱过，——而是永远爱着！

那是她的初恋！

为了这个初恋，为了这个永远不可能开花结果的恋情，她远赴唐山——为林子钟守护着林家小院；为林子钟拉扯着他的儿子——这一切，都是为了那份初恋！

如果林子钟还有眼泪，他会在此刻捧着那张照片，对着面前的番婆罗茜号啕大哭的。然而我们已经说过，他的眼泪，早在他不幸的少年时代就淌干了！

对着手中的照片；对着照片上的罗茜，他只能在心中泣血！

——那是一种比流泪，比号啕大哭更加沉重的哀痛！

在我的泉州南门外的故乡，我的御桥村的乡党们，不论男女老少，都是善良的，多年以来，没有一个人对林云昭说起事情的真相。所以，林云昭从来就没有怀疑过罗茜不是自己的生身母亲；他一直以为她真的就叫作杨月珍；他一直理所当然地承受着罗茜的那份宽宏深沉的母爱；他也一直回报着她一个儿子对于母亲的那份纯诚的孝道……

/ 五 /

按理来说，在1966年的秋天，罗茜与云昭又会给林子钟再寄去一帧照片的，因为这一个季节，该是林云昭高中毕业了，甚至考上大学了，可是林子钟盼望中的那帧照片一直没有到来！

儿子该是19岁了！是真正长大成人了，而罗茜呢——是37岁了！她又往老里变了吧……

林子钟不忍往下想！

1966年圣诞节过后收到这封信，依然没有照片！

——因为林云昭没有读到高中毕业，没有考上大学！善良纯真的罗茜，把这些本来应由整个社会来承担的过失，竟都揽到自己身上来了。她觉得，没让林云昭读到高中毕业考上大学，是她辜负了在南洋茹苦操劳的林子钟！所以她没有在1966年秋天再带上林云昭到罗克照相馆为林子钟拍过去一张照片！

那封信是林云昭背着母亲写的——他怕伤了罗茜的心！

信寄出去好些日子了，早已过了元旦，1967 年来了，又过了春节，父亲还是没有回信！

/ 六 /

多年来，每一次接到唐山的家书，无论手头的事情有多忙，林子钟都会及时回信。他的整个童年时代是在唐山，是在林家小院里度过的，至今，他仍然清晰地记得，在寂寞的小院里，当天井外的门环敲响的时候，瘦弱的母亲是如何快步奔了过去，双手捧过泉州南门兜批局的信差递过来的南洋批信，那当然是他的父亲林仁和寄来的！每一次拆着信封的时候，母亲的双手都在打抖，直至确认那是一封告诸平安的信笺之后，母亲才能舒出一口气，双手不再打抖！

他深信，如今居住在那所小院里的番婆罗茜，必然也会如当年的母亲盼望父亲的批信那样，等待着他的信笺。当然，也包括了儿子林云昭的等待——就如同他林子钟当年等待父亲林仁和的信笺。

然而，他为难了，面对云昭的来信，他难以回复啊！

解放 17 年了，他一直以为唐山从此是乾坤朗朗，太平盛世了！那时候南洋非常遥远，菲律宾政府与北京中国共产党政府还没有建交，许多唐山大陆的消息，大都只能通过台湾国民党政府“驻菲使馆”那里获知。那时候，唐山海峡两岸的中国人壁垒森严，要么你我兵戎相见，要么相互口诛笔伐，那段漫长的岁月，真让众多旅居南洋的中国人左右为难：亲台呢还是亲共？

作为林子钟，他义无反顾地选择了亲共！他向往着北京的新中国，那年头，马尼拉市的台湾国民党政府情报机构是多得很呢！他们可以随时通过各种渠道拆检番客寄回大陆唐山的信笺，为了寄出的信笺能顺利送到大陆唐山亲人的手中，那些亲共的番客们自有自己的暗语，比如说林子钟。他每次给罗茜给儿子，都提到要听“阿公”的话，罗茜与云昭自然心领意会，那是说要听共产党的话，要拥护共产党！——那情景，就如同早年间番客往唐山汇款，为不露财，往往在附言中把“现洋”几多写成“线丸”几粒一样——互助合作、反右派、公社化、吃食堂、大炼钢铁……林子钟一直深信不疑这是共产党正带领中国人往正道上走；他一直深信着中华民族从此站起来了！多年之前，在得知卢老师出事时，他惊愕不已！他深信卢老师的为人，他深信唐山大陆的共产党人都是如卢老师那样的人！那样的好人怎么会出事呢——他迷茫了好长时间，最后，他只能安慰自己：兴许那只是一场误会，就像亲兄弟、亲父子，甚至是夫妻，有时还会碰碰磕磕呢！

而接到儿子的信后，他的头一下子大了；云昭再不能上学了；不能上大学了！作为一个长年怀着尽忠国家理想的番客，林子钟想让远在唐山的儿子学成报国的希望破灭了！

怎么会是这样呢？怎么会是这样呢？在接到儿子信笺后的多少日子里，他就一直重复着这句话。他多想找一个人商量啊，可是沈霏、黄杰汉他们早已回到唐山了！他找谁去诉说心中的迷惑啊？后来，他想到了颜漱夫人，几十年了，林家父子一直对她充满了崇敬之情。1967年的春节期间，当林子钟去向这位德高望重的前辈拜年时，把云昭的信也带了过去，他恳求这位已逾古稀的老人指点迷津。而对于颜漱夫人来讲，自从抗战中认识林子钟之后，多年来，颜漱夫人都将林子钟视为贴心亲人，不是骨肉，胜似骨肉！

此时，林子钟就坐在颜漱夫人的客厅里，他恭敬地把唐山来信递给老人家。已逾七旬的颜漱夫人戴着高倍的老花镜，在一遍遍地细读了云昭的信之后，沉思良久，终于轻轻地叹出了一口气：

“子钟啊，我是一如既往地深信唐山的共产党不会做错事的。我们这辈人，包括已过世的东泉，经历得太多了，从朱毛闹革命起，唐山的共产党走到今天，不容易啊……既然是政府的号召，我想不会错的，你就给儿子回一封信吧……好男儿志在四方，只要怀有为国为民之心，做哪行都一样啊……”

/ 七 /

一直等到过了1967年的元宵节，林云昭才接到了父亲的回信，而他写给父亲的信，已寄出去两个月了！

他太年轻了，他还不能理解父亲在写这封回信时是多么的艰难！

作为父亲的林子钟，除了盼着儿子云昭学成报国的那个愿望破灭之外，他还想到了罗茜……

林子钟的来信，信首还是那样尴尬的称呼：“云昭我儿并转告你的母亲”，他不能像当年林仁和的来信信首所写的那样“秀娥贤妻子钟吾儿”。罗茜远赴唐山之后，林子钟在往唐山寄出第一封家书时，信首那别扭的字眼，是在信写下之后，他苦苦思索了好几天才添上去的。从此以后的19年中，他就一直沿用着这尴尬的称呼：

云昭我儿并转告你的母亲：

……接读来函多时，奈因为父商事繁忙，以至今天才举笔回信……云昭儿已长大成人，为父甚感欣慰。然云昭儿能有今天，全仗你的慈母辛苦操劳哺育，此等深恩大德，为父我与云昭儿都该终生铭记……关于上山下乡务农之事，既是政府号召，想必其中一定有远大道理，父不轻言阻止。但为父建议二项：一务必尊重你母亲之意；二是望我儿不要远赴离家过远之地，如新疆、云贵等地，而只选在泉州周边农村，如永春、安溪、德化等县……一来免得你母亲放心不下，二来，你在农闲时更可往回家中与你母亲团聚……19年了，为了你，你母亲过得不容易啊……

人再细心，也有疏忽犯错的时候，云昭在读到这里的时候，停下来对罗茜说："妈，老爸忘了我今年已是20岁了，他还说是19年呢，你看……"

林云昭这句较真的话，令罗茜泪眼模糊了……

——亲爱的儿子，你还不知道你的身世；你还太年轻了，人世间有些事，有些话是不能较真的啊！

/ 八 /

过了正月，泉州城第一批上山下乡落户的知青就要动身了，农历正月二十七早上，罗茜对云昭说：

"昭，还有三天时间，你就要走了，今天日头多亮，你该去溜石湾向你姑舅婆，向你省身表叔辞行了。"

"妈，我这就去，"云昭低着头说，他不敢看罗茜的眼睛。自从接到父亲的回信之后，好些日子了，他再没见到罗茜露出笑容，他能理解，这是为了什么。他答应着罗茜，把厅堂里的自行车推下天井，推出了门，"妈，我去了……"

未到晌午，日头光已洒满了溜石湾。正月还未过去，农户人家还不到下田的时候。村街小巷静悄悄的。

1967年元宵节前后，春雨就来了，而且雨中还夹着风。连续几个日夜紧锣密鼓的风雨，把贴满朱家小院外墙上的那些大字报都洗去了，而且，林仁玉也不再每天三乡五里地敲锣游街了，那些造反派都已聚集到城里去揪更大的"走资派"、更大的"牛鬼蛇神"了。谁也没有心思来管她这个糟老太婆了；

也没有谁来告诉她当初是谁起的头来抄她的家，游她的街；更没有谁来告诉她为什么抄她的家，游她的街。最后呢，她掏出随身带着游街的那个本子要让所到之村的革命造反派负责人签字盖章时，竟被人推出来：

“哪来的疯癫派，憨婆子，吃饱撑着没事啊？游什么街啊？去去去！”

事情就是这样子——那个年头，留下了许多无底的谜，说不清道不楚，林仁玉一直到死也没弄明白那究竟是怎么一回事！

现在，她正坐在天井里，在暖春的阳光下缝补着衣裳。见到娘家外甥孙推着车子进了门，她迎了过去：

“昭，啊，才几天不见，又长高了，比起来，省身要比你矮一截呢，你爸也没你高呢，咱林家几代就数你长得高！”林仁玉搬过来椅子，让云昭坐下后，又忙着上灶屋里煮红糖鸡蛋汤去了。

吃过了蛋汤，林云昭才对老姑婆说起了上山下乡的事。林仁玉听着，沉思片刻，终于叹了一口气说：

“哎，这世界，姑婆老了，也不知道该怎么看了……怎么说才好，但听毛主席他老人家说……世界……归根到底是你们的……只是现在，书也没得念了……你想去永春乡下落户耕田，你跟你的老爸你的——老母也商量过了，姑婆还能说些什么哩，你走了之后……可苦了你老妈了，她就孤零零的……哎，这当女人的难啊……”

听着姑舅婆的叹气，林云昭心里一下子又堵满了辛酸，虽然年纪轻轻的，他却能体会出姑婆话中的悲凉：

“姑舅婆，永春县离泉州很近呢，不像老爸去了南洋，隔天隔海的，我能常回来看我妈、看我姑舅婆的——哦，怎么不见省身表叔在家呢？”

“这些时间，都往泉州城里跑，有时候也不回来过夜。”

“那我这就进城去向他告个别。”

林云昭说罢，便辞了姑舅婆，推出自行车，紧踏急踩地进泉州城去了。

“别光急着赶路，路上小心哎！”老姑舅婆追出门来，看着娘家外甥孙的车子出了村，拐过了路口，不见身影了，才回转身来，独自叨念着：

“这是怎么回事，番客家的男人都留不住！”

/ 九 /

朱省身已经在泉州城内的一个工宣队“上班”好几天了。

那个工宣队驻在泉州市教育局，工宣队长姓刘，就是去年秋天扣下朱省身表叔侄俩自行车的那个工人纠察队队长。

这是个原来在泉州运输公司当钳工的师傅，按照市里革命造反司令部的安排，他们那个工宣队进驻市教育局夺了权。他手下的那些队员都是工人阶级，根红苗正，只是苦于肚子里少有墨水，教育局的人可个个都是敲得响的“臭老九”，要跟那些人打交道，总得要有一些文墨，他手下又缺少这样的人，他这才想起了朱省身。去年秋天扣下车后，朱省身写的那张检查，他一直记着。他发觉朱省身人挺老实忠诚的，而且理论水平也高，才能写出那样的检讨书，上纲上线，了不起呢，他的工宣队正需要这样的人。于是，他按照检查书上的地址，向上打了份报告后，把朱省身要了过来。后来，又从朱省身双眼含泪的叙说中，知道了他父亲朱永明在南洋被日本人杀害的事，这位热心的工宣队队长就如同看了一部抗战电影，他坐不住了：

“这是地地道道的抗日烈士，而且是国际抗日烈士呢，跟白求恩是一回事，白求恩是加拿大共产党员，不远万里来到中国牺牲了，你老爸不也是为了抗日，在南洋牺牲的吗？你就是国际抗日烈士的后代，你如实写个报告，我盖个章送上面去……这不明摆着是国际抗战烈士的后代吗？”

“国际抗战烈士”这个词是刘队长发明出来的，朱省身也就按照这个意思写了一份报告交给刘队长，刘队长所说的“上面”，也不知道是哪个上面，过了好多天，总不见批复下来。朱省身多了个心眼，又另写一份，让刘队长签了名，盖了工宣队的公章，随身珍藏着：

证明

经我工宣队认真上查外调，证实祖籍晋江县红旗公社溜滨大队的朱永明同志，于一九四二年为支援菲律宾人民抗日战争，与日本侵略者浴血战斗，英勇牺牲，其国际主义精神值得学习纪念，并且应当追认为国际抗日烈士，其独子朱省身同志应作为烈士子弟身份。朱省身原在泉州市第十中学就学。

此证

泉州市教育局工宣队（盖章）

队长：刘长春（签名）

一九六七年二月二十八日

林云昭到达城里教育局时，朱省身还没有下班，听着比自己大了几个月的表侄说明情况后，朱省身便一个劲儿地鼓励他：

“毛主席他老人家说了，农村是个广阔的天地，知识青年到农村去是大有作为的，云昭啊，我们赶上了毛主席的好时代，能够上山下乡干革命，要不是在工宣队，我也想到广阔的天地去呢。”

林云昭说：“日后总会有机会的，我先走一步，算是打前站，你随后过来吧。”

表叔侄俩约定下来后，林云昭就告辞往家赶了。

/ 十 /

1967年的春雨又下起来了。

那时候，罗茜刚刚迷糊过去，忽然觉得屋顶上有人在猛砸瓦片！她一下子坐了起来，定了一下神，才知道是落雨了，而且还夹杂着阵阵雷声、风声。她浑身哆嗦了一下，感到一下子天寒了下来。

闽南春季的天气，是三天两变，甚至是一天多变的。整一天里，暖洋洋的南风吹得人骨头缝都发酥了，也不知道夜里是什么时候变了风向，刮起了冷飕飕的北风，而且风把雨也带来了，雷也带来了，一下子变得死冷死冷的。又一阵雷声响起，雨点也急了起来，罗茜连忙下床，披上夹袄，打开房门闩，举着油灯，朝云昭的房间走去。

这临睡时还暖热暖热的天气，一下子竟锥皮钻肉地冷了下来，云昭那孩子，有没有把被子盖好？过两天就要出发去永春了，这阵子可别着了凉。

云昭睡的房间，没有关上门，只挂了一扇密密的竹帘。自从上了小学，他自己睡一间房之后，他就一直习惯开着房门睡觉。罗茜走到门口，掀起门帘，举着油灯走了进来，小小的偏房里一下子亮堂了。罗茜往床上一看，可不是，云昭把被子都推到胸下去了，两条胳膊搁在袒露的胸前，全不知道天气已骤然冷了下来！罗茜走了过去，把油灯举在床前。

她怔怔地站在那里，久久地凝望着枕头上灯光映照下的那张脸……

她心里猛地一震！那床上睡的不就是林子钟吗？

……

在孩提时代，她曾经随着哥哥比罗坐着马车往王彬街上的华人店铺送海货，那是二十几年前的事了。她第一次见到的林子钟不就是这个样儿？活生生的一个模子里印出来的父子俩啊！后来，她到林记商号帮工，她长大了，逐渐懂得了男女之间的那种爱。于是她把自己如火的初恋倾注到林子钟身上。那是一种刻骨铭心的恋情——如同她的芭拉姐姐爱朱永明那样的生死恋情！当她继续长大，终于长到了能够明白林子钟永远也不可能给予她所渴求的那种爱的年纪时，她义无反顾地选择了逃避。她离开了南洋，来到异国唐山，来到林家小院，把对林子钟的那份难以割舍的恋情，以母爱的方式，转接到林云昭身上——残酷地说，她是一个失恋的女人！但她不能没有爱！19年了，她就是靠着这种爱，把襁褓里的林云昭拉扯到今天这个年纪……随着云昭的日渐长大，每天她看到林云昭，就如同看到远在王彬街上的林子钟。可是林云昭也要离开她了，这孤独的小院，将只剩下孤独的她了，今后的日子，她只能在夜里、在梦中，见到林子钟，见到林云昭了——可是那样的梦，是她想做就能做得来的吗？

看个够吧，罗茜！你看，云昭正睡得香呢。你尽情地看吧，看那直挺的鼻梁，看那宽宽的前额，看那方方的下颏。儿子正闭着眼睛睡觉呢，你可以尽情地看。还有两个夜晚，你就难得看见他了，他要上山下乡去永春——永春在哪里啊——就在邮递员把林子钟回信送到的那天，儿子为她翻开了地图，在1∶3000000的图面上，儿子告诉了她泉州市与永春县的位置，那之间的距离还不到一个拇指宽呢，儿子还指出在地图右下角的一串岛屿："……妈，你看，这里就是菲律宾，爸就在那里，你看，那才叫远呢……"

是啊，那才叫远呢，19年前，她与曾文宝回唐山，坐了7天6夜的船！那还是快了呢，林仁和他们那辈人年轻时下南洋，要坐整整半个月的船哩！

她又想到了林子钟，他现在一个人，孤零零的，换下的衣服，谁来洗？饿了，谁给他端过去一碗吃的？还有云昭，就要出远门了……到了生疏的地方，日子能过得惯吗？

善良的番婆罗茜啊，你就没有想过自己，为了那份刻骨铭心的爱，你一生中最美好的年华，都消逝在这林家小院了！她又把目光落到了云昭脸上，她真想扑上前去，俯下身子，在那一张脸上，在那个宽宽的额头上亲吻一下！这个念头刚一闪过，她立刻就脸上发烧，心慌意乱起来——那不是她的儿子！他已经长大了！

……19年了，林子钟的信上写得没有错，但确切地说，还差两个月才满19年，罗茜是清楚地记得的！20岁了，云昭说得也没有错，他是20岁了，在一周岁又两个月的时候，罗茜从遥远的南洋来到了唐山，来到了林家小院，从此以后，林云昭就当她是妈了！

她突然想哭，但又怕哭出声来，于是她抿紧了嘴，用上牙咬住了下唇，然而，大把大把的泪水还是涌了出来……

云昭睡着了吗？是的，他睡着了；他沐浴在罗茜饱含深沉母爱的目光里，香甜地睡着了。随着他胸膛的上下起伏，一阵阵均匀的低微的鼾声传了过来。对于罗茜来说，那是多么动听的乐曲！

又一阵雷声响过，又一阵倒春寒的风穿梭过来，油灯差点被吹灭了。

这孩子，这么冷的寒夜，怎么就把两条赤裸裸的胳膊搁在被窝外！她看着，又跨近一步，把油灯搁到床前的桌面上，紧贴着床棂站住了。而后，她一手轻轻地提起林云昭的一条胳膊，一手提起被端，把棉被拉到云昭脖子下，将他的手臂塞进被窝里。当她提起他的另一只手臂时，却感觉云昭的两条手臂张开了，把她的头拥进怀里，同时，她的耳边响起了这样的声音：

“妈，亲爱的妈，你去睡吧，别着凉了……”

儿子显然没有睡！当她提起他的一只手臂时，他就醒过来了！他深感内疚——他要离家了，他要把妈妈孤零零地撂在这里了，他想不出用什么话来安慰母亲！他没有勇气睁开眼睛去窥视母亲那张凄凉无助的脸，他只能闭上眼睛装睡……

……儿子那声亲切的呼唤，如一股滚烫的热流从罗茜的耳窝直冲向她的胸怀，那股暖流在胸怀里一阵翻滚，化成泪水，奔腾着涌出眼窝，无声地流淌出来了。

她把整张脸埋在儿子的怀里，尽情地放声抽泣了起来。

……她说不清自己为什么哭了起来：为子钟？为云昭？还是为了自己？

第二章　遥远的鲁山

/ 一、记忆中的歌 /

（一）

海蓝色的天空
飞翔着雪白的鸥鸟
美丽的晋江两岸
是可爱的泉州古城
啊
我的家乡
长长的顺济桥
横断了晋江
连接着清源罗裳与灵源
三座雄伟的山下
有高耸的东西塔
那里是我的摇篮血迹。
告别了妈妈
再见了家乡
金色的学生时代
已载入青春史册
一去不复返了
啊，未来的道路多么艰难
曲折而又漫长
生活的脚印
深浅在偏僻的异乡
踏着阳光出
伴着月亮归

沉重地修理地球
是光荣神圣的天职
我的命运啊
用我们的双手
绣红了中国
绣红了世界
相信吧
幸福的明天
一定会到来
告别了你啊
亲爱的妈妈
擦干你的泪水
洗掉心中忧愁
洗掉悲伤
啊，心中的亲娘啊
你母爱的星辰
永远放射光芒
温暖着异乡的孩儿……

……多年之后，林云昭去了香港，去了南洋，去了马尼拉王彬街，帮父亲料理店务，在异国他乡，不论他是在顺利的时候，还是在困境之中，他的口中常常会升腾起这支歌；他的心中常常会缠绕着这支歌。

这是一种情结，一种知青情结。当年有多少泉州知青，包括林云昭这样的高中毕业生——后来被称为“老三届”的“番客儿子”，是唱着这支歌去了异乡，去了广阔天地的。这支据说是发源自南京的歌，传入闽南之后经过泉州一带（当时还叫晋江地区）知青们的修改，便成了地道的泉州版“知青歌”了。

当那段花季年华过去，泉州城内以及南门外的那些“番客”的后代告别了他们曾经扎根的山村，去了海外谋生，这支歌也带着那个时代一段美好或辛酸的记忆，伴随着他们去了南洋，去了西欧，去了北美……

（二）

1967年，阳春三月，离清明节还有好些日子，一辆外壳漆泥已经龟裂的老客车，正艰难地爬行在上坡的曲折的盘山路上。这是从永春县桃城车站，开往该县最偏远的一都公社的长途车。

昨天下午，晋江地区革委会派车，把前往永春、德化、永安、大田、漳平等山区插队落户的知青，一路送到了各个县城。当夜，林云昭暂时住在永春县城桃城的招待所。他是被安排到一都公社的。第二天早上，便有公社来的人带他搭乘前往一都的客车。来人见到林云昭后，先自我介绍：

“我叫陈文东，履历表我看过了，你叫林云昭，泉州培元中学的高中毕业生，20 岁，我呢，29 岁了，整整大了 9 岁呢！在鲁山小学教书——鲁山大队，好地方啊，山好、水好、人更好……”走在前去乘车的路上，那个叫陈文东的老师自我介绍道，并动情地赞美自己的故乡与乡亲。

“那我以后该称你陈老师了，陈老师，你老家就在鲁山大队了？”林云昭打量着陈文东，只见他瘦削、线条分明的方脸上戴着一副眼镜，镜片很厚，可见度数是很高的。那黑色的眼镜脚有一根断裂了，上面扎着白色的胶布。他把林云昭随身带来的包包袋袋尽可能往自己怀里揽好后，走在前面带路。紧跟在背后的林云昭，可以看到他的头顶，他显然比林云昭矮了一大截。说是 29 岁，可头顶上都冒出星星点点的白发了。

客车一出桃城，连绵不绝的大小山头便迎面扑来。愈往前走，山愈是高，都是上坡的路，大客车像是气力不支的爬山老汉，不时一顿一顿的快要喘不过气来了。

客车气喘吁吁地往上爬着，愈走愈慢了，车的两旁，一边是如刀削的山壁，一边是不见底的悬崖。已经到了 3 月，公路上溢满了无边无际的春意，只见长年不息的山泉，一条条挂在深深浅浅的山壁上，听不到流水的响声，却可以感觉到远远近近的泉水边上那些红的、粉红的、金黄的……各色各样叫不出名来的野花绽放时的轰鸣。

而后，汽车似乎已盘上了峰顶，缠山绕岭的云雾紧紧裹住了车厢。虽是大白天，司机还是打开了车灯。接着，司机便频频踩起了刹车，车显然是在急下坡了，满车厢的人前倾后仰的，心都悬到了嗓子眼上。

开头的时候，看到坐在车窗前的林云昭睁着惊奇的双眼，张望着车外满天地的鲜花，陈老师还不停地告诉他：那是映山红，那是金雏菊，那是雪白梨……还告诉他，鲁山村的花更美呢！

后来呢，陈老师便不再说话了。不知道过了多久，林云昭迷迷糊糊地睡过去了……不知道又过了多久，才感觉到陈老师轻轻地用胳膊肘子推着他：

“云昭，到了……”

云昭睁开眼时，发现客车已停在了一处平地上，车门开着，前面的乘客已陆陆续续下车了。

林云昭随在陈老师身后走出车来，落地一看，只见停车棚外竖起一个木牌，上书“一都站”。林云昭再回转头一望，停车棚的墙上有一挂钟，时针已指到12点半了！

“都12点半了！”林云昭叫出声来。

“没错，今天车算走得快，12点半就到了。”陈老师说。

林云昭暗暗一算，2元4角钱的车费，99公里，他们是6点半上的车，路上整整走了6个钟头！

一都车站显然是建在山顶上的，没有遮拦的山风从四面八方拥了过来，虽当正午，阳光很好，但还是感到了阵阵寒意，风却是清香清香的。

“陈老师，我们这就到家了吗？”他看着陈老师问。

“这是一都公社所在地停靠站，客车不再往前走了，我们还得走一段路，才是鲁山呢——走，镇街上有饮食店，先吃了饭再说——有一句话，叫过了这个村，就没有这个店了。”陈老师说。

林云昭回头望了一眼堆在站牌旁的行李，陈老师似乎看出了他的心思，便笑笑说：

“没事的，你就是搁上十天半月，也没人去动它，要是落雨了，还会有人帮着搬到车站内避雨的地方。”

（三）

出了车站，便是小街了，小街两旁高低参差的房子，一色深灰，厚厚的墙壁是深灰色的，屋顶上的瓦片也是深灰色的，整条街上的房屋就像一个个长满了皱纹，穿着深灰衣裳的老汉，默不作声地佝偻着身子站在两旁。

街中的那家饮食店，也是深灰色的，那是供销社开的。虽然才刚刚过午，但小店里已经冷冷清清了。陈老师选中了靠窗的那张餐桌，伸手拂走了桌面上的苍蝇，招呼云昭坐下了：

“你坐着，我去买票，”说着，陈老师掏出一个厚厚的牛皮信封，从里面倒出来一些角票粮票。

“还是我去买吧，粮票，钱我都带齐了呢。”云昭想站起来，却被陈老师不由分说地按了下去，他只好让陈老师上营业台去了。趁那空儿，林云昭环顾四周，看到了门旁的墙上贴着一张告示，上用醒目的毛笔字写着：

最高指示

要节约闹革命。

本日供应品种：猪肉粕米粉汤。

价格：每碗二角五分钱；粮票二两半。

配料：猪肉粕半大两，米粉丝二两半，茶籽油三钱，味精酱油一匙。以上配料对任何人不得多放，对任何人也不得少放，欢迎贫下中农革命群众监督。

永春县一都公社供销社饮食店启

林云昭发现那黑字红纸告示上蒙着不薄的一层尘埃，该是贴了好些时日了，最后的落款没有标明日期，也就猜不出纸头的“本日”指的是哪一天了。林云昭正看着，陈老师已端过来两大碗热气腾腾的米粉汤说：

“吃，趁热吃，这小地方，也没什么好招待你。”

林云昭提起筷子，不客气地吃了起来。他确是饿了，只顾着往口里塞着粉丝，也没品出那是什么味道，直到喝下了碗里的最后一口汤，才觉得舌头上有点麻麻的，他清楚，那该是肉粕没有漂洗干净渗出来的味道。

吃过饭走出店的时候，正遇上饮食店的仓管员往外搬着肉粕饼出来晒。在门外的空地上，林云昭看清了贴在肉粕团上的商标：

宁波皮革厂出品净重五公斤一九六七年一月出厂

林云昭明白过来了，那些肉粕团，是皮革厂从猪皮上刮下来的碎屑压制的，已经出厂两个月了，难怪吃了舌头上一股薄薄的麻辣味。

“镇上就这家饮食店，一年到头就卖肉粕米粉汤。”陈老师说着，脸上露出了不好意思的笑容。

/ 二、山民 /

（一）

两个人往回走到站牌下，看到了有几个挑担子的山里人正歇在行李旁，见着他们走来了，老远就高声地招呼道：

“陈老师，我们在这儿等你呢，看到这堆物件，我就知道是你们来了。”

陈老师答道：“还真是我们的行李呢——怎么，你们也到镇上来了，吃午了吗？”

“我们是来供销社化肥站挑农盐的，随身带了笋壳饭，早吃过了——刚好见到这些物件，就挂到我们的担挑上，一路走回去吧！”

陈老师回头对林云昭说：“这就是我们鲁山大队来的乡亲，”又转过头去，对大家伙说，“这是从泉州城来我们鲁山插队的林云昭——瞧，云昭，让我们抓了挑夫。”

“听毛主席他老人家的号召，没错，欢迎你到鲁山村来！”一位稍上了一点年纪的汉子一边说着，一边招呼大伙儿把地上的物件一一挂到挑头上。

“这就是鲁山村贫下中农协会的陈大桐同志，鲁山村上上下下都称他桐叔。”陈老师为那汉子作了介绍。

“起身吧，日头不早了——云昭啊，今晚到家后，吃我们山里人的家常饭。”陈大桐说着，弯腰顶起了担挑，走在前头。连同云昭他俩，一行 6 人跟在他后头，往前面的山路上走去了。

（二）

出了一都公社所在地的小镇区，迎接林云昭的又是连绵不绝的山路了。过午了，路上已少见过往的行人，远近的山坡山脚也没有屋舍出现。陈老师提着一根很结实的齐眉石竹竿子走在前头开路，林云昭紧跟着他，四个挑农盐的社员依次走在后头。

林云昭看着四面的山峦，尽是不见边不见界的林海，他终于感受到毛主席所说的“广阔的天地”了。面对满目青山，他只认得针松与毛竹。而香樟、楠树、红豆杉，还有正开着蒙蒙雪样花的白花梨木……这些，林云昭都叫不出名来。上午坐在车内看到窗外流淌的山泉，都听不到声响，现在能听到脚边淙淙的水响了，人行过处，不时有布谷的啼鸣前前后后绕着他们响。

“那是布谷鸟在催种哩——云昭，我没骗你吧，我们这里面的山比外面的山更美吧，是不是？”陈老师径直往前走着，头也不回地说。

“是很美，”听着陈老师的话，林云昭连连深深吸了几口气，只觉得一股股清新的香气沁人心脾，“很美，而且，很香，真的……”他说。

林云昭的赞美，令陈老师喜上眉梢，那情景，就如同当父母的听到旁人由衷夸奖自己的儿子有出息一般！

“更美更香的季节还没到呢，再有一个月，不，不用那么长的时日了，那时候，蝉叫了，把满山遍野的花都叫开了，那美啊，那香啊，不叫你醉，不叫你晕才怪呢！”陈老师说得更来劲了。

林云昭听出来了，这是一个对自己的故乡充满了深沉执着的热爱的人，才能说出来的话！

“停一停，”陈老师突然止住了脚步说。后面的人听着，也都跟着停了下来。站在身后的林云昭发现陈老师是在让着一条两尺来长的青蛇横过路面。

“那叫竹叶青，这样的尺头算是不小了。”陈老师看着那蛇扭着身子没入了路旁的草丛中说。

“竹叶青！书上写的，那是毒蛇啊！”林云昭吃惊地说。

“是很毒的蛇呢，刚刚冬眠出洞不久，毒性大了呢——哦，对了，你一定奇怪我手里有竹竿子，为什么不打它吧？这蛇不能打，有毒无毒都不能打，它们都吃老鼠呢，自然界要平衡，我们人类不能乱来，要遵守自然……法则。”

后面那几个挑盐的社员听着，也笑着搭腔了：“陈老师从不乱摘一朵花一根草，更从没看他打过蛇！别看他上路都提了根竹棍子。”

“我这竹棍子只用来打草惊蛇，蛇其实并不恶毒，你不踩它，它不咬你——人不犯我，我不犯人，云昭，你说呢？”陈老师说。

“可是还有一种说法，凡是反动的东西，你不打它就不倒，”林云昭听着陈老师说出来的话，都含着一种令人信服的道理，便想到了这句话来与他逗趣。

“嗬，有一件事，你可要记住，万一让毒蛇蜇了，你先得用带子捆扎在伤口的上下方，免得蛇毒随血液扩散全身。还要先用双手从外往伤口处挤，挤出毒汁。什么是毒蛇，记住了，一般地说，三角头尾巴秃的都是毒蛇。不过也不是绝对的，有时要是不见三角头秃尾巴的蛇，你都先当毒蛇处理。”

陈老师想了想，又说：“世界上真有那么多反动的东西，我看没有，就看你怎么看了——瞧，日头都偏西了，都走吧。”让过了那条竹叶青，歇了口气。陈老师又迈开了脚步，大家伙都跟上了。

三月的阳光真好，林云昭都走出一身汗来了，他想把身上的厚外套脱了，正伸展胳膊之间，背后挑盐的社员忙说：

“别脱别脱，我们这山里地气冷，不比你们外面地气旺，出了汗别忙着脱衣裳，当心寒气往骨缝里钻，受寒了。”

陈老师也说：“一都镇区到鲁山，是两铺来路——从概念上说，一铺路十华里，我们已经走出了一铺多了——对了，山里的一铺路，实际上要比十华里长得多。”

“快了，是已走了一半路了，上了前面那个坡，就是银杏集了，过了银杏集就算到家了。”后面一个社员接着陈老师的话说。

（三）

银杏集，说到就真的到了脚下。

银杏集是铺盖在一处山峰上的一片平地，那是方圆两三里地的一个不大不小的墟场。几年前，银杏集公社的所在地就设在这里，后来，就并到一都公社去了。眼下，这里还有一条直肠直肚的老街，老街尽头的那所银杏中学还在，不过今天是星期日。

到了银杏集，一行人都歇下脚来。这段一路上坡的山路，走得一伙人都出了汗，陈老师还喘着气呢：

“云昭啊，没想到你还真行，泉州城里来的人，第一次走我们这里的山路，却不见你掉了队。”陈老师完全不知道林云昭的底细：他的脚力是在球场上龙腾虎跃练出来的呢！

这会儿，一个挑担的社员，已从街旁人家那里讨来了一壶凉茶，他身后的一位大娘，端出一叠碗，跟了过来：

“是陈老师啊，大伙儿都家里坐啊，喝碗粥啊！”

陈老师看看云昭说：“云昭，要饿了，就进去喝碗粥再走。”

大娘接过陈老师的话，亲切地看了看云昭，也不认生，说：“这后生家，不是你们鲁山人吧，瞧着细皮白肉的，也比我们山里人高出一截子——都一样，往后路过银杏集，不用见外，茶水稀粥，糟菜竹笋，咱家供得起！”

林云昭说：“这会儿还不觉得饿，就是渴了。”

“那你就喝着吧，茶水有的是，”那大娘说着转过头去看看陈老师，“陈老师啊，我那个查亩外孙，就在鲁山村小学，您有印象吧。”

陈老师答道：“你是说陈燕玲吧，我怎么会不知道鲁山村那些孩子，不管是男是女，我不仅都认得，而且我都记下了他们的生日，也可以说，他们哪一年该进学堂了，哪一年该读中学了，我这都记着呢，陈燕玲——1958 年元月 3 日出生的，是吧？今年是读一年级，过几年就能升中学了。”

那大娘笑开了说：“陈老师记性好，真的是一本活户口本子，燕玲在你那里再读上几年就能考进银杏中学了，我想见她就容易了，不用爬坡过岭的上鲁山去了。都说人老是腿先老，瞧我这两条腿脚是一年不如一年了，细数起来，都有小半年没上你们鲁山了，心是想去，只是脚懒得动了。”

陈老师舀起一碗茶，先递给了云昭，云昭喝在口里，感到那茶水不凉不烫，像是专门为他们把了冷热，喝到喉里，回味甘甜，满嘴留香。

“你们喝着吧，我正忙着拣茶梗呢，明天茶站过来收茶叶了。喝过了，走你们的。锅碗都搁路沿上，待会儿我过来收拾。”那大娘留下这串话，径直走回家去了。

“这是地道的佛手茶冬片呢，冬季里采的茶叶，是吃了四季的山水灵气，才有这地道绵长的韵味。怎么，我们这里水好茶好吧。”陈老师呷了一口茶水，美滋滋地说道。

“人更好呢！”林云昭已喝完了那碗茶，便接过陈老师的话往下说。

“山里人嘛，都这德行，往后你住久了，会感受得更深的。”陈老师说。

“上级分配我来这里，是我的福分。”林云昭回答说。

听着云昭的话，陈文东想起了一桩事：“其实呢，来银杏集的泉州城里人，你不算头茬儿呢。八九年前了吧，我从泉州农校毕业分配到银杏集林业站没多久，那里就来了一个叫沈霏的同志。”

林云昭听着忙问：“是不是一位女同志？”

陈文东看着他反问道：“怎么，你认识她？”

林云昭说：“也不知道是不是你提的那个沈霏？”

陈文东说：“那时候，她是几百号民工的大队长，大家都称她‘张飞’……”

听到陈文东说出“张飞”二字，云昭心里便更有底了。许多年来。沈霏每从泉州城里回到清濛，便一定要到御桥村林家小院来看望他们母子的。

“那就是她了——啊，没想到她早也来过这里，你们是老相识了？”

“怎么说好呢？相处了大半年时间，她是上级领导——其实，说到底，她也是好人呢——好了，别说这个了，还是赶路吧。”陈文东把关于沈霏的话题截住，只顾埋头赶路了。

这时候，春天的日头已经靠近前面的山顶了，山区的黄昏快要来了。

此刻，是三月里山区一天中最美好的时辰，虽然已是三月份，但是山坳里的节季来得晚，真正的春暖季节远还没有到来。现在，大大小小的山峦在太阳下烘照了近一整天了，正往四处里冒发出阵阵暖气。山间小路上，不时有各式各样的开在早春里的花纷纷扬扬无声地飘落下来。而饱吮了春水的竹笋正在奋力拔节，静寂的山野间，时时可以听到笋壳胀裂剥落的咔嚓声，林云昭再次由衷地赞美了：

“多么美好的山川啊！”

又听到了城市来的云昭赞美自己的家乡，陈文东再一次美滋滋地笑开了：“是够美的，往后你也是这里的——主人了。”

听着陈老师这么说，林云昭环视四周，又回头望了一眼已被抛在后面的银杏集，突然想起了一个问题：

“这银杏集，怎么光秃秃的。银杏树长在哪里？”

陈老师听着，一张本是满面笑颜的脸，突然间凋了谢了，他别过脸去，没有回答云昭。

站在一旁的一位社员看在眼里，偷偷用手肘碰了碰云昭，朝他摆摆手，示意他别再问了。

林云昭心里只感到纳闷儿，一路上大家伙儿都乐乐呵呵的，怎么一问出这句话来，都蔫了？

他哪里知道，为了他那一句问话，此时走在前头的陈老师别过去的脸上，正挂满了泪花呢！

（四）

刚才一口气喝下了盈盈满满的两碗好茶，现在林云昭觉得小腹胀得不行，见到陈老师已转过身来了，便问道：

“陈老师，这里可有小便的地方？”

旁边那几个挑肥的社员听着，笑着替陈老师答道：“山里嘛，背过身去，随处都可以撒尿。只是嘛，今天跟陈老师一伙，我们大家都得憋一憋，出了集口到那三棵树下，才能把尿水撒出来。”

听着他们说得有些神秘，林云昭便想起了“入乡随俗”那句话，也就不多问了，随大伙继续赶路了。

约莫走出几百米外的街口，林云昭便看到前面一排低矮的屋舍，屋舍的外围墙上，挂着一方做工细致，干干净净的红漆大木牌，上面几个工整的大字“永春县一都公社银杏集中学”。看着那方木牌以及围墙内那些简陋，却是齐整整、丝毫不乱的教室，他不禁想起了远在泉州城里自己的母校，哎，那儿都乱成什么样子了：五花八门的大字报，裱了一层又一层，没有修剪的冬青，经过了一夏一秋，乱杂杂的像一个人长年没理过发一样。

“你们这里的中学没停课闹革命吧——真好！”林云昭钦羡地说完这句话后，心里不禁哆嗦一下：自己怎么滑溜了口，竟说出这么一句在泉州城内，是足以上纲上线遭批判的话来！没想到陈老师却接过他的话题往下说道：

“闹不起来，老师不想闹，学生不想闹，家长更不想闹，想想吧，山里农户人家，供个孩子出来上学，不容易啊！”

“我们山里人，靠力气填肚子，折腾不起啊，不像城里人，是公家人，端的是公家的饭。”一个挑肥的社员说。

林云昭想着：眼下山外面到处乱纷纷的，难得这山里是这么个平静的世界。可他哪里知道，早在9年前，他上着小学二年级，刚戴上红领巾的时候，就在这个山窝里，正经历着一场大折腾哩！1958年从泉州农校毕业的陈文东，分配到银杏集林业站的时候，也正当林云昭今天这个年龄，他就在那场大折腾中落了难，遭了冤！

他们一行人说着走着，很快就出了银杏集，一出了集，路面骤然就窄了起来，细瘦细瘦的山路半掩在浓浓的茅草中向前伸去。

终于见到了三棵大树！

“银杏，银杏，你看，那就是你刚才问起的银杏树啊！云昭啊，你要是早十年到我们这里来，这银杏集上四周满眼都是迷人的银杏树呢……多美的天地啊……那时候……”陈老师仰头深情地逐一注视路旁那三棵挺拔高耸的银杏，似是对着林云昭，似是自言自语地说。

“可现在一路上怎么才见上这三棵呢？”林云昭问道。

林云昭这么一问，陈老师刚刚亮起的明晃晃的目光，猛的又蒙上了一层阴云，他又怔在那里不作声了。倒是后面那个挑肥的社员伸出一手指，轻轻地戳了一下林云昭的肩膀，林云昭回过头来，见他又朝自己摇着头，林云昭立即明白自己又问了不该问的话。正在纳闷之间，只听到那位社员已把话岔开了：

“现在可以开闸放尿了，陈老师，是不是？”

于是，六个人，包括陈老师、林云昭在内，走到路旁那三棵树下，两人一组各朝着一棵银杏树，把憋了好一阵子的尿水撒到树下去。

“记住了，云昭，往后进出鲁山，有了尿水，一点一滴都要供到这三棵树下，对不，陈老师？”刚才那个戳了一下林云昭肩膀的社员，看看陈老师又看看林云昭说，“这可是陈老师立定的——宪法。”

林云昭看着面前的树身，皮光油滑，树干，已粗过合抱。再仰头一望，只见直挺挺的树干上，繁枝密叶，像张开了一把巨大的伞。枝叶间，米黄色的银杏花开得正旺！这里山水湿润，再加上陈老师定下的不成文的规矩，过往行人的尿水都要撒在这树下，天长日久，这三棵树就硬是长得如此粗壮了！

林云昭想着，别过头去望着一旁的陈老师，只见他双手上下地抚摸着树干，接着，竟张开双臂，把那棵树抱在怀里，那神色，就像儿子拥着亲爱的母亲！刚才堆上脸面的乌云已经散开了，那上面又泛出了亮晃晃的阳光，他深情地喃喃自语着：

“什么时候，这银杏集的四遭，山山岭岭还能再长满银杏树呢……”过了片刻，他才回过头来，“云昭啊，一过了中秋节，这银杏果就熟了——银杏果，上好的中药材，果食兼用，金贵呢！”

（五）

从一都公社所在地的小镇到鲁山村，说是两铺多路，也就 20 多华里吧，从永春县的地图上看，两处所在几乎是紧紧连接在一起的。

在晋江乡下，从御桥村到泉州城内，据说也是一铺路，可是林云昭还没置上自行车的时候，凭着一双脚，不用两个小时，就能走个来回，这山里的“铺”，怎么就这么长呢?

眼看着日头已经西沉，还不见村落的影子，林云昭便朝陈老师提出了这个问题。陈老师解释道：

“地图标的是直线距离，可实际上我们走的山路，是盘旋着向前的，你说该要长出多少，远出多少？”

陈老师接着说道:“山里的几‘铺’，是老辈人一代代说下来的，只当参考，不必当真。比如说，你随便走在哪一条山路上，随便问一个人你要去的地方到了没有，你得到的回答，永远是‘快到了，前面就是’——你别以为这是他们诓你，山里人善良啊，他们一告诉真有多远，你的腿不就软了下来吗?你一站一站地问过来，总听说着快到了，就在前面了，就不觉得慌了，一站一站的，就终于走到了你要去的地方。云昭，你说是不是这样的?”林云昭听着，感到陈老师一路上说出来的话都有一番哲理。不仅有学问，还很实际，往后可得多多向他学习，可他哪曾想到，几月之后，陈老师竟会长辞人世……

……多年之后，在离开了鲁山，离开了泉州南门外的故乡，他远去了异国他乡的南洋之后，在艰难困苦的人生道路上，他常想起陈老师的这番话，一“站”一“站”地走过了那些艰难险阻。

（六）

山窝里几乎没有黄昏。日头刚翻过山去，夜幕就掉了下来。然而，似乎只黑暗了片刻，月亮便照了过来。月光下，可见远远近近的山坡上，稀稀落落地卧着一处处土墙屋。

……多年前的这个夜晚，对于鲁山村的山民来说，林云昭的到来，被他们当成是来了远方亲人！几十年前，这深山里曾经迎接过朱德总司令率领的红军队伍。现在呢，林云昭是响应毛主席的号召到鲁山村来落户的，他们自然也要当亲人看待了。林云昭的住所被安排在朝阳背阴的山坡上一座生产队的库房里。只有几百人的鲁山村，却有数千亩的山林与坡地，在地瓜收成的季节，社员们把四周山地里刨出的地瓜，就近堆在了这处库房里，然后时不时地按人头均分。去年秋后收进来的地瓜，到了现在，都分完了。早在两天前，接到公社里的通知后，鲁山村的山民们就把这处库房收拾好了：床铺搭上了，铺面的草席下，还垫上了厚厚一层棕片，山区湿气大，铺底有了这么一层棕片，水汽便不会浸淫腰骨关节了。床前有方小桌，桌面上那一盏马灯，通亮通亮的，门后墙角那个灶，也是新砌的。灶旁有两口缸，加盖的那个，盛着新碾的米。尽管鲁山村的口粮定量不高，但是队委会还是决定了从公家的储备谷中，多给了云昭一份口粮。还有附近人家送过来的糟菜、竹笋、芥菜、烧柴、松明，灶上的灶下的，应有尽有。而面对大门的墙壁上，正中贴了一幅毛主席的像，两旁一副手写的对联："主席挥手我前进，上山下乡干革命"，那是陈老师的毛笔字，都是刚贴上去的。偌大的库房，像模像样地成了一户山里人过日子的家——山里人啊，就如同当年迎接红军那样，迎接前来插队的林云昭！

这一天的晚餐，山民们也为他做好了！

山民们待在库房里，陪着林云昭说了好些话。后来，还是陈老师开了口：

"大伙儿散了吧，云昭都赶了一天的路了，让他歇了吧。"人们才点起松明火往外走了。

第三章　一个番婆与两个“半番婆”

/ 一 /

这一夜，泉州南门外又下起了雨。

“春寒雨如泉”的季节到来了！

被雨声响醒的罗茜忙坐了起来，迷糊之间，她又想着睡在偏房的云昭被子盖好了没有。然而，她终于完全醒过来了：云昭已走了两天了！

云昭一走，本来小小的林家院子，一下子大了起来！现在，再也听不到偏房里传来的云昭那香甜的均匀的鼾声了。19 年了，罗茜是打心里真把云昭当成儿子看呢！19 年了，她一直把那个秘密埋在心里，她不忍告诉云昭，首先，是怕伤了云昭的心——真正的杨月珍已经死去，那是一桩多么残酷的故事；然后，她怕云昭从此与自己生分起来。

云昭走的那一天，她曾想过要把隐藏了 19 年的真相告诉他的，但她还是忍住了，仍然用从林子钟那里，从林仁玉那里所听到的一切，以作为一个母亲的口气，以杨月珍的口气，对着林云昭继续着她以往说了无数次的话。说着那样的谎言，罗茜却一直觉得问心无愧！她深知云昭是把她当生身母亲孝顺的。临走的那一天，他往家里的大缸小缸里挑满了水，林家小院在半山坡上，打出的井都没有泉眼，日常吃喝用的水都要走出一段路到坡下那口大井去挑回来，云昭想多储下一些水留给她，哪怕是能多用上一天也好！尽管罗茜拦着他：你放心吧，妈自己能挑哩。云昭怕她一个人孤寂，临走时还从球伴那里要来了一只小黑狗，现在，那只小狗就睡在她的床前，听到动静，它也醒了过来了，正眨巴着惺忪的小眼，亲昵地望着坐在床上的女主人。

她完全醒过来了。再没有一点睡意了，她由去了永春的林云昭，又想到了远在南洋的林子钟，林子钟昨天也来了信呢！这封信，她已读过好几遍了，现在，她又从枕下掏了出来，再次在灯下读了起来，还是那熟悉的称呼：

云昭我儿并转告你的母亲：

……得知云昭儿已确定前往永春县上山下乡，为父深感欣慰，永春离泉州毕竟不是那么遥远……望我儿到了那里，还能永远听阿公的话，认真刻苦学习各种农业劳动技术……好男儿志在四方，希望云昭儿能在那里干出一番事业……再过不久，就是清明节了，云昭儿如尚未出发，是否可向上级告以实情，待清明节后再赴永春……清明节到，山上我们林家的墓总要去巡扫一番的：林家老祖坟，还有你祖父母的坟……到了今年，为父已前后二十年没回唐山去巡扫那些祖坟了……为人后裔，于心不安啊！云昭若是已离家去了永春，是否能在清明节前后向上级领导告假一两天，回家陪你母亲上山巡扫坟墓……至盼。

此颂

家安！

父示一九六七年三月十五日

19 年了，罗茜每年都要遵照子钟的交代，带着云昭去林家祖坟上香烧纸；而且，每年也都要上溜石湾那里，与林仁玉一齐到朱永明的坟上——她是带着已死的姐姐芭拉的那份情去看望朱永明的！

林云昭小的时候，是罗茜抱着背着他去上坟的，哪一年也没有落下，今年呢？

第二天，罗茜特意上了一趟邮局，把子钟的信给云昭转寄了出去——林云昭的地址，是印在上山下乡插队的通知书上的，那份大红纸通知书，罗茜珍藏着，不敢掉以轻心。

/ 二 /

自从林云昭去了永春鲁山，林仁玉回御桥村娘家便勤了起来，她记挂着罗茜！经过了正月里那十几个受尽折磨与屈辱的日夜，林仁玉一下子老了更多！头发更白，发际下也莫名其妙地长起了大大小小的疮疖来，那场来不明去不白的灾难，终于不明不白地过去了。这个苦命的女人，有着令人难以相信的顽强的生命力——她又活回来了。

她记挂着罗茜的苦处，哎，她与林子钟之间，那是怎么一回事啊，她多想向林子钟问个明白！然而林子钟一去南洋近 20 年，再没有回来过，她焦急地等待着哪一天林子钟回来了，她这个当姑舅妈的要把这事挑明了，把他们两个撮合了。杨月珍都死了快 20 年了；罗茜都到唐山林家小院 19 年了，你林子钟凭什么让罗茜这样拖着耗着？

还有，哎——罗茜啊，你怎么就这样死心眼呢？

1967年清明节到来的前三天，林仁玉又回了一趟林家小院，林云昭不在家，她得过来帮着番婆罗茜料理清明节上坟的事项。

现在，她就与罗茜坐在林家小院天井里晌午的阳光下。

泉州南门外清明时节的天，就如同三岁孩儿多变的脸孔，说哭就阴了天，哭出雨来了；说不哭，泪止了，雨停了，就云消雾散地笑出了阳光。

现在，两个孤独的女人，就坐在孤独的太阳下。

两个都是出生于菲律宾的女人。

林仁玉是在三岁那年，与她的胞兄，也就是林仁和，由她的父亲林清水带回唐山的。那是半个多世纪前的事了。自从被父亲带到了御桥村，她再没有去过菲律宾了，可是在她遥远的朦胧的记忆中，菲律宾有那蓝得如同碧玉的大海，那弯弯曲曲的海岸，那芭蕉，那椰树……她之所以离开南洋，那是因为她是中国人，她的根在唐山，她是必须随同父亲回到他们的根之所在的。而罗茜呢，中国之于她，只是一处遥远的异国他乡，她为什么非得离开自己的祖国菲律宾，离开自己的父兄，一别19年，孤独地拉扯着林云昭，孤独地守护着林家小院……继续走着林家小院里的女人所走过的路？不！她走的是一条比唐山玉，比朱秀娥，比杨月珍；比那些曾经在林家小院生活过，又逝去了的女人更加不幸、更加凄凉的路！那些女人——她们的生命都很短暂，尽管短暂，但毕竟曾经得到过林家男人的刻骨铭心的——夫妻间的那种爱！

而罗茜没有！

现在，37岁的罗茜坐在那里，从天井上空泻下来的阳光，洒在她的脸上，她的浑圆的额头上已布上了显眼的皱纹。当年那个风姿绰约的菲律宾马来族渔家少女，已变成了一个地道的泉州南门外的乡下女人！

林仁玉在一旁用充满了怜爱的目光，静静地注视着她。终于，她情不自禁地张开双臂，把罗茜搂进了怀里：

“告诉我，罗茜，这是为了什么，你到底图的是个啥啊？”

19年了！罗茜多想能靠在一个人的怀里，把憋了19年的委屈哭出来！现在，终于有了这么一个人，这么温存地将她拥在怀里，要她掏出心里的话来。于是，她靠在林仁玉怀里，号啕开了：

“为……什……么，姑舅妈，你……也……是……女人，你说那是为了什么？你是知道的……那是为了什么……”

听着罗茜的哭声，林仁玉把她搂得更紧了：

“哭吧，哭吧，罗茜，都哭出来吧，那样会好受一些……世上什么都可以勉强，唯有这个‘情’字……不能勉强……你难道就这样撑下去，那可是……不可能开花，更不能结果的……林子钟……我是从林家走出来的，我知道林家的男人……他的心可是生生世世都留在杨月珍身上了……你愿意……”

听着林仁玉说到这里，罗茜突然止住了哭，从她怀里昂起了头，铁定了目光看着她：

“我愿意，只要在南洋的林子钟能够放心……我这辈子过得值了……”

/ 三 /

此时，已过了后晌了，虚掩着的院子门被人推开了。

进来的人令林仁玉和罗茜都料想不到！

是沈霏！

还是当年那个“张飞小姐”吗？唉，老了，老了，也显老了！

1950 年从南洋回到唐山，转眼间十六七年过去了，都 46 岁了，能不显老？

“沈霏姐啊，都多久没见到你了，今天吹的什么风，把你刮过来了？”罗茜一见了沈霏，就如同见到了菲律宾来的亲人，那份情，特别深！

“难得有今天这样的日子，我们两个半番婆，加上一个地道的番婆，三个孤女人凑在一起，今天可得掏心掏肺、翻肠倒肚地唠上一阵子。”林仁玉说的“半番婆”，是指她自己和沈霏，根在唐山，枝叶伸到了菲律宾，而“番婆”，指的当然就是地地道道的菲律宾马来族渔家女罗茜了。

“是得唠唠了，要不然总觉憋得慌。”沈霏说着，也不让罗茜再另外去提凳子，就紧挨在她身旁坐下了，“罗茜啊，听说云昭上山下乡去了，去了哪里啊？”

“是去了永春。”罗茜答道。

“永春！”听到这两个字，沈霏心中咯噔一下。

“等等，我这就去把详细的地址拿过来。”罗茜说着，站了起来，回屋把那张大红通知书拿了出来，指着上面一行字，递给沈霏，“这就是云昭去的地址了。”

沈霏上下看了两遍那红纸上的字，似是自言自语，又似是对着罗茜说：

“真是那个地方，啊，真是那个地方吗？”

林仁玉接过话问道：“怎么，你知道那个地方？”

沉默了片刻，沈霏终于答道：“岂止是知道那个地方，还去过呢，在那里——整整半年多……”她神色骤然阴沉下来，避开了仁玉、罗茜的目光，黯然地望着院角那株高过围墙的玉兰树，喃喃着，“永春……一都……银杏集……对于这些地方，我是深有罪责啊……”

沈霏又陷入了往事的回忆中，接着，又把那些沉重的往事说了出来……

第四章 成熟，就意味着凋零？

/ 一 /

……1958年，沈霏正担任着晋江专署的侨务办公室主任。临近清明节的时候，上级来了指示，要抽调一批干部到山区炼钢基地的第一线去。沈霏第一个报了名。

这位“张飞小姐”，自从回到唐山之后，仍然带着那股张飞秉性：土改，剿匪，农业合作社，公社化，大炼钢铁……她几乎都是拼命地干着，她常常想着她必须做两份工作：一份是自己的，一份是沈尔齐没能赶上的。她认为人生必须轰轰烈烈！1958年清明节，她回到清濛村，陪着沈家足娘上山巡扫了祖墓之后，第二天便作为民工大队长率领200多号人一路去了永春，去了银杏集。

1958年，银杏集还没并入一都公社，那时候，银杏集周围是连绵的银杏树，由于土高炉催炭催得紧，等不得向更深的山头去伐木烧炭了，于是，沈霏带领的这支民工大队，就先朝银杏集四周的银杏树开了斧，大片大片的银杏树被砍倒了。

沈霏在银杏镇一干几个月，其间，沈家足娘患病直到过世，沈霏都没能请假下山回去奔丧。那个年头，人们都将国家的共同理想看得高于一切！每天夜里，沈霏要统筹安排两三百号民工的安全生产以及吃喝拉撒，白日里，她身先士卒比民工们更加拼命地干，那真是一个火红的年代……

直到1958年秋天，沈霏才接到了地委通知，要她速回泉州参加“反右整风”补课学习。待她风风火火地赶到地委机关报到时，看到贴满墙壁的大字报，是批判卢老师攻击“三面红旗”的！

……当年卢老师离开中共溜滨区委之后，就南下去了海南，一去六七年，直到1957年秋后，才又调回泉州，在市委宣传部任副部长，同时担当着《刺桐日报》的主编。回到泉州后，工作之余，她最常去的就是南门外的御桥村与溜石湾了，御桥村是她夫家的祖籍地，虽然她在那里没有近亲，而且丈夫那边的亲人都在早年间去了南洋。然而，那里有她曾经任教过的三省学堂，有林家小院，那是她的学生林子钟的摇篮血迹呢！那里住着南洋过来的番婆罗茜，还有林子钟的儿子林云昭，走到哪里，她总也忘不了他们；而溜石湾呢，她在那里当过解放后的第一任区委书记，朱家院里那个林仁玉，她是永生永世都会记挂着的。

卢翠林是在回到泉州后的第二年出事的。1958 年秋天的南门外，晋东北平原上的晚稻已经黄了熟了，尽管长势不好，但总得往回收啊。可是，自从初夏里，晚稻播下之后，晋东北平原上的绝大多数劳动力，都被调往永春、安溪、漳平等地的深山老林中伐树烧炭炼钢去了，直到秋后都没有往回撤的迹象。卢老师是看在眼里，疼在心里啊！终于，在一次晋江地委扩大会上，这位外表柔弱的女共产党人大声疾呼了，她声泪俱下地直指一些共产党人，特别是一些不把老百姓的死活放在心里的人……

卢老师所做的这一切，除了是尽一个共产党人的责任之外，更重要是出于一个人的良知；或者可以说是一种——赎罪的方式——对一个已死去多年的名叫朱义汉的人的赎罪！

但她由此犯事了，她被批得很惨！

作为共产党人，沈霏不能容忍卢老师的错误——那是攻击“三面红旗”啊，那不仅仅是错误的，而是犯罪！她告别南洋回到祖国，她深信中国共产党提倡的一切都是正确的。

她与卢老师共过事，过去，她一直以卢老师是个忠心耿耿的共产党人而非常敬重她；还因为卢老师的丈夫与沈尔齐一样，是为了这个国家献出生命的，更是对她怀有一种特殊的感情。然而，这一切都不能成为她容忍卢老师攻击“三面红旗”的理由！

一切事物都是在不断发展变化的，人若不时刻自省，哪怕以往再深明大义，有时也会变得愚昧。我们的“张飞小姐”，在 1958 年冬天，就是这样的。从永春回来后，她义无反顾地加入了批判卢老师的行列，她贴出了愤怒的大字报……她认为她与卢老师之间，绝不是个人恩怨，那是两种思想的斗争，是不能调和的矛盾……

后来呢。卢老师被下放去了永定老家，万幸的是，她仍然保留着党籍。对于卢老师来讲，这就是一切，这就够了！

/ 二 /

三年自然灾害期间，沈霏开始反思自己的过去。从 1960 年 11 月开始，她每月领到工资之后，除了买下当月的食堂餐票之外——她当时是每月 24 斤的粮食定量，她只买20斤量的饭票和极少的菜票，剩下的都积存下来，然后每三个月去一次银杏集，把勒紧腰带挤出来的那些钱与粮票，送到银杏集中学，让校长转交给那些特别需要帮助的孩子们。这种情形，一直延续到1963年冬天大饥馑过去之后。只有这样的自我惩罚，她的心灵才感到了些许安宁；也只有这样，她才认为是对卢老师的——一种谢罪。

这几年来，她一直记挂着卢老师。特别是“文化大革命”开始初期，当“武斗之风”蔓延起来的时候，她更是揪心地牵挂着卢老师——卢老师去了永定之后，她才了解到卢老师可是被作为“候补右派”下放的！以她那种身份，是随时可能受到各路革命造反派的凌辱的，沈霏放心不下！

那时候，泉州城内几乎所有的党政部门都处于散乱甚至是瘫痪的状态了，我们的沈霏乘乱去了一次永定。这是她回到唐山故国参加工作当上干部以后，第一次没有向任何上级领导请假，擅自做主的一次行动。那次永定之行，是为了去看望卢老师的！

她去了卢老师居住的那座土楼。

/ 三 /

沈霏从南洋到唐山，她的大半辈子都穿梭于长江大河、高山峻岭之间，她到过许多地方。然而，那一天，当她第一次面对卢老师所在的那座土楼时，她还是被深深地震撼了！那楼墙是用闽西大地上红得几乎发紫的泥土夯出来的，楼墙的厚度至少都在三尺以上，屋顶盖的是红色泥土烧出来的深灰色瓦片，红豆杉做成的大门板有巴掌厚，两扇沉重的门板往中一拉，再支上大腿粗的顶门杆，一切世俗的浮躁与喧哗，都被拒绝在了门外。那真是一座固守着人世间一切美好情感与真诚的城堡。这座城堡里容纳着、庇护着一个家族甚至是一个村庄。土楼内的两层房屋，都是沿着楼墙，门窗朝内建起来的。全都是由难以着火的黑樟丝木作为椽条与楼板，出榫入楔地紧密结合成了一个整体。土楼中间一片宽阔的石卵铺成的场地，那是天井。在天井的四角，各有一个水井，不论是春夏秋冬，水井里都有清冽的泉水漫着。井墙还不到人的腰部，不用吊桶只需端个葫芦瓢，在井口探下身去，弯腰就可以舀上来满瓢水。

这是1966年年底，冬至节的黄昏。那时候，夕阳将要沉落，原野上已刮起了催霜的风，而土楼里却有缕缕暖气萦绕，这暖气中有一种神圣庄严的芬芳。

沈霏终于发现，这香气来自天井对面后厅堂，来自厅堂正中一座巨大的香炉，香炉里满插的香炷显然已燃过好长时间了，透过弥漫的烟雾，可以看到香炉后面有一张大案桌。

紧跟在卢老师身后，沈霏朝那座香炉走去。

香炉后面，呈现在沈霏眼前的是一座座木主！

沈霏终于看清了，那张宽阔的正方形的大案桌后半部，是七层木制的阶梯，所有的木主沿着阶梯由下而上地摆放着。

——那是一个个逝者的魂灵。

“沈霏，你瞧，这是100座……100个活生生的人啊，当然是投奔红军而去的，年纪最小的，还不到弱冠之年，年纪最大的，也就30岁——凑足了100人，直到如今，再没有一个人回来……他们全部去了红五军团的三十四师……遵义会议以后，红军长征北上，1935年，红军将士抵达湘江东岸，遭受国民党何键部40万大军围堵……”说到这里，卢老师突然哽住了。

“……卢老师，你说的是长征途上最为惨烈的湘江战役……”沈霏接过卢老师的话说。

“……是的，是那场战役……”卢老师已把盈在眼眶中的泪水收了回去，“红五军团是全军的总后卫，为了断后，红五军团差不多全军阵亡……三十四师……6000闽西子弟兵，只有30来人突围……这座土楼出去的100个后生，全在三十四师……全部战死……”卢老师说着，抓起沈霏的手腕，“……你看，这座木主上写着什么……”

沈霏感觉到卢老师手抓得很紧，而且在剧烈颤抖！她顺着卢老师的目光望去，那木主上的字依稀可见：

“卢三古佬……”

“卢老师，这是什么意思？”

“这是我唯一的哥哥……这座土楼的人，都属卢姓，我们是三房……古佬是客家话，指后生仔……指三房的后生，我这位哥哥出去的时候还不到16岁，战死的时候，20出头……

多年之后，土楼里又有一茬儿汉子长到16岁以上，那是七七卢沟桥事变以后的事了，不用抓壮丁，土楼里又凑足了100个年轻的男子汉，这一次是随着国民党军队走的……都死在抗日战场上了，仍然一个也没有回来……”

卢老师的声音渐渐低沉下去……

沈霏在卢老师所指的那些木主上，只发现逝者的生辰，却没有忌日！

那一座座木主虽已经历了几十个春秋，然而，除了因岁月的积淀使其显得颜色凝重之外，所有的木主都一尘不染！

眼前的木主逐渐模糊过去……

沈霏掏出手绢来，擦去了泪水，她又看清了7座木纹清晰的木主，从上面的名字看，显然都是女性，而且都死在同一天——那是1960年的除夕！

“这是怎么一回事？一天里，一座土楼同时……”

“这是6年前的事……那些在几十公里外深山里烧炭炼钢的男人已经断炊，土楼里的人翻缸倒瓮，糠糠米米地瓜干凑足了7担粮草，由这7个年轻的媳妇挑着，翻山越岭给烧炭的男人送了过去。来回近100公里的山路，粮草硬是送到了，可她们舍不得多在那里吃一口饭，又往回走……迷了路，活生生地饿死冻死在山上了……7个人抱成一团，年纪最小的被护在中间……”

一年一度的冬至，是这座土楼祭灵的日子。

土楼里的各祧各户端出来的供品摆满了案桌，自养的鸡、腌制多时的猪肘子、糯米糍粑和陈酿的酒……

这一天从五更起，整天里香火燃个不停。

——这一切都是为了死者，也为了生者。

是的，土楼里的每一个人都必须明白：活的活法，死的死法……

“这真是一个不可思议的——族群，他们似乎不问党派，似乎也不问政治，但又分明都有一种信仰——我又不懂这到底是一种什么信仰。”沈霏似是自言自语又似是对卢老师说。

“是的，这一切，有些人可能永远不懂，但你是全懂的，尽管你一时还说不出清楚。”

“那是什么？”

“那是良心——那是一种十分朴素的天地良心！是我们这个民族几千年积累下来的天地良心，是非准则。”

“包括怎么活法，怎么死法，都有个准则？”

“是的！”

“我想，一个人有了这种准则，那就什么都无所畏惧了，或者说，什么都——放得下了——如同你。”

“是的！”

——仍然只是一声“是的”。只是这一声比前一声更显平静从容。

“不，我还没有达到那样的境界——那，那可能是因为我过早地离开了土楼吧……”

“你，指的是什么，是哪方面的？能不能……具体的是指哪一件事？”

卢老师没有回答，沈霏转过脸来，发现她脸上似乎掠过一丝凄凉而愧疚的神色，沈霏没有再问下去。

……过了许久许久，卢老师听到了沈霏用带泪的声音嗫嚅着说：

“……我，必须上一炷香，卢老师，可以吗？”卢老师回过头来，发现沈霏已双手把一炷香举过头顶，在那张神案前跪下去……

……30 多年前，18 岁的客家少女卢翠林就是从这座亲爱的土楼，走向厦门，走进抗日的中共地下党组织的。随后，在集美侨校，她结识了从南洋回国的归侨学生。再后来，这个叫曾思远的祖籍泉州南门外的归侨学生成了她的丈夫。婚后 1 年，只有 1 年，曾思远牺牲了，只给她留下了女儿莹莹……

1958 年秋天以后，同是作为共产党员的沈霏，正带领大批民工在永春的深山老林里伐树烧炭时，而卢老师却在经受着没完没了的批斗。最后是保留党籍下放。她选择了自己的摇篮血迹永定县陈东溪村作为下放地。当年的中共永定县委以及这座土楼，迎回了这个离家 30 多个春秋的女儿……

……1966 年冬天的这个深夜，永定陈东溪周遭的山岭上已落满了厚厚一层霜，清冷的月光默默地照在土楼上。当乡亲们都散去之后，房间里只剩下沈霏与卢老师两个人了，她们合睡在一张床上，合盖一床棉被。

夜静了下来，刚才在天井里滚动呼啸的风声，此时又响了起来，裹身于熄了灯的黑暗之中，两个女共产党员又继续了白天的交谈：

“卢老师啊，还记得当年我也贴过你的大字报吗？”

“要说不记得了，那是在骗你，也是在骗我自己，我记得的。”

“你能原谅我吗？”

“说真的，这其中不存在谁原谅谁的问题，真的，那时候，我们大家都特别的单纯简单。”

“包括那些批判你的人，也包括我？”

“是的。我想，我们绝大多数人都是为了一个共同的目标，都是为了使我们这个国家好起来。”

“卢老师，你不觉得，那时候的我们，头脑单纯简单已到了近乎愚昧的地步了吗？”

“我想，人还是单纯一点好，尤其是我们在党的人，太有心计了，会活得很苦很累的。”

“可是，这些年来，特别从 1959 年以来，我似乎变得特有心计了……或者说——有点玩世不恭了。”

“哦，张飞，能不能说出来听一听，你都长了哪些心计了？”

“我总是在想……总有一种危机感……有时睡到半夜，我都会冒出一身冷汗来：我们这个国家将要面临着什么样的局面，是不是很……危险？”

“是啊，我们是该反省……我也常想，我们是在吃着老本……吃着从大革命时期开始以来，几十年来，我们的党，与人民之间建立起来的那种鱼水关系、血肉关系……毛主席一再告诫我们，不要吃老本……吃老本，那是在吃江山、吃政权啊……”

“卢老师啊，都七八年了，还有往后的日子，你的处境……你就从来没有抱怨过、后悔过？”

“没有，真的没有，我本来就是从这片土地，从这座土楼走出去的，现在又回来了，为什么就不能回来呢……如果说有过悔恨，那也只是……我在当官的时候，没有把事情做得更好，亏欠人民的债太多了，现在恐怕没有机会来偿还了……啊，面对现实，面对千千万万善良的人民，我们每一个在党的人，执政的共产党人，都应做到心中无愧！”

“……卢老师啊，你使我想起了童年的时候，在南洋，我随母亲去礼拜……那些圣徒……”

“圣徒？我真有那么崇高吗？”——说到这里，卢老师戛然而止，她又想起了一个人——想起了郭朝霞的丈夫……

1957 年的那桩公案，那篇文章，那些人……尽管那些人那些事已过去多年，然而别人可以忘记，她却不能忘记，尤其是面对着沈霏——面对着将她视为“圣徒”的沈霏同志，她如果再继续沉默，那真是虚伪到了残酷的地步：

“沈霏啊，你还记得朱义汉同志吗？”

“怎能忘记呢，当年《刺桐日报》的编辑，1957 年被划为右派，是为了一篇反党文章——卢老师怎么突然想起他来了？”

“能忘记吗，——忘记就意味着背叛！”

“有这么严重吗？”

“是的，对我来讲，确实是这么严重。因为那一年犯错误的应当是我，而朱义汉同志顶替了我——保护了我——要说圣徒，朱义汉同志才是圣徒……”

“那是怎么回事？”

“那篇‘反党稿件’是另一个人写的，签发刊登的却是我，可是……朱义汉同志为了保护作者和我，他自己承担了所有责任……”

“据说那篇文章的真正作者是——郭朝霞，是朱义汉的爱人。”

“是啊，多年以来，我一直在想，朱义汉同志为郭朝霞同志承担责任，是为了保护妻子，可是他与我非亲非故，我又是他的上级，签发稿件白纸黑字，那是我的责任，他为什么要为我顶罪？而我……”

说到这里，两人都陷入沉思，夜已深了，很静很静。尽管土楼墙高壁厚，坚固得如同一座城堡，但是仍然可听到楼外呼啸的风声。

听着窗外的风声，沉默了片刻，她们又回到中断了的话题上。

“沈霏啊，今天你不是谈到了‘放得下’的问题吗？（回到土楼）这几年来，我一直在想……为了我们崇高的目标，我可以随时放下自己的一切，包括生命，可是……当年，我为了保住党籍，竟然对朱义汉同志承担那份稿件的签发责任，保持了沉默……我保住这份党籍究竟是为了什么？我不如这土楼里的任何一个人，要不是重新回到这座土楼来，我可能还会一直心安理得，不懂得反省……”

说到这里，卢老师不再作声了。两个女共产党人都陷入了沉默之中……在沉默中忏悔，在忏悔中沉默。比起卢翠林来，沈霏显然要幸运得多——她有机会当面向卢翠林忏悔，而卢翠林呢，她却不能去向朱义汉——忏悔了。

虽然沉默着，但两个女共产党人显然都没有睡意。

“听说，朱义汉同志 1961 年在新疆雪原上迷路失踪了。”沉默了好久好久，沈霏先开口了。

“可我总觉得他还活着——1957 年，我去看他的时候，病房里还有其他人，好像是专案组的人，他也不便说什么，但是，在走出病房握手告别时，他暗中往我手心塞了一团纸条——凭着过去地下斗争的经验，我确定那是非常重要的信件——你猜猜看，那上面写了什么——”说到这里，卢老师从床头的木箱里掏出她的党费证。多年了，朱义汉那信笺一直保存在党费证的夹层里。“我是回到家里才把那纸团摊开的，你看。”

纸面已经泛黄，而上面的字却清晰可见：

“稿件事我都包揽过来了，你别再搭进去，你要留在党内，你比我重要，千万千万！”

信当然是写给卢老师的，但没有署名，这不是忽略，而是一种良苦用心——他怕卢老师“搭”进去！

沈霏把信又小心翼翼地插回党费证的夹层里，嘴角掠过一丝无奈的苦笑：

“这算是哪门子的事啊，都解放那么多年了，同志之间的话竟然要用这种方式。”

“朱义汉同志起初并不是党员，跟你一样，是出生在菲律宾的番仔，1951 年才回国，他是奔着我们的社会主义建设而来的——人民啊——我还想起了另一个人，林子钟，你是知道的吧？”

“当然知道了，他也是菲律宾的华侨。”

“他第一次去菲律宾之前是救过我的……那一年冬天，国民党反动派追捕我，我不得不把一些抗日标语寄放他家，他竟冒险连夜都贴到街上了……事后他对我说，万一自己被抓住了，就是头砍下来，也绝不说出我的名字。

“才三年级的小学生啊……从林子钟到朱义汉，从革命时期到解放后，从夺取政权到执掌政权，我们何功何德，能心安理得地面对一个个以命相许保护过我们的人民？别说是党性，作为人，我们的良心经得起拷问吗？”

说到这里，两个女共产党人又沉默下来了。

过了片刻，还是沈霏先开了口：

“1958 年，在永春山区，大片大片的银杏树在我的指挥下，伐光了……可是直到今天……我还没有机会……赎罪……只能沉默……有时……我甚至不敢想……我这一生所付出的一切，是否都值得……”

“怎么啦，张飞，你是不是从理想主义者变成了……虚无主义者？”

“……可以这么说吧，我常常感到自己都分不清是非了，是更年期或老年痴呆症了？”

“你胡说什么啊？”

“那你说，那是为了什么？”

“……我想，那是，是不是可以说，是成熟了。”

“不，不不，我讨厌‘成熟’这个字眼——成熟，在我们党内，成熟，更多是指圆滑世故……你想，当年我们参加革命的时候，是多么年轻，多么朝气蓬勃——哦，我指的不是生理上的年轻，我说的是心灵——不管是正确或不正确，我们都敢说敢为敢担当，可是，自从……近十年了，很多人都沉默了，其实，大多数人都……几乎都不再思想了，一个党，一个人……很多人都将这视为一种成熟，其实，这是一种多么可怕的思维方式——成熟，就意味着凋零……”

“了不起的张飞啊，你都成熟到能够说出格言来了……成熟，就意味着凋零……张飞啊，我说你的不是那种老成世故圆滑的成熟，我说的是你学会思考了……那种成熟……如同一颗种子成熟了，成熟的种子会发出新芽的——那是充满生命力的新芽，思想的绿芽……”

又是沉默了片刻。

之后，沈霏听到卢翠林自言自语地说出了这些话：

“面对那些死去的……我们这些后死者……面对发生在我们周围的一切，我们这些保持沉默的共产党人，其实都是有罪的——包括眼下这场举国上下都卷进来的……”

听到这里，沈霏霍地坐了过来：

“卢老师，你说什么，你说什么？……”

卢老师却不再开口了。

此时，已到了月将沉落的时候。

沈霏早就知道，卢老师的亲属在很久以前都被敌人杀害了！现在，土楼里的所有人都不是卢老师的近亲了。但是沈霏看到的是：土楼里的几百号人，那些年纪相仿的，将卢老师当姐妹；那些年轻的则将她视为母亲，而那些上了年纪的人，则将她看作自己的女儿了！

一直以来，沈霏都以为一个共产党人能做到卢老师这个份上，值了！

然而，一夜长谈下来，她终于发现，卢老师其实活得并不轻松——如同她沈霏！

/ 四 /

第二天上午，沈霏就要告别卢老师上永定县城的时候，却听到土楼外一阵接着一阵的喧闹，那中间夹杂着口号声：

“将漏网右派卢翠林揪回泉州批倒批臭！”

“绝不许三反分子隐藏深山阴谋变天！”

那阵阵声响，如同惊雷落进了土楼！一时间，整座土楼的男女老少都聚到卢老师房间来了。房间里挤不下了，就拥在门外的走廊处，那些性急的年轻人，有的已经提起了锄头棍棒。

卢老师站了起来，从容地望着沈霏说：

“自从夏天以后，我就料到会有这么一天，没想到过了这么长时间才来。”

沈霏也站了起来说：“卢老师，你看怎么办？”

卢老师笑笑说：“有一句话，你听过没有，我不下地狱，谁下地狱？这又不是去下地狱，共产党人从来就必须与人民水乳交融的，我随他们去就是了。”

沈霏说：“我也要回泉州，我一路陪着你！”

“也好，省得你另搭车费事了。”

卢老师说着，向大门走去，沈霏紧随其后。这个张飞小姐，可不是好惹的，她在少女时代练过摔跤、跆拳道等多种散打拳法，而且都是练到了家的那种本领，可不是花拳绣腿。别看她已过不惑之年，可动起手来，跟前那些娃们三五个近不了她身……可是在这个时候，她却觉得自己不能将丹田底气提上来，双拳也无法攥紧了。这到底是怎么回事啦？

她蒙在那里……

后来，她听到卢老师这样说：

“回去吧，都操起棍棒来了，这算怎么回事啊？”卢老师这话是对着土楼里那些提着棍棒护在她身后的后生们说的。

接着，她又听到卢老师十分严肃认真地说：“这片土地上，从大革命时期到现在，人民已经为我们这个党，这个政权，付出太多太多了，吃的穿的……甚至鲜血性命，可惜你不能多住些时间，要不然，我该带你去寻访那些荒废了的土楼，那是整座楼的男女老幼都被杀害了啊……这还不够吗？眼下再不能让他们作出无谓的牺牲了，作为执政的共产党人，我们都不能心安理得地看着这种悲剧发生，否则，我们就是罪人！”

听到这席话，沈霏豁然开朗，她终于明白自己的丹田底气为什么提不上来，拳头也攥不紧的原因了！

卢老师说着，跨出门槛，走到了堵在门外的小将们中间：

“孩子们，你们都吃过早了吗？泉州来的，见到你们特别亲切，回楼喝口茶再走吧——哦，对了，我就是你们要揪回去的卢翠林。”

几乎整座土楼的人都送了出来，在山路的拐口，在卢老师的再三劝阻下，他们止步了：

“我们可是把一个完完整整的人交给你们了，不许有一点破损，否则，别说是泉州，就是天涯海角，我们也会寻找过去的……”

——临别土楼时听到的这一席话，沈霏铭记了一辈子……

……多年之后，沈霏对卢老师提起这件事的时候，她是这样说的：

“……那是一群什么样的人啊……他们可以贫穷，但绝不可以低贱；他们善良，但绝不懦弱……”

……往事不堪回首啊！可是有时候却往往不能不回首。

知道了林云昭上山下乡所去的那个地方之后，多年来一直深深地刺戳着沈霏良心的往事，一下子又翻滚了出来！一切都如同发生在昨天一般！

而坐在一旁的林仁玉与罗茜，听着沈霏的诉说，又记起了1960年冬天那桩事。那一年，两个女人去永定山区的土楼里看望卢老师，沈霏与卢老师通过她们捎过去捎回来的那些话，她们当时完全不能理解，现在听了沈霏这一番话，她们似乎已能朦胧理解了。

于是，她们又回忆起了一桩往事，那是1967年的事了……

/ 五 /

……1967年春节过后，泉州城内更是乱成了一锅粥，武斗不断升级。依照上级的部署，在这个时候解放军部队进入晋江地区支“左”。作为“漏网右派”的卢老师，在下放永定山区之前，是晋江地区不大不小的一个当权派。有了这样的双重身份，当然成了各造反派争先捉拿批斗的对象，为防止各派争夺对卢老师的批斗权而引发械斗，当然，也考虑到她的安全，所以，支“左”部队进驻地委机关之后，很快就把卢老师隔离到地委机关大院里一幢偏僻的楼房上，卢老师进来的时候，这幢楼房里已隔离了许多人，这里相对安全一些，而且吃住都有保证。

卢老师进楼的第三天，林仁玉也进了这幢楼！

林仁玉被隔离进来，不如说是被支“左”部队解救进来，部队上的同志在泉州南门外看到林仁玉被斗得太惨了，才把她送过来的，要不然，如她这样的平头百姓，是不够“级别”被隔离进来的。

隔离卢老师的这层楼，住的都是女性专政或准专政对象。卢老师是在这一天傍晚看到林仁玉的。一个长着一副娃娃脸的年轻解放军战士，将她带到了卢老师住的这个房间，这之前，这个不到10平方米的小房里只住了卢老师一个人，连日里，被隔离到这座楼房里的人越来越多，卢老师再不能住单房了，没想到新进来的房友是林仁玉！

那个送林仁玉过来的年轻战士出去之后，房间里便只剩下她俩了，卢老师简要问了一下林仁玉被游街批斗的缘由后，心中的一块石头终于落了地！看来，造反派还没有把当年林仁玉为从枪口下救出赵光辉，而编造出来的那一切揭发出来，要真是那样，事情就严重了！她安慰着林仁玉：

“仁玉啊，相信党，相信毛主席，一切都会过去的！”

林仁玉听着，竟像一个受了委屈的孩子哽咽着哭开了：

“……卢老师……要是人人都像你，尤其是在党的人……都像你，那可好呢……可现在，我们都没了主心骨，没个说理的地方……共产党，毛主席都去了哪里了……”

卢老师挤出一脸笑容，还是那句话：

“仁玉，别想太多了，党在，毛主席在，一切都会好起来的……”她确实找不到其他的道理来宽慰林仁玉了，她突然话题一转，神秘地问林仁玉，“你知道刚才帮你安顿下来的战士是谁吗？”

“我哪里知道？”林仁玉摇了摇头。

“告诉你吧——你还记得赵光辉吗？”

“赵……光……辉……，你是说当年在溜石湾渡头上……土改工作队的那个——同志？”

“是的，我指的就是他——你知道吗，刚才那个年轻的解放军同志，就是赵光辉的儿子，叫赵承红。”

林仁玉大吃一惊："你是怎么知道的，怎么认识的赵承红？"

"我已经进来三天了——我也是昨天才知道的……赵光辉同志没有忘记我们，知道赵承红到晋江地区支左，特意来信交代他……等等，我把他招呼过来。"卢老师说着，走出房间去了，只片刻工夫，刚才那位战士便跟在她的身后走了进来。

"承红同志，你昨天问起的林仁玉同志，就是她了，你说巧不巧？"卢老师说着，把赵承红推到林仁玉跟前来了。

"林仁玉同志，我爸，前些日子来了信，让我到了泉州后，一定要找到你们，一定要去看望你们……没想到，还真找到了你们。"赵承红说着，已把林仁玉的一只手握在手里，"我参军前，还在胶东乡下时，老爸就常提起你们，说你们，好人啊……"

林仁玉也把赵承红的手握紧了，用慈祥的目光上上下下看了他好一阵子：

"……赵……同志，……你老爸，也是好人啊……当年在我们溜石湾搞土改……帮了我们不少忙——你老爸，你们一家人，可都好？"林仁玉像母亲看儿子那样一直看着赵承红，"真快啊，你看，一眨眼，老赵同志的儿子都这么高了，小赵同志你今年多大了？"

"19 岁，吃 20 的饭了。"

林仁玉听着，抽出手来，扳着指头一算："不对啊，老赵同志，是 1951 年才回的山东啊，记得那时候他还没结婚呢。"

卢老师想阻住她，已来不及了，便由着林仁玉问了。

"我爸是俺的后爹，我亲爸，打俺出生后，俺就没见过，是我妈带着俺过来的。"赵承红显然把两个女人都当成亲人看，当长辈看，不想隐瞒自己的身世。

林仁玉听了赵承红的身世，又想到他娘也是一个苦命的女人，禁不住心头一紧，便抬起头来慈祥地望着坐在身旁的赵承红：

"老赵同志可对你们娘俩好？"林仁玉不放心地问。

"好，好，好，像俺亲爹一样好！"听到赵承红接连三个"好"字说出口来，林仁玉才松了一口气说：

"人和人，相处也就是那么几十年的岁月，一不留神就过去了，不管老老少少，都得和和好好。"林仁玉动情地说。她全没有意料到，自己会在这个时候，遇上卢老师，遇上赵承红……

"隔离房"里沉默片刻之后，赵承红又开口了：

"二位长辈……不瞒您俩，我，后天就要离开……"

"怎么，你上哪儿去？"二位长辈几乎是异口同声地问道。

“……我要复员了，我已经当兵快三年了，上级通知下来了，后天就得走，回胶东乡下家里……明天，我就不来了……大娘，仁玉大娘，我总算见到你……两位长辈，我走后，你们要放宽心，事情总会过去的，只要相信自己是好人……我会交代我们班的战友……要相信，好人总比坏人多……”小学没毕业的年轻战士赵承红，他说不出更多的大道理来宽慰二位落难中的长辈，然而，这席朴实无华的话，却那样深深地打动了二位长辈的心。

“哎……只是在这个地方，不像在溜滨村家里……你老远的要回山东去了，往后啥时候才能再见面……也不能煮一碗鸡蛋面线为你送行……”

林仁玉说着，几乎哽咽了，听到刚才出自赵承红口中的那些话，她多少时日来所受的一切屈辱似乎全忘了。

……第二天，就不见赵承红到“隔离房”来了。

……第三天，赵承红登上开往厦门的汽车——是沈霏送他上汽车的——这是卢老师特意交代沈霏的。

赵承红将在厦门转乘火车回到他的胶东老家……

/ 六 /

三个女人终于从回忆中走了出来，回到现实中来了。沈霏首先让自己平静了下来。她喃喃着似是对着罗茜、对着林玉仁，又似对着自己说：

“……卢老师早又回永定去了，哎……还有银杏集……这些地方，我总还得去的……”

看着已经到了晌午，罗茜说：“难得今天我们三个聚在一起，你们先坐着，我去做午饭，大家凑一桌吃。”

沈霏说：“这可不好，难得回南门外一趟，这中饭我得回清濛家吃去。”

林仁玉罗茜都知道沈霏的性子，也不再强留她，便约定了：清明节那天，不管林云昭回不回来，她巡扫过清濛村的沈家坟墓之后，都要到御桥村来。

第五章 清明节

/ 一 /

清明节说到就到了，这一天，林仁玉早早就回到了御桥村娘家了。还和往年一样，她要先和罗茜与云昭到林家祖墓上坟，然后，再一同到溜石湾去，给朱永明上坟。

罗茜刚把上坟用的物件打点好，沈霏就推门进来了：

“云昭没回来吧？也是，他这是去扎根落户的，不能刚去了不到一个月，就往家跑，这坟，我们代他上了。”说着，她仰头一望天空，“别看这会儿日头影白晃晃的，可清明季节的雨说来就来了。”

林仁玉说：“可不是，小时候，老爸还教过我们一首诗：清明时节雨纷纷……”

沈霏接下去吟道：“路上行人欲断魂……好了，开路吧，先上林家祖坟去吧。”

在沈霏看来，今天御桥村林家的祖坟与溜石湾朱永明的墓，她都是该去巡扫一番的。林家呢，往年虽说林子钟不能回来，但有林云昭在，而今年这个清明节，林云昭上山下乡去了，只剩下从南洋来的番婆罗茜了，更何况，林子钟对沈尔齐一家人的那一份情。而溜石湾呢，当年在南洋的时候，朱永明是她十分敬重的人呢！

/ 二 /

在泉州南门外我们的故乡，每年清明节到来的时候，已经春意浓浓了。尽管处于动荡的 1967 年，但是该来的春天还是来了，该来的清明节也来了。

从林家小院出来，走下塔山坡，穿过一条窄窄的村街，在街口，就可以望见不远不近的观音山了。林家的祖坟，就在观音山上，离着林家小院约莫是三里多不到四里的路。

这是一条缓缓上坡的小路，瘦瘦的。本来两个人并肩走，就显窄了，现在，春发的菅草，向路中探头探脑伸过腰来，路面就更挤了。

罗茜走在前面，踏在她脚后跟的那只黑狗，是云昭临去永春上山下乡时，向球友要过来与妈做伴的，经过了一个冬天，如今长大了，第一次随主人上山来，乐得都发狂了，跑前跑后绕着罗茜的小腿转。

路的两旁，间杂长着酸梨和苦桃。这个时节，梨花开始谢去，有风吹过，纷纷扬扬的白梨花瓣飘落下来，而粉红的桃花开得正欢，冬天逐渐退隐了，泉州南门外的清明时节，是一年中最美好的季节！

那只黑狗，此时正对着路旁一棵桃树吠叫着，罗茜跟着停下脚步，随着黑狗的吠叫声望过去，只见双双对对的相思雀穿梭在桃树、梨树中，啁啾着不知在诉说些什么。

又见相思雀！又是情侣鸟！

这是万物复苏的春天，而最先报告这个复苏季节到来的，是不是这种鸟——菲律宾叫情侣鸟，唐山称相思雀——这是当年林子钟在马尼拉通往红奚礼示郊外的那个湖边告诉罗茜的！

每年的清明节，罗茜上观音山林家墓地上坟时，都有一对对相思雀在小路旁的桃树、梨树中望着她啁啾……

……驻足在树下的罗茜挡住了后面的沈霏、林仁玉。

“怎么啦，罗茜？”快步跨上前去的沈霏望着罗茜问。

“啊，没什么，那桃花……”罗茜躲过沈霏的目光，挤出一丝笑容来，“走吧，墓地就在前面了。”

三个出生在菲律宾的女人：沈霏与林仁玉，是从南洋回来的“女番客”，是中国人。而罗茜，则是正宗的“番婆”了，地道的菲律宾马来族渔家女。三个女人中，除了林仁玉外，从真正意义来说，46 岁的沈霏与 37 岁的罗茜都还是姑娘。

现在，这三个女人，踏过长满萋萋青草的小路，已经走到林家祖坟上来了。

在中国，自商朝那位被视为林姓先祖的比干之后，数千年过去了，林姓一直被视为中国人口众多的大姓氏之一。而在泉州南门外的御桥村，林姓却属于独祧小姓。御桥村唯一的林姓一家，据说是早年间从闽中一带躲避战乱而来，多少个春秋过去，多少辈人下来，林家一直是单丁传代。林家的先人，在这里置了家业，包括活人遮阳避雨的房屋和逝者埋魂裹骨的墓地。

自从别了南洋，来到唐山进入林家小院之后，前后十九年了，每一年清明节，罗茜都要到观音山上坟。多年前，林云昭还迈不开大步走远路的时候，是罗茜用背巾把他兜在身后，一手提着锄头，一手提着装满香烛烧纸供果的小篮来上坟的。接着，云昭能迈开大步走远路了，是她一手牵着他，一手扶住肩上那把柄上挂满供品的锄头上坟的。后来，云昭长大了，锄头供果什么的都由他一个人提着，罗茜就跟在后面了。

而这个清明节，云昭走了。尽管有沈霏和林仁玉陪着，而罗茜却觉得心里空落落的！林家祖坟里的那些人，她只认识一个人。最左边的那两个坟堆，一个墓碑上刻着两个人的名字：一个是朱秀娥，一个是林仁和——子钟的爸爸妈妈。墓碑上这个男主人，他在临终前，在南洋马尼拉王彬街上认下了罗茜这个干女儿。他死后，为了叶落归根，为了魂归故土，他的儿子林子钟千里迢迢，远涉重洋，虽然把他的骨殖背回了唐山，却没能让他入土为安！从1947年到现在，整整20年过去了，他的尸骨至今未找到下落。他的那个墓穴，当年只葬下了林子钟为他带回来的，他在南洋穿过的那套西装。20年的风霜雨露，20个春夏秋冬，那套西装早已化为泥土了吧！最西端的那一座坟堆，也仅是一处衣冠冢而已，那是杨月珍的。1948年5月的晋江，以一个深不见底的巨大旋涡，吞咽了一位母亲。杨月珍的尸身从溜石湾漂出了晋江口，漂入了大海。留在观音山上的这个小小的土堆，只是一个空坟。那空坟前面，本来是有一方墓碑的，那是当年林仁玉受娘家侄儿林子钟之托竖立的。后来罗茜来了唐山；后来眼看着林云昭一天天长大了，林仁玉便自作主张动手将那块石碑埋入空冢前面的土层里。这件事，年幼的林云昭不曾留下一丝记忆。但罗茜是见过这方石碑的，当年，她不知道林仁玉为什么要这样做，多年之后，她终于理解了林仁玉的良苦用心！

——那是为了她，为了林云昭！

为了林仁玉的这份良苦用心，罗茜从来不曾对林云昭提起过关于这座空坟的故事，而且自己一直冒名顶替杨月珍！

这个清明节里，罗茜多带来了一份朱红漆：林云昭去永春了，所以她想在今天刨出那块在地下埋了十几个年头的墓碑，她要为墓碑上那些字眼描一层朱红。她挥锄铲去了坟前深深的菅草，刨开了土层，一方完好的花岗岩石碑露了出来。见到这方久违的墓碑，罗茜趴下身去，张开手掌，抹去了上面潮湿的泥尘，然后用手指挑出了填在字眼间的积土，上面的碑文便清晰地显露出来了：

生于民国十五年六月

南门外御桥村林门杨氏月珍之墓

卒于民国三十七年五月

孝男林云昭立

从1926年到1948年，杨月珍活了22年。

而罗茜，已经37岁了，真是人生匆匆啊！只是转眼间的工夫，孩童时代，少女时代——都过去了！

……一个女人的一生——林家女人的一生——为了儿子能吃上一口海鲜而葬身晋江的杨月珍，只剩下墓碑上那几个字了！

……而我呢？一个从菲律宾红奚礼示郊外的曼鲁村漂泊来到异国唐山，冒名顶替杨月珍的番婆，那算是什么名分？我今生今世还能回到那遥远的我的南洋故乡吗？

……或许我也将最终埋在这观音山上……有谁能为我立下一方石碑，碑上该写下什么……

……罗茜趴在那里，用毛笔蘸起了朱红漆，十分虔诚地，一笔一画地描着镂在石碑上的每一个字——为了林子钟——她知道林子钟爱杨月珍的那份情——为她自己，她知道杨月珍为什么值得林子钟那种生死之爱——而在南洋的时候，她却曾经那样任性地纠缠过林子钟……

……啊，杨月珍，可惜你已不在人世，要不然，我们善良纯真、心地无邪的番婆罗茜会坦诚向你说出这一切的……

——她趴在那里，细心地描着石碑上的字，忽有滚烫的水滴飘落下来，落在碑上殷红的笔画间……

罗茜哭了！

尽管她用袖管飞快地抹了一下双眼，但是站在旁边的三个女人还是发现她哭了。

现在，她身边多出来的那个女人是柳月娇。当年粉嫩嫩、水灵灵比年画上的仙女还俊俏的曾家媳妇，眨眼间就四十开外了，老了老了……

……

1942年初夏的那场大瘟疫，不到两个月间，曾家在观音山上添下了26座新坟。后来，曾文宝去了南洋，又辗转去了台湾，一直没有音讯。

柳月娇是一个人孤零零来上坟的。作为女人，尤其是如林仁玉、沈霏、柳月娇这样的女人，就更能理解罗茜为什么哭了。

……站在观音山墓场上的这四个女人，她们的身上，几乎集中了泉州南门外我们侨乡女人所有爱情与婚姻的不幸。那之中，属于林仁玉的那份，是最为完整也就最为凄哀了。如果没有那场战争，如果没有朱永明的死，她的婚姻与爱情，她与朱永明的结合——那可是一种从灵魂到肉体，都称得上是完美无瑕的结合。柳月娇呢，当年则是奉父母之命、媒妁之言，怀着嫁鸡随鸡嫁狗随狗的古训，走进御桥村曾家大院的。作为泉州南门外的乡下少女，她只能那样——把自己作为供品，摆到婚姻的祭盘上，被装进八抬大轿里，送入洞房。最初的时候，曾文宝的浑噩与愚顽，使她在少女时代曾经对爱情与婚姻的美好憧憬，在一夜间破碎了。然而她毕竟有过丈夫，她与曾文宝之间毕竟有过真正意义上的夫妻生活——尽管谈不上爱情。然而，随着曾文宝的一去二十来个年头；随着年龄的增长，她便日愈一日地思念起在大海彼岸的丈夫了。她听说过，出了溜石湾，出了晋江口，看到了海，朝海的东边而去，便是丈夫所去的地方台湾了——她希望有一天，丈夫突然就回来了——她至今无儿无女，仅有这个希望伴随着她，支撑着她孤独地守护着日渐老朽的曾家大院。那是怎样的一座空旷寂寞的大院啊！在冬季，刮风的夜晚，尖厉的寒风穿过了门缝窗棂，在空院里旋转呼啸，像鬼在号叫，常常的，在这样的夜晚，黄鼠狼也会肆无忌惮地光临，前院后院地折腾着。在夏日里，那些手腕粗的蛇，从天井的出水口钻了进来，在上房下房寻捕老鼠。而当漫长的春末雨季到来之后，屋顶就如同筛子，没完没了的水滴从上面筛落下来，泡胀了水的瓦楞压断朽烂的椽条纷纷坠落的声音，让人心惊胆战。房屋是靠人气供养着的，当初曾家上下几十口子，这座百年老宅被兴旺的人气熏得生机勃勃，一点不见老。以后人气衰了，屋顶上的草木便旺了起来，偌大的曾家大院屋顶，一到了春天，便茂发了狗尾草、蒲公英、断肠花……

自从曾文宝出洋之后，孤单的柳月娇在这座大宅里已守护了20多年！为的就是等着曾文宝哪一天回来了，好歹有个家！

一个女人，能为了一个希望而活着，便也值了——尽管凄凉。

沈霏呢，虽然她没有婚姻，然而，她爱过，她曾经深深地爱过！她也被爱过，她曾经深深地被爱过！

——她和沈尔齐深深地相爱过！

然而，为了理想，为了他们共同认可的那份人类最崇高的理想，在战火纷飞的年代，在她应当是绽开爱情鲜花的年华里，她和她的沈尔齐，都把那份情深深地压烙进心底了。他们没有花前月下的山盟海誓、拥抱接吻——只有简约的承诺——这就够了！这就值得她一生一世去品味、去珍惜！尽管沈尔齐已死去整整 25 年了，然而，她没有一天遗忘过那份承诺，她将带着这份承诺，到老到死，直至走进墓穴……她深信，如果当年在唐山东江战死的是她，那么活着的沈尔齐也会这样的！如此说来，她爱过了，真正地爱过了；她也被爱过，真正地被爱过了——这就够了！

罗茜呢，她是有过初恋的——那是对林子钟的那份刻骨铭心的单恋。那恋情萌发于 20 年前的南洋，萌发于她的情窦初开的少女时代——尽管在那个时候，她就发现了她将终生无法获得林子钟的爱。然而，她依然爱着！为了那份爱，她甚至可以弃家离国，来到遥远的唐山，为林子钟哺育着林云昭，她心甘情愿地将自己孤独地钉死在爱情的十字架上，任凭风霜雨雪，直到永恒……

……她们沉默着，谁也不愿打破笼罩着她们的那种庄严肃穆的沉默……

观音山上很静很静。地面上活着的与地下已离去的都沉默着。远处不时响起鹧鸪高昂的啼鸣，近处可闻罗茜低沉的抽泣。

她哭了——面对林家这些大大小小、新新旧旧的坟堆。尽管每年的清明节，她都要来这里祭祀，但对于坟墓中的这些林家人。除了衣冠冢里的干爹林仁和，她一个也没见过，她完全是为了林子钟来尽这份心意。

当年离开菲律宾的时候，她还是一个不谙世事的少女，那时候，她从没有想到自己终有一天也会老去，而死亡，那更是遥远的事了。而在这 1967 年的清明节，面对这些墓堆，她突然想到自己已不再年轻；她正在衰老，直至有一天，她也将死去——那其实并不遥远……她将葬在林家墓地上，抑或是葬回菲律宾、葬回她的曼鲁故乡——她哭了。

过了许久许久，柳月娇先开了口："月珍啊……想……哭，就哭出来吧，今天……趁云昭不在……你就痛快地哭一场吧……我知道你心里苦……"

而林仁玉呢，她只能怔在那里了。她又能说些什么？她是林家嫁出去的女儿，说到底，她才是今天这场祭祀的真正主人。一个女人的青春，一个女人的痴情，是几句话就能打发得了的吗？林家亏欠罗茜太多太多了！

后来，沈霏终于说话了："……罗茜啊，事情都这样了……都快 20 年过去了，总不能就这样……拖着耗着，依我看，这事该摊开了……我得给林子钟写一封信，把这事办了……”

听着沈霏这么说，罗茜仰起头来，凝视了她好一阵子。随后，她无奈地摇了摇头，站了起来，扑进沈霏怀里，紧紧把她抱住了，号啕大哭开了……

……三个女人之中，只有沈霏能完整地理解罗茜无奈的摇头与哀号的含意：她深知人世间有些感情是不能置换的；杨月珍之于林子钟，就如同沈尔齐之于她沈霏……

/ 三 /

从观音山上下来，林仁玉、沈霏、罗茜三人来到了溜石湾朱永明墓前时，时辰已经过午了。依照母亲的吩咐，朱省身已早早等候在那里了：

“妈，表嫂，都来了——还有沈霏同志，今天怎么有空来溜滨大队？”

沈霏说：“你老爸，当年在南洋就是我的好朋友了——细细数来，都快30年过去了。”她说着，转过身去对着永明的墓碑，又开口了，“往年光顾着一年到头地忙工作，永明啊，总没有顾得上来看你……”沈霏说着，把提在手上的一束月季花搁到碑前去了。

林仁玉、罗茜看着，走了过去，从朱省身带过来的篮子里掏出了供品，搁到那束月季花旁……

……1948年，是罗茜怀抱着朱永明的骨灰盒，跨洋越海送到唐山，送到溜石湾，让朱永明得以叶落归根，魂归故土，前后都快过去20年了！这么多年来，年年的清明节，罗茜都要到朱永明的坟上来，不只为了自己，也是为了她们一家，更是为了跟朱永明同一天死去的芭拉姐姐而来……

自从来到中国之后，番婆罗茜就把林仁玉当成最亲近、最依赖的亲人了。然而，心直口快、纯洁善良的罗茜，多年来却一直守口如瓶地对林仁玉隐藏着两件事：一是当年在菲律宾红奚礼示郊外的曼鲁渔村墓地上，捡拾朱永明遗骸的时候，罗茜曾经偷偷地将朱永明的几节手指骨压进了芭拉姐姐的墓里；一是芭拉姐姐生前曾深深地爱着朱永明——到了如今这个年龄，而且经历了那场对林子钟的初恋，她更能理解当年芭拉姐姐对朱永明的那份情了！

深藏在心中的这两桩秘密，她是今生今世都不会对任何人提起的。

“省身啊，你们也扫墓来啦？”这是一个女孩子清脆的声音。

正在弯腰压着墓纸的朱省身起身来了：“晓云，是你啊，还有……郭书记，你也来啦？”

林仁玉看看儿子，再看看走过来的老少两个女人，那老的约莫是四十好几的人了，那少的也就在十六七岁之间吧，看着朱省身与他们打招呼的架势，像是蛮熟悉的。这样子，林仁玉不禁又多看了那女孩子一眼，这就隐隐约约地记起来了，这女孩好生脸善，那女孩子见到林仁玉打量着自己，也朝她转过头来，这一照面，那女孩子愣在那里了！她把头深深埋了下去，不敢再望林仁玉一眼，看到这个情景，几个人都蒙了，这是这么回事？

那女孩子怔了片刻，便躲进她身旁那个半老不少的女人怀里：“妈……我……正月里带队……去抄的就是她的家……游她街……”

这边朱省身见林仁玉双眼直直地望着那姑娘，也奇怪了：“妈，你怎么啦，你认识她？”

这话让两个偎在一起的母女听到了，母亲开口了：

“什么，你说就是她，你太……胡闹了！还不快过去，朝人家赔个不是。”说着，她硬是将女儿往林仁玉身前推，自己也走了过去，“省身同志她妈，我们家晓云太不懂事啦，怎么可以那样，我，我也和女儿一起向你赔罪了……”

……差不多是过去两个多月了吧？那场耻辱，那场灾难，那挂在胸前的木牌，那没完没了的四乡五里的游街……最初都是从眼前这个丫头片子挑起来……她不能忘啊！可林仁玉毕竟是那种硬性子软心肠的人；事情总算过去了，而且那时候，这种事情多了去了，连卢老师那样的有大功劳的大好人，也都被拉回泉州城批斗了，她林仁玉算什么？而且人家母女现在就低着头站在自己面前赔罪来了，还能怎么样，她终于开口了：

“你们就别把这事老压在心里了……也不能全怪孩子……不全是孩子的错……”

听到林仁玉这席话，那母女俩朝她深深鞠了一躬。

晓云的祖家也是溜石湾的，但搬到泉州城里几十年了。多年来，她的母亲一直担任着城里教育局的书记，由于工作忙，一向以来，跟溜滨村的乡党们少有走动。就在朱晓云来抄林仁玉家的第二天，她们家也被抄了，她母亲也拉出去游街了，批斗得好惨。到现时，还“靠边站”着。可私下里，朱省身遇到晓云母亲时，还偷偷地称她“郭书记”，她叫郭朝霞。

见着他们母女俩走出去一段路了，林仁玉回过头来问儿子：“你们好像很熟，怎么，你怎么认识的她们？”

朱省身说：“她原是教育局的书记，运输公司的工宣队就驻在教育局，我每天去的就是那地方。”接下来，朱省身把郭朝霞的处境大体说了一番。

林仁玉听了说：“看样子，这郭书记也是好人。省身啊，人家正在落难，你可别再添乱，晓云对你妈的事，你也忘了吧。”

这时候，沈霏想起来了一件事：“省身啊，要记住，你爸，可是一个真正的男子汉啊，顶天立地的一个人啊，听你妈说，你爸的事，工宣队给下了结论了？”

“下了，定性是‘国际抗战烈士’，沈霏阿姨，我会永远学习我爸的光辉榜样的，革命到底永不回头！”朱省身说。

听着朱省身的话，沈霏心里一阵别扭：这是怎么啦，眼下的年轻人，说起话来都像在演戏？心里是这么想着，口里还是说了：

“要真正学习你老爸，他可真是一个道德高尚的人哪……”

第六章　1972年（上）

/ 一 /

1930年6月20日，在菲律宾吕宋岛红奚礼示小镇郊外的一个渔村里，一座马来族渔民的竹楼上诞生了一个女婴。

那个渔村叫曼鲁村。

那个女孩叫罗茜。

/ 二 /

自从罗茜去了唐山，每年到了6月20日，林子钟都要关上店门，到曼鲁村去，与扶西一家人一起为罗茜过生日。作为华侨商人的林子钟，从1948年后，每年只给自己休两次假，一次是6月20日，另一次是圣诞节——那是菲律宾举国上下通休的日子——在这个节日里，林子钟一定要把扶西一家人邀到王彬街过节。这个细节，我们以后还会提到的。

我们这里写的是1972年6月20日的事。

1972年6月19日的曼鲁村，风刮了整整一夜。直到天大亮了，风还没有要停下来的意思，而且越刮越紧，云越积越厚，雨来了。

这样的日子，林子钟不会来了吧？

扶西一家，是按照中国人的方式，在这一天里，备下了鸡蛋寿面，虽然是罗茜的生日，但是他们要在这一天里，让林子钟如同回到唐山老家那样，感到温暖亲切。而林子钟呢，必定要从马尼拉提过来生日蛋糕——这就是菲律宾的习俗了。

扶西一家人确信今天林子钟不会来了。然而，就在风夹着雨落了好一阵子之后，从一辆驶过曼鲁村的载客马车上下来一位客人，在风雨中朝着扶西家那座竹吊楼走来。

不用猜测，这个客人必然是林子钟了。

台风就要来了，在这样的日子里，从马尼拉的王彬街出门，赶了几十里路来到曼鲁村的，只会是林子钟。

今天是罗茜的生日啊！

尽管披了雨衣，然而，当扶西把林子钟迎上竹楼的时候，他还是浑身上下都湿了，而他手里提的那屉蛋糕，是昨天就买下了，他里里外外包了几层油纸，竟没有透进去一滴水！

对于这样的风雨，林子钟备感亲切！

……如果没有海上那场台风暴雨，那场沉船的灭顶之灾发生，他与他的父亲林仁和会邂逅扶西一家人吗？——俗世中能有多少这样的生死之交？

林家父子，必然要以再生的全部生命，来回报扶西一家人的这份恩情。

刚刚过了正午，刚刚在风雨飘摇的竹吊楼上，林子钟伴着扶西一家人，为远在唐山的罗茜吃过了生日寿面，切开了生日蛋糕后，12 级以上的大台风便从曼鲁村正面登陆了……

……30 多年过去了，那场台风已随着岁月远去了，这 30 多年里，菲律宾又经历了多少巨大的风暴？

没有人计算过。

如果没有切身的经历，对于任何人来讲，30 多年来，每一场台风，留给菲律宾人的记忆大抵都是一样的。然而，对于扶西一家人，对于林子钟而言，1972 年 6 月 20 日的那场台风，是难以遗忘的，因为这场台风发生在罗茜的生日这一天，而且，在那场风灾中，扶西的竹吊楼崩塌了……

风停住了之后，尽管扶西一家人一再催着林子钟回王彬街去料理店务，但是林子钟不为所动，他无论如何要留下来。两天后，直到与曼鲁村的其他渔家一起，帮着扶西一家人搭起了新竹楼后，他才离去。

/ 三 /

如果寻找到当年菲律宾华人办的中文报纸，便可以寻找到那场台风的相关报道，以及接下去更加详尽的后续报道。这自然不仅仅是为了报道那场灾难，更重要的是因为这场灾难，一艘来自中国大陆的大货轮驶进马尼拉湾靠在了码头上——这是第一艘进入菲律宾领海的中华人民共和国轮船。

1972 年的中国还不富裕，然而，在获悉发生于菲律宾的这场大灾难之后，从 6 月底到 7 月中旬，中华人民共和国政府还是从全国各地征调了大批救灾物资，汇集到上海港来。数千吨的食品、医药、日用品，由上海远洋公司的“安亭号”货轮装船，运往菲律宾。由于当年中菲尚未建交，“安亭号”是以中国红十字会的名义运送这批物资进入菲律宾海域的。在此之前，中华人民共和国方面还没有任何一艘轮船，没有任何一个官方人员进入菲律宾。

这一年，林子钟已到50岁的门槛了，生存的重压与过多的不幸，已压得他的腰背微微佝偻了，他再不能像王彬街上、像马尼拉、像菲律宾各地的许许多多年轻华人那般，早在得知“安亭号”进入菲律宾海域之后，便成群结队，租了一艘艘小船前去海上迎接“安亭号”进港；他再不能像许许多多年轻华人那样，当看到“安亭号”进入马尼拉湾之后，纵身跳入深不可测的大海，淌着泪水前去引领！他只能挤进黑压压的人群里，守候在码头上，等待“安亭号”靠岸……

还记得吗，如今仍健在的菲律宾华侨——已过了天命之年，已过了花甲之年，已过了古稀之年，甚至已过了耄耋之年的菲律宾华侨啊——还记得当年“安亭号”靠上码头响起的第一声汽笛时，你们有多少人流泪了？你们流了多少泪？

来自唐山祖国的“安亭号”啊！

/ 四 /

那一天夜晚，林子钟接到了李东泉夫人颜漱女士的电话，要他立即前往，说有一位极其重要的客人等着见他。

那会是谁呢？颜漱女士没有在电话里告诉他，他也没有多问。他放下电话就立即赶了过去。

他做梦也没有想到，他会在那里见到黄南进！

/ 五 /

黄南进，又叫黄霏，和沈霏同名不同姓，她比沈霏大6岁。抗战期间，菲华社会有两个女“张飞”，一武一文，武的当然指的是沈霏，而文的“张飞”呢，则是黄霏了。她当时是《菲华侨报》的知名记者。当年《菲华侨报》的读者，每一天接到新报纸，都是寻着“黄南进”这名字读文章的。她的每一篇文章，甚至每一句话都如一把匕首，刺向日本侵略者。当年的林子钟就是读着《菲华侨报》认识黄南进的，从而得知，她和卢老师一样，祖籍地也在永定。而且也跟卢老师一样，是读过陈嘉庚先生创办的集美侨校的。还有呢，她的丈夫也是泉州南门外的菲律宾归国华侨学生，集美侨校毕业就投奔了新四军，皖南事变之后，在上饶集中营牺牲了……

黄南进是在 1941 年 9 月，接受八路军香港办事处负责人连贯、廖承志之命，进入菲律宾从事抗日反法西斯宣传的。这之前，她曾经留学日本，直到“七七”事变后，她愤而离开日本前往新加坡，任《星洲日报》记者，她曾经作为该报特派记者进入中国大陆，在国统区的武汉，在中共领导机构所在地的延安，在各处抗日前线阵地随军采访多年。

菲律宾光复后，林子钟再没听到黄南进的消息了！

林子钟哪里知道，她是为躲避反动势力的追捕去了香港。

/ 六 /

没有想到，几十年后，林子钟还会在颜漱女士这里又遇上黄南进！

相对于沈尔齐、黄杰汉、沈霏他们来说，林子钟与黄南进就显得生疏多了。在抗战中，沈尔齐他们是舞刀弄枪的“武道”中人，干的是见红见血的斗争。而黄南进他们呢，则是操笔泼墨的“文道”中人，从事的是以笔当刀的反抗。当年，不论是武道、文道，所有的华侨志士都是时刻提着自己的脑袋在抗日。

多年过去了，然而，未经颜漱女士介绍，林子钟还是认出了她：

“南进大姐啊……快 30 年了吧，你都去了哪里？”

听到那声亲切的称呼，黄南进打心里佩服林子钟的眼力与记忆：

“子钟——先生啊，当年我就认识你了呢，但那是在什么样的岁月里啊：出生入死，我们每一个华侨都随时做好了洒鲜血抛头颅的准备，我们，从来没有这样面对面地在一起谈论过，像今天这样，是吧？……”黄南进把自己当年离开菲律宾后的经历简要说了一番。稍停片刻，她看定林子钟又问道，“在唐山，在福建，你认识，一位姓卢的女同胞吗？”

听到一个“卢”字，林子钟心中一震，脱口而出：“您说的是卢老师，卢翠林老师了，南进大姐，您也认识她……她……她现在可好？”

“错不了的！——我怎么能不认识她呢？同是永定老乡；同是集美侨校毕业的校友，当然，她早了我几届，我该称她学姐才是；同是泉州南门外你们晋江的媳妇；更重要的是同是中国共产党人——唷，子钟啊，您的那位卢老师还让我给您捎来了信，”黄南进说着，打开随身携带的提包，从中掏出一个牛皮信封递了过来，“你先读吧，我们一会儿再接着谈。”

信封口是敞开的，没有上糊，林子钟抽出里面的信笺，信笺是空的，中间只夹了一帧照片：

“卢老师，真是卢老师，从……1938年离开她到现在……都过去30多年了……还有卢老师旁边的这位……该是沈霏了，也……离开20多年了……”

尽管相片上的两个女人，都与留在林子钟记忆里的影像相去遥远，但是林子钟还是认出她们了。

照片上两个女人的背景，是高耸的泉州东西塔。照片上的沈霏没有笑容，而卢老师呢，脸上却挂着从容淡定的微笑。

“卢老师这是怎么啦，怎么老远的一趟路，只捎来一帧照片，也不写封信过来？”林子钟心里纳闷着，把手中的照片翻了过来，几行亲切的钢笔字映入眼帘：

子钟同学惠存：

记住自己是中国人

祖国会一天天好起来的

老师卢翠林

一九六七年五月一日摄于泉州

一九七二年七月一日寄自永定

如此说来，这帧照片是5年前拍的了。

……1966年冬天，沈霏一路护送着卢老师前往泉州接受批斗的，每一场批斗会上，我们的女张飞都会横眉瞪眼地在一旁守着，这就让卢老师少受了许多皮肉之苦。这帧照片，是“五一”节放假，沈霏拉着卢老师站在东西塔下拍的……

……1966年冬天卢老师的遭遇，让黄南进揪心。“文革”刚开始那阵子，黄南进有一段时间也“靠边站”了，就在她“靠边站”的那年冬天，她回了一趟永定，寻到了卢老师，同她在土楼里住了两天。临别时，她走进了附近几座土楼，交代那里的乡亲务必保护好卢老师，才依依不舍地回北京去了。这一趟，随“安亭号”来菲律宾前，已临近“七一”，黄南进又特意去了一趟永定，1972年的“七一”节，黄南进是在卢老师那里过的。离开永定时，卢老师让她把那帧照片捎到南洋来了，却没有写信！难道仅仅是因为人海茫茫，她担心黄南进在南洋不能找到林子钟，而没给自己的学生写信吗？

“……南进大姐啊，这到底是怎么回事啊，卢老师怎么还在永定？”林子钟看着黄南进，似是问她，又似是自言自语。

“子钟啊，这样说吧……第一，卢老师一定是个好人，一定是个好共产党人；第二，你要坚信，我们的祖国，终究会……处理好这种事的，记住卢老师的话，祖国会一天天好起来的！”

听得出来，虽然几十年过去了，但是，这位年长自己好几岁的大记者、巾帼豪杰，仍然对世界充满一种正义的激情！接着，黄南进又毫不隐瞒地告诉林子钟，她是随“安亭号”前来菲律宾的。

“子钟啊，你可知道，就在上个月，菲律宾与中华人民共和国正式签署了双边关系协议。‘安亭号’就是这种关系的先行者，尽管它是以运送救灾物资的名义前来的。子钟啊，我是深信的，菲律宾政府与新中国建交不会是遥远的事了，你看呢？”不愧是科班记者出身的黄南进！得悉‘安亭号’即将赴菲时，她及时请缨，以新华社特派记者身份前来，她将要为此写出大量通讯报道。颜漱女士是她赴菲后的第一个采访对象，林子钟算是第二个了。她见林子钟光听着，便话题一转，让林子钟开口了：

“我吗，我看中菲建交的日子不远了……我们中国，现在，有能力支援外国了……听说，‘安亭号’在码头上光卸货就要10多天呢……这几天，无论走在王彬街，还是走出王彬街，我都感到脸上生光呢……听说，台湾那边，救灾物品也运达菲律宾了，南进大姐，你是记者，你消息灵通，这是真的吗？”

黄南进不假思索地说：“这当然是真的了——子钟啊，我知道，你一向都是‘亲共’的，你怎么看待这件事——对了，我得告诉你，台湾（运送救灾物品）来的货轮是‘安泰号’。”

林子钟略一深思说：“我能怎么说……‘安亭号’‘安泰号’仅一字之差……手背手心都是肉，都是中国人，不论是大陆，还是台湾，都是中国，能够支援菲律宾救灾，作为中国人，我都感到脸上生光，脊梁有力！如今……两个地方的中国人都有能力支援菲律宾，我脸上是双倍生光，底气更足了！”

听到林子钟发自肺腑的一席话，坐在一旁年迈的颜漱女士，心中也不禁升腾起一股青春的激情：

“是嘛，在唐山我们泉州南门外，老辈子人流传下来的一句话，叫作‘穷大嫂抬不起头’，说的是有一家人的几个妯娌中，就数大媳妇的后头娘家最穷。你们知道不知道，妯娌中娘家穷的，说话便少了底气。低眉下眼的抬不起头来。你们说，我们侨民像不像唐山嫁到菲律宾的媳妇？菲律宾有美国、西班牙、英国……的侨民，为什么我们华侨总难于挺起腰杆昂首走路。为什么当年的日本人敢在大街上光天化日之下，对我们华侨捅刀开枪？

“说到底是那时候我们娘家唐山比人家穷啊！南洋华侨盼着娘家好起来，

盼了几辈子……东泉那一代人至死都没有盼到……我们盼到了……”说到动情处，老人哽咽了，停了片刻，她才接着说了下去，“可是啊，唐山故国的同胞，打打闹闹都几十年了，现今更是隔岸对峙，什么时候中国能够一统江山，不再分裂啊……哪一个中国人不是这样盼的？尤其是我们海外华侨啊……我们都到了这个……风烛残年了……能够盼到那个两岸统一的日子吗……”

颜漱女士说出了这些满怀悲怆的话之后，客厅里顿时沉寂了下来。

“……颜漱女士，子钟先生，我将把你们的话写进我的报道中，你们看呢？”黄南进问道。

颜漱女士、林子钟几乎是异口同声地说道：“写吧，写吧，让大陆的中国人，让台湾的中国人，让全世界的中国人都能听到我们的话，那才好呢！”

/ 七 /

第二天，林子钟关了店门，陪她去了南吕宋岛内湖省加伦巴镇。

1942 年马尼拉沦陷后，作为菲华社会名气最大的进步记者黄南进，便立即遭到内奸外寇的追捕，她连夜逃出马尼拉，水陆兼程去了加伦巴镇，是玛妮娜·黎刹将她藏匿在自家庄园里，才终于逃过一劫。几十年过去了，黄南进不论是在香港，还是到了内地，不论是在战火纷飞的年头，还是在和平的岁月之中，她一直记挂着玛妮娜·黎刹女士，她永远也忘不了她！

黄南进、林子钟两人来到加伦巴镇黎刹花园前时，已临近中午了，玛妮娜·黎刹已早早迎候在园门外了。

玛妮娜·黎刹紧紧握住两人的手，将他们迎入二楼客厅。

入座之后，见到玛妮娜·黎刹打量着林子钟，黄南进这才想起，因为过于激动，竟忘了为他们介绍：

“这位是马尼拉来的华侨，林子钟先生，从抗战到现在，我们已认识二三十年了，老朋友了。”

“林子钟，子钟·林——”玛妮娜·黎刹叨念着这个名字，沉思了片刻之后，她那双深邃美丽的眼睛里闪出了动人的光芒，“如果我没有猜错的话，你就是当年那位——卖店救国的林子钟，子钟，林先生？”

林子钟抿着嘴微笑着说：“尊敬的黎刹女士，我早就见过您呢，在 1941 年……”

玛妮娜·黎刹惊喜地问道：“真的吗，在哪里？”

林子钟简要地提起了当年在杨总领事那里遇上她的事……

……读者们应当记得，1941年12月15日，日本军舰驶进马尼拉港。当天下午，中国驻菲总领事杨光生，曾经与沈尔齐一起，在马尼拉总领事馆接待了一位女客人。由于接待是在极其保密的情况下进行的，那一天，18岁的林子钟虽然是同沈尔齐一起前来领事馆开会，并且一直跟随在他身后，但是在接待那位女客人时，他没有被获许进入密室参与接待，他只能待在室外的会客厅等着沈尔齐。直到临近黄昏的时候，密室门开了，那位被接待的女人才走了出来，她的典雅高贵与惊人的美貌，让林子钟记忆犹新。后来，从沈尔齐那里，他才知道，这位有点神秘的女人，就是被尊称为菲律宾国父的何塞·黎刹的侄孙女玛妮娜·黎刹。并知道了她在暗中支持中国抗日的动人事迹。

听着林子钟的诉说，玛妮娜·黎刹陷入了往事的回忆之中，脸上现出了一种浓烈的哀愁：

"……中华民族，那样的军队，那样的人民……谁也不可能征服她的……"玛妮娜·黎刹自言自语着。

"罢了，过去了，终于过去了……"玛妮娜轻声地说着，然后，手一挥，笑容又回到了她脸上，"南进，黄小姐，不去看看你当年住过的房间吗？"

"去，去，怎能不去呢？"黄南进迫不及待地说。

玛妮娜走在前头，跨过客厅的后门，经过一条长长的走廊，打开了走廊尽头的一个房间……

……那一棵榕树依旧在！是长在楼下的土地上的，它的枝丫蔓过走廊栏杆，遮在房门口，有茂密的气根飘拂在那里。

"……这房间，是您为我选的，是看中这棵把枝丫伸过来的榕树……那一夜，狗吠个不停，我是翻过栏杆，顺着榕树逃出去的……"听着黄南进回忆起往事，玛妮娜感到她紧紧握住自己的那只手动情地颤抖起来。

……推开房门，那楠木床，窗口下那张方桌，还有……一切都保留着当年的模样。玛妮娜走了过去，拉开抽屉，从中掏出一张发黄的告示——那是一张缉捕逃犯的悬赏，告示上那一个中国少女头像，不就是当年的黄南进吗？

"那一个晚上，送您下船出海之后，第二天早上，日本兵才把这告示贴到门外来了。"玛妮娜·黎刹爽朗地笑道。

而黄南进呢，捧着那张泛黄的告示，禁不住落泪了：

"……过去了，终于过去了，中国人终于站起来了……尊敬的玛妮娜·黎刹女士……我想，把这……张告示，带回去，带回中国，您看呢？"

"南进，黄小姐，可以的，我之所以将之保留下来，就是要让你带走它，我是深信你终有一天还会回来的……"玛妮娜说。

/ 八 /

几天之后，一位曼鲁村给王彬街华人商店送来海货的马来族车夫，帮扶西一家人给林子钟捎来了话：他们家已领到一批救灾物资，有吃的，有穿的，都是好东西。救灾物品包装上，有的贴着五星红旗标志，有的是蓝底白十二角星标志的……

然而，黄南进大姐已在前一天下午，随“安亭号”离开马尼拉了。林子钟深信如果她还在菲律宾，肯定会来采访这位素昧平生的菲律宾马来族车夫的……

中国大陆的“安亭号”与中国台湾来的“安泰号”，在马尼拉湾的同一港口靠泊。在同一天里卸完了救灾物资，也在同一天返航。

两艘货轮返航的当天，不仅马尼拉华人区王彬街万人空巷，前去送行，还有从菲律宾各地赶来的华侨华裔。菲律宾的华人中，有的手持五星红旗，有的手持蓝底十二角星旗，更有的双手并用，把两种旗都举在手里。最初的时候，码头上人少，也就分成了两拨人，一拨是送“安亭号”的，一拨是送“安泰号”的，后来送行的人越来越多了，融在了一起，便分不清谁送谁了。

来送黄南进的，除了林子钟外，还有她许多当年的朋友。颜漱夫人，还有从老远的内湖省赶过来的玛妮娜·黎刹，也都来到了港口上。黄南进的一双手，一只被玛妮娜·黎刹握着，另一只被颜漱夫人牵着。接着，她看到颜漱夫人把一个扎得十分工整结实的小纸包递了过来：

“到了北京后，还把它转交给毛主席、朱总司令，这是两包雪茄……我这是第三次……送雪茄了。……一次是抗战中由沈尔齐先生捎的……一次是解放初，那时托沈霏带回去的，这一次，您见到了……您告诉毛主席，希望他多多保重……我们在海外的中国人，谁不盼着自己的祖国一天天好起来，李东泉没能看到这一天……”老人说着说着，竟哽咽了。

“也带去我的祝福吧，南进·黄，”这是玛妮娜·黎刹的声音。她望望前面的“安亭号”，又望望“安亭号”旁边的“安泰号”，接着说，“……一个民族，两种国旗，这是多么令人……尴尬的事……是23年了吧？从1949年到现在，中华人民共和国与菲律宾尚未正式建交，密斯黄，您说，这种……局面，还要延续多久？”

黄南进听了，略一思索，答道：“我们大家，所有的中国人，也包括您，玛妮娜·黎刹女士，您身上的血液中，也有……一部分属于中国的，我们大家一齐努力吧！”

听到轮船上响起了第一声汽笛，林子钟把一封信递了过去：“南进大姐啊，这是我写给卢老师的信，一直不知道她在永定的确切地址，又怕给她带来麻烦，只好让您转交了，我没有封口，上了船后，你可以看一看，可不可以交给她……”

黄南进接过信封，揣在胸前：“我会亲手交到卢老师手中的。”

船上的汽笛又连续响了几声，黄南进突然觉得自己眼窝里酸酸的——30年一别，这一次终于重逢在一起，下一次见面，还要等30年吗……

她连忙转过身去，不让大家看到她已溢到眼眶外的泪水，在声声汽笛中，她快步朝“安亭号”走去……

……那一个夜晚，“安亭号”驶离了马尼拉湾。夜深下来之后，黄南进在自己的舱房里掏出了林子钟写给卢老师的信，细细读了起来：

敬爱的卢老师：

黄南进大姐到菲律宾，带来了您和沈霏大姐的合影……从1938年秋天离别到现在，转眼就过去了34年，可我还是一眼认出了敬爱的卢老师……

敬爱的卢老师，34年来，虽身在南洋，而我却从没忘记自己是一个中国人；我每时每刻都记住是您的学生……我想，我已做到了问心无愧。

……新中国已经成立23年了，我的父亲，我的母亲，都没能活着看到中国的解放，我有幸看到了……敬爱的卢老师，您是我的老师，过去是，现在是，以后还是，永远是。

只是您远在唐山，我心中有许多困惑，不能当面向您诉说，就像当年在三省学堂那样……远隔重洋，我只能写在信上了……我一直不能理解，从1958年到现在，您为什么还被留在永定山村，14年了，您是可以为中国的老百姓做许多事情的啊……还有，我也不能理解，学生怎么可以不读书呢……我相信云昭是个品学兼优的学生，也只能辍学了……也许其中有些道理，我不懂，我不该有这些困惑……

……但是作为您的学生，我坚信您的话，那就是“祖国会一天天好起来的……”

……

这一个夜晚，黄南进一遍又一遍地读着林子钟写给卢老师的信，她感到心情沉重；她无法解释林子钟心中的困惑，她深信卢老师也无法解释她的学生心中的困惑。

那一夜，面对林子钟的信；面对一个对自己的故国赤胆忠心的南洋华侨的信，黄南进失眠了。

第七章 1972 年（下）

/ 一 /

那一段岁月已经过去 34 年了吧？

是的，它还将继续远去，40 年、50 年、60 年……

而我们也正在逐渐老去，40 岁、50 岁、60 岁……直至死去。

那段刻骨铭心的岁月，那段略带酸涩的，但更多是渗透了人间无限美好感情的青春，也将随着我们的老去而成为遥远的记忆，并终将因为我们的死去，而成为历史。

那就趁我们还活着，还能提得起笔的时候，写下那段岁月，那段青春，还有爱情……

让我们在白内障还没有发生的时候；在老年痴呆症还没有到来的时候；在我们还没有被装进骨灰盒里的时候，多多地回读那段青春吧……

1972 年夏天刚过，肃杀的秋季早早到来了。在永春山区，在银杏集通往横云岭的山路上，凝结着 1972 年的第一场秋霜，这是昨夜的寒风催生的。现在，已近晌午了，阳光很好，路上的霜花正在融化，湿漉漉的山路上走着一个年轻人，他正往横云岭上的知青点赶去。

横云岭离着银杏镇据说是两铺多路。出了银杏集，走到那三棵高高的银杏树下，往西北方向，有两条分叉路，一条通往鲁山生产大队，一条便是前去横云岭的路了。

林云昭上山下乡插队，最先是在鲁山大队落户的。那一个夏季的夜晚，他被五步蛇咬了，鲁山小学的陈老师为了急救，竟然用口吸出了他小腿上伤口里的蛇毒，林云昭才得以获救。而陈老师却在那个夜晚，因蛇毒发作，孤独地、无声无息地死在了鲁山小学里。陈老师死去之后，林云昭曾经接过他的教鞭，在鲁山小学执教了两个星期，后来就搬往距鲁山大队十来里路的横云岭知青点去了……林云昭生命中的那段青春岁月，我们在《南洋泪》的第一部《艰难岁月》里已经详细交代过了。

转眼间，林云昭来横云岭知青点已经好几年了。两年前，朱省身曾经来这里看过他，那时候，横云岭知青点大屋里，连林云昭在内，住着6个知青，有两个来自永春城关桃城镇，有4个来自泉州南门外，林云昭是顺济桥南端御桥村的，而其余3个来自晋江安海。那个时候，知青点住了6个年轻人，还真很热闹呢。但是一两年来，招工走了4个，在1972年夏天之后，又有一个作为工农兵学员被推荐上大学，也走了。以后，那偌大的知青屋里，便只有5张空床陪伴着林云昭了。

戴云山逶迤南来，进入永春县境内西北部的那段余脉，称横云岭，横云岭知青点就建在岭上的一处平地上。这个知青点一半沉在雾中，一半飘在云外，山高水寒，远离山村人家。迈下知青屋前那条斜陡的羊肠小道，才能接上通往山外的路，往往十天半月不见有人来串门。

那是一段什么样的日子啊！

刚才那个往横云岭知青点赶来的年轻人，已经走到门前来了。

这个年轻人就是朱省身。

山里的路跟山里的人一样率直单纯，不像城市的路有那么多的分叉。朱省身虽然只在两年前来过一次，但他还是一步不差地走了过来。

那时候，林云昭正在打点行装，棉被草席已经捆好了，两个网兜里也装上了日用品。朱省身迈进门来时，正好看到了这情景：

“云昭啊，你这是要搬家啊？”

小表叔的到来，是林云昭始料不及的：“省身啊，你要来，也不打个招呼，说来就来，晚来一步，可就人去楼空了。”

“你这是上哪儿去啊？”

“下山去啊，去银杏集，到一都供销社分社的化肥站去。”

“这么说来，终于是被招工了。”

“算不上正式工，只是永春县供销系统要组织一支业余篮球队，县体委让我去的，而且，知青点也散伙了，白日里到生产队出工，热热闹闹的，一到夜晚，这里前不着村，后不着店——哦，省身啊，我妈都好吗？还有我姑舅婆呢？”

“都好都好，瞧，我这带来了两桶麦乳精，一桶是你妈让我带的，一桶是你姑舅婆让我带的。”朱省身说着，把手中两个沉甸甸的铁罐子搁到桌上来。1972年的中国，铁罐装的麦乳精可是一般人家轻易买不起的。

“你不该带上来，留着她们吃才是啊，我这里饿不着的。”林云昭看那两听彩色铁罐上，各都印着“1.5公斤”的字样。

“她们都非要我带上来不可，再说，我以前少来这儿，今后更不能来了。”

朱省身说。

“为什么？”

“云昭啊，我被工宣队推荐上大学了，是福建师范学院。我这次上来，也算是来道个别，过些日子，我就得上省城福州去报到了。”

当年扣他的车，后来当上工宣队长的那个“工人阶级”待朱省身实在不薄，他的推荐，还有关于朱永明那张“国际抗战烈士”的认证，让朱省身从推荐到录取一路顺畅走了过去。

林云昭听到这消息，不知道怎的，心里猛然感到一阵无名的惆怅。他不能不想到自己，近年来，有几次招工的机会，甚至今年吸收工农兵学员上大学，由于表现良好，他也被推荐过，甚至都已经填上表了，但最终还是被刷下来了——那自然还是因为他的出身，他的“海外关系”。

两人说话之间，忽听到门外有人声、脚步声传了进来。

这是鲁山大队派过来的社员，他们是要到银杏集去挑农盐的。知道林云昭要下山去了，他们特意绕了近十里路上了横云岭，说是来送行，其实更是为了来帮他挑行李。

五六个人走了进来，大屋里一时热闹了。

“哎呀，难得你们，兜了这么一个大弯，其实，我自己能挑得下去。”林云昭说。

“那我们也该来送一程啊，你可是从我们鲁山村出来的。”

“又不是去远方，只是下山去了银杏集，往后会比在横云岭更多见面呢！”林云昭动情地说，“近午了，我的行李也都打点好了，吃了午再走吧。”

“不用了，我们随身带着笋壳饭呢，你的一份也带来了！”

林云昭想了想说：“这就更好了，我这里有麦乳精，我妈、我姑舅婆从泉州捎过来的，烧一锅水，冲了当汤就饭。”说着，便走到土灶前去了。

一个社员走前一步，近了土灶：“还是我来烧吧，你在一旁歇着。”其他几个社员，抓起床上搁着的铁罐看着、捏摸着，也不知道该怎么才能打开。那时候，山村闭塞，不见谁家买过这物件。

林云昭正在摆着饭碗，便吩咐省身说：“还是你来打开吧，他们都无从下手呢。”

朱省身问道：“两听都打开？”

“都打开吧！”林云昭说。

朱省身接过一罐，拔下贴在罐头底的一把开了眼的粗铁丝，穿进罐顶一条微微翘起的马口铁皮内，绕着罐子旋了一圈，一股乳香味从铁罐里飘了出来，当他又提过来另一听罐子时，却让旁边两个社员按住了手：

“别再打开了，这么稀贵的物件，留下一罐让云昭带到银杏集去，一个人饿了的时候，开水一冲就能止饥了。”说着，不由分说地从朱省身手中接过罐子，打开林云昭已上了结的网兜，塞了进去，再紧紧地打了一个结。

林云昭下乡几年了，不论是在鲁山村，还是到了横云岭。他吃过村民多少东西？那时候，山里人穷，掏不出什么稀罕吃食来，但时鲜的野菇，香脆的竹笋，老香的糟菜，林云昭没少吃过，偶尔山民们放倒一头野猪，也会特意邀林云昭过去开开荤的……

山里人的那份情啊！

水很快就烧开了，碗也摆齐了，林云昭逐一往碗里舀进了麦乳精。待他还要打开另一听铁罐时，社员们不答应了：

“云昭，你要再打开它，我们大家便都走了。”

林云昭听着，只好住手了，他深知山里人心实，违拗不得！

7 份饭倒进一个面盆里，几个人就着各人面前那碗麦乳精，吃下了午餐。然后，几个社员在空担挑上挂上云昭的行包被卷，走出门来。

……别了，横云岭；别了，知青点；别了，亲爱的山里人啊；别了，生命中这段不可多得的青春岁月啊！

多年之后，当你去了香港，当你去了南洋；当你置身于五光十色的都城闹市；当你面对往后纷纷扰扰的世界……

但愿你不要忘记这段青春岁月；爱它，牢记它，不要遗忘，不要背叛！

/ 二 /

1972 年圣诞节到来的前一天，马尼拉王彬街上朱林记商号的老板林子钟，同时收到了两封寄自唐山的信，一封是从福州寄过来的，里面还夹了一帧照片，那是朱省身站在福建师范学院的校门口拍摄的。离开溜石湾，去了福州且在大学堂里报名安顿下来之后，他立即拍了照片，同时寄了出来，一张寄给泉州南门外的母亲，一张寄给南洋的表兄弟林子钟。另一封信是林云昭寄过来的，里面也夹了一帧照片，那上面是林云昭与罗茜的彩色照，依然是泉州罗克照相馆照的。还是以往的图面：罗茜坐在一张大靠背椅上，林云昭紧贴着站在她左边。穿着球衣的林云昭都长成一个真正的男子汉了，长得多茁壮结实啊，又多高啊！瞧，坐在大交椅上的罗茜，头离着他的肩头竟然矮了一大截呢！照相馆的师傅技术就是高超，光亮度，快门的位置都处理得很好——就因为这技术高超的照相师傅照出来的彩照，更让林子钟感到一种深深的哀伤：照片上的罗茜，依旧笑着，而那笑容上的皱纹更加明显了；还有她的双鬓；她额前的刘海，都露出了显眼的白丝！林子钟清晰地记得：这一年，罗茜已经 42 岁了！而儿子呢，该是 25 岁了！

1972 年秋后，林云昭作为永春县供销社系统篮球队的一名主力，前来泉州参加晋江地区商业系统的篮球比赛，比赛那一天，他特意把母亲从御桥村接进城里观看球赛，看到“儿子”在球场上龙腾虎跃的身姿；听着满场观众在云昭每一次投篮进球后热烈的掌声与欢呼声，作为“母亲”的罗茜高兴得眼泪都流出来了！赛后，林云昭带着“母亲”去了罗克照相馆，以前是罗茜牵着他的手上相馆，那一天是他把手搭在“母亲”肩膀上，轻轻地搂着她，带她进了照相馆的。小小的泉州城，出了林云昭这样一个篮球高手，相馆师傅自然是认得出来的，所以就特别认真地拍了这张照片。如今，他长大了，有了一份工作，尽管还不是正式编制的，然而有了固定的工资了。尽管月薪只有 24 元钱，但是交了食堂的伙食费，买了牙膏、牙刷、毛巾、肥皂等日用品后，他每个月还能给母亲寄 10 元钱！

……同时读到朱省身与林云昭的来信，林子钟竟不知道是该喜还是该忧：喜的是朱省身终于能够进大学了，死去的姑舅父朱永明，活着的姑舅妈林仁玉，朱家一门终于盼来了这个日子！然而，儿子呢，今生今世还有上大学的机会吗？云昭今年可是 25 岁了啊，当年自己差不多在这个年龄的时候……妻子杨月珍都怀上云昭了！

一股愁情堵上了林子钟心头……

林子钟正在无声感叹之间，忽听到店门外传来了马车轱辘声。

林子钟听得出来，那是比罗的马车到了！

/ 三 /

比罗早已结婚了，眼下有两个女儿，大的 13 岁，小的 11 岁了，小小的马车把他们一家带进了王彬街。马车是比罗一路上赶着过来的。车上坐着扶西，比罗的妻子珍妮，还有她的两个女儿，英蒂与索娜。

听到车轱辘声后，林子钟把手中的照片往桌上一放，走了出来，把扶西一家子人迎进店里：

“一路上辛苦了，珍妮，你先去烧一点水，看我，一个人忙的，也没有现成茶水待客。”

扶西说："没事的，渴不了我们，我们车上带了好些个椰子呢！——英蒂、索娜，快，去把门外那袋椰子提进来。"

林子钟看看店墙上的挂钟说："不早了，该买的过节物件都买过了，把店门关了吧——我去叫几个菜过来，我们又好久没有在一起聚了。"

看着林子钟出去了，扶西、比罗父子俩便把店门板一扇一扇拼上了，懂事的英蒂、索娜提起了墙角下的扫把，打扫了起来，珍妮呢，已把店后房间里林子钟换下来的衣服放进大木盆里开始浆洗了。一家子人，到了朱林记商号，就如同回到自己家里一般。

……自从罗茜去了唐山，林子钟一个人掌管着店铺，日子过得艰难，而自从中断了高士洁代理之后，巨额的违约赔偿金几乎压垮了他！将近20年过去了，这期间，为了赔偿高士洁公司的违约金，他不仅卖掉了林记商号，还年复一年地偿还着银行贷款的本息，林子钟的生意再没有大的发展。唉，唐山的古话说得好，"过了这个村，就没有这个店了"，失去了高士洁的代理权之后，林子钟再没有发大财的机会了！

可是作为一个中国人，他心里踏实，他没有后悔过！

/ 四 /

林子钟上街除了买来大包小包吃的喝的之外，还不忘给英蒂与索娜各买了一串贝壳项链，他精心挑选的，这是老例了。每年圣诞节，林子钟都要赠送姐妹俩一样礼物。见着英蒂、索娜一年年长大，林子钟心里日益增长着对于姐妹俩的一种莫名的亲情——他从这双姐妹身上看到了当年罗茜的身影；她们跟罗茜长得一模一样，而且也跟罗茜一样纯真无邪、善解人意！

他买好东西走回店里来的时候，英蒂、索娜姐妹已把店铺打扫得干干净净了，珍妮也把衣裳洗好了，现在一家子人正围在桌前看着照片！

扶西双手把照片捧到电灯泡下，眯起老眼看了又看："这是罗茜？这难道就是罗茜了……"

"这怎么就会是罗茜呢？"停了片刻，扶西、比罗父子异口同声叫了起来，接着便双双落下了泪水，"……罗茜啊，……20……24年……了，你哪一天才能回菲律宾啊？"

林子钟怔在那里了！他是应当陪着扶西、比罗父子哭一场的——这一切都是为了他啊！

可是，他已经没有泪水了！

他想说出几句宽慰扶西、比罗的话，可他又能说出什么来？他的心胸，他的喉咙，都叫什么给堵住了！他只能在心底哀号。

他久久地坐在那里，怔怔地凝视眼前墙壁上刚刚贴上去的两幅画——每一年的圣诞节到来的时候。扶西一家人都会给林子钟店里送来这样两幅画。

一幅是钉在十字架上的耶稣。

一幅是双眼里充满悲悯的玛利亚圣母。

/ 五 /

扶西一家人在林子钟这里过了圣诞节后，就回去了，他们一走，林子钟心里又空落落的了，他有时就像个孩子那样，巴不得天天过圣诞，这样，扶西一家人就能天天住在他这里了！

送走了扶西一家人，他立即又想起儿子林云昭的事来。唉，虽说云昭在信中写了，他已被安排了工作，但他希望的是儿子上大学啊！如今朱省身跨进大学的门槛了，而云昭却没能上大学！直到 1966 年，云昭与省身每个学期都给他寄来成绩单，儿子的各科成绩都要高出省身几分的！他又想到了颜漱夫人，几年前儿子上山下乡到鲁山插队时，他感到心酸，他去找过颜漱夫人，说出了心中的困惑，当时老人家说了：好男儿志在四方，只要怀有为国为民之心，做哪行都一样……

6 年过去了，林子钟一直是半信半疑地把老人家这句话揣在心里，并且一直以类似的话给儿子回信，要他听“阿公”的话，安心农村。信是那样写，可他总有一个心结不能解开：林家一门，从没出过大学生，眼看着到了林云昭这一代；眼看着他就要跨进大学校门了；眼看着儿子好好读上几年大学，就能更好地报效祖国了，再也不用如他的祖父林仁和，如他的父亲林子钟那样，漂洋过海离家去国，难以报效祖国了。

林子钟的这份心结，多年来一直不能解开……

这桩心事，在 7 月里黄南进离开马尼拉回唐山的时候，他托她带给卢老师的信中提到了，可是至今没有收到卢老师的回信。

她读到那封信了吗？

已近黄昏了，刚刚过了圣诞节，王彬街上的店家照例少了顾客。这时候，电话铃响了起来，林子钟走过去提起话筒，听出是颜漱夫人的声音，老人家在电话那头说：今晚，家里会过来几位客人，邀他关店后过去聚一聚。林子钟一听，立刻就答应下来。为了云昭不能上大学的事，他心里好生烦闷啊，他正想向一个人把这桩心事说出来呢。颜漱夫人她老人家见多识广，或许她还真能解开他的心结呢！

看着天色不早了，他便把店门关了，到街口找一家大排档胡乱吃了一份快餐，便搭上马车，往颜漱夫人家去了。

颜漱夫人的家离王彬街有一段路。此时已过了漫长的夏季，白天的日头短了，林子钟到达颜漱夫人家的时候，天已经完全暗了。林子钟按响门铃后，便有人过来开了门，把他带到客厅里。在明亮的灯光下，林子钟首先看到了慈祥的颜漱夫人，她旁边还有几位客人。林子钟注目一数，是4男1女共5位客人，其中的3位男客看上去与自己年龄相仿，另一位就年轻多了，那模样，离30岁还有几个年头。再看颜漱夫人身旁那位女客人，那不是玛妮娜·黎刹女士吗？7月里，他曾陪祖国来的黄南进大姐，专程前往内湖省阿伦巴镇拜访过她，受到她热情的款待，没有想到，今天在这里又见到了她！

颜漱夫人让林子钟逐一把客人看过后，才开始介绍了。

她首先望了望玛妮娜·黎刹说：

“黎刹女士，我就不用介绍了，她和我还刚刚谈到你呢，说7月里你还带了一位中国贵客去了她家哩。”

林子钟当然知道那位“中国贵客”就是黄南进了。他十分崇敬地轻轻握了一下玛妮娜·黎刹女士伸过来的手。

“子钟，林先生，那一次见面，四五个月过去了，你看，我们又见面了！”玛妮娜说，“中国有一句老话，叫什么来着……对了，叫老乡见老乡，两眼泪汪汪……子钟，林先生，看你，好像有什么心事？能不能说出来？别闷在心里啊！”她以长辈那种关怀体贴的眼神凝视着林子钟，这种眼神促使林子钟不忍对她隐瞒自己的心事。他坦诚地对着她，也对着颜漱夫人，把唐山那边儿子的情况说了出来，虽然说得很简单，但两位前辈都听得很认真，特别是玛妮娜·黎刹女士，听着想着，想着听着，脸色逐渐暗淡下来：

“一个国家，一个像中国那样大的国家。不能动乱啊……中国能有今天——我指的是中华人民共和国能有今天，不容易啊，我真想去一趟中国，亲眼看一看，到底是怎么一回事，可早就听说，在那边，光有钱不行，吃饭还得有……粮票……”她这样说着，陷入了沉思之中，久久不再开口。

听着他们说到这里，颜漱夫人把话打住了，以慈祥老者的口气嗔怪道：

“看你们，光顾着自己说话，把其他客人冷落了——”

玛妮娜听颜漱夫人这么一说，竟像一位犯了错的孩子不好意思地笑了笑：“我还以为除了我之外，您们都是老朋友了呢。”

颜漱夫人也随着笑开了，接着说：“想知道唐山的最新消息吗，那就只有尹先生最权威了，他刚去了唐山大陆呢。”

她逐一介绍了4位男客人：那就是尹常耿先生，陈化毅先生，胡永元先生，那位年轻的是贺裴水先生。林子钟一听，不禁肃然起敬了。他早就听说过他们的名字，也在报纸上读过他们的文章了，只是没有见过脸。他忽然想起来了，自己这些年参加华社活动太少了。自从沈尔齐、黄杰汉、沈霏几个出生入死的老朋友相继回了唐山以后，再加上这些年来他连续遭遇的一桩桩劫难，每一桩劫难都像泰山压顶那样，简直要压折了他的脊梁，他太累了，为了生存，他不得如此！他正这样想着，听到尹常耿先生开口了：

“尊敬的玛妮娜·黎刹女士，我是上个月才从中国到这边来的，我们一家四人，我的太太，我的儿子，我的女儿，还有《国际时报》社长陈化毅先生一家，先到广州，在那里参加贸易洽谈会后，我们又去了福建省……那里是我的祖籍地。中国大陆，并不像有些人说的那样恐怖，那样到处充满贫穷饥饿。中国大陆毕竟解放20来年了，这短短20来年的进步，是过去所无法比拟的。”

林子钟是非常敬重尹常耿先生的，他知道尹先生长年来一直担任《菲华侨报》的主编。中国抗日战争胜利后反对内战的评论文章，中国大陆解放后的许多翔实的报道，“菲化案”中为广大华侨打抱不平的文章……他写了很多很多，这个看上去柔弱的文人，却生就一副不畏强暴、不肯屈服的硬骨头。两三年前他就曾为伸张正义，被捕入狱，并被押赴台湾服刑。那一年，菲华社会掀起一轮又一轮声势浩大的示威营救活动，使得台湾那边不得不提前释放了他，林子钟曾尽力地参加过那些示威营救活动。后来听说尹常耿去加拿大定居了，没想到今天能在这里见到他！

陈化毅先生不仅是律师，还创办了《国际时报》。这么多年来，“菲化案”闹得翻天覆地，陈先生不畏强权，多次据理据法为华侨伸张正义。他一直坐在旁边听着大家的话，默默地思考着，听到尹常耿这一问，他才开口了：

“不久前，我也去了一趟中国大陆，我的看法，大体上是与尹先生一样的……”

从1947年那次离开唐山之后，林子钟一直没有回到解放了的新中国，所以，他特别认真地听他们说着新中国的事。

“听说你还准备举家在唐山落地生根呢！”

林子钟转脸一看，说话的是胡永元先生，又是一个令林子钟尊敬的报人。他知道，《菲华侨报》是尹常耿的先父尹翼彤先生创办的，菲律宾沦陷以后，由于不肯充当汉奸，尹翼彤先生被日寇杀害了，作为儿子的尹常耿不畏随时可能掉脑袋的危险，扛起了报社重任。尹常耿受到迫害被押赴台湾之后，胡永元临危受命，接着担当了《菲华侨报》的主编，继续呐喊着正义的声音！看着眼前这些人，他又想起了当年唐山的卢老师……这都是些什么样的中华民族读书人啊，他们都明白许多大道理，而且，每个人的脊梁骨都像钢铁那样，压不弯，砸不烂！

“……那不叫落地生根，我们的根本来就在唐山啊，台湾自不必说了，而南洋的，欧美的，加拿大的……世界哪一角落的华侨，根都在唐山啊——那该叫叶落归根呢……”沉思中的林子钟听到尹常耿这样说，接着，他又听到尹常耿问胡永元，“胡先生，您也刚从唐山回来，说说看，说说您的看法感受。”

胡永元没有立时回答，他思考着，客厅里一时沉默了下来。

林子钟很快联想到自己的身世：他想了自己在童年的时候，作为“小姓”，林家在御桥村的艰难处境，新婚之夜被土匪洗劫一空，后来甚至连父亲的骨灰也……解放20多年了，那些屈辱的往事都成为过去了，即使是处于现在这种时候，刚刚尹常耿先生不是说了吗“夜不闭门”，而且，每一次接到唐山的家信，不都说的是“家中诸事安好”吗？……这些海外的中国文化人啊，他们想得更多更广，不像自己，只想到云昭不能上大学了，其实，国家的事大得很呢，……解放十几二十年来，唐山故国正在好起来，南洋的华侨终于可以像“人”一样站着做“人”了！……我们唐山不能出一点差错呢……

……林子钟听胡永元说道：“……中国共产党执政20多年了，一直到现在，这个党仍然是世界上最廉洁的执政党之一……能有这样的执政党，是多么的——不容易……如果没有偏见的话，这个执政党是得民心的……它得到了最广大的民心。因而，任何风浪，都不可能使这个执政党，这个国家颠覆。”

客厅里又沉默了很久。

后来，还是贺裴水打破了沉默：“我们每一个华侨，谁不是虽身在海外但心在唐山啊，一辈辈一代代盼望的就是我们的故国进步统一，繁荣富强啊，唐山故国是树根、是树干，我们华侨是树叶，树根树干强壮了，我们树叶才经得起风雨。”

林子钟读过贺裴水许多发表在报上的诗，文化人吗，说出来的话就是激动人心，听他刚才的话，不也和诗一样美吗？

一直坐在一旁默默听着这些年轻人说话的老前辈颜漱夫人这时候开口了：“我们都老了，跟不上时代了，天下事都不如你们年轻人看得透彻、看得准，我们终究是要走的，世界终归是你们的，但我们都是中国人呐，不论翻天覆地，我们都一样盼着中国好起来，您们说呢？”

/ 六 /

从颜漱夫人那里出来，夜已经很深很深了。林子钟深深吸了一口从马尼拉湾吹拂过来的，略带咸腥味的海风，心中的积郁似乎消散了许多！

那一晚，他很少说话，他本来是要把林云昭不能上大学的苦处说给颜漱夫人的，但他终究没有说出口。他们说的可都是唐山祖国的事啊，那才是大事呢，自己的事，那算什么，他好意思说出口吗？

更重要的是，他们说出来的那些话，他虽然还不能完全理解，但他从中听出解放了的中国是有希望的，他深信新中国会越变越好！儿子的事，听毛主席他老人家的话服从政府的安排，那绝对错不了！

/ 七 /

……半个月之后的一个墟日里，那时候，已经过了 1973 年的元旦好些日子了。正在银杏集化肥门市部卖农盐的林云昭接到一封南洋来信，那自然是林子钟寄过来的，父亲在信中告诉儿子：

云昭我儿并转告你的母亲：

……得悉你表叔省身进入福建师范学院，我已另复函给你溜石湾姑舅婆表示祝贺。吾儿已被上级安排到供销社工作，为父我深感欣慰……还望吾儿在新的岗位上，永远听阿公的话，继续努力，为国为民，尽力尽心尽忠……供销社如有放假，吾儿一定要回家看望母亲……为父在南洋生意放不下，多年未能回唐山……如今你已长大成人，这全仗你的母亲……不管你去了天涯海角，都万万不可忘了你母亲对你的养育之恩……

父示一九七二年十二月二十六日

于菲律宾马尼拉

第八章　初恋

/ 一 /

爱情说来就来了，它无须预言，就那么排山倒海般地来了！

1974 年秋天到来的时候，永春县一都公社供销社银杏集分社化肥站，以工代干的晋江知青林云昭突然发觉自己爱上陈燕玲了！

在同一年的春天里，银杏集中学初中毕业班女学生陈燕玲也发觉自己爱上林云昭了！

我们已经知道，林云昭在鲁山村插队落户的第一年里，曾经在一个夜晚，在他从大队开完会往自己住处走的路上，被一种叫“五步蛇”的毒蛇咬伤了，是鲁山小学陈文东老师的舍己为人，是鲁山村的山民们的奋力营救，使他得到了第二次生命。为了报答山民们的那份比鲁山山脉还要沉重的深情，为了陈文东老师留下的那些穷困的山村学生，林云昭曾经接过他遗下的教鞭，决心要在鲁山小学一辈子教下去。然而，他只代了两个星期课，上级便派来另一位教师接替了他。就在那两个星期里，有一个鲁山村的小女孩坐在二年级的学生座位上，这个女孩子就是陈燕玲了，那时候她才只有 10 岁，用橡皮筋扎着两条黑里微微泛黄的小辫子——一个地道的山里黄毛丫头。

到了 1972 年的时候，这个黄毛丫头的个头一下子往上蹿高了，就如同 3 月里的春笋，噼噼啪啪地响着，足足长高了一个头，并升上了银杏集中学，而在她进入银杏集中学之前几个月，林云昭已经到银杏集化肥站卖农盐来了。

1974 年，陈燕玲已经升到初中毕业班了，他的弟弟陈燕杰也在一年前升入银杏集中学。我们在前面已经交代过，林云昭与陈燕玲是在 1973 年才开始真正认识的。对于鲁山村的村民，林云昭一直怀有一种类似再生父母那样的深情，那是一种反哺之情。或许是因为这个，他对于鲁山村来的陈燕玲有一种莫名的亲切。开始的时候，那只能算是一种单一的——友情，或者往深里说了，那是一种类似兄妹的亲情。后来林云昭在发现自己爱上了陈燕玲的时候，已经 27 岁了。而陈燕玲呢，在发现自己已被林云昭爱上，其实自己也离不开他的时候，才刚到 16 岁。

两个人之间相差了 11 岁！开始的时候，林云昭一直不敢面对这种感情。

除了年龄上的距离外，林云昭还想到了自己的处境：他没有编制，而仅是一个拿着月薪 24 元的临时工；这个能在篮球场无所畏惧、横冲直闯的年轻人，面对这份圣洁的感情，他首先想到了退缩！

然而，他割舍得了吗？

/ 二 /

陈燕玲初中毕业了，银杏集中学只有初中，即使是一都中学，也没有高中。那时候，山坳里的女孩子能读到初中毕业，已经不容易了，几乎所有的女孩子在毕业之后，便回到生产队里去了。接着便是出嫁、生儿育女，作为人妻，作为人母了。而陈燕玲呢，自从进了中学，年年成绩都是年级第一名。1974 年，当教育工作重又摆上各级革委会重要工作日程的时候，在全县的统考中，陈燕玲的总分竟然名列永春县第一名。初中毕业后，她不可能升入高中，因为穷困，家里已供不起她上学了。然而，在校长与县上教育局一些好心人的关怀下，她被泉州师范学校录取了。那时候，师范学校不仅不用交学费，课本簿籍是学校出的，而且还管吃管住！

/ 三 /

……在闽南山区，夏季是漫长的，然而，再漫长的季节也是会过去的。这不，在银杏集通往鲁山村的路口，那三棵高大的银杏树上，已出现了黄叶，秋天悄悄地来临了。此刻，日头落下山去了，一轮明晃晃的秋月迫不及待地升了上来。这时候，一个少女走过那三棵银杏树，走进了银杏镇。

片刻之后，银杏集供销社农盐仓库的窗棂上，响起了一阵轻轻的拍打声。窗户里面，是林云昭的单身宿舍，这间宿舍是用松木板，在农盐仓库的大门一侧单独隔开的。那时候，林云昭刚吃过晚饭，洗过了澡，坐在灯下，看着当天的报纸。可他怎么也没有心思看下去，除了因为报纸上没有什么可看之外，更因为他有一桩难以放下的心事：他是在今天知道陈燕玲要上泉州师范上学去了，他衷心地为她高兴！遥远的银杏集啊，多少年才能看到一个女娃走出山沟，走进山外世界的学堂里呢？

从此以后，银杏集上再难以看到陈燕玲的身影了。

而他还得继续在银杏集这间农盐仓库里过下去。

普通师范的学制是三年，三年毕业后，陈燕玲将分配去哪里呢？

仿佛直到这个时候，林云昭才发现，陈燕玲对他来讲，是这样的重要！他难于割舍，她是他生活中乃至生命中的一部分！

听到了窗棂上那轻轻的一阵叩打，林云昭立刻从沉思中惊醒过来，并且立刻断定了是谁叩响了他的窗棂：

“燕玲啊！”

尽管他全然没有看到外面窗棂下站着的那个人，但他知道，他的这一声深情的呼唤没有错！跟随这一声亲切的呐喊，他打开门闩，张开双臂，跨出门来。

他看到了如清澈的山泉倾泻而下的月光里，站着他刚刚从自己心灵深处呼唤出来的那个少女——

陈燕玲！

他是应当再上前一步，将张开的双臂合拢起来，把前面这位少女拥进怀里的！

然而，他没有——以前没有过，现在也没有。

他就在那里站住了……

月光很好，初秋的夜风裹着幽幽的花香在身上缭绕着，那是谁家院里的桂花盛开了呢？

……过了很久很久，林云昭才感觉到，他胸前有一团青春的、炽热的生命在战栗，那生命紧紧地偎贴着他的生命！

同时，他听到了一阵温柔的却是不可抗拒的声音紧贴着他的耳轮喃喃：

“云昭……我们到仓库后面……到那棵枫树下去，在那条小河边坐一会儿——是的，就是我们鲁山来的中学生，第一次吃你的糟菜熬猪肉的那棵树下……”

/ 四 /

那一个夜晚，陈燕玲是在银杏集上她外家阿嬷家住下的。她要赶明天的早车出山去。那时候，公共汽车已经通到银杏集上来了，下午到的车，在银杏集过夜，隔日一早开出银杏岭。

第二天，林云昭陪着陈燕玲上了车。供销社特意给了他三天假，他是泉州来的知青，银杏集鲁山村的山民们，那当然包括银杏集中学和银杏集供销社的人们，把护送陈燕玲到泉州师范学校报到的神圣使命交给了林云昭。

班车到达永春县城的时候，已经过午了。那年头，从永春开往泉州的汽车，只有早上一趟车，每天开一班。他们在城关等了一夜。

第二天上午，汽车早早就到了泉州。林云昭背起陈燕玲的行李，带着她上师范学校报到之后，便邀她一同到御桥村去。陈燕玲几乎不假思索，就非常高兴地点头答应了。在她想来，林云昭的这一邀请，是理所当然的，而她毫不犹豫地点头答应，更是理所当然——就在前夜，从她在刚刚升起的月亮下举手拍响林云昭窗棂的那一刻起，她就已经决定了，她将把自己的一切交给这个供销社卖农盐的临时工。她是从什么时候开始爱上他的，她自己也说不出来，她只觉得，自己明天就要到外面的世界去上学了；她就要离开自己山里的故乡了；今后她再不可能天天在银杏集上看到云昭哥哥了……

只剩下一个夜晚了，她无论如何也得在这个夜晚拍响云昭哥哥的窗棂！

她必须在这个夜晚，如实地告诉林云昭：她爱他。

她充满了自信：她深信云昭哥哥不会拒绝她。

爱情的力量，初恋的力量——婚姻可以重复，而初恋只能有一次——这种力量足以使少女的矜持与羞怯退隐。

那一个夜晚，当看到云昭哥哥那海一般辽阔的双臂时，她便毫不畏惧地撞了进去。而后，在朦胧的月光里，她与云昭哥哥相互偎依着，在屋后的那棵大枫树下，面对着静静流过的那条小溪，他们默默地坐了许久许久。

而在昨天黄昏，他们是沿着绕过永春城关的那条宽宽的桃溪水，走在岸畔，走出城外去好远好远。

他们就只是紧紧地拉着手，走了好远好远。

然而，对于林子钟与陈燕玲来讲，这一切却更加圣洁而且永恒；更加值得他们用青春甚至一生一世去珍惜——到老到死……

——这就够了！

……现在，她走在通往泉州南门外的顺济桥上。大白天里，他们不敢相互牵着手走路。

顺济桥很长很长，江水很宽很宽。

1974 年，站在顺济桥上往东望去，宽阔的江面上，还时而能远远发现浮出水面的海豚——那一天，陈燕玲看到了。

她还看到了，一群鸥鸟——白色的、黑色的、灰色的，鸥鸟们张开双翅拍打着江面。

“多美多宽的一条河啊……”她由衷地赞赏着。而后，她听到了身旁的声音：

“……出了江口，就是海了……往南往南……我的父亲，我的祖父，就是从那里上了船，去了南洋的……”

随后，她又听到他说：

“这就是我们的母亲河——这就是晋江了。”

/ 五 /

杨月珍没有想到，林云昭会在这个时候回来！

这天下午，生产队没有安排农活。晚稻田里已除过两遍草了，山地里的花生早已收获了，晚地瓜秧插过了，早地瓜的夹边肥也施过了，泉州南门外的乡村，此时正是农闲时节。

当儿子跨入院门的时候，她发现他身后还跟进一个陌生少女。从装束上看去，她显然不是本地人，也不是泉州城里人。

她微微低着头，一双睫毛长长的大眼睛扑闪着，脸上映出羞赧的红晕。她站在那里，双手扭绞着搭在胸前的那条黑溜溜的发辫。

杨月珍亲切地打量了她好一会儿，终于醒悟过来了：那一定是儿子插队落户那儿的山里姑娘，而且，说不定还是——儿子毕竟已到了该谈论终身大事的年龄了！

看到母亲正上下打量着陈燕玲，云昭这才记了起来，把陈燕玲介绍一番：

“妈，她是鲁山村来的，我刚上山插队那一年，就去了她们村。她往后就在泉州上师范了，将来是人民教师了。”

“读书好，教书更好——瞧卢老师，也是教书出身的，多好的一个人啊！”听着儿子的话，杨月珍把陈燕玲与卢老师连在一起想了。

不是杨月珍的杨月珍；不是母亲的母亲；南洋来的番婆罗茜啊，一步跨了过去，抓过陈燕玲扭绞着发辫的那只手，紧紧地握在掌心里，抚摸着：

“来，上厅堂坐坐——我们家云昭，去你们那里，给你们添了不少麻烦，是吧——哎，云昭啊，怎也不先捎个话过来，就来了——来，坐坐，云昭，你快备茶水，我下灶屋去。”

杨月珍把陈燕玲按坐了下来，自己忙走进灶屋去了。

过了片刻工夫，她就端上来两碗热腾腾的鸡蛋面线，一碗是云昭的，另一碗呢，她搁到陈燕玲面前的桌面上，硬是把一双筷子塞入她手中：

“来，闺女，别客气，到了这里，就跟在家一样——云昭，你，你自己也吃，吃！我们这里，也没什么好吃的待客，不像你们那里，竹笋啊，香菇啊，那才叫鲜美呢，云昭每一次来信都这样说啦，还说你们待他好，该怎么谢你们呢？”

“妈，除了竹笋、香菇外，你还不知道，他们打着了野猪山獐什么的，都落不了我的份。”

“这真是，我们阿昭真有福分，去了你们那样的地方，山好水好人好，要不然我都揪心死了！”

看着两个年轻人提起筷子吃开了，杨月珍这才在一旁坐了下来，无限怜爱地看了云昭好一会儿，又转过眼去，久久地把慈祥的目光落在陈燕玲身上。她越看越觉得这个闺女太俊俏了，要真是云昭的……她正这样看着想着时，陈燕玲忽然抬起头来，与她打了个照眼，忙红了脸又低下头去。那种刚刚长大的女孩子才有的稚嫩无邪的神态，特别是她刚刚扬起眼皮时，露出来的那双大眼睛，白仁儿白，黑仁儿黑，黑白分明，清灵灵的没有一丝含糊。陈燕玲身上的一切，都叫杨月珍心里升腾起一股母爱的柔情：

“闺女啊，从泉州城内来我们御桥村，一过顺济桥就到了，往后星期天学校里不上课了，你就上我们家来，千万别生分！你说呢，闺女？”

杨月珍这一声问，让陈燕玲又绯红了脸，一时间里竟不知道说些什么了，只把头埋得更低了，并偷偷地瞟了一眼林云昭，那意思是：该怎么回答？陈燕玲瞟林云昭的那一眼，杨月珍看在眼里，明在心里，便愈加认定了儿子与这山里来的姑娘关系非同一般！

看到陈燕玲答不上话来，坐在旁边的林云昭便替她开口了：

“是啊，燕玲，往后每个星期日，你都替我来陪伴我妈。今儿我带你来过了，往后你就认得门路了。”

看到他俩吃完了线面，杨月珍还盛情要留下陈燕玲过夜，但听到她说今晚还要开新生联欢晚会时，杨月珍也就不强留她了：

“那也是，别违了学校的规矩，你先歇着，待会儿让阿昭用自行车送你进城。”

说话间，林云昭已把自行车推下天井了。

杨月珍牵着陈燕玲的手，把他们送出门来，直看到陈燕玲坐到车架上；直看着他们走远了，她还在不住地吩咐：

“阿昭啊，一路小心啊，记住啦，送到了（学校里）才往回啊！”

/ 六 /

林云昭从泉州师范学校回到御桥村家里时，月亮刚刚升了上来。杨月珍早已做好了晚饭，正在那里等着他回来呢。虽说儿子已长到了 27 岁，高挑挑壮实实的一个后生家，可在母亲眼里，儿子永远都是孩子！

院子门一响，儿子终于推着自行车走了进来：

“妈，你咋没先吃啊？”

“妈等你呢，快，吃了饭，锅里烧着汤，吃了洗了，妈有话问你。”说话间，杨月珍已为儿子盛上饭，端到桌上来了。

油灯拨得很亮，杨月珍就坐在对面，自己吃着，也望着儿子吃着。

云昭吃过饭了，洗过澡后走上厅堂时，只见妈妈已收拾好灶台锅碗，坐在灯下了。她把儿子招呼了过来：

“阿昭，你坐下，妈想问你一句话，你得老老实实告诉妈。”

“妈，你说，什么事？”那张小饭桌，桌面很窄，母子俩面对面坐在小桌旁。灯光很亮，林云昭发现母亲的目光比任何时候都更加温柔。

“告诉妈，你爱陈燕玲吗？”

“爱。”林云昭避开母亲的目光，点了一下头。

“她爱你吗？”

林云昭又点了一下头：“爱。”

“真的？”

“真的。”

“儿子，把眼转过来，看着妈的眼睛回答我：你们真心相爱吗？”

林云昭抬起头来，用自己诚实的眼睛看着母亲，他发现母亲的目光还是那样温和，只是其中透出一种前所未有的庄重与威严。林云昭没有回避母亲的目光，他勇敢地迎着母亲的目光回答：

“妈妈，是的，我们真心相爱。”

“儿子，你能做到吗，永远爱她，而不伤害她？”

“能。”

“你能做到吗，一生一世只爱燕玲一个人，不会爱别的女人……像……像你的父亲那样……”

林云昭发现，母亲在说着这句话的时候，声音中带着颤抖。在说完这句话时，眼眶里盈上了泪水。他不知道母亲这是为了什么，他又答出了一个字：

“能。”

听到儿子又答出这个字来的时候，杨月珍的前胸急剧地起伏着。过了片刻，她才松开了紧抿的嘴唇，忍不住泪声滚滚地哭开了：

“……阿昭，儿子……好好地……认真地爱她……你要知道，做一个……女人……有多艰难，你千万……不能背叛……”

林云昭不明白，为什么母亲在说这些话时是那样的悲怆；而在说出这些话之后会号啕大哭。

他太年轻了。

第三卷

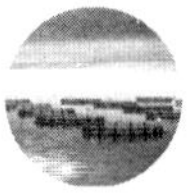

此岸彼岸

——记忆的长河

历史上的大悲剧都是由千千万万个人的小悲剧组成的。

从另一个角度看，任何个人的“小宿命”都难以挣脱历史的“大宿命”。

——题记

第一章 台北艋舺渡头龙山餐馆

/ 引子 /

我们在前面的章节里，已经写到了 20 世纪 70 年代的那些人、那些事。本来，我们还应当顺延着那段岁月一直写下去的。但是，为了一个曾经死去的女人；为了那个曾经死去的我的故乡的番客婶。我们还得回过头去的，回到 1948 年泉州南门外那个初夏的雨季……

/ 一 /

晋江水是从溜石湾流向大海的。千百年来，它或是奔腾着翻滚着涌向大海；或是悄然无声的注入大海。

出了溜石湾，往东而去几里水路，还是内海，地图上标的是泉州湾。再往东，又是几里海路，便进入台湾海峡了——这也是地图上标的。泉州湾里的水是淡黄的江水与蔚蓝的海水交汇在一起的。而出了泉州湾，海和天便连成了一片无边无际的翠玉了，穿过这片涌动的翠玉，就靠上了海峡彼岸——这里便是台湾岛了。

台湾岛上北隅的那个台北市，自然是海峡两岸的中国人都知道的城市了。而从台北市往回走，就是说望南而来，在台湾岛朝西海岸，有一处不大不小的叫淡水的海湾，知道这个地方的人就不多了。而在淡水湾里有一个朝大海延伸而出的称艋舺的去处，知道的人就更少了。从词面上解“艋”指小船。是的，艋舺渡头搁在浩瀚的台湾海峡上，就如同锚定在那里的一艘小船。这个渡头，自来称为“潘湖码头”，据说，是当年随郑成功去了台湾的晋江潘湖村黄姓族人建造的，所以更多人称之为“潘湖渡头”。闽南一带，江河湖海上的小码头多称为“渡头”。据传，当年首批随郑成功东渡台湾的黄湖村人，就是从这里登陆的，因而，他们将这里视为（台湾岛）离海峡西岸最近的地方。多少年了，这处渡头成了他们世代西望故土，寄思乡情的所在。他们中有许多人选中了淡水湾后面的土地，聚族而居，由于都是黄姓，便把海峡西岸，泉州南门外的“潘湖”祖籍村名也搬了过来。于是，在台湾海峡彼岸，从此又有了一个与晋江潘湖村遥相守望的潘湖村了。

/ 二 /

1948年，在“菲化案”闹得满城风雨的日子里，走投无路的曾文宝在林子钟的资助下，把罗茜交托给晋江乡亲带往溜石湾后，就直接从厦门去了台湾，投奔他的堂伯父曾人望去了。

自从郑成功踏浪东渡台湾以后，几百年过去了，当年荒凉的淡水湾艋舺一带，已成了一个热闹的埠头，潘湖村也不再是黄姓独居的村落了，而是成了一个多姓群居的小镇了，他们中有许多人的祖籍地都是泉州南门外。曾文宝的堂伯父也住在潘湖村，曾人望是在台湾潘湖村出生的。曾文宝当年从南洋回来，到了厦门，已近家门口了，可他选择了逃脱，过番几年，没混上个人样来，他无颜见家乡父老，便直接去了台湾，没想到这一去……

曾文宝投到堂伯父曾人望门下时，堂伯父正在淡水湾经营一家餐馆。那一年春天，台湾岛突然整个儿热闹起来，国民党政府的许多“部门机关”正大规模地往这里撤退过来。在岛的西隅，在大大小小的码头上，日日夜夜都有大大小小的船只自海峡彼岸前来泊靠。码头上到处堆满了来自大陆的箱箱柜柜，那时候的台湾，是又热闹又混乱，又混乱又热闹。

曾人望的那家“龙山餐馆”就在这个时候发达了起来。

曾文宝自然理解堂伯父把餐馆号为“龙山”的良苦用心。他早就知道，在泉州城西北近郊，有一个龙头状的山坡，称“龙头山”。在此山朝南的半坡上，有一座古老的曾氏祠堂。曾文宝从小就听老祖母说过，早年间，从北方迁徙闽南的曾姓族人，最先是落脚在龙头山一带，随后才繁衍开来，有的还东渡去了台湾。于是，闽南一带乃至台湾岛上的曾姓人家，便将泉州龙头山视为自家繁衍的出处了。直到如今，在闽南各地，在台湾，许多曾姓人家的正门上都挂有“龙山衍派”的牌匾。至于遍布在上述各地的大大小小的曾姓祠堂就更不用说了。而远在南洋各地的曾姓宗亲会的所有会所，大门额上也都有这四个字，在同乡会楼的最上层，朝北面对唐山方向的，都供有曾姓开山鼻祖曾子的神位，长年香火不断。曾文宝的堂伯父虽在台湾出生，但他不忘自己是“龙山衍派”，“龙山餐馆”便由此而来了。

大陆那边一时过来那么多人，淡水湾一带自然也跟着热闹起来了，来往走动的人多了，最先好起来的生意便是餐馆了。“龙山餐馆”能做出一手闽南泉州口味的好菜，生意的兴旺自然不必说了，曾人望正缺着可靠的人手的时候，曾文宝就来了。在御桥村的曾家败落之前，曾文宝作为曾家大院的大房长孙，他上有祖母视为掌中宝，抚着护着；下有父母叔婶疼着惜着，虽养成了一股顽劣霸蛮之气，但毕竟不是刁钻奸猾之人。曾家大院破败后，他去了南洋，在那里吃尽了苦头的曾文宝，投到台湾堂伯父门下的时候，整个人脱胎换骨，跑里跑外，十分勤快。“龙山餐馆”一时里的异常兴旺，曾人望将之归功于堂侄儿曾文宝的“好脚迹”，就是说托了曾文宝的脚踏进餐馆的福，生意才好了起来。在曾文宝到了的两年后，曾人望在潘湖码头上又开了一家分店，店号为“第二龙山餐馆”，让曾文宝去那里坐店料理，这是 1950 年间的事了。那时候，国民党已经在台湾岛站稳脚跟了。

/ 三 /

1950 年 5 月的一个午后，餐馆生意的高峰刚过，潘湖渡头上突然喧嚣起来，一艘客轮靠在那里。在这艘不大不小的客轮后面，拖着一艘小小的货船。这时候，从客轮上先走下来几个持枪的军人，在码头上站定后，便吆喝着客轮里的乘客从跳板上走了过来。这些人，显然已在船舱里待了好长时间，衣着凌乱，而且蓬头垢面。这些人在那几个持枪兵士的引领下，走进了不远处的第二龙山餐馆，连兵一起算起来，这一行有 40 来人。这一行人一进餐馆，便把一股浓烈的酸腐味也带了进来，那是在船舱闷了几个日夜的汗馊味，还有呼出来的令人作呕的口臭。

这一行人刚好把第二龙山餐馆的桌椅坐满了。

那 40 来人中，一色男性，唯有两个女人夹杂其中——一老一少——这就特别醒目了。曾文宝在招呼客人入座的时候，冷不防与人群中那个年轻女人打了一个照面，那一瞬间，他差点尖叫出她的名字！天哪，这是半夜里做梦吗？然而，墙上的大挂钟时针指的明明是下午 1 点 50 分——他连眨了几下眼皮，又望着那个年轻女人，却发现她的目光早已转向别处了。

在刚才与她的目光相遇的时候，那个女人没有像他那样现出惊愕的神色；现在，她更是漠然地凝视着餐馆门外，凝视着淡水湾外那茫茫的云天与大海。

如此说来，她不是他记忆里的那个女人了。

或者说，她已把他遗忘了。

/ 四 /

1950 年 5 月 10 日，国民党军队在福建省东山岛登陆，一夜之间，岛上几乎所有的男丁都被赶进了台湾开过来的轮船里，浩劫之后，一些村落里已不剩一名男丁，这就有了“寡妇村”的说法。东山岛离着泉州城有好几百公里哩，那时候刚刚解放，跨海大堤远还没有动工，所以，1950 年的东山岛只是一个孤岛。

在我们这一部书里，本来是不该写到离泉州几百公里外的东山岛上去的，但是又不能不写。因为在当年，东山岛的港湾里，曾经生活过一个来自泉州南门外的女人，这个女人，在 1950 年东山岛那场洗岛掠人的浩劫中，被掳去了台湾——所以，就不能不写了。

……这一天下午，那一行人在第二龙山餐馆用餐之后，就被持枪的兵士押着上路了。在临出门的时候，曾文宝借着结账的机会，特意走到那个年轻女人面前，又细细瞄了几眼，然而，那个女人自始至终甚至连眼皮都没抬起来一下——就随着被押解的人群，往餐馆后面的路上走去了。

……那个年轻的女人，以及她的一家人都在这个队伍里，那位年老的女人，是她的母亲，还有一个老汉，是她的父亲了。她还有一个兄弟，但不在这个队伍里。这一家子人，是世代的船户人家。当年的东山岛，有着不少以船为家的人，他们虽然固定在东山岛泊船，但陆上却没有他们的家，当然啦，在解放初户口普查时，他们是被确认为东山县人的。

1950 年 5 月 10 日，东山洗岛之劫的当夜，他们正好从泉州后渚港运了一点杂货回去，进入东山岛海域时，遇到了正要撤回去的台湾轮船，这就连人带船被捎着，穿过海峡，到台湾来了。

/ 五 /

半个多世纪前的台湾淡水湾一带，远还没有成埠。而在淡水湾后面潘湖村的周围，还有大片荒凉的土地。那一船在潘湖渡头上岸的东山岛人，大都是国民党军队挑兵后留下的老弱病残，以后就傍着潘湖村落户了。这其中就有曾文宝觉得十分面善的那个年轻的女人一家。比起其他被掳掠过来的东山岛人，她们一家算是幸运的，因为她们是整一家人连船被“捎”过来的。一家人平安到了彼岸，虽然离乡背井，但总算得上是一个完整的家，而其他人家呢，则只能隔海与留在东山岛上寡妇村里的亲人相望了。谁能想到那一别离；那无奈的相望，此后竟缠缠绵绵延续了几十年，许多人甚至到老到死都未曾重逢。

淡水湾后面潘湖村的村民们，对于被留放在村外的那些大陆人，伸出了相助之手，帮他们盖起了一排简陋的棚屋，帮他们开荒耕作走出了一条活路……

/ 六 /

一个多月之后的一天早上，那个从东山港过来，在潘湖村外落户的年轻女人，挑着几捆翠青翠青的韭菜，上了潘湖渡头旁边的小街上叫卖来了。这条街的街口正对着龙山第二餐馆的门面，店内的曾文宝，一眼又认出了这个卖韭菜的女人。他放下手中的活，跨出店门，朝她走了过去：

“请问一下可以吗？你是哪里人？”

那女子听到他的问话，只抬了一下眼皮，又望着竹筐里的韭菜：

“卖韭菜的。”

“我是说，你是从海的那边，从唐山大陆过来的吧？”

“是。”

“我是龙山餐馆的，那一天你们上岸的时候，就在我的餐馆里吃的饭。”

“是。”她依然只看着自己的韭菜。

“那么你在大陆的家乡在哪里？”

“东山港。”

“你知道大陆那边，有个叫泉州的地方吗？”

“不知道。”她眼皮再没有抬起来了。

曾文宝看着这话再无法问下去了，便暗暗叹了一口气后说：“这样吧，这些韭菜我店里全买了，你卖多少钱 1 斤？”

“你说了算。”

“那好吧，我平时进的都是 1 斤 4 分钱，你一共有多少斤？”

“20 斤。”

曾文宝付了钱，又问道：“你们家还种了些什么菜？”

“黄瓜，油菜。”

“这样吧，以后你的菜，就直接挑我店里得了——告诉你吧，我的祖家也在海的那边，在泉州南门外，那地方叫晋江……”

那女子似乎没有发现曾文宝正对她说着话，只挑起空筐径直往回去了。她很高兴，挑来的菜一上街，便这么快就出手了，而且餐馆的老板答应天天销她的菜。

她得赶回去了。新安的家，新种的地，父母正忙着呢。而她的那位兄弟，已服兵役去了，她得赶紧回去帮两位老人。

/ 七 /

这真是怪事了，天底下竟有长得如此一模一样的人？

当天夜里餐馆打烊之后，累了一天躺到床上的曾文宝却辗转了大半夜，一直不能入眠！

真有长得如此相像的——女人吗？——不可能的！

真的会是她吗？——她说话可怎么也不带一点泉州腔——那不可能是她了，都说离乡不离腔啊！

反复思考之后，曾文宝说服了自己：不会是她；这是绝对不可能的！这才睡着了。

第二天上午，那女子又早早地把菜送过来了。她昨天送来的韭菜，洗得干净，挑得仔细，里里外外没有一条黄叶，一粒沙子，秤头也足，她自报二十斤，曾文宝一过秤，秤锤都直往上翘。今天送过来的，除了韭菜，还有一捆嫩嫩绿绿的油菜。曾文宝已不再把她当成记忆中的那个女人了，所以也不多搭话，只按时价收了菜，结了钱，由她回去了。

待她走远了，曾文宝想想可又觉得不可思议，天底下哪有一个模子印出来的人？那女子虽说“腔”不同泉州，可说话的声调却竟是与他想象中的那个女子一样啊！虽然一问一答之间，那女子只简简单单应出一两个字，两三个字来，但在曾文宝听来，那三言两语的音调也是熟悉亲切的！这样想着，便禁不住又回头望着那个往回走的女子，这一看，更让他吃惊不小：那女子的背影，走路的姿态，比正面看更像他记忆中的那个女子！

/ 八 /

第三天，那女子又如时送菜来了。有了昨天那让他更加吃惊的背影，曾文宝便想今天再跟她多搭上几句话，所以待她就更多了几分热情。收了菜结账的时候，曾文宝还问了一句无须多问的话：

“今天的菜价怎么算呢？”其实，两个人心里都明白：这几天龙山餐馆支付的价钱，都是公道的，合行情的。既然曾文宝这样问了，那女子也就这样答了：

“你雪吧。”

就是这个“雪”字，让曾文宝心中猛地一震！

原来，闽南一带，说话都用“讲”或“说”这两个字，唯独泉州晋江一带的方言，“说”才说成“雪”字，这个自称祖籍唐山大陆东山岛的女子，说话中居然冒出一个“雪”字来，这使得曾文宝心中想要极力抹去的那份猜想，重新冒了出来。

他开始感到这个女人的诡谲神秘：她明明是他想象中的那个“她”啊；她怎么就拒绝承认呢？她突然间冒出来一个地道的泉州“雪”字，不就说明了她至少会“雪”泉州腔的闽南话吗？

如果是在黑夜里，曾文宝遇上这个女人，他自己还会怀疑是遇上游魂了！

可是三番五次地，他们都是在大白天的日头下见的面啊！

/ 九 /

那女子仍然天天送菜过来，每一次送来的菜都挑洗得干干净净，不沾泥沙不带黄叶。曾文宝每一次都不用过秤，只按她自报的重量结账；而且每一次都让曾文宝愈看愈像他记忆中的那个女人。

这个女子为什么拒绝承认她就是“她”呢？

作为一个生意人，对于他来讲，如果“她”仅仅只是一个一般的他所猜测的那个女人；而且，她并不承认自己就是“她”，那么也就算了，何须去刨根掘底问出真相呢？

然而，对于曾文宝来讲，那个记忆中的“她”非同寻常！那可是他的同乡；他的近邻——她已经死去多年，现在居然在他乡异土还魂了，他怎能轻易放弃不再问个水落石出呢？

这个念头煎熬着他！

他再也不能漠然置之了。

就这样，天天送菜结账地过了半个多月之后，有一天那女子又送来菜，又结过了账，刚要迈出店门时，曾文宝跨了过去，堵在她眼前，亮起嗓子，用满带浓烈乡情的口音高声呼唤了一声：

“杨月珍！”

那女人抬起头来，一脸茫然地抬了一下眼皮——依然是那种呆滞的，没有任何反应的眼神——连续送菜过来半个多月，一直是这样的眼神。

这种眼神，让人禁不住要想起痴呆症癫傻病！可是她上下一身干净利落的穿着，尽管衣裳破旧但缀着补丁；而且，她的头脸一丝不苟的梳洗——这一切，又都足以证明她是一个完全正常的女人！

对于曾文宝莫名其妙呼出来的那一个名字，她似乎一个字也没有听进耳朵，更别说往心里去了。

她一声不吭地偏过身子，走出门去了。

/ 十 /

第二天，又到了那个女子送菜过来的时间了，可是却不见她的身影。曾文宝不禁惦念起来了：哎，天底下长得像的人有的是，自己为什么非要把那个女人往杨月珍身上想呢？杨月珍可是在——1948 年就葬身溜石湾了啊！自己的猜想不是太荒谬了吗？唐唐突突地乱叫了人家，今天不来送菜了。街上挑葱卖菜的有的是，可是都不如那女子送过来的鲜嫩干净不夹些许黄叶。

还不见那女子过来，曾文宝正想着该上街去买菜的时候，忽有一个挑菜的阿婆走到店门口来了：

“头家，这菜，我送过来了。”

曾文宝抬眼一看，认出了那熟悉的菜筐：

“你是——怎么，今天不是杨月珍送过来？”曾文宝禁不住又脱口说出“杨月珍”三个字。

“你是说我家闺女吧——我们姓张，她叫张景花，我们是东山岛人，也不是——泉州人。”那阿婆说。

曾文宝听着，知道被他认作是“杨月珍”的女人，已把事情的经过都告诉家里人了，自己那样冒失，难怪人家不来送菜了：

“阿婆，你别见怪，我们祖家是泉州南门外的，在未出南洋之前，我们村有一个女子，长相年龄都和你们家——张景花相仿，叫杨月珍，我都有——五六年不见她了，我从南洋来到这里，也才两年多，近一两年来，从大陆来的人一大拨一大拨的，我就特想能见到有从泉州南门外过来的乡亲。老乡见老乡，亲啊！便认错人了，阿婆，还有，告诉你们家张景花，我就这心思，没有其他的想法。”

那位阿婆在认真听着曾文宝说话的同时，也上下把他打量了一番，阿婆在船上漂过了大半辈子，见过三江四海码头各色各样的嘴脸，她能听出这位餐馆头家话中没有掺假，相貌也不像那种刁钻缠蛮之人，禁不住在结过菜账之后，又和曾文宝搭了几句：

“这位主顾，你的家口也随你到台湾来了吧？”闽南一带方言中，称妻子老婆为“家口”，那是一种更文雅的叫法。

曾文宝长长叹了一口气说道：“没哪，都还留在泉州南门外——哎，这国民党政府都撤过岸来了，自从大陆那边共产党执政，不知怎的这渡头上难见一个大陆客，一年多了，你们是头一拨呢——你是大陆刚过来的，现在那畔怎么了？”

听着曾文宝这样说，那阿婆像在外遇见了乡亲，老乡见老乡，两眼泪汪汪：

“那边世道变好了，就拿我们以水为家的船户来说，一年到头四海漂泊，见多了三江四海码头上，那些像螃蟹般横行霸道的恶人，可是在解放区的码头上，那些恶人，也不敢横行，都被制伏了，可太平了……”阿婆讲到这里，似乎发现自己说溜了嘴，连忙打住了：过海来的一路上，船上那些国民党兵一再放出硬邦邦的话来，叫他们到了台湾，可不许谈论大陆上的事！自己可别嘴巴不紧，祸从口出！可那曾文宝好像不在乎她这一变化，把话接了过去：

“两岸这一隔绝，苦了我们老百姓，什么时候才能回去一趟啊，家人要见，祖坟要巡啊，今年？明年？三年？四年……”

……他哪里敢想；他在1950年说出的这个“隔绝”，竟延续了整整34年！

34年之后，曾文宝已是花甲之年发丝斑白的老头了，他的堂伯父也已年老过世，而那位自称“张景花”母亲的阿婆和她的丈夫也不幸作古。那个被征入国民党军队的“张景花”的兄弟，后来随军驻扎金门，更是早已在1958年的炮战中阵亡了。

孑然一身的“张景花”认了曾文宝做干兄弟，在1981年辗转香港，回到了海峡彼岸……

这是后话了。

第二章　雾中的帆船·海上的女尸

/ 一 /

张家阿婆是听了张景花的叙说，才自己给龙头山餐馆送菜过去的。她不放心再让张景花去，她们刚遭遇了一场离乡背井的劫难，在这边初来乍到，经不起折腾啊！可是她又舍不得弃了这个好主顾，她们得找活路啊，她们要生活啊！

直至亲眼见了曾文宝，她才放心了。然而，另一桩事又开始搅得她不能安心！

张景花毕竟不是张家的亲生女儿，她可是从海上捡来的；而且，是从泉州湾那边捡来的，曾文宝说他的祖家就在泉州南门外那边……如果没有一丝瓜葛，他怎么会说张景花像他们村的“杨月珍”？

从龙山餐馆送菜回来，上了年纪的张家阿婆，感到真是遇上了一件十分缠心的事儿，她整夜不得安眠，往事又翻滚到了眼前……

……1948年农历三月的最后一天，在溜石湾外的海面上，行驶着一艘渔运两用的帆船，这艘船排水量不到30立方。船上是一家地道的闽南沿海船户。闽南沿海的这种船户，是长年水上漂泊，生老病死，都在船上。但他们一般都有一处比较固定的泊船的港湾，特别是在过年过节的时候，这处港湾就是他们抛锚的所在了，他们就把这处所在称为故乡了。比如说，此时行走在溜石湾外的这艘帆船，是赶着回到东山湾泊船的。几辈子来，这户船家都自认为是东山湾人。这种小船，经不起外海的风浪，只能不远不近地傍着曲折的海岸线走，大多行驶在闽江口到潮汕码头一带。船上有简陋的渔具，大发海的渔季，他们也捕鱼，捕到哪里，卖到哪里。有商家招呼的时候，他们便收起渔具跑货运了。

现在，这艘船正装着安溪的铁观音茶叶，还有笋干、香菇等一批山货开往东山岛，然后，在那里转装到台湾来的货轮上。

这艘船上，住着一家三口人，年过五旬的父母，还有20来岁的儿子。

微微的正北风，帆不是鼓胀得很紧，顺风的船，平静地行驶在水面上。刚刚过了中午，海面上浓浓的雾正在消散。

帆船在云海之间不紧不慢地朝着南向的水域驶去。

平静的水面上，不时看到丛丛的苇草或水葫芦等漂浮物，这是被晋江水带出溜石湾的。很显然，在溜石湾西面的晋江流域，正处于雨季。四五月里晋江流域的雨季，多是要蔓延到端午节过后的。这些漂浮物，正是沿江漂流下来的。

虽然有雾，但是这一天的溜石湾外，却是难得的好天气。刚吃过午的船家阿婆，正提了张小木凳要坐到船头补缀衣裳，猛然见到不远处的水面上，漂浮着一大团杂物。她无意间多望了一眼时，看清了那是交缠成一堆的苇草与水葫芦，这一望可让她大吃一惊！

她发现了缠绕在那团苇草水葫芦间的一张人脸！

那显然是一具水漂尸！

/ 二 /

闽南沿海一带的船家，都认为在航行中遇上水漂尸，就预兆着当年顺风顺水走好运！以至于当有两户船家同时遇上一具水漂尸，争抢不成时，便会合力把尸体打捞上来，共同在岸边寻找一处地方，焚香化纸安葬死者——这或许更应当视为是一种善良的风俗，而并非功利所驱。

船家阿婆招呼过来丈夫与儿子，让他们下水去打捞那具已堵在船头的水漂尸。

那是一具女尸，她的茂密的长发与水葫芦缠绕着，借着那一大团水葫芦的浮力，她那张脸才能露出水面。

船家父子拨开了绞成团的水葫芦，把那具女尸捞了上来，放在船板上。

这显然是一具刚死去不久的女尸，她浑身柔软还未僵硬，而且，她的脸上还隐隐约约残留着些许活人的色彩。

这是一具多么年轻的水漂尸，死神未曾夺去她生前的美丽。而且因为死亡，使得凝固在她脸上的那种美丽，更是蒙上了一层神圣的不容亵渎的庄严。此时，她安详地翕上了双眼，平展着四肢，面对美好的阳光，仰卧在船板上。浸透水的衣裳紧贴在她身上，更使她美好的线条凸显出来。

在这一家善良的船户人眼里，她如同妈祖，如同观音。

船家阿婆拿过来一把牛角梳，一条揩巾——那是他们一家人洗脸用的毛巾。阿婆俯下身去，为她梳理着那头长长的青丝，然后，又为她揩洗着脸上的水渍。阿婆的丈夫与儿子，则站在一旁向四处张望着，他们正在寻找一处既可以靠船，又能葬尸的岸。

在那一刻，他们却听到老妇人一声惊叫：

“她还活着！”

/ 三 /

是的，这具后来被张姓船家起名为“张景花”的年轻女尸，确实还活着！

长年走船的人，有着丰富的水上救溺经验。听到母亲的呼叫，儿子立即回过身来，跨到母亲身旁，双膝跪了下去，双掌撑地弓起了脊背，让父亲母亲抬起船板上那个已被翻转过来的女人，将她的腹部贴到自己的脊背上。他的父亲则用尽全力，往那女子朝天的背上压挤着。只过了片刻，那女子口中便吐出了很大一汪水来。

她复活了！

/ 四 /

但她并没有完全活过来，她仅仅是躯体活了下来，其他的都死亡了。

在以后很长的一段时间里，她甚至从不开口说话，更不用说能回答张家她是何方人氏了，甚至连自己的年纪、姓名也无从说起。以至于张家人都怀疑她是一个哑巴。可她的听觉却非常灵敏！也不可能怀疑她是一个痴呆女子，她绝不披头散发，每天大清早，她就起床了，她总是把自己梳洗得干干净净，而且又十分勤快，聪明伶俐！

半个月后，她终于开口说话了，她跟着少年船家叫起了“阿母”“阿爹”。那叫声甜甜的，那“阿母”听着，便教她了：

“你就叫他阿强哥吧，我看他要长你一两岁哩！”她指的是自己的儿子，“……你呢，就叫张景花吧，好不好？我们姓张。”

张姓船家一直再没问起她的身世来——每每问到这个，她都一脸茫然！

那就别问了。

张姓船家曾经有过一个女儿，但后来“走”了。既然上苍让他们从水中捞起了一个“女儿”，那就得当女儿养着。何况这个“女儿”又是那样的俊俏孝顺，那样的善解人意！

/ 五 /

那时候，张阿强、张景花都正当谈婚论嫁的年龄。有一段时间里，张家老两口，同时有一种将他们促成夫妻的想法。相处都一段时间了，善良人家往往更容易生发感情，真要把张景花当女儿找个妥当人家嫁出去，老两口还难以割舍呢！

到了第二年春暖花开的季节，二老把这桩心事对阿强提起来的时候，阿强是这样回答的：

“如果景花愿意，阿爹阿母就看着办吧。”

于是，在某一个风静月明的夜晚，老两口把张景花唤到身旁来，阿母牵起她的手，抚在掌中，慈爱地看定了她开口了：

“花儿，你都上了我们船快一年了，你也看到阿强是个勤快厚道人，年龄长相也跟你般配，你们就……结成夫妻吧！”

听到阿母这番话，景花竟久久地沉愣了。

接着，她脸上浮起一层惊慌失措的神色……

……她曾经遭遇过一场空前的恐怖与悲哀——那是一场巨大的灾难，在那场灾难中，她死去过——包括肉体与灵魂。后来，她的肉体奇迹般地再生了。而灵魂，更具体地说，是记忆，是她对于自己的22年的生活的记忆，却一直没有复活。因而，在张姓船家生活的这两年里，她尽管不痴不傻，却始终单纯得如同一个不谙世事的稚子。然而，毕竟她曾经嫁过；她曾经爱过；她曾经被爱过；她曾经在一个夜晚完成了从少女到妇女的蜕变——这种刻骨铭心的经历，如果不是因了张家阿母提出要她接受另外一个男人，她的这段记忆，或许到老到死都将不再重现，直到随她走进坟墓。

但是，就在那一瞬间，那桩往事重又回到她的脑海中——尽管仅仅是一瞬间——却再也抹不去了——尽管她再不能接下去记忆起自己曾经嫁过的那个男人……

她突然痛心疾首地哭了起来，接着便从口中迸出了一个字：

“不！”

看着景花哭了，阿母把她搂了过来：“莫哭，莫哭，花儿，花儿，阿母阿爹，还有你阿强哥，都不会为难你的，从今往后，谁也不提这桩事了，好不好？花儿……”

第三章　逃出死亡旋涡的女人

/ 一 /

在晋江入海口的两畔，不管是在古老的传说中，或是在乡党们的记忆里，至今还没有过落进溜石湾旋涡的人逃出死亡的记载。

溜石湾的旋涡口，比老虎、比雄狮的血盆大口更加可怕——虎和狮，在毁灭一条人命的时候，还会留下一些残骸断骨，至少还有血迹；而溜石湾的旋涡口，在吞咽一个人的时候，是整个儿，是无影无踪！

1948 年的那天晌午，当杨月珍把承载着儿子林云昭的那张轿椅推向林仁玉的瞬间，自己却陷入了溜石湾的旋涡口……

——没有一个人会想到她能逃出死亡。

然而，杨月珍确实活了下来。

如果我们不相信冥冥中的“命”，那么，杨月珍的再生，那首先得益于她那满头茂密的青丝。她脑后的发髻，每当梳落下来的时候，是没过腰际的。那一天落入旋涡口的时候，她散开的头发便和旋涡里的一大团水葫芦缠绕在一起了，并且越卷越紧。那一大团水葫芦带着她，随着晋江口水底涌动的暗流，漂离了溜石湾。最后，漂出了水面，漂到海上来了。并终于被路过的东山岛张姓船户当成水漂尸打捞上来了。

/ 二 /

……当她看到儿子被卷入旋涡，她就知道儿子完了！

这个念头像雷霆一样闪过之后，她的脑海里便只剩下一片空白了！

她随后所做的一切——死命抓住承载着儿子的那张轿椅，并将之推出旋涡口——靠的都是本能——那仅仅只是一种母性的本能，而没有丝毫意识……

在随后的几年里，她的脑海一直被那片空白充塞着——她没有了“过去”——包括“杨月珍”这个属于她的名字。

她被打捞了上来，她复活了！

但是，她脑海中消失的，那一切以往生活的历史，却没有复活过来——这是不幸抑或是万幸?

——都是!

——如果她还能记起过去；还能记起丈夫、儿子……那么，面对现实——面对失去儿子的现实——她是眼睁睁地看到儿子被卷入旋涡口的那一瞬间的——她还能活下去吗?

面对绝望，有人选择了自杀；有人选择了疯痴；有人选择了失忆——尽管这些选择都由不得当事者。

杨月珍选择了失忆。

如此说来，失忆对于杨月珍来说是万幸的——自杀没有选择她，痴疯没有选择她——失忆选择了她。

除了过往的记忆——不管是甜蜜的还是不幸的——完全消失之外。她总算如同一个正常人那样活了下了，继续承受着人生的重压。

不幸的是失去了她的那些亲人，尤其是她的丈夫林子钟。

还有罗茜!

由于她的失忆，使得救起她的张姓船户无从知道她是何方人氏，更无从知道她的亲属在哪里了。

这一切，都使得林子钟确信了她的死亡——我们在前面已经写到了丧妻的林子钟的万状痛苦。

/ 三 /

而罗茜呢……

/ 四 /

过往的记忆正在一点一滴地复苏过来。

最先挑醒杨月珍死去的记忆的，是船户张家阿婆。当她提出要杨月珍与张阿强成婚时，杨月珍霎时露出了恐怖的表情，在那一瞬间，她记起了自己曾经嫁过爱过，她无法再接受第二个男人——尽管那个记忆仅在瞬间就又消失了——然而，从那以后，善良的张姓船家再没有提过此事。

促使杨月珍死去的记忆点点滴滴复苏的是曾文宝。

在半年多的送菜日子里，她的长相，她的一举一动，她的声音，尤其是她时不时冒出来的一言半语泉州腔，使曾文宝认死了这个张景花就是杨月珍！

然而，她为什么拒绝承认呢？

如果是刻意回避，她为什么非得每天往店里送菜？

曾文宝要揭开这个谜；曾文宝要唤回杨月珍——那可是为了林子钟啊！

在半年多的时间里，曾文宝对张景花呼唤的几乎是同样的话：杨月珍、林子钟、林云昭，御桥村，泉州南门外……而每当张景花耳闻着从曾文宝口中说出的这一切时，她总是一脸茫然，没有反应。

终于有一天，张景花结过账，曾文宝又开始继续他的呼唤：

“——真的，你不叫张景花，你该叫杨月珍，你是泉州南门外御桥村的，你的丈夫在南洋，他叫林子钟，你有一个儿子，叫林云昭，他落进了溜石湾的旋涡里，他被救了出来，他还活着……”

……就在那一刻；在历经了曾文宝半年多的呼唤之后——溜石湾的旋涡……林云昭还活着——这些呼唤如同万钧雷霆，轰开了杨月珍那禁闭了多年的记忆城门。

于是，在那一瞬间；仅仅是在一瞬间，曾文宝发现了她一向茫然的脸上现出一片耀眼的色彩；她始终呆滞的双眼里迸出两道兴奋的光芒。

“……溜石湾的旋涡……云昭……儿子活着……”她喃喃着。

曾文宝听清了她的喃喃，那是地道的泉州腔！

然而，她脸上耀眼的色彩，她眼里兴奋的光芒，都随着她戛然而止的自言自语，又在瞬间消失了。

她挑起竹筐，走出店门，又往走过来的路上走回去了。

随后4天里，她再没有送菜过来——都是张阿婆送过来的。

第五天上午，她又露面了；她又送菜过来了！

而且，就在结过账之后；就在曾文宝又重复着他的呼唤时，她居然宣告：

“我记起来了……”

第四章 复活往往是痛苦的

/ 一 /

杨月珍的复活，使得曾文宝大喜过望！

他亏欠林家，尤其是亏欠林子钟太多太多了。他从来没有回报过——生活的磨炼，让他懂得了知恩图报的道理。如今，他终于有了一个报答的机会，他为林子钟找到了“死去”的杨月珍。并因了他执着的呼唤，让死去的杨月珍复活了！

他首先想到的，是把这一喜讯告诉远在南洋的林子钟。然而，说来令人难以置信，这之前一向浑浑噩噩的曾文宝，竟不知道林子钟在王彬街上的详细通讯地址，那位在独鲁曼开木材厂的远房堂叔父又早已过世了，他还能指望谁转告林子钟呢？

他想到了写信回御桥村，让柳月娇转告罗茜。

然而，他哪里知道，海峡两岸之间，连邮路也早已中断了，他投进邮筒里的一封封寄往御桥村的信函，都被当年台湾保密局派驻邮局的稽查员扣下了。

而对于杨月珍来讲，记忆的恢复——这种完整意义上的生命的复活——却是痛苦的，是一场悲剧；那是一场漫长的思亲的悲剧。

在此后几十年的岁月里——从满头青丝的少妇时代，到白发如霜的人生深秋，她就那样被禁锢在海的彼岸的潘湖村外。而林家小院，儿子……还有海的南边——多么遥远的南洋啊！王彬街上的丈夫……都只能在梦中出现了。

人生能有几个几十年？——杨月珍是一个痴情的女人——对丈夫、对儿子、对故土……因而，这样的复活，对她而言，是痛苦的，甚至是残酷的——

——漫漫无期的遥望与思念啊……

/ 二 /

然而，杨月珍毕竟是幸运的，这种幸运来自张姓船户一家人。她一直称两位老人为“阿爹”“阿母”，一直到两位老人过世，她也没问过二老的名字；

而对于张阿强，她则一直以“阿强哥”相称。

杨月珍的记忆逐渐恢复了。那时候，她几乎已经完全记起了自己过往的人生。然而，好些日子了，她一直不忍将自己的身世告诉“阿爹”“阿母”——快三年了，他们一直把她当亲骨肉疼着护着啊！

1951年除夕，在基隆港服役的张家“阿强哥”告假回家来了。这是张家被掳掠到台湾后过的第一个大年。尽管背井离乡，尽管家中一贫如洗，这年还是要过的；除夕夜“围炉”饭还是要吃的。秋天的时候，“阿母”抓养几只鸡雏、鸭雏，都长大了，虽然还嫩了点，但阿母还是各宰了一只，那只公鸡是备下初一敬天公的，而那只母鸭，是作为围炉菜端上桌的。

掌灯时节，张景花把几样荤菜摆好后，“阿母”把那锅炖得烂香烂香的鸭肉端了上来，依照以往在船上的老例，“阿母”舀起的第一碗鸭腿肉塞给了她：

“景花儿，来，趁热……”

张景花接了过来，端到张阿强面前：

“阿母，先给阿强哥吧，他难得回来一次……阿母……有件事，今天当着阿强哥也在，我得说出来了……”她嗫嚅着，停了下来。

六只眼睛一齐望着她，等着她往下说，后来，还是“阿母”开口了：

“景花儿，有什么事，你尽管说出来……”

“阿母，我，不叫景花，我叫……杨月珍……”她边说着，边流着泪，终于把自己已经记起来的一切，包括她的年龄——她说她是1946年20岁时出嫁的，如今25岁了——还有，她在南洋的丈夫，她在隔岸唐山御桥村林家小院里的儿子……“阿爹，阿母，阿强哥……真的，不是我想……骗你们……真的，我是这才记起来的……是曾文宝帮我记起来的……他真的和我是一个村的厝边人家……”

一家人听着杨月珍的哭诉，有好一阵子，他们只怔怔地坐在那里，他们不相信自己的耳朵，快三年了，张家船户一直猜疑这是上苍赐给他们的女儿。没想到她有如此悲惨的身世！

“……命啊……命啊……”先是“阿母”陪着杨月珍哭了起来。

“是命……是命拗不过啊！”“阿爹”也老泪纵横了。

“晚了，晚了，景花——不，月珍啊，你为什么现在才记起来这一切啊……要是还在东山那时候就记起来，我们早把你送回家了，你也免得跟我们一起……到这里来了……”张阿强没有掉泪，他只是深深地叹着气，“……景花——不，我又叫错了——月珍，不管怎么说，这儿就是你的家，阿爹阿母还是你的阿爹阿母……月珍啊，事情是这样了，伤心也没用……我相信，我们总有回家去的一天……”

当了兵的年轻跑海人张阿强，如同他的阿爹阿母一样善良，他能理解，对比起来，杨月珍的哀痛比他们一家要深重得多，他们虽然离乡背井，但总算一家人都同在台湾，而杨月珍呢，可是一家三口人，天涯海角各居一方啊……

/ 三 /

……张阿强没有等到“回家”的那一天。

1951 年正月初三，张阿强一早就离开台北淡水湾后面潘湖村外那个家，回部队去了。

随后，部队越走越远，他至死再没有回来过……

第五章　金门往事

——历史的炮声

/ 一 /

1950 年 5 月 10 日，洗劫东山岛的那些台湾舰船，在战斗机护航下，穿越台湾海峡，在茫茫的大海上航行了两天两夜，于 5 月 12 日靠上了海峡彼岸。就在这一天，在海的西畔，东山岛解放了！

拖着张家小船的那艘船舰，被指定在淡水湾艋舺码头抛锚。在这里上岸的张姓船家，只有 3 个人，那就是张阿强的父母还有杨月珍。这一家 3 口人，以后就被圈定在离码头以东几里路的潘湖村外一片荒地上落了户。而张阿强呢，早在船舰还未靠岸时，在国民党军队对被掳掠的人员进行盘点时，就被送往另一艘船上去了，在另一个码头靠岸后，张阿强便被编征入伍了，在炮兵部队里当了火头军。最初，他所在的那支部队离台北并不遥远，因而，他有过一次回家探亲的机会，以后部队越走越远，他再没有回过家了。

后来，他随部队去的几个地方，是离开台北远郊潘湖村外那个“家”愈来愈远，却离大陆愈来愈近了：他到过新营，到过澎湖……后来，竟然就到了金门——这不就是到了大陆那边的“家”门口吗?

在张阿强的童年时代，他们的船就曾经在金门码头泊靠过。阿爸阿妈多次牵起他的手，走过长长的跳板，走进金门岛上的街巷。以后，他长大了，成人了，还多次或捕捞，或运送货物进出金门港。直至 1948 年 5 月，他们在晋江溜石湾外救起了杨月珍之后，还去过一次金门，当然，那一次杨月珍也随船前往了。那一次离开金门码头以后，金门岛附近的海域上开始动荡不安起来，张家的船便再也没有靠过金门港了！

10 年后的 1958 年春天，张阿强所在的那支炮兵部队开赴金门，这时候，34 岁的张阿强，已经混成了一个排长。直到这个时候，他仍孑然一身，难道他还在等待杨月珍的首肯吗？不是的，当年父母提起这桩事时，他是对杨月珍动过心的，但他绝不勉强杨月珍。特别是在到了台湾，在杨月珍恢复记忆之后，他更是只把杨月珍当成亲姐妹看了，他盼望着有一天，能把杨月珍完好无缺地送回溜石湾她的故乡，交给她的丈夫，交给她的儿子！张家祖祖辈辈是跑海走船的人，张阿强不相信一汪海峡就能把骨肉亲人分割开来！虽然，1950年的那场劫乱，使他们一家不得不离乡背井到了台湾，他还穿上了国民党军装。但他一直不相信两岸的亲人会总这样只能隔海相望。他盼望着，要么西岸那边的人早早打过来，要么东岸这边的人早早打过去——那时候，台湾岛上到处有“反攻大陆”的标语。然而，一汪海峡，就那样隔在他眼前，耗尽了他的青春。他至今未婚，这固然是因为他微薄的军饷难以养家糊口，而且，一向以跑海走船为生的父母，一旦在陆上被圈定了，干什么都不能顺风顺水，日子一直过得很拮据。多年来，他几乎把所领到的军饷都往家里寄了。如果他再结了婚，添了人口，一家老少就更难生存了。而更重要的是他想回去，他的家在海的彼岸，在大陆，在东山岛！他不相信回不了大陆，他想回大陆娶一个东山岛的女人为妻！这个信念一直执着地盘踞在他的心上，支撑着他过了一年又一年。

然而，这个愿望至死也没有实现！

/ 二 /

1958年春天，张阿强所在部队登上金门岛的时候，岛上的居民差不多都已撤离光了，岛上到处都是兵。而在金门的对面，是大嶝岛！对于张阿强来说，那是他更加熟悉的一个岛屿了。在太阳升起的早晨，海上没有雾的日子里，站在金门岛的炮兵前沿阵地上，不用望远镜，就可以清晰地看到那个岛。据说，刮大西风的凌晨，耳力好的人，还可以听到大嶝岛上传来公鸡依稀的啼鸣，当然，那边高音喇叭的宣传声，口号声，更是听得清清楚楚了：

“……国民党军队的兄弟们，蒋介石的反动统治政权就要垮台了，你们不要再执迷不悟，充当炮灰了……只要你们弃暗投明，解放军部队与大陆人民政府将对你们既往不咎……愿意参加解放军的，可以留在部队里，愿意回家的，解放军部队负责送你们回家，发给路费、安家费……”

……有一次，高音喇叭上还传来了一个熟悉的名字：周家发！

张阿强听出来了，这就是他的姑表兄弟，也是1950年从东山岛上被掳掠过来的……

喇叭上还这样说了：

“周家发同胞，你的媳妇李桂花，还在东山岛上的寡妇村里苦苦等着你，现在播送她给你写的信：……家发啊，你离家至今已八年整了，你在那边可好？……自从你被掳往台湾后，家里少了劳动力……但人民政府每月都给我们家发救济……妈妈成天想你，眼泪都哭干了……”

广播里面说的“妈妈”，不就是他张阿强的姑母吗？——张阿强心一震，听不下去了！

张阿强知道，姑表兄周家发也随军驻扎在金门岛上，有一天，张阿强在街上遇到了周家发，便把他拉到一旁，低声问他：

“广播上表嫂的信你听到了吗？”

周家发答道：“听到了又能怎么办……表弟，你说我们这辈子还能回家吗？”

张阿强说：“你问我，我问谁？”

自从大嶝那边一再向金门岛这边播放李桂花的信，不久，周家发便被调离金门去了“后方”了，表兄弟俩再没有见过面……

就那样，隔着窄窄的一汪海水，彼岸的大嶝，年复一年地张望着金门岛……

彼岸插的是五星红旗。

此岸插的是青天白日旗。

此岸彼岸，成了咫尺天涯！

/ 三 /

1958 年，大嶝岛与金门岛，两岸军队；两岸中国人之间的炮战从春节过后就开始了。

这场战火断断续续蔓延到夏天还没有停止的迹象，而是愈战愈烈了。双方到底各打了多少炮弹，没有人统计过。在大嶝岛这边，也就是在大陆这边，那时候，正轰轰烈烈地开展着全民炼钢高潮，从金门岛打过去的那些崩裂的弹片，大都被当地人在战争的空隙，拾捡起来，一车车运往后方的土高炉熔成新钢了……直到如今，在大嶝岛的朝东海滩上，时不时还能挖到 1958 年从金门打过来的未曾炸响的哑弹。

而在金门，据相关数字记录，单单在 1958 年 8 月 23 日，从下午 5 点半开始，到傍晚 7 点钟左右结束，1 个多小时里，海峡西岸就打过来 3 万多发炮弹，约有 600 吨炮钢，而 1958 年 8 月 23 日之前以及之后多年里断断续续打过去多少炮弹，便不得而知了。于是，我们聪明的金门同胞，则用这些弹片，造出了优质菜刀，畅销各地，当然也销到大陆来了。销到大陆来的金门菜刀，最初竟然是经过大嶝岛进来的——几十年之后，两岛之间的炮声早已远去，在中国大陆，最先建立的对台贸易市场，竟然就设在大嶝岛。而据说最早进入这个市场的“台湾货”，竟然是“金门菜刀”，经营者都一口咬定：“这是地道的‘八二三’炮钢打造的，你看这刃口，别说是骨头，就连铁钉也能切断！”

半个多世纪过去了，“八二三”的炮火硝烟，早已随着岁月的风雨飘摇远去，人们已经淡忘了那场战争，不少人已对“八二三”感到茫然不知所以，而更多的人面对金门菜刀的时候，却将“八二三”当成是某种钢铁的型号了。可是直到如今，这样的炮钢菜刀还在源源不断地运到大嶝岛对台贸易市场。

而在海的此岸，在大嶝岛当年的前沿阵地，如今已变成了旅游观光胜地，来自全国各地，甚至世界各地的游客，络绎不绝地来到这里，凭吊半个多世纪前那场战争，沉痛地回忆着当年两岸中国人打得不可开交的场面……

——从远处看，人类的每一场战争是不是都很荒唐、很滑稽?

在 1958 年大嶝岛与金门岛的那些炮战中，双方到底死了多少人，作家没有统计过——一条条活生生、鲜灵灵的人命，变成一串串冷冰冰的数字，那绝对是令人哀痛的——不管死者是谁。

然而，既然我们在这一部书里写到了张阿强，就不得不写到他的死，他就是死在那场炮战中的。

/ 四 /

从地图上看，大金门岛如同一个横卧的阿拉伯“∞”字。在这个如横卧的“∞”字的金门岛，它的东西两畔，也就是它的中部都有两处深陷进去的海湾。朝东那畔的海湾，也就是向着台湾的那处海湾，叫“料罗湾”。而朝西这畔的海湾，也就是朝向大陆的这处海湾，称“金山湾”，又称“金山港”。在大金门岛的北端，有一个官沃码头，而在岛的南端，是一处叫北山的港口。两个港口之间那片向东深凹进去的水域，就是金山湾了。近年来有地质学者称，在地壳变迁的蛮古时代，台湾与大陆是连成一体的，那虽然只是地质学家的设想，但从 1 ：250000 的福建省地图上看，在金山湾的中部，那处名叫浦边的码头到北山之间，也就是属于金山港的那段海湾，如果将之与隔海相望的大嶝岛平移过来，则大嶝岛差不多刚好能把这段海湾填满。也就是说，两处隔海相望的陆地，它们的凹凸刚好大小衔接——这个现象，留给地质学家去探讨了。

我们还是回到正题上来吧。

我们在前面已经写到，自从 1958 年春天以来，只要双方的炮声静止下来之后，大嶝岛上的高音喇叭声，便会时不时地传到金门岛上来，当时的大陆同胞将之称为“对敌宣传”。这种宣传，大的有《告台湾同胞书》《再告台湾同胞书》:“……我们都是中国人，三十六计，和为上计……”“我们之间的战争，已经三十年了，尚未结束，这是不好的。建议举行谈判……和平解决，当然再打三十年，也不是什么了不起的大事……”。这些宣传小的呢，除了播送类似李桂花一类致敌营中亲人的信函之外，还具体到国民党部队官兵下海投诚、奔向光明的靠岸地点；具体到投诚人员靠近大陆方面的码头时，可以把白色的布料等缠在头上，便可避免大陆方面开枪误打，并且以便大陆方面派人救助；具体到大陆方面几个距金门岛最近的滩涂的潮汐的时间，以便下海投诚人员掌握准确水时……

……对于大金门岛对面大陆沿海几处地方的涨落潮时间，也就是跑海走船人家常说的“水时”，在张阿强还没有被掳离大陆之前，他都心中有数，从小在海上跑的人，能不知道这些“水时”？然而，毕竟整整8年过去了，那些“水时”正在被逐渐淡忘，他也说不清楚，自己为什么对大陆高音喇叭播放过来的有关“水时”，特别在意！

/ 五 /

……1958年8月22日。

已经入夜好久了，月亮还没有升上来。这一天逢双，按照海的两岸双方军队不成文的规定，金山湾一带的海域上没有炮声。

刚刚满潮，盈满海水的金山湾，听不到炮声，也不闻潮起潮落的动静。

但这里是前线，所以，这样的寂静就更令人担惊受怕了。

农历七月，是闽南一年中最炎热的季节，被七月的烈日烧烤了一天的金门岛，终于盼来了黑夜。

黑夜真好，尤其是逢双日不打炮的日子，那些在蒸笼般的战壕或地堡里闷了一天的军人，终于可以钻出工事来，走到海滩上，吹一吹新鲜的海风了。

在大金门岛北山港朝西突出的一处炮兵阵地上，驻扎着一个炮兵排。

此时，从这个炮兵排驻扎地的战壕后面，一个钢筋水泥浇铸的地堡里，走出来一个军人。

这个军人走出地堡，跨过战壕，向海滩下走去。

夜幕很浓，月黑夜，几乎是伸手不见五指。

已经开始退潮了，海滩的高处，有沙丘逐渐露出。

这个军人在一处裸露的沙丘上驻下脚来，回头望了一眼身后的黑夜，不见人影。于是，他从怀中掏出一条长裤，这不是一条普通的裤子，这是一条布面上涂了一层薄薄的橡胶，既不透水，也不透气的防雨裤。

他把裤子抖开了，那条裤子的两只裤脚口本来就捆死了，此时东风刮得很紧，那个军人将裤子迎风张开了，顷刻之间，两条裤管便被风灌得鼓鼓的。

他把裤子捆死后，又回头往后，往东风吹来的身后，那黑沉沉的大地张望了片刻……而后，他朝着望西的海滩走了下去。

他向前走着，海水漫过了脚盘……

他继续前走，海水淹过了腰际……

他仍然向前走去，直至海水浸到了胸部，他才把那条鼓满了气的裤子夹到自己脖颈上。

/ 六 /

……过了片刻，当两个哨兵巡逻经过这里的时候，那个军人已随退潮的海水无声无息地漂离海岸好远了。

月黑夜。

刮的是东风，是往大陆方向，往大嶝岛方向刮过去的风。

金山湾正在退潮，而对面的大嶝岛正在涨潮，此岸的海水正朝彼岸涌去……

这样顺风顺水的漂流，不消 4 个小时，那个军人即将靠上彼岸的大嶝岛了；而且，他的水性很好，不管是蛙泳、仰泳、自由泳，或是潜水，他的功夫都十分到家，这就根本不必 4 个小时了。

/ 七 /

下弦月终于露面了。

弯弯瘦瘦的小半圈下弦月，就如同一个干干瘦瘦的，皮包着骨的，佝偻着腰的，可怜巴巴的老人，眼睁睁地盯着这个朝着大嶝岛漂去的国民党军人……

1958 年 8 月 22 日晚上的这小半圈下弦月，是在后半夜才出现的，当它出现的时候，已经偏西了。

暗淡的月光下，朦胧可见远处那个岛的轮廓了。

那是大嶝岛。

望着朦胧中远处的那个岛影，再看着那圈瘦瘦的即将落入海平面的残月，这个漂流海上的国民党军人突然钉在那里不动了……

在那一瞬间，他想起了留在台北淡水湾艋舺码头后面的那些亲人。

按着当时台湾的规定，因为他的叛逃；因为他的“下海投敌”，他的家人将受牵连，即便不受牵连，他的风烛残年的双亲谁来抚养？还有……张景花——杨月珍！

这个时候，东风已经止了。

顺潮的水也停止了流动。显然，大嶝岛那边已经满潮了，凭着他的水性，只需划上半个小时，他就可以登上大嶝岛，便可以回家了。

然而，他却把自己久久地钉死在那里了……

他犹豫了。

他能不犹豫吗？

/ 八 /

悲剧就在这个时候发生了……

那是两头热恋中的巨大章鱼，双双游了过来，游近了这个国民党军人的脚下。

凡是走海路的人，都会知道章鱼是一种多么令人恐怖的东西！

尤其是大章鱼！

这是一种温柔到没有骨头的恶魔！

现在，这一公一母两头硕大的怪物，同时张开了人臂粗的须脚，那是由好几条近两米长的须脚组成的柔软的网。两张温柔的网，同时把这个军人胸部以下赤裸的躯体紧紧缠住了。然后，须脚上的那些密密麻麻的口张开了，紧紧吸附在这个军人身上。

这是一种甚于万箭穿心的剧痛！只有经历过章鱼袭击的人，才能说清那是一种什么样的痛苦。

这个可怜的军人，就那样被两头章鱼锁定在那里了……

/ 九 /

终于，大嶝岛那边开始退潮了，静止的海水滚动了……开始向着东方，向着金门，向着金山湾翻滚过去了……

潮水汹涌着，越来越急了……

刚才朦胧可见的大嶝岛的轮廓，不知道什么时候已经消失得无影无踪了……

那个军人，那个向着大嶝岛漂流的国民党军人，被潮水推着搡着，又漂回了金山湾……

这个时候，那小半圈瘦得如同皮包骨的，佝偻着腰身的老人的残月，早已西沉了。

大嶝岛上叫起了第一声公鸡的啼鸣……

/ 十 /

突有万炮崩裂的轰鸣在金山湾响起！

/ 十一 /

……半个多世纪前，震动台湾海峡两岸；震惊世界的“1958 年 8 月 23 日”金门炮战，在这一天黎明开始了……

双方的炮弹像交织着的暴风骤雨倾盆而下。

在那场炮战中，双方到底摧毁了多少碉堡，多少建筑物，死伤了多少人？

历史没有记载。

那场炮战，一直延续到 1958 年 8 月 23 日黄昏。

两岸阵地上的炮声终于停了下来……

/ 十二 /

金山湾又复归平静。短暂的平静。死一般的平静。

夕阳翻过海湾，正在向彼岸的大嶝岛降落。

8 月里闽南的黄昏是漫长的，西沉的太阳因而更加惨淡。

……在夕阳西照的金山湾沙滩上，躺着一个伤痕累累的国民党军人，他浑身上下皮肉模糊，分不清是章鱼或是炮弹所致。他是被涨潮的海水冲上沙滩的，他头上缠着一条白裤衩……

有 3 个巡逻路过的哨兵发现了海滩上的这个伤员。他们立即趴下身子，想给予施救，然而那个伤员已经奄奄一息。但见他伸手指向大海彼岸，僵硬在那里，再没有收回。

而后，他留给3个巡逻兵的最后一句话只有6个字："把——我——葬——回——东——山——……"

见着伤员已断了气，巡逻兵便抓起他紧缠在头顶上的那条白裤衩，张望四周，没有发现旁人，低声商量了几句之后，他们匆忙地在海滩上刨开一个洞，把那条裤衩埋实了。

随后，巡逻兵撕下了他的胸章，翻转过来，那胸章虽然经过海水长时间的泡浸，而且上面渍满了血迹，但在部队番号的下面，有3个黑字还是清晰可辨：

——张阿强。

第六章　中秋

/ 一 /

和往年一样，这年中秋夜的月亮是圆的，而且离我们很近，很近很近。

1958 年中秋节的那轮明月，像往年一样，照着台北淡水湾艋舺潘湖码头东隅那个小村落。说是村落，其实，也就是几排简陋的瓦房，居住着四五十名居民而已。这些瓦房群，从 1950 年 5 月搭成后，也没个正经的名字，日子久了，由于它紧邻着潘湖村，人们便称之为“外潘湖”。这里住的都是海峡彼岸的东山岛人氏。他们大多老弱病残，军队挑兵时剩下的，便在这里聚群而居。日子更长了之后，外潘湖这边的人，逐渐向东边的空地上搭个鸡寮种几株南瓜过去；而潘湖村那边的人，也向西边的空地上盖个猪圈播几丛豆荚过来，两方的人就越走越近了，越走越亲了。都是从大陆过来的人，虽然有的早一些，有的晚一些，也无须再分彼此，于是，两个村落便融在一起了。

这个时候，外潘湖西村沿的一座瓦屋前，摆出来一张矮脚的小木桌，小木桌旁三张更矮脚的小竹椅上，围坐着张景花一家子人。桌上有一盘月饼，旁边还泡着一壶茶，茶叶和月饼都是曾文宝让张景花带回来的。多年来，张家种出来的菜，仍然由张景花送往龙山餐馆，而且，自从她完全恢复记忆之后，曾文宝还特意让她在餐馆里打半天工，每天送菜过来后，她就在餐馆里给掌厨当帮手，忙完午市后再回去，餐馆里供中午饭，曾文宝开给的工钱也不算低。多了这条门路，张家人要比外潘湖其他人家日子过得顺溜些。张景花把每月领来的工资都一个子儿不留地交到张家阿娘手中，她想帮着攒一点钱，早早为张阿强娶一门媳妇，张家兄弟毕竟 30 多岁了！张家阿爹阿娘明白了张景花这份情，心里便愈是疼着这个海上捡来的闺女了！

“这真是缘分啊……”张家老两口，常常在夜深人静的时候，这样叨念着。

台北的农历八月，是一年中最美好的季节；八月的中秋夜，是一年中最美好的夜晚。月光软软的、凉凉的，夜风不冷不热的，月光融在夜风里，轻轻摩挲着张家老少三口。杨月珍提起茶壶，斟出两杯茶。茶叫高山冻顶乌龙茶，据说是大陆安溪那边传过来的铁观音茶种，炒制功夫也得安溪茶师傅的真传，茶水一出壶口，一股桂花般的馨香便弥漫在月光里了，风也吹不散。

杨月珍把第一杯茶递给张阿爹，当她把第二杯茶端给张阿娘时，老人家已把一块月饼塞了过来：

“景花儿，这是正宗的黑豆沙馅，吃吧。”张阿娘早已知道“景花儿”的真名“杨月珍”了，可是她一直舍不下“张景花”这个名。她看到景花儿咬开了月饼，这才嘬了一口茶，久久含在口里，咽下了，“……你阿强兄弟都快一个月没有音信了……前一阵子，听说那边，炮战打得凶，也不知道……”张阿娘说到这里，把下面的话儿捻断了。自进入农历七月以来，她的眼皮动不动就跳了起来，跳得让人心慌意乱！但在这个中秋夜，三口子人坐在月光里，她不忍说出些许不吉利的话，只能让那些话在心旮旯里扑腾滚动。

杨月珍心里何尝不记挂着阿强兄弟！每天在龙山餐馆里帮厨，人来人往的，金门海湾那边各色各样的炮战消息，听得够多了！现在听到阿娘开了这个口，她不能不出声了：

“娘，您老别多想，我们家阿强，自有菩萨保佑……”话是这么说，可她自己心里却绷得紧紧的！

/ 二 /

……在金门岛西北端的官沃码头后面，一个不高不低的山头上，有一座残缺的炮台，炮台朝西直面对岸的石井镇。那里就是当年那位驱走了荷兰人，收回台湾岛的民族英雄郑成功的故乡了。这座炮台毁于1939年，到了1958年，已前后经历了近20个春秋了。

这处炮台是“一战”期间日本军队兴建的。当时上面架起的大炮，逼视着对岸石井镇到大嶝岛之间的海域。炮台上的日本军队，时不时地会往那片海域上开炮，因而，那里时常发生船毁人亡的悲剧，受难的都是闽南沿海的渔民。这炮火，激怒了两岸的中国百姓。于是，在1939年4月20日，那个刮西北风的倒寒春的夜晚，有几艘小船从石井港出发，轻舟顺风，如离弦的箭，经角屿门，直抵金门官沃码头……

这是一次策划了多日的夜袭。这之前，移居石井镇的金门人发起组织了“金门复土救乡团”。这个组织成立后，第一个作战计划就是拔掉金门官沃码头上那个日军炮台。1939年4月20日的这次夜袭，就是由“金门复土救乡团”实施的，他们早就收到了金门乡亲越海送来的，官沃日军炮台哨楼位置图。因而，舟船在呼呼西北风中靠上官沃码头后，夜袭队员便直扑城仔角的炮台，一举将之炸毁，近旁的哨楼也在同夜被摧毁。战斗结束，西北风停了，四艘轻舟穿越夜海，返回石井。而有两个突袭队员，却因来不及随舟撤离，留在岛上，一名郑良，一名李扁。二人藏入岛上古墓穴中，终躲过日寇搜捕。后来李扁在金门人帮助下，乘一杉木门板，张伞作帆，漂到石井海外的大泊屿，由大陆的渔民救回，返回石井后，见家人正在为其做“断七引魂”。而郑良呢，不幸落入日军手中，枪杀于官沃码头。赴刑当日，郑良高声嘱咐送行乡亲：将之葬于残存的日军炮台旁边，他做鬼也要看到日寇败出金门那一天。郑良被杀后，暴尸数日，后由金门百姓偷偷把其遗体深埋于日炮台旁，不露痕迹。直到抗战胜利后，才重新修墓树碑……

一直到了 1958 年，那残缺的日军炮台还在，而在附近，有一座修造工整的墓，那里安葬的就是郑良了。这墓是在 1946 年清明节修起来的。12 年了，长在墓堆上的草绿了又黄，黄了又绿。1958 年八月中秋到来的时候，这座坟墓上深深的菅草又被秋风吹黄了……

……既然提到了金门官沃码头上的死亡与墓冢，我们更应当关注到近在咫尺的古宁头荒山野坡上那些坟堆——那片密密麻麻的乱葬岗了。

1958 年春天，张阿强随军来到官沃码头的时候，炊事班里一个来自山东的火头军曾流着眼泪告诉他：瞧，那就是古宁头了……1949 年 10 月 24 日……我们三野八十二师就在那里登陆……血战三天，我们牺牲了几千人，大都就地埋葬在那里了！

这个来自山东的火头军名叫张福根，不仅年龄与张阿强相仿，同姓，而且两个人是“颠倒乡亲”，所谓“颠倒乡亲”，则是指他们一个是“东山”人一个是“山东”人。其实，张福根真正的籍贯跟张阿强一样也是福建，并且也是闽南。但张阿强是东山岛人，而张福根则是泉州南门外的，两地相距几百里路。

张福根是 1942 年在泉州南门外被抓壮丁进了“国军”的，那时候他才十五六岁。参加国军之后，张福根跟着部队，一路往北打过去，他也分不清是跟日军打，跟伪军打，还是跟共军打。两年后，他所在的部队在胶东被日伪军打散了，死了不少人，算他命大，那场战斗中，他毫发未损，并在漂泊路上被一个善心的山东人家收养，成了该户人家的入赘“童养婿”，这户人家只有一个独生女，年长张福根两岁。他们那个地方解放早，1947 年就有解放军前来驻扎。那一年，20 岁的张福根又随解放军南下，一路打到福建。1949 年 10 月 1 日中华人民共和国成立时，张福根已经是排长了。10 月中旬，张福根所属部队，即中国人民解放军第三野战军第八十二师，集结在大嶝岛，待命解放金门。这时候，张福根年满 22 岁，而山东家乡的媳妇已经 24 岁了。岳父母已经做好了为小两口“圆房”的准备，张福根也打算在打完金门战役后请假回家完婚——这是他参军离家前与未婚妻的约定……

可是10月24日的金门之战，解放军登岛部队几乎全军覆灭，幸存者被强行充入“国军”……

我们又提起了往事，这些往事是否离题太远了？

但是我们又不能不提，因为有些往事，是不应该被我们这个民族遗忘的，因而，在《南洋泪》以后的章节里，我们还要详细地写到这些往事。

我们还是回到1958年的中秋夜来吧。

……就在郑良墓的后面，自1958年8月以后，又新添了许多墓冢，那只是隆出地面的一个个土堆，没有石雕的墓碑，只有临时插上去的木牌，上面写着死者的姓名，以及他离世时的年月日。在这些土堆中，有一处是属于张阿强的。后来，他所在连的连长也知道了这个细节。但大家一致缄口不言，报与上司都异口同声“阵亡”二字。

1958年中秋夜那轮银晃晃、密沉沉的明月，照着台北淡水湾后潘湖村外的张姓人家：照着张家阿爹，照着张家阿娘，照着张景花杨月珍。

同是那轮明月，也照到了金门官沃码头后面那座日本人留下的残缺炮台；照到曾经参与炸毁这座炮台的郑良的墓；也照到了离郑良墓不远的那个葬着张阿强的小土堆。

1958年8月以后，一直到中秋，金门岛上没下过一场雨，不论是大雨或是小雨。正因为如此，埋葬着张阿强的那个土堆上，不见长出一丝青草来。

欲哭无泪的那轮明月，向这座还未长出青草的新冢洒下了凄凉的光芒。

/ 三 /

入夜已经好久了，月亮越来越大，越来越明，从村外，从淡水湾那边，老秋风一阵紧过一阵地刮了过来。

是西北风。

中秋夜的风真好！

不紧不慢，又凉又暖的秋风，裹着声声小曲传了过来，那是地道的闽南小调。如同南音，又不是南音；似如歌仔调，但不像歌仔调。这种小曲，张阿爹张阿娘听过——在东山港，在后渚港，在当年船走金门港……的时候；杨月珍呢，也听过，也唱过——未出嫁时在娘家，出嫁后在御桥村，还有，到溜石湾林仁玉姑妈家做客……的时候。而此刻，那远远近近传过来的小曲——远一点的，显然是从潘湖村那边唱起的，显然离乡不离腔，但那里的村民，已从对岸到这岸落户几辈人了，杨月珍听得出来，那曲腔已不再是地道的泉州南门外的韵味了，那里面融入了些许台湾腔。近一点的呢，张家二老辨得出来，那是外潘湖的东山乡亲吟出来的，毕竟离家才8年，那小曲仍是地道的东山腔：

欢喜船入港
隔日又出航
悲伤来相送
送君去走船……
走船（的）阿哥你着（要）想
脚踏船板去外洋
去到外洋（要）日夜想
想着唐山的姑娘……

……这些渗进乡思的小曲是融在月光中，融在秋风中传过来的，于是，那月色秋风便也都弥漫着莫名的乡愁了……

……离家毕竟8年了，东山港、御桥村……都说故土难离———但凡一个人喝过了故乡的水，那水便渗入你的血液中，在你的血管里循环不息，永远也不会干枯；不仅干枯不了，而且还在发酵着，年纪越大岁月越长，它发酵得越是浓厚香醇，于是乡情愈深乡思愈烈！不仅如此，还因为那饱含乡情乡思的故乡水融进了你的血液中，你便将这种情也传给了你的后代……这是中华民族特有的能够世代相传的情愫。有多少生长在异国他乡，从来也没有到过唐山故国的华人华裔，他们在少年时或许感觉不到这种无名无形的情感，但他们一旦进入了人生的深秋，到了日近西山的生命黄昏，那种在血液里发酵起来的浓烈的情——那是一种说不清理不明的情——便逼着你——不远千里不远万里；不管天涯海角，不管雄关漫道；不管你是贫穷还是富有，不管你是高贵还是低贱——这种情总会逼着你去寻觅自己的根、自己的源……更何况东山岛故乡仅是在海的彼岸；更何况你离开它只有8年！

1958年中秋夜，张景花一家老少三人，又因了那些熟悉的家乡小曲所撩起的乡情而泪眼汪汪了……

/ 四 /

这时候，张家阿娘的眼皮突然间哆嗦了起来，接着，又亡命地跳了起来，比往日里哪一天都跳得厉害！

就在她伸手按住那只狂跳的眼皮时，曾文宝走了过来！

他不是一个人过来的，他后面还跟了一个人。

具体地说，紧跟在曾文宝身后，走到张家门前来的那个人是一个国民党军人。

/ 五 /

那时候，夜似乎有点深了，张家正要往屋里撤回桌椅。他们没有想到曾文宝会在这个时候来。

……那个军人在早些时辰就来到龙山餐馆了。正值中秋节，大多数人家都在自家门口赏月博饼，餐馆早早打烊了。忙了一天的曾文宝已洗过了澡，正准备到店口泡一壶茶解解乏的时候，那个军人走进店来了。他显然赶了好长时间的路，虽然是在凉凉的秋风里，但他的身上却冒着热气。知道来人还未吃夜，曾文宝便把手中那壶茶递了过来，招呼客人先自己斟着喝，他下厨做饭去了。

饭菜端上来的时候，那军人边吃着，边打听起一户人家来，这军人找到龙山餐馆来打听张阿强的家属，算没有找错人。

他告诉曾文宝张阿强已在金门岛“八二三”炮战中阵亡的消息，并不容分说地要曾文宝连夜带他上张家去！

走在通往张家的那条村道上，曾文宝的双腿一路哆嗦着，直是发软要跪下去。他希望这条路能一直走下去，永远也走不到尽头。

然而，他们还是一前一后走到了头。

先是曾文宝走在前头，他得带路，那军人跟在后面。到了张家门口，刚站定下来，曾文宝便躲到军人背后了，他没有勇气向张家传达张阿强的死讯，这个差事该由那个军人来承当。刚才言谈中曾文宝已了解到，那军人与张阿强在同一个连队，也是1950年从东山岛上来的，这个残酷的口信当然得由他亲口传达了。

听到张阿强的死讯，最先瘫倒下去的是张阿爹，接着是张景花哀号了。

而张阿娘却出人意料的——冷静。这种冷静，是由于多少日子来她的眼皮的跳动，那种恐怖的眼皮的跳动，使她产生了一种迎接灾难的心理准备——尽管她万万没有意料到，自己所要面临的是如此一场巨大的灾难……

是福丢不了，是祸躲不了。这个迟到多时的噩耗，还是来了。

面对灾难，张阿娘如同一个镇定指挥的将军，她先劝住了惨哭着的张景花：

"……事情都这样了，来，先帮娘把爹扶到床上去，他这是晕过去了，当年，景花落水的时候，他也这样直挺挺地在床上躺了两天两夜……"

……张阿强是有过一个妹妹的，她比哥哥小了两岁，跟杨月珍同岁，那就是真正的张景花了。她是在过完了两周岁的生日后，在船后独自玩耍时不慎堕海身亡的，也是八月中秋那一天……因了妹妹的死，为防意外，4 岁的张阿强从此被拦腰捆上了一条麻绳，麻绳的一头就拴在船板上……直到这个晚上，杨月珍才明白了"张景花"这个名字的真正含意。

如此说来，八月十五中秋节，对于东山岛籍的张家，是一个多么沉痛的一天啊！

/ 六 /

张阿爹并没有如张阿娘所期盼的那样，在床上躺上两天就好了起来。

没有！

如同中脊梁断了，屋顶当头砸了下来，承接张家香火的独根苗张阿强没了！

临老失子，白发人送黑发人，这是人生中最大的悲痛，张阿爹终是没能从这场悲痛中走脱出来。

他在床上硬挺挺地昏死了两天两夜之后，又复活了过来——就如同 30 年前女儿堕海死亡那样。那一年，他苏醒后，又是一个壮活活的跑海走船人了——那是因为那时候他还年轻，因为年轻，更因为他有一个 4 岁的儿子张阿强还有希望。而在 1958 年，他已经老了，更因为他的独根苗儿子张阿强的死，他彻底绝望了。

……张家的两个男人，一个死了，一个直挺挺地躺在床上，只剩下一口气。

然而，日子还得过下去，剩下的两个女人再不能在灾难面前瘫软下去。于张阿娘来说，她必须强迫自己咬紧牙根活下去：老头子需要她，张景花也就是杨月珍不能没有她。于杨月珍来说，张阿强死了，日后阿爹阿娘的养老送终，就指望她了。

过完中秋节后的第三天早晨，在又一次安慰过阿娘后，杨月珍又往龙山餐馆送菜帮工去了——餐馆里缺不了人手，张家二老也都指着她呢。

就在这一天上午，杨月珍正在厨房里忙着的时候，猛听到店门外传进来一阵阵喧哗叫闹，她心里猛一扑腾，也顾不得在围巾上擦一擦手，便跨出店门口来了。

/ 七 /

一个赤身裸体的老汉，正走过龙山餐馆门口，朝淡水湾艋舺码头走去。

这是一个干巴巴的老头，他横出胸前的肋骨，一根根像竹梯子上的台阶朝外凸露出来；他背后的一对肩胛骨如同两张瓦片贴在上面；他的整个腹部的肌肤，从胸下直到会阴处，就如同一张瘦皱皱的抹桌巾挂在那里。在这张暗淡的令人触目惊心的皮层下，挂着到了这个年纪的老人开始萎缩的生殖器，那上面一丛乱蓬蓬的毛发，黑白交织。

这个疯老头头上缠着一件白裤衩。

这个一丝不挂的老人，手里举着一幅标语。那标语是由一块浅灰色的布片打结在一根小树杈上做成的。细心一看，那布面上有八个血淋淋的大字，那是老人在家里出发前咬破手指写下的血书。那八个字针锋相对，自相矛盾：

“反攻大陆下海投诚”

这标语前半句那“反攻大陆”4个字，当年在台湾各地随处可见，而后半句那“下海投诚”4个字，却是写在张阿强随军到了金门岛后的第一个春节，回外潘湖探亲时偷偷带过来的传单上的。

那时候，在金门岛上，天天都有从大陆那边打过来的宣传弹，宣传弹一炸开，各色各样的传单便满天飞了开来。传单上印满了开导“国民党军队弟兄”“下海投诚”“奔向光明”的种种方法，张家阿爹看了虽是不露声色，却是牢记在心里的。而更致命的是中秋夜寻到门上来的那名兵士，把张阿强丧命的原因如实地说了出来，当然也包括了张阿强头缠白裤衩“下海投诚”的细节。精神分裂后的张阿爹，在自己意念中，儿子张阿强并没有死，而是成功地“下海投诚”；越过海峡，泅到彼岸的东山岛老家去了。所以他必须跟着儿子，不管是“反攻大陆”或是“下海投诚”，他都必须回到东山岛去。于是，他便咬破了自己的手指，把这两个句子用鲜血写到标语上去了！

/ 八 /

杨月珍刚走到店口，就看到了这一幕，她立刻就臊烧了脸！

她想回身闪入店内，但随即她清醒过来了——她发现那个赤身裸体的老人竟是她的阿爹。

她能不走上前去吗？

她能就那样闪入店内吗？

不能，她只能闭上了双眼，万箭穿心地瘫在门边，让无奈的泪水直滚下来。

/ 九 /

“月珍，你进店去，我去把他拦回来……哎，他快走到码头上了！”

杨月珍听出来了，这是曾文宝的声音。

/ 十 /

因了儿子的不幸，张阿爹虽然没有因悲伤而死；他没有选择死亡，但精神分裂症却选择了他，他疯了。那一天上午，如果没有曾文宝拦住他，他会照直走过艋舺码头，举着那幅“反攻大陆下海投诚”的标语走入大海的。

/ 十一 /

有谁听过精神分裂症能够传染吗？

没有！

然而，就在张阿爹疯了 7 天之后的一个上午，张阿娘也一丝不挂地走出了家门！

一个上了年纪的老妇人，她的一丝不挂的裸体，绝对比一个一丝不挂的老汉的裸体，看上去更加让人惨不忍睹，更加令人毛骨悚然！

人世间有些东西是不能写到纸上的。

——就如同张阿娘在 1958 年深秋里，那具一丝不挂的裸体——我深信，天下没有任何一个作家，会有勇气把张阿娘那具裸体的真实模样写到纸面上来。

张姓船家的老两口的精神都分裂了，那是一种比死亡更加不幸的灾难！

所不同的是，张阿爹早疯了7天，张阿娘晚疯了7天；最初的7天里，张阿娘挺了过来。如果没有丈夫的疯癫，应当说，她可能能挺过这场灾难；与“张景花”也就是与杨月珍相依为命，度过自己的风烛残年，凄凉地但却是“正常”地走到人生的尽头。而张阿爹的疯，7天的疯！——儿子的死，丈夫的疯，这双重的灾难，最终在7天后彻底击溃了她！

——她也疯了！

两夫妇精神分裂的区别还在于，张阿爹从发病一开始，就再没有清醒过来，一直疯着；而张阿娘呢，是时而分裂，时而愈合。愈合的时候，她会穿上衣服，满眼泪水地挡在房门口，不让赤身裸体的丈夫跑到街上。而分裂的时候，她也会脱光了衣服，头上缠紧一条偏白的破裤衩，跟在举着那“反攻大陆下海投诚”标语的丈夫后面，朝着艋舺渡头狂奔而去！每一次，都是曾文宝，都是善心的村邻们奋力将两个老人截了回来；而杨月珍呢，面对这种场合，她只有万箭穿心落泪的份儿，她又能怎么样？

/ 十二 /

……1958年，过了中秋节的台北，天气一下子凉了下来。尤其是在刮西北风的日子，早晚都要穿上夹衣了。而到了农历九月，连中午的日头光也不再是暖洋洋的了，上了年纪的人，更是要把厚厚的夹袄胸前的纽结扣上了。

1958年农历九月上旬，一个刮西北风的早晨，涨了潮的艋舺渡头上，漂浮起两具老人的尸体，尸体仰面望着苍凉的布满阴云的天空。

两具尸体都一丝不挂。

两具尸体的额头上都缠有一件破烂的白裤衩。

男尸的右手紧抓着一幅标语，上书：“反攻大陆下海投诚”。而他的左手，则紧紧地握住了女尸的右手。

男尸是张阿爹。

女尸是张阿娘。

从西北方向刮过来的凛冽的略带腥味的海风，把两具尸体吹得紧紧靠贴在涨满潮水的艋舺渡头巨大的花岗石阶台下。

此刻，在艋舺渡头以东的道路上，曾文宝，还有一大群外潘湖的村邻，正搀扶着一个披头散发恸哭哀号的已不太年轻的女人，跌跌撞撞直奔海边而来。

那个女人就是杨月珍。

/ 十三 /

阿强哥哥死了，如今，相依为命十年的张家爹娘也走了！

这个不幸的女人！面对的是人世间所有的绝路，她还怎么活下去啊？

一了百了，她好几次想到了死；想到从淡水湾码头跳进大海——这是最省心的死法，不用谁来收尸，也不需谁来安葬，在海的东岸，她已没有亲人。或许因了这样的死，潮水还能将她刮到海的西岸——她的唐山故乡！

然而，她终究没有死。

我们已经说过，在曾文宝的呼唤下，早在8年前，她就恢复了记忆，她已从“张景花”活回了“杨月珍”。作为杨月珍，她不能一死了之——她的夫君，她的林子钟在南洋；而她的儿子——被她以命推出死亡旋涡的儿子林云昭，还生活在海的那边——日头落下的地方；海的西岸——他今年该是12岁了！

为了这些活着的亲人，她能死吗？

而且，她答应过的，总有一天，她要把阿强哥哥的墓迁回东山岛上去的，可现在，连张家爹娘也葬在海的这边了！他们终归也要移葬唐山，魂归故土的！这一切，只有她杨月珍能做了。

无论是为了活着的人，还是为了死去的人，杨月珍都没有权利选择死亡。

如此说来，她只好活下去了……

第四卷

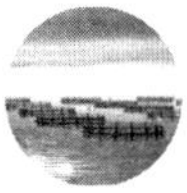

别了，鲁山……

不要忘记　不要背叛

——题记

第一章　祭祀

/ 一 /

在马尼拉老城区华人聚居地王彬街上，有一座三层灰洋楼，这座楼房与它旁边并排着的其他楼房没有多大差别，但是，如果你多瞧上一眼，便会发现这座楼房的正门额上挂有牌匾，深紫色的牌匾上，有“九牧传芳”4个镏金大字，这4个字是横排的，而在这方深紫色牌匾旁的左边，另有方竖挂的木牌，木牌上有一行字，写的是“旅菲林氏宗亲会”，这方木牌也是深紫色的，牌上的字也是镏金的，只是上面那一行字是竖排的，而且比“九牧传芳”4个字要小了许多。关于唐山林姓的来源，我们在前面已经交代过了，这里就不去说它了，而关于分布于菲律宾各地的宗亲会址，我们也已经写过，这种会址，不管它的底层朝向何方，在它的顶层，也就是安放逝于菲律宾本姓宗亲木主的那一楼层，必定是朝着北方，朝着唐山的方向。

1947年5月3日，菲律宾马尼拉王彬街上旅菲林氏宗亲会的顶楼上，又多了一方木主，那是林仁和的灵位。他走了。

从带着母亲身上的热血呱呱落地，剥离胎盘，裹进襁褓，到化成了一盒骨灰，只留下了这方一尺高、三寸宽、半寸厚带底座的木牌，51年的岁月，眨眼间就过去了！

现在，到他的灵位前来烧香化纸的儿子林子钟，也已经52岁了！

1975年5月2日，是林仁和的忌日。这天中午，林子钟照例备办了几样菜，带上香烛烧纸，与扶西、比罗父子一起，登上旅菲林氏宗亲会的顶楼，为老爸祭灵来了。

28年的岁月过去了，当年那方米黄色的杉木板做成的灵位，已被楼阁里长年不断的香烟熏成褐色了。

林子钟凄凉地凝视着这方木主，禁不住感慨万千！他感到了人生的匆忙短促，老爸是“51岁”过世的，而他呢?

——他今年52岁了！

当这一切一起在他眼前呈现的时候，他一下子感到自己老了，来日不长了！

于是，自从清明节以来萌发的，并且愈来愈激烈的一个念头，再也抑制不住了：

“扶西先生，比罗兄弟。我想，让林云昭来菲律宾，到朱林记商号做帮手，你瞧，我都这把年纪了，有时候感到累得都要趴下去了……”

/ 二 /

早在好几年前，林子钟就已经把欠银行的贷款连本带息还清了。因单方中止高士洁的代理合同而赔偿的巨额违约金，除了卖掉林记商号外，他还背了十几年的银行债务，在还清所有债务之后，他感到轻松多了，然而，他也老了！老一辈番客传下来的一句古话，叫作“愁老不愁穷”，林子钟在迈进50岁门槛的时候，才真正体会到这句话的分量了。当年泉州南门外前来南洋谋生的那些年轻番客，哪一个不是双手握着两个空拳头，出死力流汗苦干出来的。运气好的，置下一点家业留给后代，更多的是汗干力尽，拖磨至死，埋骨南洋！

从1938年下南洋，到1975年；从10来岁的少年到52岁的半老头，37年的时光，就这么过去了！在还清所有欠款之后，特别是在朱省身进入大学之后，眼看着他再也不用像他的父亲朱永明那样来南洋谋生了，林子钟也曾经想过，把朱林记盘出去当本钱，回到唐山，做一点小买卖。而在接到姑舅妈林仁玉为罗茜写来的信中，得知儿子云昭已有了陈燕玲那样一位“好对象”之后，林子钟心里又喜又踏实了，他于是便想到了让云昭来王彬街帮他打理朱林记，生意上的路熟了，就把店铺交给他。他深信儿子与陈燕玲之间的缘分。要不然怎么会两情相悦？他深信儿子与燕玲之间的婚姻，是时间早晚的事了，陈燕玲又将成为林家在唐山守住根之所在的一个女人了！

为父亲祭祀过后，林子钟就已经把这一计划对扶西、比罗父子说了出来，他们父子俩当然赞同林子钟这样做了。他们两家之间的友谊，从朱永明那里，到林仁和、林子钟这里，往后呢，该由比罗的儿女与林云昭这一代人延续下去了，还有，已经去了唐山中国27年的罗茜，也是该回来了，当扶西、比罗父子把这事提出来后，林子钟动情地说：

“是该回来了，和林云昭一齐来菲律宾，林云昭永远是她的儿子，朱林记永远是她的家，罗茜对于我们林家，是恩重如山，情深似海啊……林家会世世代代记住她的恩德的！”

第二章　中菲建交

引子

菲律宾与中华人民共和国即将建立外交关系的消息，早在 1974 年秋天就传开了，9 月 21 日，菲律宾总统马科斯的夫人伊梅尔达・马科斯，作为菲律宾总统的特使，应中国总理周恩来之邀前往北京友好访问，毛泽东主席在北京中南海自己的书房里接见了这位女特使，当时菲律宾所有的报纸报道了这一大事后，菲华社会几乎所有人都断定，菲律宾已经承认“新”中国了，只剩下履行手续的工作了。因而，从 1974 年冬天开始，王彬街上便有不少番客在唐山大陆的亲人，经香港转道前来菲律宾探亲，那些长年苦苦支撑着菜仔店的老番客，更是通过各种渠道，把留在唐山中国的儿辈们“办”到王彬街上来“接业”。到了 1975 年，刚过元旦，菲律宾的华人华侨更加肯定了，中菲建交的日期不会超过 1975 年上半年！果然，1975 年 6 月 9 日，前往中国访问的马科斯总统，在北京与中华人民共和国总理周恩来签署了中菲联合公报，宣布两国正式建立外交关系，菲律宾华侨终于盼来了这一天！

/ 一 /

对于“中华民国”驻菲全权“大使”刘锴来说，这个事件的发生似乎早就在意料之中了……

1975 年 6 月，马尼拉的雨季已经过去了。

马尼拉的雨季是在每年的四五月间。这个时候是马尼拉夏天中的夏天。四季如夏的马尼拉，在四五月间如果不是雨季，如果不是几乎天天雨水浇淋，恐怕整座城市都会被太阳烤得起火。马尼拉是个多雨的城市，即使雨季过去，它还是三五天都要来一阵雨的。

1975 年 6 月 8 日的马尼拉没有落雨，阳光明媚，可惜这一天的白天似乎特别短暂，刚过了中午不久，太阳就偏西了，美好的阳光很快成了西照。

随即，夕阳西下了。

位于马加地的“中华民国”驻菲“大使馆”很快地融入了暮色中。明天太阳又升上来的时候，这个地方便不再是“大使馆”了，楼房依旧，名称却将改为“中国台湾驻菲文化代表处”，刘锴的“大使”身份也将随之变为“中国台湾驻菲文化代表处首席代表”了。在 1975 年 6 月 9 日到来之前，这场变化过程中的所有一切官方手续都已办妥了。

现在，还有几个小时作为“大使”身份的刘锴，坐在卧室的沙发里，他感到身心俱疲。连续几天忙于处理“大使馆”的“后事”——这些忙碌是在一种极其凄凉的心境中进行的——那种凄凉的心境，是只有经历作为“最后一任大使”的人才能体会出来吧？

因而，他太疲惫了！

他把自己深深埋在沙发里，头仰天靠在沙发背上，双眼直直地望着窗外逐渐暗淡下去的夕光，直至房间里完全填满了夜色……

……作为一个外交官，刘锴不能说是一个不称职的人。而刘锴在 1972 年被台湾派到菲律宾，可以看作是一种“临危受命”。这段时间，是菲律宾与中国大陆的外交关系，从初露端倪到正式互派大使的过程。3 年多的时间，这个过程的结果终于到来了！

……突然有一句古老的诗句掠过刘锴的脑海：

无可奈何花落去……

这诗句刚闪过，他发觉有人推开了房门。

/ 二 /

“谁——我不是交代过直到明天早上，不要进我的房间吗？”

“是这样的，刘‘大使’，‘那边’已送来了请柬，是下午就送来的。邀请我们全体——明天过去参加……”刘锴终于听出来了，走进房间的是“总领事”维忻。

听到“那边”两个字，刘锴抬起头来，并且按下了扶手旁的开关，房间里立刻亮了起来。

他接过维忻“总领事”递过来的一个大红信封，那里面当然是一份请柬了，请柬上面还压着一枚小一些的信封，那信封是雪白的，在明亮的灯光下，信封上铅印的落款是“中华人民共和国驻菲律宾大使馆”，而这行铅印的落款前面是几行庄重的手写毛笔字：

诚致

中国台湾驻菲律宾文化代表处

刘锴首席代表先生启

柯华

/ 三 /

柯华！

这两个字；这个姓名，对于刘锴来说，并不陌生，只是过于遥远了……

/ 四 /

尊敬的刘锴先生：

如果我没有记错的话，我们应当是30年没有见面了……

……记得重庆谈判吗？在1945年10月10日签署《双十协定》当天，我作为中共方面的翻译人员，陪同毛泽东主席……您作为国民党政府方面的翻译人员，陪同蒋介石先生……会散的时候，我们握过手的，我真诚地佩服您在会上的精确翻译……您告诉过我您也是燕京大学毕业的……重庆谈判，那时出面调停的是外国人，美国的司徒雷登一行……从作为一个中国人的感情上的角度来讲，我总是觉得……非常尴尬……一个民族，都是中国人，争论打斗，竟然要由外国人来调停……43天漫长的谈判……结果是依然兵戎相见……重庆一别，我们再没有见面了，随后您去了台湾……一别竟是30年！

……历史潮流总是不会因为某些人的意志而静止下来……有些事，就让之随着时光的消逝成为过去吧。

……首先我们都是中国人……一个分裂的国家，一个分裂的民族，是不能自立于世界民族之林的……“弱国无外交”，对此，我们当都共有锥心之痛……就在这里；在马尼拉，在30年前的“四一七”惨案中，杨光生总领事一行共8位中国外交官惨遭日军杀害……

……明天，1975年6月9日，中华人民共和国驻菲大使馆将举行隆重的首升旗仪式和招待会……真诚希望代表处的全体同胞前来参加庆典……或以中国台湾驻菲文化代表处的名义，或以个人名义，我们使馆的全体同胞都将热烈欢迎您们的到来……

信是柯华大使以私人名义手写的，而请柬则是以大使馆的官方文件形式铅印的……

/ 五 /

是的，是30年了，果然是他！

几天前，刘锴得知了中华人民共和国首任驻菲大使“柯华”这个名字时，他就猜想着，是否就是当年重庆国共谈判会上邂逅的那个不同届的燕京大学校友？现在——30年后，那个“柯华”来信了！（当时都是20多岁的风华正茂的青年人，现在却都是靠近花甲之年的人了……）

……是神差鬼使，阴差阳错，还是如柯华信中所说的：“历史的潮流往往不会因为某些人的意志而静止下来？”

——明天，在“那边”，有一面红旗将要升起。

——而在“这边”，也有一面旗将要降下……

想到这里，刘锴无可奈何地把头又靠到沙发上了。

……许久之后，他终于模糊地听到维忻“总领事”这样问道：“大使，明天，这事该怎么办……”

第三章 “大母舅”与“二母舅”

/ 一 /

1975年6月8日上午，王彬街上几乎所有的华侨团体都收到了两份请柬，一份呢，是中华人民共和国驻菲大使馆的；另一份呢，是“中华民国驻菲大使馆”的。

长年作为旅菲林氏宗亲会理事的林子钟个人，也有幸得到两份这样的请柬，那是由林氏宗亲会再分发过来的，两份请柬是同时送到林家小店来的。其中一份的正面是粉红色的底，印有一面鲜红的五星红旗！他捧在手里，胸口怦怦作响——他的心跳得厉害！

早在20多年前，就听说唐山那边已经不一样了，是共产党——是千千万万个如卢老师一般的人掌权了！可是对于林子钟来说，对于千千万万在菲律宾谋生的中国人来说，他们是在手里捧着这帧粉红色的请柬之后，才坚实地感觉到唐山故土已获得了新生……

如此说来，唐山故土真是充满希望了！

瞧，菲律宾政府——他林子钟，还有数不清的华侨栖身的这个菲律宾，都终于承认中华人民共和国了！

/ 二 /

1975年6月9日——中华人民共和国驻菲大使馆的请柬上写着，盛大的招待会是在当天下午3点钟开始。而另一份请柬，也就是“中华民国原驻菲律宾大使馆”发来的请柬上面，写的却是“台湾（中华民国）驻菲文化总代表处揭牌庆典”。时间是1975年6月9日上午9时。

多年之后，有人考证，说是中华人民共和国驻菲大使馆的招待会，之所以定在当天下午，是为了错开“台湾驻菲文化总代表处”上午的揭牌时间，据说，是首任大使柯华请示过中国总理周恩来定下的这个时间。

像多数马尼拉王彬街上的中国人一样，林子钟决定依照两份请柬上错开的时间，上午去刘锴“代表”那里，下午去柯华大使那里。

都是中国人，手心手背都是肉！

“大母舅”“二母舅”都是娘家亲人！

……多年了，去了菲律宾的唐山人，都将自己当成是嫁到南洋的女儿；娘家在哪里？那自然是唐山，是中国了！而唐山故国来的外交官，华侨们视之是娘家来照看他们的“舅”。自从得知北京的中国政府，将与菲律宾建立外交关系，并派来外交官的时候起，王彬街上的中国人是这样说的：“‘大母舅’要回台湾去了，‘二母舅’要从北京来了。”

现在呢，“二母舅”来了，“大母舅”也留了下来。

都是中国人，手心手背都是肉！

“大母舅”“二母舅”都是娘家亲人！

林子钟又想到了杨光生他们那些人：多么好的中国人啊，顶天立地的中国人啊……那时候，菲华社会上，马尼拉王彬街上，也有“亲共”“亲国（国民党）”之分，平日里也常有碰碰磕磕牙齿与舌头相碍的事发生，但是当日本人打进来的时候，谁也没有分自己“亲国”或“亲共”！杨光生等8位外交官被日本人抓了杀了，还有马尼拉城内被杀的那些中国人……谁不悲愤？谁不落泪？谁不咬牙切齿？那时海内外的中国人都惨啊！娘家唐山都被日本人那样糟蹋着……“后头”的娘家穷，“后头”的娘家弱，嫁出去的“女儿”出洋的中国人啊，还能指望谁？可那时候王彬街上的中国人，谁要不一致抗日，谁还要分“亲共”“亲国”的起哄，谁都会被指着脊梁骂汉奸……现在“娘家”总算好起来了！几年前菲律宾那场风灾，唐山来的救灾船，台湾来的救灾船，都是中国人的船啊！都是娘家来的船啊！两艘大货轮同时给菲律宾运来救灾的物件，吃的、穿的，还有药品……都堆满了马尼拉湾码头。那情景，使得在菲律宾街上走着的中国人，哪个不觉得脸上有光……

……这些事，远的已经过去了几十年，近的也已有几年光景了，可林子钟想起来，就跟发生在昨天一样！

1975年6月9日，多雨的马尼拉又落雨了，这天的雨是从清晨就来了。开始下得很稠，早饭后，雨渐渐变细了。

位于马尼拉马加地的原“中华民国驻菲大使馆”，离王彬街有好一段路程。

这一天，林子钟没有开店。吃过早饭，看到雨细了下来，他走出店门，打开雨伞走到路口，拦下一辆马车，朝马加地方向而去。

如同王彬街上所有同时收到两份请柬的中国商人一样，林子钟在1975年6月9日会准时前往两个地方赴邀。

上午9点钟，台湾驻菲文化总代表处的揭牌仪式，是中国人的事，那是一定要去的！不能让刘锴这边冷了场，都是在南洋的中国人啊，不能让外国人笑话！而下午 3 点钟，中华人民共和国驻菲使馆的招待会，更是非去不可！那是沈尔齐、黄杰汉、沈霏……多少南洋番客千里迢迢、出生入死投奔而去，为之效劳的——那个政府派到菲律宾的大使馆啊！

两个会都要开得风风光光、体体面面！在南洋的华侨啊，谁都有这份沉甸甸的责任：要让外国人看到，我们漂洋过海出门在外的中国人都是一家人，都是骨肉兄弟！

/ 三 /

林子钟到达刘锴这里的时候，刚过了 8 点半，但是会场上已来了许多中国人：泉州城内的，泉州南门外的，厦门的，永春的，南安的，漳州的，惠安的……大多是来自闽南的番客，来的人大多是熟人。

在抗战时期，在杨光生总领事任职期间，这些人是总领事馆的常客，他们是菲华支队、血干团、抗反、妇救会……那些风华正茂的男男女女，来这里商讨抗日救国大事；来这里捐款送回唐山抗日前线……杨光生等 8 位中国外交官被日本人杀害之后，中国总领事馆也被日本宪兵霸占了，闽南番客失去了一处相聚的所在……国难啊，国耻啊……

……马尼拉沦陷前一天，杨光生就是在这里召开旅菲各界华侨代表会——那是 1941 年 12 月 15 日上午，也是上午 9 点钟开的会……那一天，姑舅父朱永明来了，沈尔齐来了，还有……有多少骨肉同胞今天都不能来了，他们都在那场战争中死去了……还有活着的人呢——尽管已经这么多年过去了，但林子钟记得清清楚楚，那一天玛妮娜 · 黎刹女士……，还有颜漱夫人她们今天能来吗？

林子钟刚想到这里，突然听到会场里一阵响声，他抬头一看，发现颜漱夫人、玛妮娜 · 黎刹女士双双走了过来！

/ 四 /

这一天，刘锴的神色是凝重的，他所代表的，已不能再被菲律宾国家政府所承认。但是，他还得留在这里，承担起“总代表”这个令人尴尬的职务……

……这时候，维忻先生（从今天起，他也不再是“总领事”了）走了过来，附在他耳边说：

“那边，柯华先生就要到了……”

“他真的会来？”刘锴大吃一惊。

/ 五 /

自从得知这个“柯华”就是当年重庆那个柯华之后，刘锴便决定给他送去请柬。同样的道理，刘锴也收到了柯华送来的请柬……

虽然立场不同，但30年没有见面了，现在又在同一个异国担任——“外交官”。都是中国人，尽管是在这样的场合，但总该见上一面吧！

/ 六 /

……人群骚动了起来。

是柯华来了！

两个资深“外交官”；

两个中国人的目光交触在一起。

两个人同时认出了对方！

……30年前的雾城重庆，8月初秋依然多雾。

这是1945年8月，中国大地上抗战的枪声正在远去。而另一场战争却正在酝酿。这将是一场中国内部的战争；“同室操戈”，一场内战。

从远处看，那场战争是一定要打起来的。但是，在1945年的8月，国共两党，都按兵不动了。8月底，应蒋介石之邀，毛泽东从延安飞抵重庆，开始了长达40多天的谈判，史称“重庆谈判”。我们之所以提起这桩事，是因为在这部书里面，我们写到了两个人：刘锴与柯华。他们分别担任了当年国共两个谈判政党的翻译，刘锴在蒋介石一方，柯华在毛泽东一方。

40多天的谈判，只是使那场内战推迟了40多天而已。最后还是开始了。结果是蒋介石撤退到台湾去了。

……当年在重庆，作为两个谈判政党的翻译，刘锴与柯华，都是不到30岁的年轻人呢！

……30年后，在南洋；在异国菲律宾重逢，两个人，柯华与刘锴，都是年近花甲、头发灰白的半老头了！

……老了，老了，都老了！毕竟是30年过去了！

他们相对无言。他们感慨万千……

/ 七 /

林云昭又接到了父亲的来信，还是与他商量来南洋的事，不到3个月的时间，林子钟为这事给儿子写了两封信，林云昭看到了父亲的决心！

这个时候，泉州师范学校刚放了暑假，临回永春家乡的前一天，陈燕玲特意到御桥村向杨月珍告别，杨月珍执意留她住了一个晚上，才送她上汽车站走了。

陈燕玲已在泉州师范上完了一个学年，这一年之间，每两个星期，她都要上御桥村林家小院一趟，星期六下午来，星期日下午走，她为林云昭也为自己，尽着儿女对母亲的那份孝道。深山里走出来的女孩，纯真、善良、勤快，每次一到林家小院，她都寻着把杨月珍换下来的衣裳洗了，并且不管地板脏了没有，她都要上上下下洗扫一番，忙完了这一些后，才坐下来做功课。而且，在星期日下午进校之前，她都要把水缸里的水挑满了，即使是杨月珍看在眼里，事先把水挑满了，水缸里装不下了，她也无论如何要挑一担水留在桶里搁着。

一老一少两个真诚善良的女人，都真心疼着对方。见着陈燕玲对林云昭的那片痴情，番婆罗茜常常在暗地里感叹：林家小院的男人，一个个都这样值得女人爱得死去活来！

如果不是看着陈燕玲还要读两年书才能毕业，她都想让林仁玉写信催林子钟回一趟唐山，早早为林云昭把婚事办了，把陈燕玲娶进林家小院。善良的番婆罗茜啊，为了这事，她真比林子钟，比林云昭，比陈燕玲更挂心挂意呢！

/ 八 /

陈燕玲回到银杏集了。

她先在集上外家嬷那里住了下来，这当然是为了能跟林云昭多相处一些时间，她与林云昭之间的那份情，她们一家人都知道了，没有人反对。既然是缘分，那就随缘吧。她们一家人也都知道，林云昭还只是一个临时工，而陈燕玲，再读上两年书，就毕业了，就是公家的人了，当年的师范毕业生国家包分配，一毕业就能领上36元的工资，整整多了林云昭近一半，而且还每年涨工资。可林云昭那份24元的工资，前后都领了3年了，不见涨一分。陈燕玲和她的长辈们却全然没有把这放在心上。山里人，看重的是林云昭的人品！

那一天傍晚，陈燕玲在外家嬷家刚放下行李，林云昭已经上门来了，正在灶屋里为陈燕玲煮鸡蛋面线的外家嬷，一见林云昭来了，忙又往锅里多敲开了四个鸡蛋，下了一把红菇，片刻工夫，就把热腾腾的两碗鸡蛋红菇汤端了过来：

“阿昭，坐，坐坐，吃，吃吃，让燕玲陪你吃，”老人家说着，拉过竹椅，让林云昭坐下了，“两个学期下来，你看燕玲都长胖了，长白了，燕玲来信说了，每一次到你们——燕玲，那里是泉州南门外什么村来着？”

陈燕玲亲昵地睨了外家嬷一眼，娇嗔地答道：“阿嬷，瞧您这记性，—御—桥—村。”

老人家笑笑说：“对，是御桥村——每一次燕玲上御桥村你们家去，你家老妈都好饭好菜地供俺家燕玲，燕玲这半年中身上胖出来的肉，大半是你老妈好饭好菜供出来的。”

林云昭说：“燕玲这年龄，正是长身体的时候！”

老人家又笑了：“不能再长了，女孩子家，可别五大三粗老高的顶住了门楣，我老了，泉州南门外又那么远，要不，我该登门谢你妈去了，能结识你们，是我们家燕玲的福气……”

一旁的陈燕玲听出来了：外家嬷说到后面这句话，跟林家小院里的杨月珍伯母说的一个样。

说话之间，两个晚辈都把碗中的饭食吃完了，燕玲正要收拾碗筷的时候，被老人家挡住了：

“我来吧，茶水我泡好了，你陪着云昭斟茶喝。”

陈燕玲瞄了一眼林云昭后，对老人家说：“都喝下一大碗汤了，再喝不下茶水了，阿嬷，我和云昭到厝外乘凉去，我们都吃出一身汗了。”

老人家说：“去吧，外头凉快。”

“阿婆，我陪燕玲到外面走走，有件事正好和她商量。”林云昭说。

第四章 月亮船

/ 一 /

尽管是处于如火的盛夏7月，但在永春山区，日头一落山，暑气很快就消散了，尤其是在银杏集这样的高地上。

“云昭，我们，去静海寺好吗？”走到门口，燕玲望了一眼西天正在消失的晚霞，低声说道。

“你怎么想起了要上那寺庙去？”

“每年我都要去静海寺的。为什么，去了你就知道了，那里的荷花开了，我想去寺里讨两朵莲花，带回鲁山，给我妈用呢。都好久没去那里了——自从去了泉州，快一年了。小时候，妈，还有外家嬷，常牵着我去哩，去年考上师院以后，妈还拉着我去上香呢！”

“那时候，怎么没带上我呢？”

“那时候，我们还没……这不，我今儿带你去。”

“其实，上山下乡到了这里之后，我也去过那座寺庙，后来，我上溜石湾姑婆那里，向那里的朱姓老人说起了这寺庙，他们说啦，七百多年前，他们朱姓的一位叫朱熹的大哲学家曾在这庙中著书立说，可我一直不清楚，为什么那座寺中现在都是清一色的出家尼姑。”

“这你就得问我了。听陈老师说过，这座庙本来都住的是和尚，当年朱德总司令的军队经过这里的时候，庙中的和尚都随朱总司令参军去了，这庙荒废了好些年头。后来，有一伙尼姑逃避战乱，一路而来，住了进来，这个寺才又兴旺起来。”

“你说的就是法莲师父了。这个老人家不简单，学问深着呢！”

“听陈老师说，她们是早年间从北方来的。庙中还有一位中年尼姑，听说还是早年从日本流落过来的。”

“你指的是了缘尼姑了。你这一说，我还真想起来了。了缘尼姑，走路那姿势，有点像，我们以前电影中看到的日本女人呢……怎么，老远的，跑到中国来出家了？”说话之间，两个人已走到静海寺前来了。

/ 二 /

银杏集也由戴云山迤逦而来，这个小集位于戴云山南脉的一处脊梁上。傍着银杏小集的那座偌大的静海寺，无论山里山外，都小有名气。走出集上小街，出了墟场几百步远，就是静海寺了。寺前有好大一汪湖，是由寺后的山水汇集而成，湖虽不深，却长年不见干涸，四季湖水盈岸。或许是山里人没见过海，便把这汪不起波涛的湖水称为“静海”了，而且，寺因湖而得名吧？

时值七月，正当湖中的浮莲长得热热闹闹、花蕾绽开的季节。太阳早已落山，月亮还未升起。湖面上朦朦胧胧，有沁心的清香自湖上扑面而来。

出家人晚饭迟，燕玲带云昭绕过湖岸进入寺庙时，几位尼姑刚吃了斋。还不到做功课的时候。青灯下，法莲师父看清了进来的客人：

“两位年轻施主，这位是燕玲施主，这位是……”

“这位是……”燕玲想为云昭介绍，却难住了，不知怎么开口。

法莲师父看出燕玲的尴尬，便自己开口为她解了难：

“噢，我记起来了，这位是在供销社的那位知青。”

林云昭忙彬彬有礼地说：“我叫林云昭，是泉州来的知青，现在在供销社上班。”

法莲笑了笑，招呼他们入了座：“了缘，奉茶来。”

被称为了缘的尼姑，此时在厨屋里已洗过了碗筷，听到师父的招呼，忙泡下一壶清茶提了过来，跟大家一起入座了。

“云昭，你可知道，法莲师父，都可算是你我的救命恩人哩！”燕玲喝着茶说道。

“哦？”云昭看着燕玲。

燕玲说：“我3岁的时候，有一次发高烧，昏迷不醒，家里人都要为我准备后事了，是法莲师父及时赶到……还有，听我老爸说，当年你被毒蛇咬了，陈老师及时冒死用口吸出了你伤口上的毒汁，在送往天湖山矿区医院抢救途中经过静海寺时，你已奄奄一息，是法莲、了缘二位师父灌你服了解毒药，才能赶到矿山医院……”

听到这里，林云昭连忙起身向二位出家人鞠了一躬：“我当时正昏迷之中，事后也没有人提起，今晚我才第一次听到此事……要不然，今后想当面致谢恐怕难了。”

法莲、了缘二位出家人同时回礼道：“芸芸众生，皆该相助，救与被救，都是缘分。”

云昭听到这里，猛然一震：“我记起来了，当年被送往矿区医院，是在七月里，就是今天这个晚上。”

陈燕玲听着，也拍着手说：“这更巧了，3 岁那年，法莲师父救我，也是当年的这个日期！”

“……是这片土地；这里的人，给了我第二次生命……我能轻易离开它吗？”林云昭心里这样沉思着，忽听身旁的法莲师父说道：

“燕玲施主，今儿可还摘一对并蒂莲回去？”

“要的，法莲师父，自从我长大之后，每年这一天，我娘都要我上这里来，一来向师父请安，二来求两朵莲花回鲁山供着。”

/ 三 /

从静海寺出来的时候，天色已全黑了下去，而月亮升上来了。

月亮真好，7 月晚上银杏集的月亮，洒下的月光是清甜的、凉凉的。

“我们现在上哪儿去？”陈燕玲问道。

林云昭说：“今晚听你的，你做主。”

1975 年的银杏集上没有路灯，只有雾气缭绕着的朦胧的月光，满山遍野地洒了下来。陈燕玲牵过林云昭的手，又把他带到了农盐门市部后面那棵枫树下。

银杏集上的这棵大枫树，已在陈燕玲的心坎上植下了根。在泉州城上学的这一年里，她常想起这棵树。在校园里，她是一个品学兼优的学生，当着班长，十六七岁的师范生，她有许多事情要做，她都做得很好。泉州师范校园里种着各种花草树木，可就没有枫树，这常令她感到遗憾。或许，这种树只有种在她故乡的土地上，才能长得那么好；或许只有故乡秋后的霜，才能染出如血如火的枫叶？

“云昭，你看到了吗？那月亮弯弯的，它使我想起来一支歌。”

“什么歌？”

“那一年，你在我们鲁山小学当老师时，教我们唱的那支歌。”

“是吗，我只教了两个星期哪，你还记得！”

“可我记得那支歌——要不要我唱出来。”

“都过去那么多年了，那时候我比你现在大不了多少，是吧？——好，你唱着，我听着。”

“蓝蓝的天空银河里

“有只小白船

“船上有棵桂花树

“白兔在游玩

“桨儿桨儿也没有

“船上也没帆……”

陈燕玲低声唱了起来。

……她唱出了自己，也唱出了云昭远去的记忆：从1967年到1975年的回忆……8年过去了！

一切过去了的，都是亲切的。

一切过去了的，都是美好的。

“这歌有多美啊！可惜我在师范校园里，再听不到这样的歌了——我想我以后当上老师了，也要教孩子们唱这支歌。”

林云昭似乎没有听着陈燕玲的话，他在遥望着茫茫的星空：

“……那是银河座，那是牛郎星……那是织女星……”

陈燕玲却是认真地听着林云昭的话。她抓住了他结实的手臂：

“怎么啦，你今天晚上要跟我说的，就是牛郎星，织女星？”

“再过一个月，就是七夕节了……”

“你也知道这个节日？那可是牛郎织女一年一度相聚的日子。”

“知道的，怎么能不知道呢，那可是一个凄凉的传说。”

“你怎么会突然想起这个传说？”

“……你不是刚唱了月亮船……吗？”

“那船，那帆，那银河，那牛郎星，那织女星……这一些都有关系吗？”

林云昭没有回答。

他正望着被越来越重的雾气锁住的那弯月亮。

过了许久许久，他沉重地点了点头：

“燕玲，明天，我们一起上鲁山，好吗？都好久没去了……那小学堂，还有陈老师的坟……”

“云昭，怎么啦，你今儿好像心事重重的？”陈燕玲直视着林云昭问道。“……我恐怕……不知道什么时候才能再上鲁山来了……”林云昭躲开陈燕玲的目光说道。

“怎么啦，你要上哪儿了……”

“……这是，才收到的，父亲的信，……他要我下南……”

“……你怎么想的？”

“老爸年纪确实大了，我真不忍心，眼看着他那把年纪了，还那样拖磨着……”

“阿昭，我知道，伯父在南洋也是挺不容易的……其实，再过两年，我就毕业了，我也有一份工资了。”

“可我呢……总觉得身上的力气，没个地方使……没有一种能让我打拼的事业……”

“那么，你决定去南洋打拼了？可是……那里可是……与我们这里完全不同啊。”

“哎，我也知道，可是……”

林云昭说着，再一次躲开了陈燕玲的目光。

第五章　鲁山情

/ 一 /

第二天天蒙蒙亮的时候，燕玲的外家嬷就做下了早饭，招呼林云昭过来与燕玲一齐吃了，让他们早早上了去鲁山的路。7 月盛暑，太阳一出山，赶路的人头上便跟顶了个火炉似的。这个月令山里人出门，都赶在露水还未消失的时候。

两个人走出小街，走到集外三棵银杏树下的时候，还未见日头露面。在朦胧的晨曦中，林云昭走上前去，逐一地抚摸着凝满露珠的树干。山风吹过，结在树冠上的露水，纷纷扬扬飘落到他们身上。

“……你舍不下这三棵树？”燕玲低声地问道。

“……是的，说到底，这里的一切。我都舍不下……整整 8 年了……第一次上鲁山，是陈老师带的路，也经过这三棵树……”

“那你把它们也带走吧……”

“它是应当长在这里的，它承载了陈老师的心血，但是，我应当带走它们所植根的土地上的一抔土。”林云昭说着，蹲下身子，抓起树荫下一把湿着露水的泥土，捏在手中。

7 月的山路上，菅草很深，草叶上布满了密密麻麻的露水。它们二人虽然都卷起了裤管，但是来到燕玲家门口的时候，卷在膝盖上的裤管还是湿透了。这时候，日头已升起老高了，露水开始蒸发，近山远山都弥漫着雾岚。

/ 二 /

走进陈燕玲家来，喝过了新制的夏茶。林云昭便把去南洋的事对二老说了出来：

“老爸一个人在那边，年纪都那么大了，没个帮手。”

二老听着，转眼去看着燕玲，见到女儿沉默着，妈妈便开口了：

“燕儿，这事你知道了？”

“妈，爸，昨晚云昭对我说过了。”燕玲说着，声音有点颤。

“燕儿，你是怎看哩？”依然是燕玲妈说，看得出来，这个家庭的内当家是燕玲妈。

“我想，云昭是该去帮忙了。老人家，总该有个人帮着。”燕玲这时说出来的话已经平静多了。

“燕玲都这么说了，该下南洋，你就去吧，只要好好做人，男子汉，哪里不可以落脚？”燕玲爸说。

“听说那里很远呢，到底有多远？”燕玲妈问。

见到林云昭一时没吱声，燕玲爸把话接了过去：“远不远，都是一回事，十里八里是离家，千里万里也是一个离字，出了家门，就别想离家有多远了。”

燕玲妈说：“说的也是，既然要走南洋路，那就趁着年轻的时候，打拼几年……泉州南门外这边，你的妈那里，这两年，燕玲还在泉州城内念书，往后她还会照常过去看望她老人家。燕玲能帮上手的，还让燕玲做去。”

“云昭，以前我是两个星期去一趟，以后我每个星期日都过去。”燕玲说。

“还有寒假暑假，先去那里住上两天，临开学的时候，再提前几天下去，又能陪你妈多住上几天了，”想到云昭真要去了南洋，那不知道要走几天的旱路水路，燕玲妈心里酸酸的，禁不住泪花冒了出来，她忙抓起衣襟揩过了，挤出一脸笑来，“燕玲啊，往后上云昭家，你可悠着点吃，别把她老人家那一份口粮吃空了。”

过了好一阵子，云昭才说：“我想上学校看一看，再到陈老师坟上去，向他道声别。”

“是该去看看他了，多好的一个人啊——让燕玲陪你过去，慢着，我这就去准备供品香炷烧纸。”燕玲妈说。

“伯母，在银杏集上，我就备好了，都随身带过来了，就是要提上锄头过去培培土。”云昭说着话的时候，发现燕玲已经把倚在门后的一把亮晃晃的锄头握在手中了。

/ 三 /

陈老师的坟，就在鲁山小学正对面的一处山峁上。

那一个夜晚，他是无声无息地死去的，没有遗嘱。这处墓地，是鲁山村民为他选择的。在鲁山村，除那位被称为“桐叔”的五保老人——如今也已过世——之外，他没有近亲。他即将迈过了30岁的门槛，但仍然是孤零零的一个人，孤零零地活着，孤零零地死去。

但是他有许多学生。因而，在每年的清明节，他的学生，以及那些学生的家长们，都会到他坟前来献上一份供果，烧上一炷香，虔诚地培几勺土。每个清明节里，他这处墓冢是最热闹的。培土的人多了，几年下来，这座本来小小的墓冢，变成了一个小丘。而再环顾四周，不知道什么时候，鲁山小学的学生在上面种了一圈银杏树。现在都有人高了，干直叶旺，长得蓬蓬勃勃。这个时候，已放了暑假，要不然那近在对面的学堂里，孩子们的书声歌声，都会飞过来伴着他的。

面对着这座沉默的墓冢——

林云昭想起了什么？

陈燕玲想起了什么？

他们两人都沉默着，谁也没有问谁。

……

多年之后，在南洋、在菲律宾红奚礼示小城的近郊，那所称“立人学校”的华人学校里，7 月里的一个夜晚，陈燕玲记起了这个上午，她才这样问着林云昭：

“……云昭，那一天你在陈老师坟前沉默了好久，你在想些什么？”

林云昭显然也同时在想着那个上午：“我记得清清楚楚，那一个上午，站在陈老师墓前，你不也一直沉默着，你在想什么？”

“我在想，许多人活着的时候，他可能住在豪华的高楼大厦里，可能会有许多朋友前来拜访他，但能像陈老师那样，死了之后，还会有那么多人惦念他，到他坟上去看望他的，会有多少呢？”

“真的，燕玲，那一个上午，我跟你想的一模一样……一个人死后能到这个份儿上，也值得了。”

/ 四 /

林云昭在鲁山村前后住了 3 天。

第三天，还是陈燕玲陪他走出了鲁山，走到银杏集。

临走的时候，村邻们都送来了礼物，有红菇，有笋丝，有新炒的茶叶……可离开鲁山，离开银杏集的时候，林云昭只带走了 3 样东西：两抔土，一抔是三棵银杏树下的，一抔是陈老师坟上的；还有一瓶泉水，那是燕玲妈从流过屋前的山涧里汲取的；还有一样，那是 1967 年的夏天，陈文东老师去世后，遗留在樟木箱底，他珍藏了10个年头，用厚厚的油纸包了多层的那份材料——就是那份在银杏集四周山地广种银杏树的可行性报告。陈文东老师去世后，鲁山村的五保户桐叔将它交给了林云昭。整整8年过去，林云昭一直保存着它，把它当成生命中的一部分！现在，林云昭将带着它走向香港走向南洋……

——那是一份像鲁山一样沉甸甸的情；那是一份像鲁山一样沉甸甸的责任！

第六章　离乡

/ 一 /

这一年暑假还没有过去，将近8月下旬的时候，林云昭告别了鲁山村、银杏集，在陈燕玲的陪同下，回到了泉州。

他已办妥了前往香港的一切手续，他将先到厦门，从厦门乘船前往香港，住上一段时间，几个月或一年半载。然后，再从香港前往菲律宾定居。

……那一个夜晚，枫树下那一支月亮船的歌，陈燕玲似乎是无意间唱出来的。其实，她是在唱一种美好的回忆——那是她在儿时，在第一次上云昭老师课时的美好回忆。而林云昭呢，他讲银河、讲牛郎、讲织女……他终于还是不忍绕到去香港，去南洋帮老爸经商的话题上……

1975年，中国还处于“爱情断裂层”的年头。爱情生活的内容，也如同那个时代的物质生活一样贫乏。林云昭与陈燕玲这两个热恋中的年轻人，在商量人生的转折点的时候，也只能从牛郎织女这些话题入手了。

……当青春逝去，回忆往事，当你记起自己少女时代的时候，陈燕玲，1975年7月的这个晚上，你所唱的那支歌，云昭所说的银河座、牛郎星、织女星……这一切还会出现在你的眼前吗？

/ 二 /

1975年初秋，罗茜没有听从南洋父兄的召唤；没有听从林子钟的安排，也就是说，她没有随林云昭经香港回南洋。

她选择了继续留在唐山，留在林家小院。

这年秋天，她已经45岁了。

她能不思念遥远的菲律宾红奚礼示郊外她的故乡，那个如梦一般美丽的曼鲁渔村吗？

那放过她摇篮的所在！

那碧蓝的大海，那洁净的沙滩，长在沙滩后面的椰子树芭蕉丛，那在没有月亮的夜晚爬到椰干上的椰子蟹！

从 1948 年到 1975 年，27 年了啊……

当年离开南洋的时候，说是为了照顾孤苦伶仃的林云昭，可她心里清楚，还为了避开林子钟——当年十七八岁任性而痴情的罗茜没有勇气，天天面对着一种完全不可能开花，更不可能结果的爱情；她没有勇气面对着不可能给她所期盼的那种爱的林子钟。

她选择了离开，远赴唐山。

27 年过去了，当年那个风姿绰约的菲律宾少女罗茜，已变成了地地道道的唐山中国泉州南门外乡下的半老妪了。从外表到内心，她对于林子钟的那份情，似乎都已裹上了岁月的层层年轮而趋于平静。

然而，一旦面对重返南洋的机会，一旦与林子钟重逢的机会到来的时候，她才发现深深地埋在自己心中的那份情并没有平息……

……她更深知，林子钟那样的男人，整个儿的心中，只容得下一个女人，那只能是他的妻子杨月珍……如此说来，她回到南洋，那又将是一件非常……尴尬的事——尽管已进入人生的秋天，她依然没有勇气面对！

在与林仁玉，与陈燕玲一起乘车，陪林云昭前往厦门，将他送到码头上，在林云昭就要登上南下的客轮时，她咬紧了牙关，浑身哆嗦着，尽力忍住了泪水，把林云昭拥在怀里，悄悄地说："放心地走吧，我为你守护着燕玲——抱抱燕玲吧，这一走，不知道哪一天才能回来……"

……那一个夜晚，从厦门码头回到泉州后，陈燕玲陪罗茜走进了林家小院。

罗茜终于把憋了多天的泪水流了出来……

那时候，时辰已近黄昏，她怔怔地坐在厅堂里，凝视着夕阳的余晖慢慢地从天井里消失了……

她无声无息地坐在那里，似乎停止了呼吸，也没有流泪，只是抿紧了嘴，任凭夜色裹满了全身。

直到陈燕玲在灶屋里做好晚饭，举着灯走过来说：

"……妈，你别……每个星期六，我都会回来陪你的，该吃晚饭了，妈。"

听着陈燕玲说到这里，罗茜才醒了过来，抱住她号啕了：

"闺女，珍惜这份情吧，能够……得到……林家……男人……的爱……那是你的……福分！"

第七章 母与子·母与女

/ 一 /

陈燕玲到泉州上学的这一年里，林仁玉已经多次在娘家小院里见过她了，从第一眼看到她的那一刻起，半番婆林仁玉就打心里疼上这位深山里走出来的闺女了。她早已过了花甲之年，风风雨雨、坎坎坷坷几十年的人生路走了过来，她什么人没见过？她看定了陈燕玲与林云昭是难以拆散的一对了！番婆罗茜的称赞，她自己的细心观察，终于得出了结论：林云昭能摊上陈燕玲这样的媳妇，那是林家世代积德积来的！

1975年的长途汽车里，远还没有空调，而且泉州开往厦门的长途客车，每天只发两班，上下午各一趟车，还很难买到票，那一天送云昭到厦门的四张汽车票，是托了朱晓云的母亲买到的，但其中有一张是站票。林云昭要把座位让给陈燕玲，她却无论如何把云昭按坐下去：

“你陪姑舅婆、伯母坐吧，你的路远着呢，不能累了。”

从泉州到厦门，差不多四个小时的路程，她汗津津地站在拥挤的过道里，一手抓着悬在头上的扶把，一手张开折扇，往她们头上扇风。到了厦门，她跑前跑后，大汗淋漓地为大家张罗吃的喝的。回来的车，又只买到了两个座位、一张站票，还是她站着，来回8个小时，让番婆罗茜看不下去了，好几次要为她让座，却都没有说动她。往返的两趟路，林仁玉更看出了这个深山少女心地善良，吃苦耐劳，会替别人着想，而且能干，大事小事拿得起放得下！

由林云昭、陈燕玲，她想到了朱省身、朱晓云。

/ 二 /

儿子朱省身是在1972年被推荐上了福建师范学院的，今年该毕业了，眼下正在永春实习。

朱省身与朱晓云“好”上的事，是儿子在福州上大学时告诉她的。那一天，不仅朱晓云来了，而且朱晓云的母亲也来了，刚确认儿子“好”上的女孩就是朱晓云时，林仁玉心里再怎么说也有一股别扭；后来，溜滨村厝边头尾的亲堂婶姆们，也纳闷了：这番仔玉怎么啦？当年的林仁玉被挂牌游街，被折磨得死去活来，领头的可是朱晓云啊。从 1967 年到 1972 年，也就是四五个年头的事，怎么说忘就忘了？

可番仔玉就是番仔玉，这个只会记恩不会记仇的女人，心里别扭一阵儿也就过去了。更何况清明节那一天在墓场上，人家朱晓云的母亲也要女儿向她道歉了，那年头，自己的儿子朱省身不也游了别人的街，批斗了别人？她林仁玉也知道朱晓云母女的身世：朱晓云的爷爷年轻时下南洋，在码头上拖磨了一辈子，老了还是双手握着两个空拳头回来了，没有攒下一点钱，朱晓云的爸爸死得早，她妈虽在城里当着官，但寡妇孤女，过得也不容易啊。再说啦，1972 年的时候，朱省身虚岁 25 了。大学 3 年出来，就靠到 30 边上了……男女走到一起——算是缘分吧！这缘分是挣不脱扯不断的，要不，林云昭怎么会交上了那么远的陈燕玲？

一想到陈燕玲，林仁玉就禁不住要拿她与朱晓云比了：朱晓云比朱省身小了 5 岁，比陈燕玲长了 6 岁。论长相，朱晓云不在陈燕玲之下，论其他的呢，林仁玉是觉得朱晓云就不如陈燕玲了，至于朱晓云是哪些方面不如陈燕玲，林仁玉可就不能具体说出来了……既然不能具体说出来，作为母亲的林仁玉也不再多想了。她认定了一个理：人心都是肉做的，只要朱省身待朱晓云好，只要她自己真心待朱晓云……

真心换真心。

从厦门回来那一天晚上，林仁玉就一直想着这些事，最后，她才想起来了，朱晓云都有一个多月没上门来了，她过去可是跟陈燕玲到林家小院一样，每两个星期都要上门一次的，儿子在省城福州，难得有朱晓云过来陪她说说话。人一上了年纪，就怕孤单！

/ 三 /

朱晓云在 1974 年就高中毕业了，那时候还没有恢复高考，高中毕业后，都要上山下乡接受贫下中农再教育，但当时泉州市有政策，不强调独生子女上山下乡，可以到工厂里接受工人阶级的再教育。那时候，进驻泉州教育局的工宣队已撤走了，工宣队刘队长当然也回汽车运输公司当车间主任去了。凭良心讲，刘队长不是坏人，朱省身还未到福州上大学时，与他也合得来。朱晓云的妈妈就让朱省身找刘队长，想让朱晓云进运输公司去接受再教育。到了1975年，朱晓云妈妈官复原职，又当上了教育局的书记了。这年夏天后，又开始推荐工农兵学员上大学了，泉州市区分到了一批大学招生指标，这其中就有清华大学的。这些指标就在市教育局里放着，指标是放在那里，可教育局，当然包括她这个书记是没有权分配那些指标的，还得要贫下中农、工人阶级推荐。朱晓云妈妈想让女儿上清华，现在，她不用再通过朱省身去找刘队长了。在一个周末里，她事先打听到刘队长回南安乡下过星期日之后，便提了一条牡丹烟，两听水果罐头，就直接上南安找刘队长帮忙去了。朱妈妈找到刘队长家来，把朱晓云为什么非得上大学的道理讲了一遍，无非是：学好本领，为党献身，为人民服务等，女书记的一席话，果然打动了刘队长，刘队长爽快地应承了下来：

“可不是，孩子的前途不能耽误，我们这一辈人，没福分上大学，瞧，那复杂一点的图纸就看不懂。再说晓云这孩子到了这里，一年了，还真表现不错，又聪明，又能说会道，我看这孩子是上大学的才，这样的孩子不推荐，还推荐谁——只是这礼品，我受不起，你还是带走吧！”

晓云妈说：“晓云上你这儿来，麻烦你关照一年了，这一次要是真能上了大学，离开你们的时候，还得再好好谢你们呢！”

“她真能上了大学，大家高兴，快别提谢不谢了，要谢，谢党，谢政府，谢毛主席。”刘队长说着，提上那些礼品，追出门来，硬是塞还给了晓云妈。

/ 四 /

在林仁玉她们送林云昭去厦门的好几天前，晓云妈就已接到女儿清华大学的入学通知书。

这个时候，她开始考虑一个非常重要的问题了，那就是女儿与朱省身的事了。这件事不是早在朱省身上福建师院时，母女俩就都确认了吗？

然而，人生道路上所要发生的事，常常是意料不到的。晓云妈郭朝霞，在1975年以前，她是很看好朱省身这样的年轻人的。他人机灵精明，善于交际，善于利用一切机会发展自己。1975年以前，在她看来，像朱省身这样的年轻人一定能混出一片天地，闯出人生前途。但进入了1975年，也就是郭朝霞官复原职之后，她开始重新审视朱省身了。于是，以前朱省身身上的那些优点，她又认为是缺点了。比如说，他打着他的父亲是“国际抗战烈士”的证明，在现在，能得到承认吗？党的事业，所需要的是老老实实、勤勤恳恳工作的人，她认定朱省身绝不可能成为那样的人。晓云妈对朱省身的这些人品评价都没有错，以后的实践都会证明她这个老共产党人对朱省身的评价的……

这些大前提确定下来之后，晓云妈终于可以问心无愧地联想到最本质、最关键、最实际的问题上来了：她是管教育的，她心中最清楚朱省身毕业后与朱晓云毕业后的差别，更具体地说，就是他们两人今后地位的差别在哪里了。朱省身毕业后，也就是到哪一所中学去当个教员，而朱晓云读的是全国重点大学的重点系——清华大学马列主义毛泽东思想理论系。女儿学的是前途无量的专业，而且，女儿的人品比朱省身优秀……

所有的这一切利害关系，在朱晓云填写了入学推荐表之后，也就是在一个多月前，她曾非常婉转地对女儿点了出来。之后，这一个多月来，她又好几次地向女儿提起这件事，一次比一次谈的时间长，一次比一次深入到问题的本质，一次比一次表情严肃。她是长年搞政治思想工作的，一直以来，她“做通”了多少人的思想工作？在对女儿的终身大事上，她所做的思想工作要更加细致，要更加触及灵魂。而且，还要不让女儿感到是她在施加压力，要让女儿自觉在灵魂深处反思，回到正确的爱情婚姻观上来。

就在林仁玉送走林云昭从厦门回来的那天晚上；就在林仁玉辗转难眠想到朱晓云已经一个多月没有上门的这个晚上，在泉州市区教育局宿舍楼上，大约九点钟的时候，朱晓云走进了母亲的房间。一个多月了，她与朱省身之间的事，都是母亲找她谈的，这个夜晚，她要主动找母亲谈了。

郭朝霞正在灯下看着文件，见到女儿进来，她心里咯噔了一下。作为母亲，作为多年的思想工作者，她能猜到女儿在这时候进来，是要说什么来了。但她又猜不出来，女儿到底作出了决定没有？作出了什么样的决定？她默默地打量了一会儿女儿，看到女儿脸上的神色是开朗的，心中一块石头便落了地：她断定女儿已理解了她的良苦用心，按着自己的意图作出了选择。她把手中的文件放到一旁，招呼女儿坐下来：

“云儿，你还没睡觉啊？”

“我想找妈妈谈件事。”

“什么事，等不得明天才谈啊？”郭朝霞其实是急着要听到自己盼望了多时的那些话从女儿口中说出来的，可此时却又装出漫不经心的样子。

“妈，那件事，我想好了。”

母亲心中一喜，知道女儿要说什么了：

“什么事，你想好了？”郭朝霞说完了这句话，便不露声色了。她慈祥而又严肃地注视着女儿，等着她说出自己急着想听的那些话。

“我与朱省身的事，就按妈说的意见办。”

“孩子，你都这个年龄了，而且就要成为清华大学马列主义毛泽东思想理论系的学生了，这可是一门非常伟大严肃的学科……你要有自己的主见，妈妈的意见只是供你参考，是非、爱情、婚姻、生活道路的选择，都掌握在你自己手里。毛主席他老人家早就教导我们：要坚持真理，修正错误，要学会透过现象看本质。你要多学习这方面的理论，并用之来作为自己一切行动的指南，包括婚姻爱情。”

女儿的话，把一个多月来压在母亲心上的那块石头搬开了！她大喜过望，要是女儿坚持己见，那才麻烦呢！恋爱自由，婚姻自主，这是起码的法律常识，作为一个领导干部，她不能违反这个法律；而作为一个老党务工作者，她又必须提醒女儿：选择与朱省身分手，是她自己的决定而不是屈从母亲的意志。这些大前提的工作完成后，她已把握住了大方向，接下来的事情，她要听听女儿的意见了。

“妈，接下来……我开不了这个口，毕竟与朱省身已交往两三年了，他也确实是对我们很好的。”

“大前提已定了下来，其他都是枝节问题了。你现在已跳出了私人感情这个圈圈，这很好，接下来，你就要将自己当成一个局外人，当成是在处理别人的问题，这样你就处于主动的地位了。这其实也是一个学习的过程，学习是学习，使用也是学习，而且是更重要的学习。云儿，妈希望你能通过正确处理这个问题，又向成熟迈出一步，妈已为你掌握了大方向……”说到这里，郭朝霞戛然而止，她发现自己说漏了嘴，怎么能说为女儿“掌握了大方向”呢？

而晓云当然没能想出母亲此时的心思，她以为母亲是说多了，说累了，忙给母亲倒上一杯水，递了过去。她打心底里佩服母亲：

“我想先给朱省身写封信。”

“你准备怎么写？”

“我想过了，先告诉他，我现在还年轻，应当将精力全部放在学习上，而不应当分散精力去谈恋爱。”

“好啊，”这回，轮到母亲佩服女儿了，“如果省身愿意等你呢？”

“我想过了，两三年的……不可能一封信就能解决问题的，我还可以再写第二封，第三封，直至把问题全面摊开了，全面解决了。”

听到这里，郭朝霞睁大了眼睛，她发觉自己一个多月来的“思想工作”没有白做，而且女儿比她想象中的要更加成熟：

“好，思想工作要慢慢来，要细心去做，还有，省身母亲那边，她的思想工作，你也要去做。”

“我已经一个多月没上她家了。”

“这种事情，不能一下割断，不要让人觉得你薄情寡义。”郭朝霞顿了顿又说，“我看，省身他妈，蛮好的一个人呢！”郭朝霞的这句话，是真诚的，她毕竟是个阅历丰富的人。

“所以，我请妈，这个星期日，你和我一起到溜滨村一趟，一起向她老人家把这事说好，朱省身的信，我可以自己写，可是要面对面地说出来，我没有这个勇气，正如你所说的，她蛮好的一个人呢！”

郭朝霞又凝视着女儿好一阵子后，才接着开口了：

“云儿，妈相信你的能力，能够独当一面，能够独立地处理好这个问题的，这也算是一个……内部矛盾吧，要学会培养正确处理这种矛盾的能力。我想，妈就不介入这件事了，妈很忙，耽误了这么些年的时间，现在，终于重新走上了工作岗位……很忙，而且，妈已经说过了，妈相信你的能力。这也是一个锻炼独立处理工作的机会。”

然后，她又沉默了片刻，不等女儿多加思考，又神色严肃地问道：

“那你准备什么时候过去？”

“我……星期天吧。”

“……今天才星期四，我想，你还是明天就过去吧，无论什么工作，方向确定之后，就要雷厉风行，只争朝夕。”

“可是，明天，车间那边还要上班，我马上就要离开了，上大学了，这一段时间，更要好好做工作，免得影响不好。”

郭朝霞听着，心里又是一喜：女儿考虑问题挺全面的呢！但处理感情上的事，必须快刀斩乱麻，容不得有回缓的余地，再说了，女儿上大学的事，所有的手续都办好了，已经与运输公司那边没有任何瓜葛了：

“云儿，你能从方方面面来考虑问题，这是很好的，这样吧，你明天一早就上溜滨村林仁玉——同志那里去，运输公司那边，我挂个电话过去请假——事情就这样定了，好了，回去睡吧，这段时间里，要注意劳逸结合，搞好身体，健康是革命的本钱。”

朱晓云注意到，妈妈已经把林仁玉称为“同志”了，而这以前，她都是“省身妈”地叫着的。

/ 五 /

这个时候，泉州南门外乡下的“双抢”季节已经过去了。“双抢”是农村一年中最紧张、最辛苦的季节：水田里的早稻开镰了，这边刚把早稻收割完，那边旱地上的花生就熟了，花生拔完后，原地上又要插上晚番薯了，花生捡完，花生藤就要踩进田里沤肥了，接着，就是晚稻拔秧开播了……一个双抢季节下来，泉州南门外的农村公社社员们，要掉几斤肉，晒脱几层皮，那些上了一点年纪的人，脸上又要多几条皱纹了。

这一天，时辰已经不早，早已过了日头升起来的时间了，可天是阴天，看不到日头影儿。而从溜石湾的东北方向，从泉州湾外的海上，风紧一阵慢一阵地刮了过来。

这个季节，在闽南，是发台风的季节。已经苦旱了好多时日了，天晴的日子，日头火辣辣的，而这会儿阴天的日子真好！溜石湾外刮过来的风是凉的，凉爽爽的。

跟所有社员一样，林仁玉在这一天没有出工，她提了块小板凳，端着针线筐，在厅堂上坐了下来，补缀着几天来洗破了的那几件下田地穿的衫裤。1975 年的时候，在中国，不论男女老幼，高矮肥胖，每个人发 12 市尺布票，12 尺布，要是一个家庭中，有小孩大人搭配着，取小补大，也就凑合着，每个人一年能摊上一套新衣裤。但像林仁玉一家母子俩，都是大人了，而且朱省身又在省城福州上着大学，穿的就更不能寒碜了。这两三年来，林仁玉的那份布票，都让给儿子扯新布了，她自己穿的呢，只能补补缀缀地应付着。还好，有儿子几件穿小了的衣裳，可以拆出布片来补缀自己的衣裳。唉，儿子终于长成大人了，可做母亲的，也老了！多年来穿针引线，林仁玉早已需要戴上老花镜了！

今个秋天，儿子就要毕业了，可以进学校教书了，就是公家的人了，想到这里，林仁玉心里喜得怦怦作响呢！

她憧憬着未来，她林仁玉虽是老了，可终于熬出头了，一个人的“尾景”不是最重要的吗？

儿子大学毕业了，马上就有工作了，也早该到了讨媳妇的年龄了，未来的儿媳呢，也是现成的；费用呢，也不愁，丈夫遗下的银元，南洋朱记商店出售后的银元，解放后，她都换成人民币存入银行了，还有这么多年来，林子钟时不时地寄些钱过来，她都存进银行了，现在她银行里连本带利有 1000 元了呢！1975 年，对泉州南门外一个普通农家来说，这是一个天文数字。一个强劳力，一年到头，脸朝地背朝天在田里忙上一年，也就是 100 来元的收入。那年头，亲朋间结婚随喜的份子钱，也就是两元钱。这 1000 元钱，足够讨一个儿媳妇了！

……她美滋滋地想着，却又想起了，儿子毕业后，莫不会被分配到外地，比如永春啦什么地方去任教。由此，她又想起了，朱晓云的妈不是在教育局当着书记，到时候求她帮忙一下，就分配到泉州城里的中学最好了，再不行，到晋江来也好……

……想到这里，她又记起朱晓云已经快两个月没有过来了！前一阵子听说过她也被推荐上大学了，也不知道是不是真的，要真是那样——那是该喜呢，还是该愁？喜的是，朱晓云这一上了大学，她朱家可是娶上了个大学生的媳妇了！愁的是，她早听说过了，大学生上学期间是不能结婚的，而且听省身讲，连恋爱都不能谈呢，这可怎么好呢？朱晓云她没事，才 20 岁出头，再读上三两年，也才多大？可省身呢，等到朱晓云毕业，他都 30 开外了……

这可怎么好呢？

她正这样想着的时候，听到虚掩的院子门“歪”一声开了，是风大了起来了！

她抬起头来，张眼一望，却见是朱晓云已走进院子来了。

/ 六 /

女大十八变。

这话该怎么解释呢？是指女孩家到了 18 岁，不管本来是丑是俊，过了这个年龄都会变美吧，还是说，女孩到了十七八岁，天天都在变美呢？或许都是，也或许都不是。

才不到两个月没见面，林仁玉发觉朱晓云更俊俏动人了，粉嫩嫩、水灵灵的怎么看也看不够！

林仁玉把兜在怀里的针线箩子往地上一搁，站了起来，拉住朱晓云的手：

“云儿，你怎么这么长时间不来伯母这里了。”她说着，另一只手把戴在脸上的那副老花镜摘了下来，用慈祥的目光，亲热地望着朱晓云，“云儿，你坐，坐，坐，伯母下灶屋给你煮冰糖蛋汤去！”

“别，别煮了，我这会儿也不饿也不渴，大姆！”

“大姆！”——这个称呼让林仁玉心里一震，这以前，她可是都把她“伯母”长“伯母”短地叫着，那份亲、那份甜，都融入了她林仁玉的心里。

“真的，大姆，你就别忙了，我是不渴，也不饿了。”朱晓云又说，她感觉到林仁玉拉住自己的那只手颤了一下，“我是来向大姆告辞的，过些日子，我就到北京上大学了，还有一件事……”她说着，躲开了林仁玉亲切的目光。

“原来是这样，晓云，你可比省身出息了，省身上的才是福州的大学，你可就上北京了——来，这就更该吃冰糖鸡蛋庆贺庆贺了！”林仁玉说着，放开朱晓云的手，也不顾她的阻拦，走进灶屋去了。

就在林仁玉走进灶屋煮鸡蛋这会儿，朱晓云记起了母亲的嘱咐："快刀斩乱麻"。她决定今天无论如何这冰糖鸡蛋都不能吃！而且，等林仁玉走出灶屋时，尽快地把"那件事"摊开来。

不能犹豫！

/ 七 /

林仁玉端着热乎乎的四个冰糖鸡蛋走上厅堂来的时候，朱晓云已在桌旁坐定了。她已经把自己的情绪调整好了，心态十分平静。学起了母亲平日里对其他同志说话的架势，非常有礼貌、非常得体地接过了林仁玉手中的那碗鸡蛋汤，搁到桌面上。然后，又非常有修养地拉过来一条板凳，扶林仁玉坐下了：

"你坐，你坐，我有话对你说，大姆。"还好，她学母亲还没有学到家，没有叫出"林仁玉同志"来，还称着大姆……现在，她不再躲开林仁玉的目光了，而是看定了她，"大姆，我刚才已经说过了，我很快就要到北京上大学了，大学生，是不允许谈恋爱的，大学生的任务，就是好好学习，将来更好地为人民服务，而，朱省身（她怎么把姓也叫出来了，以前她可只是称'省身'两个字的啊——林仁玉这样想着，别看林仁玉大大咧咧的，她细心地听着朱晓云的话呢），他马上就毕业了，我不能耽误他。"

"我，还有朱省身可以等你啊，等到你毕业。"善良的番仔仁玉，她总把人往好处想；她不忍心把朱晓云的话往坏处想——或许，这是朱晓云来试探他们母子俩的诚意呢。然而，林仁玉错了，她又听见朱晓云接下来说出了这些话：

"这事，我和我妈都商量过了，这是不可能的……这事，我会写信给朱省身同志的……"

"同志"这两个字当头一棒，把林仁玉击蒙了……

接下来，朱晓云还说了些什么，她再也没有听进去了！

/ 八 /

台风终于来了。

8 月里的闽南沿海，是多台风的季节。

强劲的风，从溜石湾外，从泉州湾外的东北海域上，呼啸着朝溜石湾内，朝溜滨村内滚滚而来。发疯了的风，在溜滨村的上空，在溜滨村的村街巷陌里冲撞着。

而且，雷也响了起来！

林仁玉终于听到一声响雷在小院里炸开了。

她猛醒过来，这才发现厅堂上只剩下自己孤零零的一个人了。

桌上搁着的那碗冰糖鸡蛋已经凉了。

朱晓云是什么时候走的呢？

又一声惊雷炸起，雨也早已下来了。

啊，晓云，这孩子，她没带雨具呢！这满天满地满世界的，又是风又是雨又是雷公吼叫着！

她手忙脚乱地翻出雨衣，顶着瓢泼大雨，奔出自家院子：

“晓云啊，无论怎么说，你也得穿上雨衣再走啊！”

/ 九 /

半个月以后，朱省身已结束了在永春的教学实习，回到福师院了。

他在这时候收到了朱晓云的信，信封上写的是“朱省身同志收”。对于这个称呼，朱省身并不特别在意。1975 年的中国大陆，男女老少，基本上都统称同志。而信内呢——当朱省身打开信封时，信首那五个字确实让他大吃一惊：“朱省身同志”连名带姓，而且“同志”就如同公函那样严肃认真一点也不讲私情，一点也不拖泥带水！他再次把这 5 个字看了一遍，没有错，一字不差，是朱晓云的笔迹！

朱省身同志：

您好！

告诉你一个好消息，我想，听到这个消息后，你一定会为我高兴的！

那就是，我已被我现在的工作单位，也就是泉州市汽车运输公司大修厂，推荐到北京清华大学马列主义毛泽东思想系学习，是本科生，学制四年。

我已经办妥了入学的各项手续，包括团籍、户口、粮油关系、体格检查等。

我知道你一定会为我高兴的，是吗？就如同当年你被推荐上了福建师院一样。现在，你已从福建师院毕业了，马上就要成为一名光荣的人民教师了，我衷心地为有你这样的好同志（又是同志！）而感到骄傲！

我明天将启程乘汽车前往厦门，再从厦门转乘去北京的火车到学校报到。本来嘛，我是打算等你回来后，当面向你辞行的，但是我妈妈一定要我写信以书面的形式把一些话写出来，这样做才是慎重负责的态度。

朱省身同志（还是同志！），我们都太年轻了，毛主席教导我们：世界是你们的，也是我们的，但归根结底是你们的，你们青年人，朝气蓬勃，正在兴旺时期，好像早晨八九点钟的太阳，希望寄托在你们身上。是的，正如最最敬爱的伟大领袖毛主席他老人家说的：世界是我们的，希望寄托在我们的身上，我们像早晨八九点钟的太阳。我们这个年龄，正是应当全心全意投入到为祖国而学习中去（而你更是即将为党的教育事业贡献自己的青春了）。

所以，我开始反思了，我们不应当在这个时候谈情说爱，我们的青春是宝贵的，这宝贵的青春是应当全部用来学习、用来工作的，而不应当浪费在其他方面。回想这几年来，我们在其他方面浪费了许多宝贵的精力。说到底，这是没有认真学习毛主席著作而犯下的错误，是小资产阶级思想在作怪，我想，我们应当立即纠正这种错误了，这就是说，我们必须结束以往那种卿卿我我，回到毛主席思想的教导中来，毛主席教导我们，多少先烈为了革命事业牺牲了，我们还有什么不能抛弃的呢？

……

不用给我回信，我到北京后，将把全部身心投入到学习中去。

……对了，还有一件事，我妈妈让我在信中告诉你，你不是马上就面临着毕业分配了吗？你是独生子女，你的母亲年纪又大了，你如果思想上有到晋江县学校任教的要求，我妈妈会帮这个忙的，她已经被三结合进了教育局的领导班子，恢复了局党委书记的职务……

朱省身万万没有想到，朱晓云会写来这么一封信！这封信的前一大部分，全是从大报小报上千篇一律的文章上套用过来的，从内容到口气，天衣无缝，绝对正确，只有信最后的那几句，才像是人说出来的！

……四五年了，自从朱省身被刘队长内招为工宣队员，进了市教育局，结识了郭朝霞、朱晓云母女后，他没有亏待过她们啊！尤其是对郭朝霞，那时候被整得够狼狈的，但是朱省身没有歧视她，没人在场的时候，他仍然称她为郭书记。特别是因为朱晓云，他对郭朝霞更是关怀备至了。那时候，郭朝霞每天要负责打扫教育局的卫生，包括两个男女公共厕所。打扫女厕所时，那还好对付，但是打扫男厕所时，郭朝霞可就尴尬了。每当这个时候，朱省身都会暗地里帮她一把的。然而，再“暗地里”的事，一而再、再而三，总要被人发现的，于是，这事就被检举揭发到工宣队刘队长那边去了。还好，刘队长也不是那种爱整人的人。“文革”刚开始那时，他也相信过一阵子共产党的哲学是斗争的哲学；相信再不斗争，就要面临灭党危险的理论。但几年过去，他也慢慢看出一些说不清道不明的道理了。于是，当有人把朱省身的事告到他这里的时候，竟遭到了一顿训斥：

“什么事不好管，上纲上线的事多管些，这拉屎撒尿的事少管些！”刘队长祖宗三代正宗的无产阶级，他的话一锤定音，也就没人再告朱省身的状了，多一事不如少一事。

再以后，郭朝霞母女俩用的煤球，也都是朱省身一人帮着她们往三楼上的宿舍搬的……朱晓云就是在那时候与朱省身“好”上的。那时候，郭朝霞、朱晓云母女俩做梦也没有想到这一生还会遇上1975年这样的好时光。1975年之前，她们一直是落难着呢！1972年他被推荐到福师院上学的时候，临走的前一天，朱晓云把朱省身约到家中，郭朝霞亲自下厨做了几样菜，算是为朱省身送行，郭朝霞端好菜之后，到女儿房间来招呼他们时，撞见朱晓云正抱着朱省身亲呢！还有，那天郭朝霞在饭桌上说出的那番极其严肃的话犹在耳旁：

“小朱啊，你是赶上了好时代，能够进入大学了，今后能更好地为党和人民工作了。世界是你们的，我年纪不轻了，又犯着错误，不可能再为党和人民工作了，晓云又年轻，今后就交……靠你帮助她了，让她早日成为一个能为党为人民做出贡献的人。”

……1972年的时候，朱省身已能理解郭朝霞这番话的意思，那就是郭朝霞认可了他与朱晓云的关系！在大学3年中，他们互相通了多少信；还有，每次寒暑假，朱省身回泉州时，都要上她们家帮这帮那的……

现在，这一切怎么都变成了“小资产阶级感情了”？

师院毕业生，即将成为人民教师的朱省身困惑了。

他又将朱晓云的信看了几遍，希望从中找出真正的答案：为什么朱晓云会提出分手？他与她之间，至少也有四五年的感情了吧——应当可以称为感情的吧？不管是属于什么性质的感情，“无产阶级感情”也好，“小资产阶级感情”也好，四五年了，他与朱晓云之间是有感情的。而且，最先主动将这种感情向对方表达出来的，是朱晓云；而且，她的母亲一直是认可他们之间的这种感情的。

这是朱省身的初恋！不管怎么样，他是珍惜这段初恋的！怎能说断就断了呢？

可朱晓云的信，从头到尾，逻辑严谨，理论联系实际，头头是道，条条有理，朱省身在痛苦之余，还暗暗佩服朱晓云的理论水平！

那一夜，朱省身彻夜难眠。

上半夜，他脑海中只翻滚着3个字“为什么”？

直到下半夜了，他心情平静了一些，才理出了一个连自己都不敢相信的头绪来：那就是，1975年的晓云母女跟以前不一样了！什么不一样了——社会地位！这之前，母女俩对他好，把朱晓云托付给他，那是因为她们正在落难之中，而他呢，处境显然比她们好，先是工宣队员，还是“国际抗战烈士”的后代，又是工人阶级推荐上大学的。现在呢，郭朝霞又成为名副其实的郭书记了，再也不用朱省身“暗地里”帮她打扫男厕所了；而朱晓云呢，更是全国重点大学重点系的学生了，将来前途无量是明摆着的。那么，这么多年来，他朱省身是被她们当抹桌布使了，当桌面上落下了残汤剩汁、油盐酱醋时，他这块抹桌布就派上用场了，现在桌面抹过了，他这块抹桌布就被晾到一旁去了！

7月的夜晚十分短暂，朱省身想明白了这个道理的时候，发现窗棂上已照进来黎明的光辉。他赶紧爬了起来，也顾不得刷牙洗脸，便在桌上铺开了信笺，飞快地写下了给朱晓云的信，他想做最后一次的努力。

像那个时代的许多公函文件甚至私人往来信笺那样，朱省身在信纸的眉头正中这样写道：

最高指示：

毛主席教导我们：世界上怕就怕“认真”二字，共产党就最讲认真。

然后，才开始写下信函的正文：

晓云同学：（“同学”这两个字，是朱省身苦苦想了一夜想出来的，以前他写信，多是直称晓云，偶尔也大胆地在前面加上“亲爱的”三字，但现在肯定不行了。而像晓云信中那样称“同志”，似乎太“绝”了）

您好！

接到你的信了，首先让我最热烈地祝贺你被推荐上了清华大学马列主义毛泽东思想理论系！正如你信中所说的，我们都赶上了好社会，生长在新时代，深信你也会和我一样，万分珍惜这来之不易的学习机会，在大学课堂里，认真学习，争取以最好的成绩来报答毛主席、共产党那比山高比海深的恩情。

同时，我万分赞同你在信中提到的，我们好像早上八九点钟的太阳，国家的希望寄托在我们的身上，我们应当全身心地投入到党和人民的革命事业中去，不该让小资产阶级的思想感情来分散我们的精力，辜负了党和人民的希望。

但是，我想，党和人民的事业并不排斥无产阶级感情，我认为我们之间的感情，是属于纯洁的无产阶级感情的。我相信你一定读过那些革命书籍中关于无产阶级感情的：例如马克思与燕妮之间的感情，列宁与他夫人的感情……可见，只要我们正确处理革命事业与个人感情的关系，认真学习马列主义毛泽东思想，我们之间的无产阶级革命感情就一定不会演变成小资产阶级感情。

我已经从福建师院毕业了，毕业后又到永春县实习了一段时间，在那里受到了贫下中农的再教育后，更加坚定了我的革命理想，我已下定决心，排除万难，为了党和人民的教育事业而贡献自己的一切。

我们现在仍在学校集中学习，并等待分配，希望你接信后尽快回信……

信写完之后，已经响过早餐钟好久了，朱省身顾不得吃早饭，就跑到了学校里的邮政所，买了航空邮票，将信寄出去了。

/ 十 /

终于等到回信的日子了！

但是那一天朱省身收到的不是朱晓云的回信，而是他寄出去的那封信！原封不动地又回到了他手上。只是在信封上，加盖了清华大学的一个大大的四方形收发章，印章下有几个字：“应收件人要求退回寄件人”！

那一夜，朱省身又失眠了！

他把朱晓云以往写给他的信，以及他给朱晓云写的那封信，一齐撕得粉碎，丢进了垃圾桶里。他知道，朱晓云与他之间的感情彻底完了。他没有想过要胡搅蛮缠，也没有想过要留下朱晓云过去写给他的那些情意绵绵的信——以便将来有机会见面时，羞辱她一番。他只留下了朱晓云最后的这封断交信，其余的，他全部撕得粉碎了。他毕竟是由林仁玉那样善良的母亲养大的；而且，他是大学里的团总支组织委员，他不会闹出出格的事来。

他成熟了，因成熟而现实。

朱省身的“现实”包括了两个方面：一方面，他选择勇敢地面对失恋这个现实，他终于让自己平静了下来。随后的另一个“现实”，是他记起了朱晓云在分手信中的那最后几句话：朱晓云的妈妈郭朝霞郭书记已表态了，在他的毕业分配去向上，她将尽力提供帮助。对此，朱省身的理解是：郭朝霞母女在处境最艰难的时候，他帮了她们不少忙，朱晓云母女俩在这个时候，主动提出这种事，是对他的一种弥补吧。

既然如此，他就要抓住这个机会。

前一段时间在永春山区实习了整整一个月，他真正体会到了山区生活的艰难，他真佩服自己那位已经去了南洋的表侄林云昭，竟然能够在那样艰苦的地方待了整整8年！毕业后要真是被分配去了山区学校，那将是判“无期”了！可作为校团总支组委，在临毕业时，他们就集体贴出了“胸怀一颗红心，坚决服从党的分配，到人民最需要的地方去”的决心书，白纸黑字，至今还贴在学校大食堂的墙壁上。更要命的是今年的“五四”青年节，在学校举行的革命传统教育的大会上，没有安排他上台发言。而在过去两年，也就是1973年、1974年，凡重大节日，如“五一”“七一”“十一”等，他都会被选为重点发言对象，上台宣讲他的父亲，也就是“国际抗战烈士”朱永明的英雄事迹。他的口才好，讲到激动处，声泪俱下，全场师生为之动容。更难得的是，他虽然以烈士后代自居，但绝不忘乎所以，绝不翘尾巴，更绝不盛气凌人，他的学习成绩好，负责的那份团委工作更开展得很好，与老师同学的关系也处理得很好。在大家的心目中，他是个前途无量的好学生，他自己也感觉到了。还有，自今年来，还发生了一件令他寒心的事，那就是在“五四”青年节过后不久，毕业班学生填写个人履历表格时，学校党委有关领导通知他，在家庭主要成员的栏目上，已过世的人就不要再填了，这不就是明显地暗示他：不要再往上填入“国际抗战烈士”这些内容了！如此说来，当年刘队长开具给他的，盖了工宣队公章的，关于他父亲是烈士的证明书也得不到认可了！按照以往毕业生分配的惯例，分配到好地区好学校去的，都是家庭“政治出身”好的人，如今他的家庭出身算什么？想到这里，他掏出那张夹在硬皮笔记本中，珍藏了多年的烈士证明书。他想撕了它，既然如今它已成为一张废纸，还留着干吗？但又一想，现在工宣队已不存在了，今后再也不能开到这样的证明书，毕竟这么多年来，凭着它，他沾了不少光，说不定今后还有用呢，何须跟它过不去？想到这里，他又将之珍藏进笔记本中去了。

思索再三，他决定去找郭朝霞郭书记帮忙，按照朱晓云信里的说法，她们会帮忙的。作出这个决定之后，他就以母亲生病为由，向学校领导请了假，奔回泉州来了。当然，这一趟更不能空手去登郭书记的门了。他仍然带了几盒福州糖蜜橄榄，这种小点闻名各地，以往他带到晓云家中，郭书记都是赞不绝口的。

/ 十一 /

那一天赶到泉州的时候，已是太阳偏西了。

当时，福州到泉州的长途客车，路上要走好几个小时。朱省身买的是上午 8 点钟的早班车，下车后，朱省身没顾得回家，随便在车站旁的饭馆里吃了晚饭，计算好郭书记的下班到家时间后，便赶到她门上去了。

朱晓云去了北京之后，家里就剩下郭朝霞一人了，一般的情况下，她都在教育局的食堂用餐，这一天也不例外。朱省身找上门来的时候，她已经在食堂吃过饭回家来了。

朱省身的登门，在郭朝霞的意料之中，又在意料之外的。意料之中的是，今年福师院毕业生的分配，晋江地区籍的学生，多数安排到安溪、永春、德化等县的山区去，那里教学条件的艰难，郭朝霞是了解的。像朱省身这样的“好学生”，是不会甘心被分配到那种地方的，凭他们之间几年的关系，朱省身肯定会来求她帮忙的。意料之外的是，她没想到他会这么快就找上门来，因为毕竟朱晓云刚刚宣布断绝与他之间的那种关系，而且将他寄到清华的信给退了回来（这事朱晓云已来信告诉她了）。在这种时候，作为一个血气方刚的年轻人，正是自尊心受到伤害最严重的时候，或者说俗了，是面子最过不去的时候，而朱省身居然会在这种时候，找上门来求她帮忙。朱省身的这一举动，让郭朝霞在对他多了一层鄙视之外，还感到了这个年轻人的“不简单”，或者如她常说的那个词：“成熟！”接下来，朱省身说出的那些话，更加证实了郭朝霞的判断。言谈之间，她甚至有一阵子后悔了：劝止女儿与朱省身的关系，是不是一种损失？

由眼前的事，她追溯到更远的年头去了……

追溯到她的丈夫的死亡上去了……

/ 十二 /

关于郭朝霞丈夫的死因，朱省身在进入市教育局工宣队之后，听到了两种版本，第一种版本是：……1957 年，她和丈夫朱义汉都还在《刺桐日报》工作，她是记者，丈夫是编辑。那一年夏天，她在泉州南门外晋江农村采访时，发现那里一些公社干部欺上压下，利用职权之便，公报私仇，而上面派去的工作组，也被那些基层干部牵着鼻子走，偏听偏信。当时的郭朝霞正当年轻气盛，更有一股打抱不平的正义感，便据实写了一篇长篇报道，语言不无偏激之处，甚至将群众一些非常偏激的原话也写进了报道中。当时责任编辑朱义汉吃不准这稿可不可以发，请示到主编卢翠林那里，她签字“全文照发”，但建议换一个笔名见报。主编的用心良苦再明白不过了：她是怕这篇真实的报道惹出事端来，她要保护郭朝霞这个年轻的记者。而朱义汉竟然用自己的笔名“汉义”刊发了那篇报道！后来那篇报道出了问题，那时候朱义汉正患重病住院，郭朝霞在医院护理。卢翠林赶到医院悄悄地对他们说：稿子是我签发的，由我来负责，你安心养病就是了。她哪里知道，在进医院前，朱义汉已将那篇有她签字的底稿撕毁了，当时医院检查出朱义汉患的是绝症，既是如此，对那篇报道的追查也就到此为止。朱义汉因病躲过了一场劫难。以后，再没有人提起那报道的事了。而卢翠林呢，过后不久，被下放去了永定，这其中，究竟是否与那篇报道有关，郭朝霞便不得而知，因为当时她仅是一个“小记者”而已。

另一种版本呢，说是朱义汉并没有在医院里病逝。而是病好出院后，被下放到泉州市东北郊一个华侨农场去了，当时农场实行军事化管理，每天大清早，像朱义汉这样的场员都要集中到操场上学习政治。有一天早上，集合的哨声响过之后，朱义汉却还在自己房间里久久没有出去集合。他是个高度近视眼，昨夜里睡觉的时候，不知道把眼镜搁哪里了。清晨起来，听到哨子响，心一慌，更找不着了。哨声再次响起的时候，他只好不戴眼镜地往外奔，跌跌撞撞跑到操场上一看，模模糊糊只见其他人已整整齐齐列队站在那里了，他奔了过去，挤进队列……

那是盛暑 7 月，等到中午吃饭，同桌的场员不见他，找到操场上时，他已瘫倒在那些高高的向日葵下断了气……

……据说，这天早晨朱义汉赶出来时，场员们已改变了活动内容，列队出操场越野跑去了，高度近视的朱义汉，竟将那几排长得很整齐的向日葵，看成了列队等着听报告的场员们……

两种死法，一种凄哀，一种荒诞，但都不幸。

事过多年，也没有谁去追究其中真伪。

其实，这两个“传说”仅仅只是传说而已。

事情的真相是，这一年冬天，朱义汉的身体仿佛出现了奇迹：他的病竟逐渐好转了，而这个时候，“补课”运动也宣告结束，后来，朱义汉竟痊愈出院了！

第二年春末，市里动员一批干部“支边”，在上级动员与自愿报名结合下，朱义汉被批准去了新疆。

接连不断的事情，催熟了不到30岁的郭朝霞，当那篇稿子出问题时，她似乎是心安理得地看着丈夫替自己背起了黑锅，而当知道签发稿件的是卢翠林时，她并没有把这事捅出去，倒不是她也像丈夫那样，要尽力保护卢翠林，她是经过再三权衡的：把卢翠林捅出去，不但可能牵出自己来，还可能使丈夫加上一条“包庇”罪！她对此保持沉默，既保住了自己，又让卢翠林欠着她的人情！

朱义汉是1958年夏天支边去了新疆的。1961年元宵节期间，郭朝霞接到组织上的通知，朱义汉已在新疆雪原上迷路失踪，整整4年里，丈夫都没有回家过，也极少给她写信，偶尔来信，也篇幅极短。只是在接到丈夫失踪消息的前两个月，丈夫的最后那封来信才长了一些，信中一再嘱咐郭朝霞要照顾好自己，务必将朱晓云培养教育成一个爱祖国爱人民道德高尚的人……当年接到丈夫失踪的消息时，郭朝霞是很悲痛了一段时间的，但她没有哭哭啼啼，她很快就想开了：她深知丈夫的为人。多年的人生经验，使她理解，像朱义汉那样有着自己独立人格，对是非十分较真的人，在新疆“迷路失踪”（其实就是死亡了），或许也是一种解脱（可能还是一种“因公殉职”！）否则，像他那种“准右派”（或叫漏网右派），是随时可以再补办手续，成为右派的——郭朝霞在政治上“成熟”了。

丈夫的“死”，使郭朝霞很快“成熟”了起来。不久她坚决要求调动离开了报社，理由很简单，那就是留在报社里，睹物思人，她不时要想起早逝的丈夫。30来岁年纪轻轻的守寡女人，往往很容易得到人们的同情，1963年初秋她被调到教育局，离开了报社那种“是非之地”。

“成熟”了的郭朝霞，在“文革”前那许多年来，仕途一帆风顺。调到教育局几年之后，就当上了书记。应当说，那几年中，她的工作是勤奋的，作风是清廉的，总的一句话，是一个“成熟”的好干部……

/ 十三 /

……她又回到现实中来了；又回到坐在自己对面的朱省身的这个“现实”中来了。

她终于听到了朱省身这样说：

“郭书记，朱晓云写给我的信我收到了，我衷心地祝贺她上了清华大学！晓云同学站得高看得远，她信中说的完全正确。我们还年轻，应当全心全意学习和为人民服务，不应当存有小资产阶级思想感情，而且，我更要衷心祝贺您，您又恢复了原来的职务，其实还在工宣队的时候，我就认为您是一个好领导、好干部……这是朱晓云写给我的信，”他把信递了过去，“郭书记，晓云在信中说了，您一直关心我毕业后分配的事……我和晓云一样，是独生子女，我妈年纪大了，我不能分配太远，我想就近分配在泉州市区或者是在晋江县城，这样我就不用牵挂着我母亲，更能一心一意地搞好教育工作了。”

郭朝霞又一次佩服了这个年轻人的谈吐得体，更佩服他把自己接信后又回信给晓云的这个细节“忽略”了。其实，朱晓云是小心地拆看了他的信又重新糊好退回去的，这个细节，和朱省身那封信的内容，晓云也都告诉她了。现在，郭朝霞的一块心结解开了，朱省身同意断了与晓云的——那份情了！接下来，当然是她实践对朱省身的承诺了，或者更确切地说，是补偿了：

“省身同志啊，我也该祝贺你，你终于从师院毕业了，今后就将成为一名光荣的人民教师了，教育是我们党的一项非常重要的事业，你看，多少革命老前辈都当过教师呢，你个人的要求呢，本来嘛，按照毛主席他老人家的教导，什么叫工作，工作就是斗争，越是困难的地方，越是要去，这才是好同志。”

说到这里，她缓缓地，却是严肃地停了一下，而朱省身却心中一震：莫不是变卦了？

但是，他终于又听到郭书记接着说了下去：

“然而，我们党的一切工作历来又是从实际出发的，你的实际困难，我会帮助你的，你从福州来，还没有回家，你先放心回去看看你妈吧。”

郭朝霞说到这里，算是把话说完了。她品味着自己的话，觉得符合自己的身份后，便准备送客了。而朱省身呢，听到了郭书记的承诺后，已及时地站了起来，自觉地告了别，朝门口走去了。

刚走出几步，便听到郭朝霞叫住了他，他回头一看，只见郭书记提着那两盒福州糖蜜橄榄走了过来：

“带回去，往后记住啦，不要搞这种不正之风啊。”

第八章　香港片断

/ 一 /

1975年，从厦门太古码头开往香港的客轮，用了两个白天一个夜晚的时间。

香港——东方之珠，这座东方大城市有一个角塔，叫北角，从福建前来香港谋生的乡亲，大都聚居在北角。北角有一条街，叫春秧街，从字面上看，当年香港刚热闹起来的时候，这里或许还是一片稻田，春天里还插着秧，是不是这个意思，只能留待有关专家去鉴定了。其实，到了1975年的时候，春秧街已经很老了，算得上是一角老城区了。

在林云昭来香港之前，林子钟已托香港友人为他谋了一份工作，那份工作的雅称是“保安”，俗称则是“门卫”，泉州一带去的人则更浅白地称为“看大厦的”。当年的香港住着许多外国人，特别是英国人，外国人居住的大厦，保安大都雇用印度人，这些印度保安懂英语，个头魁伟高大，肤色如同永春山区炭窑中没有烧透的木炭，焦黑焦黑的，那模样令人想到唐山中国的门神尉迟恭。他们忠于职守，守护大厦的时候，站得比塔还直，上下班交接的时间，掌握得比海关的大钟还准。现在在香港已不太能看到这种门卫了。

客轮在香港靠岸的时候，太阳早已偏西了，等到办妥过关手续，走出码头的时候，已是黄昏了。远远望去，暮色中的香港，那些性子急的大楼上已亮起了灯光。

码头上非常热闹，有许多举着纸牌子的人，在迎接大陆来的亲友。林云昭瞄了一遍那些纸牌子，上面竟找不到自己的名字，可老爸在从马尼拉发回唐山的电报中说得一清二楚，有一位王先生会举着纸牌在码头上接他！

可他一直没找到那片属于自己的纸牌，他不禁暗暗着急起来：这是在香港，可不是在永春银杏集鲁山村，在那里，你走迷了路，不管是白天或是黑夜，你随便叩响一户山里人家的大门，便有个落脚的地方，渴了有茶水，饿了有饭食，夜了有睡觉的床铺。

可这里是香港——人生地不熟！

/ 二 /

船上的客人走得差不多了。

岸上接客的人也走得差不多了。

最后，林云昭一看周围，就只剩下自己一个人了。

他只能硬着头皮，朝前走去。

就在他走出关口的时候，有人叫起了他的名字：

“云昭，林云昭！”

/ 三 /

林云昭听出来了，这是叫自己呢！

是用普通话叫出来的。

而且，他听出来了，那普通话不带一点闽南腔，是地道的北方人的普通话。

那个用普通话叫他的人朝他跑了过来，把他紧紧地抱住了：“云昭，林云昭，看看我是谁？”

“教练，主教练！”

那时候，码头上的夜灯已亮了起来，云昭毫不费力地认出了当年“八一”队那位主教练。

“哎，云昭，我早不是什么教练了，我早已退役了，现在该改称我林先生了，或像你们泉州人那样，称我大亲堂了！”

“你什么时候来香港的？”

“算来有 3 年了。”

“你怎么也来香港了？”

“不来香港我在那边能干什么？”

“当篮球教练或教体育不是蛮好的吗？”

“快别提那些事了……几年前，我也被批斗了……就是那一年在泉州比赛后回北京的事了，记得吗，那一年泉州球赛后，我要走了你的档案，后来呢……我出事之后什么事都搭不上手了，就是一个坐吃等死的人，我是在球场上野惯了的人……没事干的日子，那是什么滋味啊……”林教练林先生见到林云昭，像见到了久违的亲人，恨不得把满肚子的委屈都翻出来。

“林教练，你现在在香港做什么工作？”

“我只有一个女儿，在英国留学后到香港来谋生了，1973年，我就申请来香港定居了，我能当什么，还能来香港当教练啊？就在一座大厦当保安——内地那边叫门卫，其实就是看门的。”

说话之间，两个人已走到大街上来了，林教练想招呼的士坐回去，林云昭说：“别了，我也没什么行李，咱们一路走着，好多谈一些话。”

林教练想着也是：“那好，保安一天十几个小时坐着，屁股都坐出茧来了，只是，这走到北角春秧街你上班的地方，怕要一个小时呢。”

“这平直的马路，走一个小时算什么，我在永春山区上山下乡，那陡得膝盖头都顶到胸脯上的路，一天走几个小时是常有的事。”一提起上山下乡的事，林云昭才发现自己早已远离了那些山那些水，那些森林树木，置身到喧闹的都市来了，可这喧闹的街市怎也比不过他所离开的那些山山水水。再看看周围穿梭行走急急赶路的人流，大家好像都互不相识，林云昭感到自己走进了一个完全陌生的世界，虽然有林教练走在身旁，但他依然觉得很孤单。

“怎么，云昭，香港这地方，好不好？”

“怎么说呢？说不上好，也说不上不好。”

林教练突然想起来了：“云昭啊，我都把这些年的情况告诉你了，可你还没有说说你的事呢？”

林云昭把自己几年来的经历大体说了一番，林教练听罢，沉默良久，禁不住长长叹了一口气：

“……这场……运动……埋没了多少人才，浪费了多少时间，云昭啊，以你当年的素质看，虽然作为篮球运动员，身高稍嫌低了一点，但你的全面素质，完全可以成为一名优秀的主力队员的，可是却……上山下乡当了农民，浪费人才啊。”

林云昭听着，一时也回答不出什么话来，过了好一阵子，他才这么说：

“林教练，要依我看，也就是说，我的亲身感受……我虽然没能成为专业篮球运动员，或者如你所说，是一名优秀的篮球运动员，我去了山村，但是，我从那里得到了另一种宝贵的东西，那种东西，可不是能够轻易得到的……那种东西，对于我……对比我失去了作为一名优秀篮球运动员的——损失，那我得到的要远远多得多……”

林云昭谈起了山里人生活的艰难，谈起了他们如同高山一般凝重的深情，如同山泉那样一尘不染、清澈见底的人品；谈到银杏集上那些用手指蘸上农盐做菜的学生，以及陈燕玲为这些盐巴交到他手里的几分钱；谈到陈文东老师……他的话是真诚的，每一字、每一句都是发自肺腑的，那是他人生中最美好的8年岁月中最完美的收获——那一代人，那一代同林云昭有过相同青春经历的人，在1975年的时候，能像林云昭这样感受到从那段艰苦岁月中所获得的如此宝贵财富的人，或许那会儿还很少很少。但深信随着那段岁月的远去，将会有愈来愈多的人如同林云昭那样，感受到那些宝贵的……

林云昭动情地说着，林教练动情地听着，最后，两人都发现，他们竟然不知道在什么时候已停止了脚步，都站在街旁了——一个说着，一个听着，而离着他们要去的北角春秧街还有好长一段路。

“噢，林教练，我差点忘了问你，怎么会是你来接我？”

“是啊，云昭，我是忘了告诉你，你和我，今后是同事了——你老爸发到香港来的电报，是我收到的，王先生是我们保安公司人事部的，我知道是你，就让王先生不用过来了，让我过来接你得了。”林教练又重复了一句，“我们今后是同事了，都在凯旋大厦当保安。”

看到林云昭听到“保安”两个字时的满脸困惑，林教练笑了笑安慰他：

“我知道，这职业，不适合你这样年龄的人来干，可你这是暂时的，过不了多久，你就要去菲律宾了。再说啦，大陆来的人，特别是你们泉州一带来的，除了年纪老些的，干保安这一行；年纪轻些的，大多也只能是在酒楼里端菜刷盘。”

第五卷

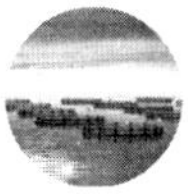

大地·海洋

献给母亲的歌

——题记

第一章 泉州南门外

/ 一、母子之间 /

这些日子以来，见到儿子心事重重的模样，林仁玉心里真不是个滋味。从小学到中学，朱省身每天都是早早起了床，洗脸刷牙过后，做完早读的功课，再吃饭，下午放学回到家里，一定先把作业做完，然后再陪妈说上一会儿话，家务杂活，他都会抢着做。在妈妈，在邻居的心里、眼中，他一直都是个“乖乖儿”。

可是在1975年暑假里，从福州回来，朱省身整个儿变了一个人，萎了蔫了。原来的胖脸，陷下了一圈。他常常在自己房间睡觉，有时候正说着话儿呢也会走神，饭量更是少了起来，林仁玉这当妈的看在眼里，疼在心里：她知道，儿子是为了朱晓云的事！朱晓云与他“散”了，或按照现时的说法“吹了”。

她得找儿子谈一谈。

虽然儿子长大了，大学毕业了，而且是中学教师了，但在母亲眼里，儿子永远都是没有长大的儿子，有些事理儿，还要当妈妈的来点拨。

那天下午，吃过午饭，儿子就把自己关进房里午睡去了，直到太阳快要偏西了，儿子还未起床。林仁玉便推开了儿子的房门：

“身儿，妈知道你和晓云的事了。告诉妈，是怎么回事？”

见到妈坐到了床沿上，朱省身忙坐了起来说：“妈……那事就别再提了……”

“妈也不想提它，可是妈见你……不是那么回事。”

“妈，那你说，那能是怎么回事？”

“妈看在心里，妈知道你绕不开这桩事。所以妈想听你亲口把这事说出来。说出来，心里会好受些。”

“妈，这事，你就别管了……”

“许多天了，我不能不管不问，我是你的妈，我不能看着自己的儿子被那桩事堵着、压着。”

“……妈，你叫我说些什么……怎么说啊？”

儿子说着，竟有点结巴了，林仁玉心想，儿子平时可不是那种说话怯场的孩子。这回都口吃起来了。更觉得那桩事对儿子的打击是这样大！别说是儿子，就是自己，自从那天朱晓云过来说“吹”了之后，她心里也难受呢！只是她硬撑着，见天仍没话找话地跟儿子搭上几句，她不愿让儿子看到自己难受：

“身儿，既然你说不出来，那么妈来问你——孩子，老实告诉我，这么长时间来，你对人家晓云，还有她妈，有没有亏心过？”

“妈……我没有亏心过。”

“有没有做过对不起人家的事？”

“没有。”

“儿啊，你要对妈实话实说……我们孤儿寡母过到今天，不容易啊，我们难，可你毕竟是儿子，是个男人，人家孤女寡母的，过到今天，没有个男的，比我们更难啊……妈也看出来了，你对她们母女一向是真心的。按理说，都相处了这么长时间了，怎么她们倒先说要散了呢？儿啊，如果你有对不起人家的地方，你拉不下脸去求人体谅，妈替你去。”

善良的母亲，终于将儿子憋在心底的话引了出来，朱省身开口了：

“妈，有些事，不像你想的那么简单……有些事，妈你不懂。”

“妈老了，落伍了，儿子，你说说你的道理。”

儿子沉默良久，又说了下去：“当时，晓云与咱好上，晓云妈也同意，那是……那时候，她们母女正在落难之中。”

“是啊，我刚才不说了吗，人家孤女寡母，这几年，过得挺难啊——身儿，你是不是……比如说是乘人之危……追上晓云的？”

“没有啊，妈，是，晓云主动和我好的。”

“那就好，千万不能做乘人之危的事，那是缺德的事呢——那后来，晓云母女为什么要把这事吹了？”

“妈，你难道不知道吗？人家现在翻身了。晓云妈，又是郭书记了；晓云呢，也上大学了。”

“儿啊，晓云娘俩落难时，俺没看低人家，更没有落井下石，还多多少少帮了人家，你和晓云好，不是乘人之危，我们可以问心无愧。身儿，你刚才说，晓云如今上大学了，儿你，不是也上了大学，还毕业了呢！”

“妈啊，你又不懂了，都是大学，可儿读的这大学，比晓云那大学，差远了呢，人家那是全国重点大学又是重点的系，将来毕业了，前途无量，而俺呢，顶多就是个教师匠。”

“教师匠有啥不好，你说，卢老师那么好的一个人，不也是从小学学堂里教书教过来的。”

“妈，你还是不懂。俺和晓云差着那么一大截呢。”

“……如此说来，陈世美还真有那么回事呢，只听说过男的陈世美，还没听说有女的。”

“妈，你别这么比了，那是旧社会的事了。”

“好，妈不这样比，但妈有些话要摊在这里了。身儿你听好了，你爸、你妈一生一世没做过辜负人的事，所以一生问心无愧。你和晓云的事，既然不是你负了人家，那你就得把这事放开了，这感情婚姻的事，是勉强不得的，这是第一。第二呢，男子汉大丈夫，度量大一些，多记住些别人的恩，少叨念些别人的怨，毕竟相处了一场，往后街头路口遇上人家，该打招呼还打招呼，该帮忙还帮忙，别仇人似的，小肚鸡肠。第三，你长大了，是男子汉了，是大学生了，是教师了。男子汉，不该只为一个女人活着，真正的男子汉，说大了，要为天下人活着，比如像卢老师，像沈霏，像沈尔齐那些人那样的活法。说小了，也要为父母，为家庭活着。儿子，挺起身子来吧，过些日子就要开学了，你不能顶着这么一副苦瓜脸走进新学校，站在讲台上给你的学生上课。快起来，趁这会儿，日头光软了下来，你骑上车，载老妈回御桥村一趟。你表侄阿昭已从香港转到南洋去了，你我都多长日子没过去了，开学后，你可就更忙了……而且今儿是星期六，燕玲要回林家小院来的。”

朱省身原本分配到安溪的一所山区中学任教，但是，朱晓云的母亲帮了忙，又把他从那里调了回来，安排在市区一所新建中学里。按照学校的安排，他可以在国庆节后才去新学校报到，所以9月下旬这些日子，他一直窝在家里，哪儿也懒得去。

/ 二、寄自香港的信 /

燕玲，我的亲爱的燕玲：

当你收到这封信时，我或许还在香港开往菲律宾（也就是我们一直以来称为“南洋”的地方）的客轮上，也或许我已经登上了马尼拉码头，开始在父亲的店里帮忙料理店务了。

时间过得多快啊，转眼间，我已经离开你，离开妈妈，到香港都快两个月了，而且又要离开香港去马尼拉了，我也即将成为一个“番客”了。

真的，如果不是为了年老力衰的父亲，我是不忍离开唐山（不知不觉中，我也学这里的人称祖国故乡为唐山了）的，我不该拍拍屁股，就那么离开了。我总觉得自己亏欠唐山太多太多了——欠母亲的，欠你的，欠银杏集鲁山上那些乡亲们……欠陈文东老师的更不用说了……我还欠着我们祖国的，小学6年，初中高中又是6年，祖国整整培养了我12年，我还没有好好报答过祖国啊，就那样离开了！这些人，这个祖国……我欠得太多太多了。

……在离开鲁山村的时候，你一再问我，乡亲们送过来的茶叶、笋干、香菇等我为什么一样都不带，却一定要把陈老师遗下的那个沉甸甸的油纸包带着，我当时没有告诉你，现在我想说那是因为：自从陈文东老师不幸去世后，我一直有一个夙愿，那就是我一定要把他至死不忘的目标（或应称为理想）继承下去，在银杏集四周的山头上都种上银杏树，可是多年来，我都无能为力，个人的力量，尤其是一个微不足道的普通知青的力量是那样渺小。多年来，我只能在每年春天里，在银杏集外的山坡上，种下几棵银杏树，临离那里时，我数了一下，大大小小有198棵了！如果没有离开，我还会在每年春天一直种下去的。

……我把陈文东老师这份理想视为我的责任，随身带了过来，我想，在一个新的环境中，我或许会更有机会，以其他的方式，来实现陈老师的这份理想……

我之所以到现在才对你提起这件事，那是因为，到了香港之后，我就开始去做这件事了……我已经告诉过你了，到了香港之后，我的那份固定职业就是当保安，工资比在银杏集卖农盐时高很多，但香港的开支也远比内地要多得多。但是半个月后，我又多了一个挣钱的机会：林教练（我曾经对你提起的那位原“八一”队教练）介绍我到一个篮球俱乐部去当教练，我每天下班后又到球场上工作两个小时，一个星期结一次工资，一个星期的工资就相当于我当保安一个月的工资，短短的几个星期，我就攒下了数千元！我想，只要一两年的时间，我就能积下一笔数目不小的钱，写到这里，你一定猜想到我会用这笔钱做什么了，那当然是在银杏集上种银杏树了……我没有想到父亲那边会这样快就办妥了我的入菲手续，这当然是因为菲律宾已经与中国正式建立了外交关系，否则像我这种情况的人，有的已经从内地来香港等了两三年了，而我只等了不到两个月……在昨天，我已把来香港后积下来的薪水，共4000元港元，汇交给你，由你保管，今后，一有存蓄，我都会汇到你那里。用于将来银杏集的“银杏”事业……陈老师的理想（也是我的责任），我已走出了第一步……也许南洋还会有更多的机会，我一定会一步步走下去的……

你们学校已经开学了是不是？你今年是大学二年级了，读过了今年，就是毕业班了……从溜石湾姑婆的来信中，我已知道，在这个学期开学前，你又特意提前几天到晋江来陪我妈，而且你说过了，我离开唐山之后，你每个星期六都要过去陪她老人家的，这不是一个“谢”字所能担当的……

云昭一九七五年九月十日于香港

这封信，是林云昭在办好赴菲的手续，订好船票时寄出来的。如同他所意料的那样，当陈燕玲收到这封信时，他正坐在一艘从香港开往马尼拉港客轮的下等舱里，客轮正行驶在一望无际的海上，逆着海面上的风浪，艰难地向着马尼拉湾行进。

/ 三、寄自菲律宾的信 /

（一）

1975年，晋江地区的夏天仿佛特别短。

在往年，甚至都过了十一国庆节了，从泉州市区到南门外的晋江乡下，从沿海的溜石湾到安溪德化永春的山区，还不见有秋风落叶。而在1975年，刚刚到了9月底，泉州城内，秋风忽然就烈了起来。

那一夜，凛冽的秋风一直刮到了天亮还不见停下来。

第二天清早，陈燕玲走出宿舍，在前往教室的那条细长的小道上，她发现路面铺满了落叶……多年之后，陈燕玲仍清晰地记得，那条小道的两旁，是种了许多苦楝树的。4月里，是苦楝树的花季，淡紫色的小小的苦楝花就开在这个时候。苦楝花的香味绵远悠长，虽然淡淡的，却能沁人心脾。到了初夏里，苦楝花谢了，树冠上却还不见苦楝果，那是因为这个时候，树叶长得正旺，而果实却还未饱满，翠青青的果实，与绿油油的树叶融在一起了。要过了好长一段时间，才能发现垂挂下来的成串成串的苦楝果，那已是秋深冬临苦楝开始落叶的季节了。而1975年9月底那场刮了一夜的秋风，却早早地将泉州师范校园内那条小道两旁的苦楝树叶吹落了。于是，就看到了树上一串串青里泛黄的苦楝果了。

这一天是星期六。

当年的泉州师范学校学生食堂大门外，有一个不小的玻璃壁橱，壁橱里面，依照年段班级分成几个格子，那格子是用来摆放寄给各班学生的信件的。

泉州师范学校只有一部电话，是手摇式的，所有的来电，都要经过邮电局的接线员转接过来。那时候的学生与外地亲友联系，大都还是通过来往的信笺。即使如此，当年那个玻璃壁橱里，每天摆上去的来信也寥寥无几。那时候，寄一封不超重的信，贴八分钱邮票，加上信纸、信封各一分，合起来是一角钱。当年上师范的大都是贫困人家的子女，他们是轻易不乱花一分钱的，更何况，有些家长是大字不识一个，求人代笔，也是一份不浅的人情。而在老校友的记忆中，当年那个大玻璃壁橱里，是常有陈燕玲的信的，那差不多都是林云昭寄过来的。在上师范一年级的时候，林云昭还在银杏集上，他每个星期都会给陈燕玲写信，而且算好了，让她在星期六上午接到信。他常把给母亲的信夹在一起，让陈燕玲在星期六下午前去南门外御桥村时，带给小院里的母亲。陈燕玲升上师范二年级的时候，林云昭已经离开家乡，去了香港，去了南洋了。这一年 9 月里，陈燕玲已收到了林云昭寄自香港的信，而这一封是寄自马尼拉，是挂号信。

这一天，也就是 1975 年 9 月底刮过一夜肃杀秋风的第二天早上，陈燕玲接到了林云昭的寄自马尼拉的信，就是那封挂号信。陈燕玲是凭着玻璃橱里摆出来的挂号信函通知书，上收发室领取的。

是什么重要的信件，非要用挂号寄，沉甸甸的，都写了些什么？

（二）

离上课时间还有好长，陈燕玲把那封信紧贴在怀里，走到苦楝树下，找一处僻静的地方坐了下来，拆开了信封，里面有两封信，一封是给她的：

亲爱的燕玲：

这封信，还有给妈妈的信，早就应当写了，可是好些日子来，我一直不知道该怎么下笔……

……如果这件事不是发生在我身上，我一定不会相信；如果这件事不是我亲笔写信给你，我想你肯定同样也不会相信。然而，这件事偏偏发生在我身上，那必定是千真万确的了！我深信你也必然不会怀疑这件事的真实了！

……我的妈妈，就是你所认识的那位杨月珍妈妈，其实并不是我的生身母亲，她也不叫杨月珍，她叫罗茜……而我的母亲，也就是那个你并不曾见面的，那个真正的名叫杨月珍的母亲，早在1948年，在我还在襁褓里的时候就离开了人世，我对她都没有一点记忆……

……这个世界是那样值得我们去爱；去感恩它；去为它付出，这个世界上好人实在太多太多了……我欠这个世界太多太多了，恐怕一生一世都报答不了啊……

这封信很长很长，足足写满了6张纸，林云昭把来菲律宾后，从他父亲那里听到的一切，都告诉了陈燕玲，信的最后几句是这样写的：

……真的，知道这件事之后，我甚至后悔自己来了南洋，我不该把母亲孤零零一个人留在唐山……人世间，有些感情——美好的感情，那是任凭什么都不能比拟的……

……我把写给母亲的信夹在里面，希望你读了之后，转交给母亲，并告诉她：阿昭无论去了天涯，去了海角，都永远是她的儿子……

……眼前突然模糊了起来，陈燕玲连忙掏出手绢，将溢出眼窝的泪水揩去了，接着她展开另一份信笺，读了起来：

妈妈，我的亲爱的妈妈：

我已经离开了香港，来到您的故乡，来到您的祖国，来到菲律宾了……

妈妈，我是到了马尼拉后，才从父亲的口中，知道了我的身世，也才知道了您的身世……

……妈妈，您应该记得很清楚的，从小到大，我极少哭过，这是因为我一直在您的呵护之下，您爱我疼我太深太深了，我从没有受过一丝委屈……我不需要流泪……可是到了南洋，听到父亲说出了这一切之后，我忍不住呼喊着您大哭了起来：妈妈！我的亲爱的妈妈啊！为什么会是这样？

……我为您的委屈而哭……为您的深沉无边的爱而哭……二十七年了……您付出了您的一切：故乡，亲人，青春……而且您至今还在默默付出……

……妈妈，您为什么不早些把事情的真相告诉我呢？我知道您是怕伤了我的心……可您知道，您的委屈有多深啊……如果我早知道了这件事，我在小时候就不该常常惹您生气了……我也不会离开您来菲律宾了，我应当在唐山陪着您……现在知道这些都晚了……

妈妈，亲爱的妈妈，您使我懂得了人世间有些感情是那样的圣洁无瑕，是那样的至高无上、不容亵渎！

……妈妈，那一天，从香港到达马尼拉后，来码头接我的，除了父亲之外，还有扶西外公，还有比罗舅父……父亲是拿了我们寄过来的照片到码头上认人的，而扶西外公、比罗舅父居然不用对照相片，就比父亲更快地认出了我，他们说：不用照片，凭着记住父亲年轻时的模样，就能把我从人流中找出来！果真如此，那一天，当我走过跳板时，就被扶西外公、比罗舅父一边一手拉住了，还听到了他们用生硬的晋江话叫道：云昭啊，我们都等你好久了，快，来见你爸，这位就是你爸，林子钟先生……我与父亲相认，居然是通过扶西外公、比罗舅父……

……随后，我又去了您们的曼鲁渔村，见到了珍妮舅妈，见到了英蒂、索娜姐妹……曼鲁渔村，妈妈您的故乡多么美啊，海边沙滩是那样的洁净，沙滩后面的竹楼是那样的迷人，竹楼周围的椰子、香蕉、芒果长得多好！而扶西外公一家子人又是如此的善良……

我都不敢想象，当年您怎么能舍得离开这些亲人；离开这美好的故乡！

……亲爱的妈妈，我的妈妈，不管现在或是将来；不管我在唐山，或者到了南洋；不管我是否知道了事件的真相，我都永远是您的儿子，而您永远是我的妈妈……

……妈妈，听儿子一声劝吧，回菲律宾来吧……不管事情的结局如何……您都永远是我的妈妈……

（三）

这一天星期六下午，泉州师范共青团组织有个活动，是团总支委员开会，会议结束后，已经四点钟了。陈燕玲背上书包，怀里揣着那封信，大步跨出校门，急忙朝泉州南门兜走来。走不远，她就忙着寻找水果摊了，她想买一些香蕉带给罗茜妈妈。

读过了林云昭的信，她终于明白了：在往日里，她来林家小院时，罗茜妈妈为什么常会在不经意间问起永春鲁山长不长椰子、香蕉、芒果？啊，原来她不是中国人；原来她的祖国是到处长满了椰子、香蕉、芒果的菲律宾！可惜在 1975 年的时候，别说在闽南一带，即使整个福建也不能见到一个椰子！

只有香蕉。

陈燕玲终于在南门兜街旁找到了一个还未收的水果摊，从那里买到了一串香蕉！

9月底的日头明显短了下来，陈燕玲走过顺济桥的时候，太阳已经偏西了，偏东北的秋风从晋江口外不紧不慢地刮了过来，虽然风是凉凉的，可是来到御桥村林家小院时，陈燕玲已走出了一身汗。

小院静静的。西下的夕阳收去了最后一抹余光，暮色便降临了。

院子的门敞开着，这是罗茜妈妈在等待陈燕玲的到来——今天是星期六，是陈燕玲回小院来的日子。

此时，陈燕玲刚跨进院子门槛，她没着急再朝前走去，而是在暮色中站定了。她站在那里，深情地凝望着院子对面厅堂上那个亲爱的老人；那个裹在薄薄的夜幕中的老人，陈燕玲想象着：这个老人，这个被她与林云昭都称为妈妈的老人，在年轻的时候，她的身材应当是高挑的，然而，眼下，这个女人的身腰已微微佝偻。一个星期不见，陈燕玲发现罗茜妈妈似乎又老了许多！

她就那样久久倚在门框上，满怀深情地注视着那个暮色中的老人……

忽而，一阵急急的秋风吹进院子，门咿呀响了一声，随即传来了那个老人亲切的呼唤：

“这不是燕玲吗？怎么这么晚才回来，瞧，天都暗下来了。”

于是，沿着这声充满母爱的召唤，陈燕玲奔了过去，把老人拥在怀里，紧紧地，直至两个人都透不过气来了：

“……妈妈，亲爱的罗茜妈妈……”

（四）

罗茜！

罗茜！

罗茜啊……

（五）

27年了，这个属于她的名字早已变得陌生无比，以至于当陈燕玲连声地、深情地呼唤出这两个字之后，她才惊悟过来——27年前那个菲律宾马来族渔家少女罗茜又回到她生命中来了！

在那一瞬间，她又回到了她的少女时代！

她使劲地挣脱了紧箍着她的那两条手臂，扬起头来，吃惊地望着陈燕玲：“燕儿，谁告诉你的？谁？”

/ 四、两个女人的对话 /

（一）

“妈妈，罗茜妈妈，我亲爱的妈妈……是云昭告诉我的，他从南洋来了信，给妈妈您的，还有给我的……”

“啊，云昭，儿子啊……燕玲，燕儿，云昭在南洋好吗？能习惯吗，那里可是热多了，他还说了些什么？”

“妈，他好着呢，有子钟爸爸，有扶西外公，有比罗舅父，有珍妮舅妈，有英蒂、索娜姐妹，这么多亲人……妈妈，你别挂心……”

“燕儿，燕儿，这一切……云昭都写在信上了吗？”

“是的，妈妈，都写了，大家都好着呢，待会儿，我把两封信都念给您。”

“27年，27年了啊……”

“是啊，妈妈，亲爱的罗茜妈妈，您为什么要把这一切在心底压了27年？”

“……我，我能说吗？云昭小的时候，我不能说，我怕他伤心……我要他像一个有母亲的孩子那样……云昭长大了，我更不能说，还是怕他伤心，怕他想到母亲……现在好了，他爸爸终于牵着他跨过了这个坎儿……子钟告诉他了，他父亲把一切都告诉他了……有他爸爸在他身边，我放心了。”

“妈妈，亲爱的罗茜妈妈，云昭在信中说了，他永远是您的儿子，而我，永远是您的女儿，您的……儿媳妇……妈妈，您能不能告诉我……过去那一切，您为什么要这样……”

“……你叫我怎么回答，燕儿，你叫我怎么回答你啊？

“……燕儿，你还年轻，有些事情，是怎么说你都不会明白的……

“……没有经历过那样的事情，你怎么能听得明白呢……燕儿，妈希望你永远也不要经历那样的事……”

“……罗茜妈妈，您为什么非要独自承受这样的委屈……”

“那……那……叫委屈吗？不，我爱过，也……被爱过……爱是有多种形式的……只要是神圣的……燕儿，妈不感到委屈，真的，一点也不，你们这么多人爱我，妈值了！”

“妈，云昭来信说了……听我们一声劝吧，回南洋吧！”

“……燕儿……妈走了，日后你来这小院，谁给你做饭，谁陪你说话？”

“……妈，您别总想着别人，苦了自己……听大家一声劝，回南洋吧……”

“昭儿，燕儿，傻孩子……你们都说了些什么啊……”罗茜喃喃自语着说到这里，禁不住泪水奔流泛滥了。

“妈妈，听我们一声劝，回南洋吧……”陈燕玲又说了一遍。

（二）

月亮升起来了。

是秋天的月亮，圆圆的月面上没有一丝云雾，整个月亮通透通透的。

罗茜抬起手来，轻轻地、亲亲地抚摸着紧紧依偎在自己胸口的陈燕玲，然后双手捧起她的脸，久久地注视了一会儿，不容置疑地摇了摇头：

“不！”

（三）

这个时候，林家的院子门已被推开好久了。那两个推开门的人，一直站在天井里的月光下。番婆罗茜与陈燕玲之间的对话，那两个人都一句不丢地听到了。

那是林仁玉与朱省身母子俩。

朱省身是第一次听到这样的话，第一次明白了那是怎么一回事，所以，他一下子蒙了！而林仁玉呢，她虽然早已知道了事情的真相，但第一次听到陈燕玲将这事说了出来，她也蒙在那里了！

……月亮已经浮了上来，月光落满了整个院子。

院子的一角，一棵挺拔的玉兰树，树冠已漫过院墙，绿叶葳蕤。院子的另一角，一棵桂花树静无声息地开放着，幽远的花香融在月光里。

月光真好——这个夜晚……

第二章　最后一个除夕

/ 一 /

1975年的冬天特别寒冷。

1975年冬天，闽南山区的山里人终于看到了下雪是怎么一回事。这一个冬天里，永春、德化、安溪几个县的深山老林里都下了雪。

而在海峡彼岸的台北，自从过了农历的“尾牙”节，就一直刮着西北风，冷飕飕的风刮了几天之后，有一天，艋舺码头后面外潘湖村早起的村民，走出家门，走过村外淡水河、基隆河、新店溪的交汇处，忽见水面上凝出了不薄不厚的一层冰。此时，晴朗的天空上突然纷纷扬扬地飘落下来棉絮状的物件，终于，人们醒悟过来了：莫非这就是下雪了?

是的，在1975年冬季的这一天，闽南落下了罕见的雪花。在云昭下乡插队过的鲁山、银杏集，雪从夜里就开始下了。于是，在黎明前的沉寂中，在清冷的月色还未完全消失的时候，便有噼噼啪啪的碎裂声自周遭的山坡上接连响起——雪下得很大，层层叠叠的雪，压折了毛竹，压断了树枝。

南洋没有雪。

林云昭从小到大没见过雪，即使上山下乡在鲁山，在横云岭，在银杏集的七八年时间里，他也没有见过下雪。他当然也不知道，在这一个下雪的早上，他那逃出死亡旋涡的生身母亲——流落到台北的杨月珍，正走在外潘湖村前往艋舺渡头老龙山餐馆雪花飘飘的道路上。

是谁首先发现了这下的是雪，呼喊着把一家家关门避寒的人们召唤了出来？于是，铺满落雪的小道上一时热闹起来。最高兴的莫过于那些孩子们了，啥时候见过下雪？朝阳刚刚升上来不久，村道上便有一群孩子在那里堆起了雪人，打起了雪仗——只要有雪，这种游戏是无须旁人来调教的。

走在村道上的杨月珍放慢了脚步：她看到了路旁两群互相抛掷雪球玩闹得不可开交的孩子。

于是，她想到了自己的儿子：在海的彼岸，在泉州南门外的御桥村，下雪了吗？云昭跟别的孩子打雪仗了吗……

她驻足停了下来：她看到一个颠着屁股，穿着厚厚的开裆裤的孩子，看起来，那是一个刚学会走路不久的孩子，他被一团迎面打来的雪球击中了，仰面倒了下去，在雪地上扑腾着，哭开了。杨月珍快步跨了过去，将那孩子抱在怀里，抹去他脸上的雪花：

“乖，莫哭莫哭……”

很显然，是孩子的哭声把他的母亲引出家门：“哭啥事啊，爱玩爱闹爱哭——是景花啊，这么早就上店去，还没停年兜啊？”

在这条路上来来回回走了20多年了，路旁的村民们都认得杨月珍，人们还一直热情地称她为“张景花”。

“这孩子长得够疼人的。”杨月珍把已止住了哭的孩子递给他的母亲。

“乖，快，谢谢景花阿婆！”

“景花阿婆！”

“阿婆”两个字，把记忆还流连在遥远过去的杨月珍推到1975年的这个冬天里来了！

哎，老了老了，这不是，突然就要走进了50岁了！刚刚抱起那个穿着厚厚开裆裤仰倒在雪地里的男孩时，她还想到自己的儿子林云昭呢！

27年过去了！就那么过去了……而且又是一年，也即将过去了。如此说来，云昭已经28岁了——早已不再是穿开裆裤的孩子了，早已到了娶媳妇的年纪了！如果走在路上相遇，儿子能认得她，她能认得儿子吗？那个不曾谋面的番婆罗茜，她会疼爱云昭吗？她懂得为儿子操心婚姻大事吗？还有南洋，遥远的南洋，南洋有多远？南洋的丈夫……

复活往往是痛苦的。

自从20多年前，在曾文宝不断的呼唤下，死去了的杨月珍终于在“张景花”身上复活后，那些逝去的往事，便日复一日，年复一年地在她心中翻滚……

她不敢再想下去……

她想哭……

“……景花阿婆，你，怎么啦？”终于听到那个孩子的母亲这样问道。

她用尽全力往脸上挤出了一层扭曲的笑容，抖着声说：“啊……这孩子，长得真疼人……”

她回过身去，匆匆地走开了，不让孩子的母亲看到她迸发出来的眼泪。

这一天是1975年的除夕。

/ 二 /

我们已经知道，曾文宝的堂伯父曾人望是在台湾出生的。翻开曾人望家传的那本已被岁月染黄了的曾氏族谱，可以查到他的父亲是光绪年间从泉州南门外的御桥村迁徙过来的，还可以查到，在御桥村，他们这一祧与曾文宝这一祧是最近的近亲了。1921 年，曾人望渡海到泉州培元中学求学时，就曾经遵照父亲的嘱咐，寻到了泉州南门外的御桥村，寻到曾文宝家来。那时候，曾文宝刚出生，是曾文宝的祖母款待了台湾回来的这个堂侄儿，并带他到祠堂里拜了祖。隔天，又让曾人虎兄弟几个陪着他到泉州西门兜的曾氏大宗祠上了香。在大陆读了几年书，曾人望又回到了台湾。随后几十年中，大陆那边战事连绵，台湾这边世态纷乱，曾人望便再没有回过御桥村了。

作为世纪同龄人，1975 年的时候，曾人望已经 75 岁了。

立秋以后，曾人望染了风寒，一直咳嗽着，怎么吃药也好不起来。过了冬至，那咳嗽不但不见好，反而更厉害了，但他仍然支撑着天天打起精神到餐馆里掌管账务。他成家晚，到了四十好几了，才抱上两个儿子。现在，两个儿子都在美国留学，这是一笔不小的开支，他不能把店停了。还有，他知道到了这把年纪，一旦病倒贴粘了床，便别想再爬起来了。所以，从秋末到冬后，他边吃着药，边咬着牙撑着，竟然扛过了尾牙节。台北和闽南一样的风俗，在尾牙节这天，不管当年生意赚了亏了，头家（老板）都是要办出丰盛的酒席与伙计们共同吃一餐的，生意好的，除了原定的薪金外，这一天还要向伙计们散发红包，然后就准备过大年了。

1975 年吃过了尾牙宴后，曾人望再也不能从床上撑起来了。那时候已逼近大年兜了，餐馆关了门，曾文宝便一心一意地服侍起堂伯父来了。杨月珍呢，也放心不下曾人望，仍然天天到曾人望住处来，帮着曾文宝照看老人家，煎药，浆洗，下厨做饭——亲不亲，故乡人！

/ 三 /

这个下雪的日子，是 1975 年的除夕。

除夕这一天，天还未亮的时候，杨月珍就起床忙开了。自从张家三位亲人先后谢世之后，十六七年来，每个农历大年，都是她孤零零的自己一个人守着那三间低低的土夯墙瓦房过。这几间瓦房是 1950 年搭起来的，眨眼间都过去25年了！ 25年的台北风雨，在本是淡红的瓦顶上，留下了层层灰色的苔藓。一家四口都健在的时候，杨月珍住着一房，二老住着一房，另一个房间，是留着张阿强回家时住的。尽管那两个房间已空置了十六七年了，但多年来，杨月珍仍把它们打理得干干净净，床铺上、窗台上，长年不见有一丝灰尘。自从张家二老去世以后，杨月珍过大年的那份荤素年货，包括敬天公的，祭祖的，都是曾文宝帮忙备办了，让她带回家的。张家祖厝在大陆东山岛那边，杨月珍只好把张家三位亲人的木主都供在自家正屋里。三位张家亲人，竟然都没有遗下一张照片，长年以来，杨月珍只能在他们的忌日里，在除夕及大年初一，到这些木主前焚香化纸，寄托自己的思念。

1975年这个下雪的除夕，走出家门之前，杨月珍已经在那些木主前摆上了祭品，烧过了香纸，之后，她便赶往老龙山餐馆来了，她放心不下曾文宝的堂伯父，老人家病得沉重，杨月珍能想象到他将不久于人世，那是见一次少一次了！

她走进曾人望家里时，曾文宝已侍候在堂伯父床前了。老人斜靠在床墙上，见杨月珍走了过来，脸上掠过一丝笑容：

“月珍，你来了，正好，我刚要让文宝过去招呼你呢，月珍，今儿就在这里过除夕吧，大家聚在一起，图个热闹。”

见到老人今天精神好了些，杨月珍心里暗暗高兴：“好啊，阿伯，——阿伯，你知道吗，今天下雪了，我自长到这个岁数，是第一次见到雪是什么样子。”

文宝堂伯父听着，笑了笑说：“月珍，别说你，我也是第一次见到台湾下雪。”

文宝说：“伯父，你以前从未见过下雪？”

“……见过的，其实也只有一次，但不是在台湾。”

“那是在哪里？”

曾文宝的这一问，让堂伯父久久地沉默了。他偏过头去，眯起了混浊的双眼，看着落满阳光的窗棂，穿过窗棂，他看到了无声飘落的雪花：

“……第一次看到下雪，都过去快四五十年了……那是在上海……冬天，下雪的上午……那时候，我已认识你伯母有一段时间了……她是从哈尔滨那边流落到上海的，‘九一八’事变不久，兵荒马乱的年头……说起来，也是缘分吧，我们订下了终身，约好了我先回台湾做准备，她留在上海等她的兄弟，然后一起到台湾来……那一天，我买了回台湾的船票，她到码头上送我的那个上午，上海下雪了，我是第一次看到雪……”老人动情地说着，他在回忆着往事，面对窗外纷飞的雪花……他记起了远去的青春，远去的爱情，“谁能想到，那一次回到台北，我一等，等你的伯母，等了14年，整整14年……1945年冬天，那一年没有下雪——一直到1945年冬天，你的伯母才到了台北，一个人来的，她的兄弟死于1937年的南京屠城……后来留下了你的两个刚学会走路的堂弟……你的伯母，一走都……27年了……文宝啊，你那年从南洋过来，你的伯母刚过了四十九日忌……‘七十三八十四，阎王不请自己到’，人生大坎儿啊，文宝，伯父今年73了……人生七十古来稀，伯父恐怕难跨过这个坎儿了……”

“伯父，你快别这样说，人那，谁没有个伤风打喷嚏……你放宽心调养吧……”年过五旬的曾文宝，说到这里，竟然如孩子般鼻根发酸了。27年了，离开南洋来到台北后，堂伯父一直将他当儿子待，他初来的时候，一对孪生堂弟弟，还不到两岁，更是拿他当亲哥哥，后来，两个堂弟弟上了大学去了美国后，也从不忘给他写信。

“阿伯，文宝兄说得对，人嘛，谁没个发寒发热的……没有跨不过的坎儿，过了今儿这个除夕，您老人家就跨过七十三的坎儿了。”杨月珍看到曾文宝哽在那里，便将他的话接了过去说。

“文宝，月珍，这么多年了，你们那份心……不比亲生儿女差……”老人说着，忽觉有一口痰涌了上来，杨月珍看着，忙端起痰盂递了过去，让老人把痰咳了出来，“……可是，有些话，我还是得说了，要不然，怕来不及了……文宝啊，眼下你两个弟弟正在哥伦比亚大学考博士学位，我要是走了，你们先瞒着他们，别让他们分心……日后有机会，你要带他们回一趟唐山，御桥村……曾氏大祠堂，总要去拜谒祖上上香的，别像断了线的风筝……”

“伯父，我会的，我们一起回去，您，月珍，还有弟弟们……”

“……我，是回不了了，但你们能等来那一天的……就那么一条窄窄的海……总不能一代又一代的那样……隔着……他们那一代，都去世了好些年了……”

听到这里，杨月珍禁不住哽咽了起来，她想说什么，又不知道该说什么？她又能说些什么——那一条“窄窄的海”，已经割去了她生命中的25个年头，她的青春，已经全部耗去了……

“莫哭莫哭，孩子，希望总是存在的……相信我的话，你们还年轻，你们终究能等到的，你们终究是要回去的。”哽咽中的杨月珍听到老人这样说，把泪止住了：

“……阿伯，我们都等到那一天，好不好？”

“文宝，你，把床架上那个箱子提过来……对，就是那个樟木箱——月珍，你过来，打开它，这里面，是我给你存的钱……孩子，你都到龙山餐馆来帮忙24个年头了，现在该全盘给你了……你总有回泉州南门外御桥村的一天……娶儿媳妇要用的……如果我没有记错的话，云昭，该是与我们文海、文涛同庚呢……文宝，你说是不，你那两个堂弟弟是不是与云昭同年出生的？”

听到这里，杨月珍刚止住的泪水又涌了出来，她强忍着没让自己哽出声来，接着，她又听到老人这样说：

“文宝，月珍，扶我到院里去，好些时日没晒到日头了，瞧，窗外流进来的阳光多明亮……”

听到这里，杨月珍把床前那张藤交椅搬了出来，在院子里摆稳了，又回过头去，与曾文宝一人一旁扶起了老人。卧床多少时日了，老人身上只剩下突突硌手的骨架了，轻飘飘的，文宝、月珍两人却扶得那样艰难，每走一步都是沉重的。

老人在院子里坐下了：“……我走后，两家餐馆，这边老的这家，还有艋舺渡头那一家，都要开着……虽然不是大酒楼，但毕竟是……一生的心血……”

“伯父，你放心养病，这龙山餐馆不会关门的……不管怎么说，将来文海、文涛兄弟从美国那边回来了……这份家业，都会不缺损地交给他们的……你尽管放心把身子养好，我，还有月珍，都会尽力将两家餐馆经营好的。”

临近晌午了，雪还没有停下来，落进院里的雪花也不见融化，天空很是晴朗，1975 年最后一天的阳光真好。

“文宝，来，抓一把雪花……给我，”老人双手捧着堂侄儿递上来的那抔白雪，“当年……在上海，你伯母送我到码头上乘船回台湾，我，第一次看到雪……那情景，我昨晚还梦见呢，你伯母在招呼我呢……”

老人说着，仰起头来，望着半空里纷纷而下的雪花，“……又是一个年底了……”他还没有把话说完，半张着的嘴就再也没有合上。

他捧在胸前的雪花正在融化；有几朵落到他眼窝上的雪也在融化……

雪从他痉挛的眼窝里陨落下来。

雪从他僵硬的手掌中陨落下来。

第三章　老龙山餐馆主人的后代

曾人望是在1975年那个落雪的除夕去世的。依照老人家的遗嘱，艋舺渡头的龙山第二餐馆仍由曾文宝掌管经营。而位于淡水河、基隆河、新店溪三河交汇处的老龙山餐馆，也就是第一龙山餐馆，则交给杨月珍打理了。杨月珍原本已在曾文宝那里帮忙20多年了，餐馆生意的门门道道，她都能很清楚。她人聪明，再加上这么多年来生活的打磨，餐馆里的粗工细活，拿得起，放得下，购进来货色的鲜蔫好歹，能识别出来；更加上她儿时读过几年私塾，根底牢，所以餐馆的字目账务，她都能一目了然；更因她的为人诚信厚道，对来店客人，不管富贵贫贱，消费多寡，她都不亢不卑，以礼相待。而待店中诸多伙计，她更是视如亲人。几年下来，一个慈眉善目、言语不多、已过五旬的半老婆娘，竟将一个不大不小的老龙山餐馆经营得比曾人望在世时还要红火。

……几年之后，曾人望远在大洋彼岸的儿子，终于回到台湾祭扫父墓，那时刚过了1979年元旦。

在台湾那些日子里，文海、文涛兄弟俩见到老龙山餐馆在杨月珍手上已修葺得富丽堂皇，很是气派，兄弟俩心里暗暗称赞。随后杨月珍将3年账本一并出示，两兄弟见来往账务分明，一清二楚，3年中竟然盈利近4万元，比老人家在世时还超过了许多。在场的文海、文涛及文宝略一计议，便恳请杨月珍再将老龙山餐馆掌管下去，3年中所积累的近4万元利润，文海、文涛二兄弟取走两万元，剩下的，交代文宝无论如何转入杨月珍账户上：

“月珍大姐，这笔款你不能推辞，我们兄弟，还有家父的在天之灵，都会感谢你把老龙山餐馆经营得如此兴旺。大姐，你在唐山泉州南门外还有个家，还有个儿子，你总有一天要回去的，不能总是让那一条海峡隔着，你回去后，娶儿媳妇啦，建置一点什么啦，处处都要花钱的。我们兄弟俩一个学物理，一个读医学，都不是管餐馆的料，月珍大姐，两家餐馆，你和文宝兄，继续经营下去吧……老人家一生就剩下这点家业，不能废了……我们兄弟明天又要回美国了。这边的事就拜托了……”

“文海、文涛二位兄弟，你们到了那么多地方，过的桥比我们走的路多……懂的事理也比我们多得多，你说，这回唐山的路，啥时候才走得通啊……你们瞧大姐我，这白发都要把黑发遮没了，过年就 53 了，我能等到那一天吗？”

文海说：“我们也在等，家父临终前不是交代文宝兄带我们回一次泉州南门外吗？只要我们大家坚定地等，是终究会等来那一天的。”

文涛也说：“元旦那一天，我们在美国还读到了唐山大陆的全国人大常委会发表的《告台湾同胞书》，宣布中华人民共和国政府命令人民解放军，自 1979 年 1 月 1 日起，停止对台湾金门等岛屿的炮击。”

曾文宝听到这个消息，拍着手掌说：“月珍啊，你看，这不，炮火都停下来了吗，我想，接下去，该是两畔的人互相走动了。”

“……是啊，真有那一天，我们四个人一齐回唐山去啊！都是中国人，有什么不能好好商量的，非要那样打？”杨月珍说着，不禁又想起张家三位亲人来：这道命令，咋这会儿才发啊……这样想着，她禁不住鼻根眼窝一瞬间都酸胀了起来。

……她又记了起来：她已经来台湾 29 年了！

29 年了？是的，29 年了！

29 年，她是怎么熬过来的啊！

春去秋来，花开花落，艋舺渡头西面的外潘湖村依旧，而当年被掳到这里圈地聚居的东山人啊，老的呢，一个个走了；少的呢，一个个变老了！当年风姿绰约的少妇杨月珍，如今也已过了天命之年，过多的生活磨难，使她的鬓发早已霜白！

自从她恢复记忆，又活回了杨月珍之后，她无时无刻不牵挂着唐山的儿子，牵挂着南洋的夫君！

……已过去了的那 29 年，是怎样的一段岁月啊！她像所有从海的那畔过来的唐山人一样，被画地为牢地隔在了海的这畔！

望穿了双眼；盼白了双鬓；盼过了一年又一年！

这样的日子何时是个头啊？

杨月珍双手掩住脸，呜呜咽咽地哭了起来……

第四章　“朱林记商号·银杏牌”洗涤剂

/ 一 /

马尼拉王彬街上的朱林记商号，原本是40米见方的一个店面。还在朱永明手上的时候，店面临街的那大半截，是铺面，后小半截，是木板片横隔开来作为店主人起居之用的。芭拉来永明店里帮忙以后，又用木板直着隔开成两个小间，多出来的一间，是芭拉的房间。林子钟接手“朱林记”后，就把那堵横隔的木板往后挪去了一大步，这样子，铺面就宽敞了许多，能多摆下一个货架了。1975年林云昭刚来菲律宾的时候，也住在店里帮老爸打理。有了亲生儿子做帮手，林子钟轻松了许多，比如说，本来到外地进货收账，不管远近，都要他一个人关上店门赶路。林云昭来了之后，跟着他出去走了几趟，摸清了那些生意上的门道，儿子便可以自己走动，无须老爸指引了。而且生意场上常用的“番仔话”（菲律宾大皆乐语），没多久，他就能朗朗上口了。有了林云昭，老气横秋的朱林记，又朝气蓬勃了起来，生意日渐起色，入息一天天多了起来。

到了1976年底，在儿子提议下，林子钟叫来工匠，把朱林记商号的老房顶拆了，换上钢筋水泥屋面，又往上加了一层，也是钢筋水泥的构筑，起居室便搬到了楼上。这样子，底层原来隔在中间的那些木板便可以拆去了，一通到底的店面变得宽敞亮堂了。工程完工“谢土”这一天，不善交际应酬的林子钟，特意办了几个菜、几瓶酒，把扶西一家人，还有多年来未走散的那些朋友都邀了过来，他自己高兴，也要让朋友高兴：他林子钟行得正，走得直；林家几代人做生意，从不贪昧心的利，就重一个“义”字，亲朋间的“义”，他不敢违背；国家的大“义”，他不敢亵渎，老天爷没有亏待他，给他送来了一个身体强壮、聪明能干的好儿子——朱林记枯木逢春了！

到了1977年，随着中菲建交，菲律宾当局对华人华文教育的种种限制渐渐放松了，冷清了多时的华文教育又逢新机，一些暗中施教的华文教材也公开了，包括马尼拉华人善举公所、中华商会、各同乡会等华社组织，又开始联合招聘唐山大陆或台湾的教师前来菲律宾华人学校执教。

这个时候，陈燕玲已读完了师范的3年课程，从泉州师范毕业了，这是

1977年7月里的事。毕业了，个人分配志愿也填过了，陈燕玲填的是永春鲁山小学。为这事，学校的领导还找她谈过话：以她的条件，完全可分配到泉州城区或其他县城的重点小学任教，但陈燕玲婉拒了，对于生她养她的故乡，她有难以割舍的感情，那里有她的母校，有过陈文东老师，那里有她的初恋……林云昭去了南洋后，她答应过他的：将由她来实施“银杏计划”，为了这个计划，林子钟已汇来了第一笔钱，为了林云昭的嘱托，她更要回鲁山去。而且她还想过了，将来回鲁山村执教的时候，把罗茜妈妈也带过去，不再留她一个人孤零零地守着那处小院了！

还像往年一样，学校里放了暑假，陈燕玲总要回到御桥村陪着罗茜妈妈住上几天，寻找出一桩桩杂碎活儿，做完了，才回永春去。

这一天下午，陈燕玲参加完毕业典礼，离开校园，背着行李被卷走进林家小院时，罗茜妈妈一把拉住了她：

“燕儿，南洋来信了，刚刚接到的，阿昭寄过来的，是同时写给你我的。”

陈燕玲接过信笺，也顾不得揩去额前的汗，便读了起来：

亲爱的妈妈，燕玲：

接到这封信的时候，燕玲一定已经放暑假在御桥村了！燕玲已从师范学校毕业了，是不是？

有一件事，我已和老爸商量过了，现在又写信回来，与妈妈您和燕玲再商量一番。是这样的，今年5月，菲律宾学校开学以来（妈妈，您是知道的，菲律宾一年中最热的是四五月间，学校都在这个时候放暑假），许多华人学校或恢复或扩大了华文教育，这样，就需要从唐山招聘华语教师。许多老一辈的华侨都说了，在南洋出世的中国人，再不读一些华文，将来就成断了线的番仔风筝了，便要忘根忘祖了……

所以，我和老爸，想让燕玲来菲律宾教书，妈妈您也和燕玲一起来……妈妈，告诉您一个好消息“朱林记”已经在不久前修葺一新了，又加盖了二层，将来还可盖第三层，这是老爸和我为了让妈妈和燕玲来了南洋后，能住得好一些……

……燕玲，来菲律宾，这可是一件不小的事，希望你能先回永春说服爸妈，不要让他们难过……

一定要劝说妈妈——罗茜妈妈，回到南洋来，这是南洋的老爸再三交代的……

来南洋后，我又攒下了一些钱，仍是为实施陈老师那个理想而攒下来的，本来还想汇回去，让你先保管着，但现在，我就先不汇过去了……

不管你我还在不在唐山，银杏的事都一定要做起来，今后怎么做，总是有办法的……

事情来得太突然了，陈燕玲把手中的信读了一遍又一遍，心中一直只有三个字：怎么办？

最后，她终于把心中的话问了出来：

“罗茜妈妈，你看该怎么办？我们该怎么办？”

那封信，罗茜早已读过了，也考虑过了，拿定了主意。现在，她从容不迫地开口了：

“能怎么办，燕儿，去，你得去……林家小院的一代代女人，都那样被隔老了，隔……死了……燕儿，你这一代人再不能这样下去了……”

“那么，妈妈，你终于答应——回南洋了。”陈燕玲一把抓住罗茜妈妈的手——那是一双操劳过度、骨节突出的、粗糙的手，陈燕玲将它紧握在胸前，然后，她睁大了眼睛，再一次看定了罗茜妈妈美丽的重眼皮后面那一对深邃的略呈褐色的瞳仁。

罗茜躲开陈燕玲亲情满溢的双眼，抬起了头，目光越过燕玲的头顶，张望着很远很远的地方……

她看着什么？

她看着遥远的蓝天。

她看到了什么？

她看到遥远的天际，阳光正在沉落。

陈燕玲久久地，面对面地站在罗茜妈妈跟前——几年了，她仿佛是第一次这样近的，几乎是贴着她站着。她看到了她的胸脯急促地起落，听到了她鼻翼里气息的进出声。

就那样过了许久许久，罗茜终于把目光从遥远的天际收了回来，将她那充满母爱的目光再一次落定在陈燕玲脸上：

“燕儿，孩子，你们就别再……为难妈妈了……”她说着，哽在那里了。停了片刻，才又接着这样说，“燕儿，答应妈妈一件事，好吗——到了南洋，见了昭儿，见了他爸，告诉他们，阿昭与你的婚事，一定要回唐山办，一定要在林家小院里办……这事，妈得亲手操办……能答应我吗，燕儿？哎，要是你们的月珍妈妈活着，看到你和云昭今天……她该多高兴……”听到罗茜妈妈提起月珍妈妈，燕玲心里不禁一阵酸楚：她虽然没见过月珍妈妈，但她已经知道她是为什么死的——那是一位什么样的母亲啊……

发现燕玲脸上露出的哀伤，罗茜不禁责备自己，怎么能在这种时候提起那桩伤心事：

“燕儿，妈是说漏了嘴……不该说……燕儿，妈……我永远是你的妈，是云昭的妈……”善良的番婆罗茜，善良的罗茜妈妈，她见不得她的燕儿哀伤，一个劲地安慰起燕玲来。

/ 二 /

1977 年秋天的一个晚上，早已过了子夜时分，林子钟在朦胧之间，忽然听到睡在隔壁的儿子在跟谁说话！他起身走进儿子房间里，却见里面黑灯瞎火。他按下了开关，灯光里，他看到睡在床上的云昭正在自言自语，而且声音不低。林子钟明白过来了，儿子是在做梦，是在含糊糊地说着梦话。那些话尽管含糊，但是父亲能把儿子梦中含含糊糊、断断续续的话拼凑起来：

“陈老师，你们……都回吧，……我会常回鲁山来的。”

“燕玲……别去……南洋……”

中国大陆是在 1977 年秋天恢复高考的，这个消息当然非常及时地传到了南洋。那时候，林云昭给陈燕玲的信——也就是让她带着罗茜妈妈来菲律宾任教的那封信，已寄出去好些日子了。

林子钟发现，一向开朗达观的儿子，在得知唐山恢复高考后，一下子沉闷了，脸上总挂着怅然若失的神色，而且，饭量也明显少了。

林子钟心里明白：儿子虽然到南洋已有两年了，但一听到唐山恢复高考的消息，他仍记挂着上大学的事！

……林云昭在梦中又回了一次唐山……他在梦中接到北京体育学院的录取通知书。临去大学报到之前，罗茜妈妈要他上鲁山去，向那里的父老乡亲告别。这么多年来，多亏了他们的关照……燕玲从泉州师范毕业了……林云昭要燕玲留在鲁山小学当老师，他毕业后也要回到银杏镇中学任教……陈文东陈老师领着众乡亲把他送出了山，送到三棵银杏树下……

多么美好的一个梦！

能永远留在梦中有多好！

……

可是父亲将他推醒了！

他坐了起来，揉着发涩的眼睛说：“我——这是在哪儿啊？我刚刚不是回鲁山了吗？……”

林云昭终于完全清醒过来了；他是在菲律宾，在马尼拉王彬街朱林记商号的楼上……

坐在儿子身旁，林子钟仔细地端详着林云昭的脸。都说半夜里人显老，在灯下，林子钟就发现儿子那张在白日里看非常年轻的脸上，此时，眼角已清清楚楚地出现了鱼尾纹，额上也有了抬头痕！

他还发现儿子双眼里闪着泪光！

自从得知唐山那边大学恢复高考招生的消息以后，尤其是每每看到儿子为此而怅然若失的神态时，林子钟心里就深感内疚：他发觉自己让云昭来南洋是错了！因此，这些天来，他甚至不忍直视儿子的目光。儿子虽然沉默着，但儿子沉默中的那目光，更使林子钟感到愧疚！……儿子刚才的那场梦，他不该推醒他，就让他多在梦中待一会儿……林家的男人重情意！云昭虽身在南洋可他魂牵梦萦着的还是唐山啊……

“……云昭，孩子，心里有什么憋屈，说出来吧，要不然……老爸看着难受呢……”父亲避开了儿子的目光，嗫嚅着开口了。

是啊，是该说出来了，憋在心里，自己难受，老爸也难受：

“老爸，这些日子……我总在想，我是不是不应该离开唐山到南洋来……是不是错……”听到儿子说出一个“错”字，林子钟耳朵里“轰”的一声，默然低下头来，片刻之后，他再次避开儿子的目光，木讷地说道：

“老爸这一代人已错过……当年还在三省学堂的时候，看到卢老师他们……为民族为国家，那时候，老爸也抱定了一个目标，为国尽忠……可那时候，老爸报国无门，不得不下了南洋……后来，终于看到卢老师他们那个党执政，云昭你赶上了好时代，不用再走老爸下南洋的老路了，林家的男人几辈子漂洋过海……总算盼到了你这一代，不用离乡背井，可以留在唐山，报效国家了，没想到到头来，还是让老爸将你叫到南洋……儿啊，这到底是谁错了啊？卢老师……我是你的学生，相信你一定能告诉我这是怎么一回事……”

林子钟是个不善言谈的人，他就用这么短短的一席话，把憋在心里十几年几十年的那些困惑说了出来。在林云昭听来，老爸这些话不也是说出了他心中想说，却不知道怎么说出口的话？年轻的华侨林云昭，他当然不能回答老爸“这是怎么一回事”，——他太年轻了，这些事，说不清啊，他只能说：

“老爸，可是……卢老师，她现在不也一样报国无门吗？听说是1958年就去了永定山区。”

“是啊，都快20年了，也不知道卢老师如今怎么样了？人生能有几个20年——卢老师现在是60多岁的人了……”

“可不，老爸，我也……30岁了，我还能往回走吗？我还有往回走的时间吗？”

这时候，王彬街上传来了隐隐约约的市声。

黑夜正在消失。

面对即将到来的黎明，马尼拉王彬街上的华人，又将开始一天的打拼：为生存而打拼，为自己，为了远在唐山的亲属……而对于林云昭来说，除了为这些之外，他还必须为一个更大的责任打拼……他欠着鲁山的一份情——那是一种再生之情！他哪怕是以生命去偿还也不为过！为了这份沉甸甸的情、这份沉甸甸的责任，他必须比王彬街上其他人更加奋力打拼！

天亮了。

他没有时间留在梦中，也没有时间遗憾或后悔；甚至也没有时间去思考太多的“为什么”……

他不能停下打拼的脚步！

/ 三 /

1978年春节过后，还未到元宵节，陈燕玲与来自福建省各地的共8名应届师范毕业生，在厦门集合。他们四男四女是作为中菲正式建交后，首批由中国政府组织派往菲律宾华侨社会的支教人员。这几位未来的教师，将在厦门码头登船，在海上航行四个日夜，抵达马尼拉，然后分配到菲律宾各地华人华侨学校去。

支教人员一行到了马尼拉后，中华人民共和国驻菲使馆的文化参赞，还有菲华社会的多位负责人，到码头迎接他们。当然，那一天，到码头上迎接陈燕玲的，还有林子钟父子、比罗和他的大女儿英蒂。

林云昭从1975年8月下旬离开唐山到现在，转眼间前后就过去三年了，现在，陈燕玲也到南洋来了！在码头上，林云昭接过陈燕玲随身带着的行李，深情地看了她一眼，只见她比以前胖了些，站在码头上这些长年生活在热带阳光下的人群里，陈燕玲的白皙特别引人注目。她抿紧了双唇，说不出什么来，只管默默地望着林云昭，直看到林云昭微笑了起来：

“怎么，我都晒成番仔了吗？”是的，在学校里的时候，他就经常在球场上跑着，身上早就晒出阳光的色彩，几年来在热带菲律宾的奔波，他脸上已蒙上了一层淡淡的古铜色——那是一种健康的年轻且成熟的男人的肤色——

“噢，燕玲，我来介绍，这是我老爸，这是比罗舅父——罗茜妈妈的兄弟，这是英蒂妹妹。”

“……老爸好，舅父好……”陈燕玲腼腆地跟大家打过了招呼后，目光落在英蒂脸上，亲切地望了好一会儿，心里不禁一动：英蒂妹妹这双重眼皮的眼睛真美，就像罗茜妈妈一样，罗茜妈妈年轻的时候一定跟英蒂一样漂亮。

“云昭，哪位是扶西外公啊？”陈燕玲往人群里环视一眼，望着云昭问。

见到林云昭没有立即回答，比罗把话接了过去：

“知道罗茜妹妹这一趟又不愿意回来，爸爸不忍心到码头上来……当年也是在这个码头上，送她去了唐山的，都30年了……总该回来了吧？为什么……”

比罗这话一说了出来，所有的人都沉默了，林子钟的眼帘更是低垂了下来，而林云昭呢，喉口堵得难受，他不明白，罗茜妈妈为什么总是不愿意回菲律宾。

/ 四 /

依照中国驻菲领事馆与菲华社会相关社团、学校的安排，陈燕玲很快去了红奚礼示小学任教，关于这所学校的状况，我们在前面已经介绍过了，这里就不再重复了。那一天，是比罗驾了马车把陈燕玲送到红奚礼示的，随在车上的，还有林云昭。几十公里过来，陈燕玲看到的几乎全是平原，看不到泉州城内外那种不大不小、不高不低的山峦，更别说永春故乡那样的高山峻岭了。还在故乡的时候，在儿时，她就常听银杏集上的外家嬷叨念着：出门的人跟鸟儿一样，今晚宿这里，明早一飞又到别处去了。可不是，不到一个星期的时间，从鲁山到厦门，坐了几天船，这就远远地置身于海外了，她也成了闽南人眼中的“番客”了。

马车终于进入红奚礼示镇区了，再出去一段路，立人小学就在眼前了。陈燕玲早就听林云昭说过：1942年姑舅父朱永明遇难前，曾经与芭拉姑姑走进这座学校，在学校的顶楼上上了香，听着这些事时，她觉得南洋很遥远，这座学校当然也遥远得难以想象，可是现在，她竟然置身于这座学校中了，生活的路，真是令人难以预料！

立人小学的校长姓朱，祖籍也就在唐山泉州南门外的溜石湾，但却是在菲律宾出生的。自他祖父那代人到了南洋之后，直到他，都以教书为生。他本人是菲律宾光复后，从马尼拉到立人学校执教的，一晃30年过去了，如今也是50出头的人了。把陈燕玲安顿下来之后，按照惯例，朱校长带着她上了顶楼。

我们已经知道，立人学校的顶楼，盖着一间地道的中式阁楼，关于这处阁楼的情况，我们在《南洋泪》第一部《艰难岁月》中的“战争片断”里写到了——那是1942年的事了，当年那场战争，菲律宾各地许多华侨的建筑毁于战火，但这处阁楼却躲过了浩劫，36年后，还默默地卧在学校顶楼上。阁楼依旧，30多年来，因为里里外外刷过了几次老漆，南洋的风雨几乎没有在上面留下多少痕迹，只是大大的神龛里面，多出了好些木主，这些木主，被香烟熏黄了的是早些的，被熏成棕色的，则是更早些的了，摆上去不久的，则还带着淡淡的米色……

陈燕玲把带自鲁山，带自遥远的自己故乡的那抔土撒进神龛前那个大香炉中，把同样来自故乡家门前那瓶泉水注入同一个香炉中。当她做完这一切时，阁楼大门旁的布幔掀开了，从中走出一个已逾古稀的女人，她举出来一把刚点着的香炷，递给陈燕玲，教她如何一一插进各个香炉里。

“是刚从唐山来的陈老师是吧？”显然，那老妇人早已听到了陈燕玲要来的消息。

陈燕玲说：“是的，老人家，从今往后该怎么称呼您？”

林云昭接过去说：“这就是沈老师，沈玉芬老师……当年朱永明姑舅父在红奚礼示郊外遇难后，他的血衣就是沈老师的先生找回来的……”

这些年来，沈玉芬老师已经提不起教鞭了，但她没有回唐山，依旧孤零零的一个人留在南洋。立人学校校董会不让她离开学校，执意留下了她，吃住都在校园里，好让大家照看着。老人深深叹了一口气说：“往事不堪回首啊……中国人终于能有这么一天了……陈老师，记住了，这阁楼的大门正朝北，是朝着唐山方向的……往后想家了，就到这阁楼上，放眼望去……”

陈燕玲没有立刻回答沈老师的话，她在心里自个儿对自个儿说：这就是南洋，这就是华侨了。

/ 五 /

陈燕玲到了菲律宾之后，理所当然就在“朱林记”的二楼安了家。其实，她大部分时间还是住在红奚礼示立人学校的，只有在星期六午后，才回到马尼拉王彬街上，与林子钟、林云昭相聚一天，第二天下午，又回到学校去了。每星期的这趟往返，自然都是比罗套上马车载着她来回的。自从林云昭来了南洋以后，生意场上有了一个生龙活虎的儿子帮着，林子钟多了几分底气，而如今又多了个陈燕玲，一个家一个店铺，有了女人就是不一样！本来嘛，朱林记只有林子钟、林云昭父子的时候，也是楼上卧室、楼下店面，打理得整齐有序，陈燕玲来了以后，更是把小小的一栋楼房打扮得里是里外是外的一尘不染，雅而不俗。

这两三年，生意好了许多，照说，林子钟该惬意了吧，可林云昭刚来的那一阵儿，他心里猛然觉得空落落的，很长一段时间里话也少了饭量也少了。“知父莫若子”，林云昭心里明白，老爸那是在无声责怪他没能说服罗茜回到南洋来！而陈燕玲的到来，又让林子钟心中这种正在渐渐淡去的失落感回来了，而且比上一次更加厉害！

人心都是肉做的啊，更何况是林子钟这样视情义如生命的汉子！他虽然不能给予罗茜所追求的那种爱；但天底下有些爱，尽管不同于那种世俗的儿女之爱，有时却同样神圣、高洁、不容亵渎——多年了，林子钟之于罗茜，罗茜之于林子钟，便都是怀着这种爱！两个不同国度的人，他们日复一日、年复一年地坚守着这份爱！这几年来，罗茜给林子钟送过来一个壮实的儿子，随后，又送来了一个水灵灵、粉嫩嫩，上得了讲台下得了灶台知书达礼的陈燕玲——一个未拜天地的儿媳妇，而她却仍孤零零地守着林家小院。30 年了，她已人老珠黄，难道还要她这样下去直到生命凋零？在夜深人静的时候，林子钟常常禁不住要对着磨盘般沉重的黑夜高声呼叫！

——有谁能理解他这种锥心的无声呐喊？

/ 六 /

按照中国人的传统，陈燕玲到菲律宾的这一年，刚好 20 岁，而林云昭呢，是 31 岁了，两个人都是到了谈婚论嫁的年纪了，这事是该操办了。在临近圣诞节的一个星期六晚上，林子钟在饭桌上当着儿子，也当着未来儿媳妇的面，把这事说了出来，陈燕玲听着，终于迎着林子钟的目光把一直搁在心里的话说了出来：

“爸，这件事，不急着办，我才教了一个学期，我想再好好教上两年……而且，罗茜妈妈临走时说了，这件事，一定要回到唐山，回到林家小院去办，罗茜妈妈要亲手操办……这话，我想不急，以前一直就没有说出来，而且眼下云昭这边厂子的事，刚起了个头儿，腾不出手啊……”

如果不是未来儿媳妇这么说，林云昭的婚事就当真在王彬街办了？不是的，林子钟不是那种人，他是想趁着云昭婚礼的机会，把罗茜劝回南洋来！

但既然罗茜这样说了，云昭的婚礼是该回唐山去办的。他深知罗茜早已告别了自己的青春年华，她说出的话，做出的选择，都是经过深思熟虑的，他林子钟也不会去违拗她，云昭的婚事是得依照罗茜的心愿回唐山回林家小院去办！云昭是她拉扯大的，比起罗茜来，他对儿子所尽过的责任简直微不足道！而且，陈燕玲也说了，云昭那个刚建起来的洗涤品厂，确实让他分不开身去……

林云昭到达王彬街的第二年，有一天睡到半夜，他走到父亲床前，心事重重地对父亲说：

"老爸，我听说了，这几十年来，你卖掉了林记商号，日子过得十分艰难，都是为了代理高士洁的事？"

林子钟从床上坐了起来，惊奇地看着儿子："都是20多年前的事了，你怎么突然问起了这桩事，该还的债务老爸都还清了，老爸不会让你接着把债背下去的。"

"老爸，儿不是这个意思，儿是想，那，那太可惜了，听人说，代理高士洁，那可是一成半的利润呢。"

"什么叫可惜，你难道不是中国人，卢老师的女儿莹莹死在朝鲜战场……可惜不可惜？"

"老爸，你又误解了我的意思……"接着，云昭说出的那些话，令林子钟对儿子刮目相看。

他从儿子的身上又看到年轻时代的自己……

……当年的林子钟来到南洋，不到3年，他就另外盘下了一个店面，挂上了林记商号的招牌，当年的林子钟够雄心勃勃了吧？没有想到，儿子林云昭比当年的老爸林子钟更是雄心勃勃！在那个深夜里，他对父亲说：

"我想自己做洗涤品，对，就是生产肥皂、洗发香波甚至牙膏这些东西！"

林子钟睁大了眼睛，像在听一段神话：

"自己做？你想自己做？你有技术？你有配方？你有设备？人家是美国大公司啊！"

儿子底气很足地说道："路是人走出来的，试产品我都拿出来了，你瞧，这是洗发素，这是洗澡香波。"

林子钟这才发现，儿子手上正拿着他的"试产品"：

"老爸，你闻闻看，这个味道，能不能打开市场，适合不适合当年你那些主顾呢？"云昭说着，提起老爸一只手，从小瓶里往他掌心倒进去些许液体，"老爸，你再搓搓看，泡沫是不是适中？"

听到这里，林子钟跳下床来，朝水龙头走去，旋开水，两手细细搓揉起来，一股茉莉花伴着薰衣草的馨香，从他两手上爆满的泡沫中散发出来！

“就是这香味，比当年的高士洁差不到哪里去！”林子钟看着自己洗净了的那双手，再看看儿子那张诚恳的脸，两眼里冒出了明晃晃的光辉，“这都是真的，都是你——做出来的，告诉我，这是怎么回事？”

望着老爸惊喜的神色，林云昭把事情的来龙去脉详细讲了一番：他说，他到南洋不久，就听到生意场上的乡亲说起了老爸中止高士洁代理权受到的巨大损失，说得最详细的就是颜漱夫人了。后来，他去内湖省收账时，从玛妮娜·黎刹女士那里又听到了这件事。

“老爸，你知道吗，其实，最先是黎刹女士促成我办这件事的，她老人家说：‘为什么非得代理人家国家的产品呢，你自己可以来，洗涤品的利润有多高，我是研究过有机化学的，我最明白不过啦，基料无非就是十二烷基硫酸钠，再加上香料，才几仙钱的成本卖出去就是几倍的钱，生产工艺的事，我都可以帮你。’我说，可是要有地方，要有设备啊，玛妮娜·黎刹女士又接着说：‘你这一提，让我想起了……当年，李东泉先生也有过生产日用洗涤品的计划，让我帮他搞配方，他还买过一套设备，快40年了，不知道那设备还能不能用，……我带你到颜漱夫人家去看看……’那一天，我们就从内湖省赶了回来，赶到了颜漱夫人家，向老人家提起了这件事。颜漱夫人叹了一口气说：‘凡是东泉想办的事，他就一定要办成，他一生中唯一没有办成的，就是没有把洗涤品生产出来……当时南洋日本人的势力大，市场上都是他们的产品，东泉咽不下这口气，便和黎刹女士合计着生产中国人的洗涤品，样品都做出来了，是不是，黎刹女士？我至今还能闻到那洗发膏的清香气味。可是这消息一传出去，日本浪人就找上来了，是日本南洋化工株式会社指使他们来的，黎刹女士，你是知道东泉的性格的，他受不了这个气，他偏要和日本人对着干，可是于以同、沈尔齐、沈霏几位抗反组织的朋友劝住了东泉，因为东泉当时还有更重要的事情要做啊……那一套设备，还没有开封过，我一直小心保存了下来。云昭先生，黎刹女士，待会儿去看看，还能不能用，就在阁楼上……’我们立即到阁楼里看了一番，黎刹女士说，那是英国产品，虽然简单，但主要部件都是不锈钢的，搅拌机，灌装机，印模机都完整，拼起来也就是二张八仙桌大小，黎刹女士认真检查过后说：‘完全可以用，三四十年了，竟然不见一丝锈斑，颜漱夫人啊，难得你这般细心地保存下它，这真是一个奇迹。’李东泉夫人说：‘这是东泉一生唯一没能办起来的事——云昭孩子，你想做，就做下去吧，当年东泉没能做成，是因为我们华侨受人欺侮啊，如今，云昭啊，不同了，我们华侨可以做我们想要做的事情了，只要合法，谁也不敢找上门来欺侮我们了。云昭，这机器，你就用着，将来事业做大了，再添置新的大的，地方嘛，我知道，朱林记商号也就那么一点地方，你就先在这里铺开了做吧……哎，当年东泉想得可远呢，他还想到用唐山的中草药加进洗涤剂里，洗了能净身体，又能防治痱子啊、疮疖啊、脚气啊……可惜，他生不逢时啊……这事没做成……’听到颜漱夫人说到伤心处，黎刹女士连忙安慰起她来，她说，中国人，菲律宾人，都会记住李东泉先生的，有了李东泉先生那一代人的付出，才能有云昭这一代能做自己想做的事业……老爸，不瞒你说，几种洗涤品的样品我们都在计划做了，有茉莉花型的，有薰衣草型的，有玫瑰花型的，你刚也试过了，我们的产品，洗了皮肤不红不痒，不会过敏，商标呢，我也想好了，就叫银杏牌……”

儿子说了这么多，林子钟却一点也不嫌长，他更加不会怀疑儿子说的那些话，因为他手里就实实在在拿着一瓶银杏牌洗发膏！他手上还在散发出阵阵清香，林子钟从儿子身上又看到了自己的年轻时代，当年他来王彬街不久，不仅老爸，就连王彬街上来自泉州南门外的那些番客都说：“林家这小老板胆大包天！”现在呢，他林子钟的儿子林云昭不仅比他更胆大包天，而且更有见识，居然想到了自己办厂出产品。林子钟知道自己的儿子不是吹牛皮讲大话的角色，几个月来只见他不动声色地忙前忙后，没想到儿子忙出了这个门道来，作为曾经代理过“高士洁”洗涤用品的生意人，林子钟能估量出这件事的分量！

“老爸，你不会怪儿子胆大妄为，背着你干这些事？”

“男子汉，不管于国于家，总要干出一番事业来……老爸不会责怪你的……当年老爸卖了店铺，把卖得的钱捐回唐山抗日，你阿公连重一点的话都没对我说过一句……云昭，你放手去做你的事业吧，这老店有老爸守着，算是一条退路，万一你那边出了什么差错，回到家来，还有一口吃的，唐山御桥村那边，你罗茜妈妈也不至于断了家费……”

再回到1978年，朱林记的小楼上，这天晚上吃夜时，林子钟对儿子说：“云昭，你都来这些年了，朱林记的生意也还过得去……陈燕玲来南洋前，你罗茜妈妈吩咐的那事……是你和燕玲的事……你罗茜妈妈横竖不愿回南洋来，所以，你与燕玲的这件事，是要回到唐山办的，云昭，你想什么时候……我们大家一齐回唐山，把那事办了？”

“老爸，就因为罗茜妈妈不愿回菲律宾，所以……我与燕玲的事，就是罗茜妈妈不提出来，我们也要回唐山去办的……老爸，只是，这洗涤厂的事，刚开了个头，你再容我一年，最多一年，我多赚一点钱……老爸，你知道儿子欠下太多太多的情了，亲娘的、罗茜妈妈的、陈文东老师的……银杏树……我得多挣钱……老爸，我想，到了婚礼那一天，罗茜妈妈不愿回菲律宾，我们把扶西外公一家请回唐山去……”

听着儿子提起“欠下太多太多的情”，林子钟猛感满怀内疚：儿子欠下的“情”，还不如说是他林子钟欠下的！欠扶西的，欠比罗的，欠罗茜的……而在此时，面对着已长成人的儿子；面对着就要把媳妇娶进林家的儿子，他心里一阵绞痛——他想起了他的妻，他想起了杨月珍……

这个痴情的男人！他能不想吗？

“……可怜你那亲娘……不能看到今天……”

发现老爸脸色苍白，哽在那里，林云昭忙靠上前去，为他揩去了额头冒出的冷汗：

“老爸，你怎么啦，我给你倒杯水来。”

林云昭把水端过来的时候，老爸已经缓过气来了：

“儿子，你已长成一个真正的男子汉了，你比老爸强，比你阿公强，人生大事，生意上的事，你拿定了主意想怎么做就大胆地去做……燕玲这边，你要把道理说清楚，一个女孩，和你差了那么多岁数，一个人背井离乡，漂洋过海，不容易啊，你看，多么好的一个女孩家，立人学校，教师家长学生，上上下下谁不对她交口称赞啊，云昭啊，别让燕玲感到委屈啊！”

/ 七 /

1978 年 4 月刚到，还不到中国清明节，菲律宾的学校放暑假了，四季如夏的菲律宾，4 月里更是夏天中的夏天。热带之国的菲律宾，虽然一年到头都是炎热的，但是在其他的月份里，三天两头不期而至的一场场风雨，总在大热天骤然而下，浇灭灼人的暑气，而到了 4 月末 5 月间，风雨明显就少了起来，太阳几乎每天都红艳艳的，晒得大地冒火。所以，菲律宾的学校都在这个时候放暑假。

到过菲律宾的人都会发现，无论在南吕宋、北吕宋，无论在哪一个城市，每一条街道上，都能看到成群的小贩穿行于人流里车流里，叫卖着他们提篮里或托盘里的小商品，有卖水果的，卖茉莉花、鸡蛋花的，卖拆零的、香烟的，还有卖贝壳雕成的工艺品的等，菲律宾的这种小贩，男女老少，各种年龄的都有。

1978 年暑假后的第二天，在马尼拉王彬街通往马加地的街道上，多出了两组小贩，既是两组，那就说明他们显然不是单干的。这两组小贩，也就是 4 个人，两人一组。

这两组小贩不卖时令小吃，也不卖串花烟杂小件工艺品，他们在推销“银杏牌”洗车液。当年的马尼拉市，就数王彬街往马加地这条马路上的车流量最多，而且多是小轿车。马尼拉是世界上堵车最严重的城市，一次停车下来，几分钟，十几分钟，甚至几十分钟都是常有的事。每当遇上堵在路上的车，遇到车皮上蒙了灰尘的轿车，这两组推销银杏牌洗车液的小贩，便两人一组迎上前去，男贩会很有礼貌地轻轻敲开车窗门，告诉车主：

“先生，您的车该洗了——银杏牌洗车液，不伤车漆，又能上光，还有香味，价钱不贵，连洗带擦带洗洁液，也就两个比索，另外，还免费赠送一小袋洗发香波。”

车停着白费了时间，而且听着小贩有礼有理的谈吐，多半人会利用这机会洗一洗车的。于是男贩便接过身后女孩带着的洗洁液，均匀喷到车壳上，然后从随手提着的清水桶里抓起浸在里面的抹布来，细心地擦过几个回合，整辆车一下子焕然一新。

不用说，这银杏牌洗车液就是朱林记商号小老板林云昭的产品，而那两组小贩呢，一组是比罗和他的大女儿英蒂，另一组是林云昭和英蒂的妹妹索娜。

/ 八 /

放暑假之前，在玛妮娜·黎刹女士的指导下，林云昭已经生产出了一小批包括洗车液在内的洗涤品，不但朱林记商号的架子上摆出了这些产品，而且，由于林家几代人在王彬街上人缘好，做事讲“诚义”，所以好些菜仔店也很乐意摆出银杏牌系列产品。此外，扶西、比罗更是把这些产品带回渔村挨家挨户推销，虽然也卖出了一些产品，但每一种新产品来到市场，难免会时有积压，林云昭便想到利用洗车来推销自己的产品。他对自己的产品满怀信心，他深信只要是好的产品就一定能打开市场，但是他拿不出大钱打广告，就想到了上路洗车这种不花钱还能挣一点利润的“活广告”。见是林家的事，比罗便带上两个放了暑假的女儿过来帮忙了。第一天，他们 4 个人只洗了两辆车，挣下 4 个比索，林云昭当夜就把这 4 个比索交到英蒂、索娜手里，可比罗死活给退了回来：

“这才是个开头，你先留下做本——云昭，你别泄气，往后会多起来的。”

果然在第二天，他们就洗了 4 辆车，挣下了 8 个比索；第三天洗了 8 辆车，16 个比索；从第四天开始，他们就洗个不停了……

没雨的日子，四五月的马尼拉，整座城是一个蒸笼，每一个角落都热腾腾的，身上的汗水落到路面上，都会“喳”一声变成水汽冒出来……

到了4月末的一天，马尼拉终于下了一场雨。那场雨要来的时候，林云昭正趴在路旁一辆小轿车上擦洗着，就快擦完这辆车的时候，那场雨就下来了，那一瞬间，林云昭突然身子一软，紧紧贴在车盖上，站在他身后的索娜一见这情景，着急地喊起来：

“爸，爸，你快过来，云昭哥哥，他怎么啦？”

比罗跑了过来，从车壳上把林云昭扶了下来，扶到路旁的榕树下……

与其说林云昭是中暑了，不如说他是累昏了，整整半个月了，他每天白日上路洗车，夜晚还要在工棚里忙，制造明天送出去的货，只能在下半夜黎明前眯一会儿。有几次，吃着午饭的时候，困劲儿上来了，竟一下子头扎在汤盘里打起呼噜来。铁打的人也经不起这样的劳累啊！

他在床上躺了一天，吃了一些解暑药，第二天又要出门去了。陈燕玲硬是把他拉回床上：

“别急，你歇着，还有我呢。”这样说着，她叫上了索娜，“索娜妹妹，今天我们一组，走吧！”

第五章 马尼拉街头

/ 一 /

我们在前面已经写过，1972 年 6 月 20 日。12 级以上的大台风袭击了菲律宾。7 月中旬，运载大批救灾物资的中国大陆“安亭号”货轮抵达马尼拉港。那时候，中菲尚未建交，“安亭号”及船上一切中方人员，包括黄南进在内，均是以中国红十字会的名义进入菲律宾的，黄南进阔别菲律宾近 30 年后又回来了。在那次采访中，黄南进寻访了李东泉夫人、玛妮娜·黎刹女士、林子钟等一些老朋友。6 年过后的 1978 年，9 月中旬，菲律宾各地华侨开始筹备“十一”国庆节庆典活动。黄南进作为新华社特派记者，前来采访，这样子，她又一次来到了菲律宾，又寻访到了那些往日的友人，又结交了许多菲华社会的新朋友，这其中，就有 1975 年经香港来菲定居的林云昭，以及他从唐山过来不久的未婚妻陈燕玲。

/ 二 /

黄南进到达菲律宾不久，便知道林云昭的“银杏牌”产品已打入了市场。在菲律宾逗留的日子里，她特别注意到了，从马尼拉到红奚礼示到宿务岛，不少华人商店的货架上都摆有“银杏”系列洗涤产品，公路旁的一些洗车铺也用上了银杏牌专用洗涤剂。

从 1978 年四五月间到 9 月底，短短的不到半年时间，“银杏牌”产品竟打开了销路。这其中的艰辛，谁能体会？从 4 月里那一天林云昭累趴在车盖上，陈燕玲接过他的活后，一直到 6 月暑假结束，陈燕玲没有一天停下来过。未婚夫夜间操劳于产品的制作，她不能让他再在白天里上公路洗车推销产品。为了能多洗一两辆车——多做一份广告，多推销一份产品，在热带烤人的太阳下，在烫人的水泥路面上，整整一个暑假里，陈燕玲的身上晒脱了几层皮，她也说不清楚！夜间躺在床上，那被阳光灼伤了的地方，一转身就一阵锥心的痛！暑假结束，陈燕玲来到学校时，师生们竟都有点儿认不出这个来自唐山永春的，本来白皙皙、粉嫩嫩的年轻女教师了！

最艰难的时期，过去了！

1978年9月的时候，林云昭借用颜漱夫人那里一处不大的空地，盖起了水泥瓦顶的厂房，他自己带着比罗父女，共4个人，就在这间厂房里日夜忙着。4个人忙不过来的时候，比罗的妻子珍妮也会过来打下手兼做饭。现在，他们再也不用在烈日下到马路上去追逐车辆了，却有许多无家可归的街童，见天来到他们厂里提上几瓶洗车液，上路洗车，谋一条生路。这些人都是比罗招呼过来的。

马尼拉街头上，不管过去还是现在或许可能在将来，都会有这样的流浪儿，不知道他们从哪里来，也不知道他们将会走向哪里，他们或单独行动，或三五成群。马尼拉没有冬天，也极少有蚊子，晴天的时候，他们就随便露宿在马路旁；落雨的时候，他们便躲进桥洞里或街边骑楼下。他们都长着一双略带忧郁的善良的重眼皮的眼睛，他们的心地像他们的眼睛一样善良。他们通常会聚在市场一旁，看到谁需要帮忙，比如说，比罗的马车常常往马尼拉送货，这些孩子一见了比罗，便会攀到他车上来，到了目的地，便手勤脚快地帮着装卸货物，当然，所有的货主都会或多或少付给他一些零钱作为报酬。他们偶尔也会围到大排档摊前去，为顾客们唱一些无名的小曲。

但他们都不偷窃。

我们可能都不知道他们每个人的具体名字，但他们却有一个共同的名字——街童。

这群街童洗车队，是由比罗发起组织的，到了1978年9月底，也就是黄南进来菲律宾采访时，已经有30来人了，比罗将他们每两人分成一组，又为他们划分了地盘，每天早上，他们先到比罗大叔（街童们这样称呼他）这里领取洗车剂及工具，夜晚了才来结账，业绩好的孩子，扣除成本有时一天能入息4个比索，这在当时差不多可以换上1美元，而在马尼拉，一个商店里的老伙计，一个月的工资还不到30美元。

而且，落雨不能上街洗车的日子，街童们尽管来找比罗大叔吃饭，无须需付钱。

/ 三 /

完成了在菲律宾的采访任务之后，临别前的晚上，黄南进来到“朱林记”向林子钟一家辞行。那一天是星期六，陈燕玲也从红奚礼示回家来了。这晚，林云昭把厂里的事交给比罗，特意来为黄南进送行，言谈之中，黄南进突然问了起来：

“云昭啊，你的洗涤品为什么叫银杏牌？”林云昭没有回答，他看看黄南进，最后把目光落定在陈燕玲脸上：

“这个，让陈燕玲说，会更……说得清楚些。”

陈燕玲沉思着，开口了：“云昭和我，我们都觉得欠这个世界太多了，欠唐山的，欠鲁山的，欠罗茜妈妈的，欠陈老师的……”陈燕玲动情地说着，她特别详细地回忆了当年的陈文东老师，以及她将与林云昭一起，为实现陈老师的遗愿，在银杏集四周山头上广种银杏树的计划……

作为一名资深记者，黄南进接触过（采访过）的人可谓难以计数，各行各业的人，各种各样的人。如果单以一个“欠”字来区分这些人，那可以分成两类：一类人总觉得世界“欠”他们的，所以他们来到这个世界，是为讨“欠”而来。这些“欠”包括感情的、物质的。他们常常会因拼命去讨“欠”而不择手段，甚至铤而走险，因此，他们多是贪婪的，而且因贪婪而残酷，在讨“欠”的过程中，总是给别人给世界带来不幸与痛苦。而其实他们本身也是痛苦而不幸的，他们的心态决定了他们是不可能幸福的。还有另一类人，总觉得自己“欠”这个世界太多太多，欠父母、欠兄弟、欠周围的一切人，欠天地万物……在还“欠”的过程中，他们总会给别人给世界，送去温馨，送去亲情。他们总是生活在一种感恩还“欠”的心态之中，这种心态决定了他们永远是善良的，他们甚至从来不曾发觉自己受到的委屈与伤害——就如同林子钟，如同林云昭……

“……我们无数的海外侨胞，不多是这种还‘欠’的人吗……”黄南进低声在心里喃喃自语着。

后来，她终于开口了，这样说道：

“……这些，我是应当在回国的报道中写出来的，登在报纸上，让更多同胞知道这些事……”

林云昭连忙说：“先别，别，等到我们开始播种了，你再报道吧……让更多的人参与这个事业。”

坐在一旁的林子钟却是这样说的：“南进大姐，你就写吧，有些事，一说开了，就没有退路了，可能做得更好！”

最后，黄南进提起了她将在年底到台湾采访的事，林子钟听到这个消息，忙问：

“眼下，两边，可以往来了？”

黄南进说：“是松动了一些，但仅限是民间的，而且还必得从香港绕一大圈走，我是要随红十字会过去的。”

“不管是民间的政府间的，还是从香港绕进去，总是两边的中国人能相互走动了——南进大姐啊，你这一次去台湾，到不到台北？”

“到啊，主要就是台北啊——那个地方，我年轻的时候，去过不止一次呢，而且一住就不止三两天。”

“如此说来，你是熟悉那个地方了？”

“说不上熟……都三四十年没去了，可年轻时是去过几回的，那时，我要去日本留学，远还没有陈燕玲这个年纪呢，爱玩，船靠台北，我们都要结群上去玩几天……淡水湾、艋舺渡头、基隆河、新店溪……那里的一山一水一草一木，直到今天，一闭上眼睛，都会历历在目。”

林子钟听到艋舺渡头、淡水湾这些地名来，心里一阵兴奋：黄南进是真的非常熟悉那个地方的！当年曾文宝离开马尼拉去台湾投靠他的堂伯父曾人望，手里拿着在独鲁曼的堂叔父写的那张纸片上，就是那几个地名：

“南进大姐啊，你说的台北艋舺渡头淡水湾，当年曾文宝就是去了那个地方，但没有更具体的住址，……30年了，也没一点音讯，你到那里后，多费点心，或许真能找到他……乡里乡亲的，当年还是他护送着罗茜，护送着我姑舅父的骨殖去了唐山的……细算起来，整整……整整30年了，一直没有音讯，你去了台北后，留心一下曾文宝……他也有我这个年纪了……替我转告他，在台湾过不下去了，还回南洋来……眼下云昭厂里也缺着人手。他来了我这里，就当是到了自己家里……对了，他伯父叫曾人望，在淡水湾开菜馆……”

黄南进离开马尼拉时，林子钟、林云昭父子要她带上一大包“银杏牌”系列洗涤品，吩咐她告诉唐山的同胞：这是菲律宾的华侨制造的！同时还特意交代，要给台北的曾文宝带一点过去。

第六章 陌生客人

/ 一 /

文海、文涛在台北住了几天后，又回美国去了，这时候，已过了元旦好些时日，离农历年兜不远了，餐馆里的生意比往日更好了，除了那些回头客之外，还增加了一些新客。

农历十二月十六土地公日这天，日头亮晃晃的，又刮的是冬季里罕有的正南风，暖洋洋的，是“冬里春”的天气。第一龙山餐馆（即老龙山餐馆）早开门了，只是刚到晌午时分，还未到生意高峰。这时候，从门外走进来一个女人，这个女人径直走到店中，也没注意到坐在门内账桌后的女店主。杨月珍正好用这个空儿，把来客细细打量了一番。只见她仿佛比自己大些，是有 60 开外的模样了，中等个儿，手脚利索，细皮白脸，不胖不瘦，一头黑发，剪得短短的刚盖过了耳根，想是走路走热了，一件脱下来的夹袄搭在手臂上。长年坐店，见过各色人等，杨月珍断定这个女人是外地来的，她正思量之中，见到那女人正转过身子来，杨月珍忙站了起来，亲热地招呼着：

“大姐，坐，坐坐，点什么饭菜，你‘雪’。”那女客人听着杨月珍亲切的招呼，立时微笑了起来，那双眼睛上下友好地打量着杨月珍：

“大姐，你不是本地人吧？”

“是啊，大姐，你怎么知道？”

“都说离乡不离腔，台北这个地方，虽说几十年没来过了，但正宗的台北腔我还是听得出来的。”

“那是大姐的‘记氏’好。”

“老姐妹，如果我没猜错的话，你应该是海那畔，泉州南门外的。”

杨月珍心中一动，连声问道：

“大姐估得准，你是怎么听出来的？来，坐坐，坐下说。”杨月珍满脸笑容，为客人张罗了桌椅。

“老姐妹，你刚才几句话中，每一句都露出了泉州南门外的口音，闽南话中，‘请坐’称‘坐坐’，‘讲话’‘说话’称‘雪话’，‘记性’叫‘记氏’，还有那‘估’字，怎么，我没说错吧？”

杨月珍听到这里，心里热乎起来："大姐，我看你也不是土生土长的台湾人，大姐您泉州话讲得好是好，但总有小小的另一股腔，大姐祖家是哪里啊？"

"我是刚从海那畔过来的，祖家不在泉州，但我年轻时，长年与泉州南门外的人打交道做朋友，日久天长，就学会了些泉州话。"

听到客人说道"刚从海那畔过来"，杨月珍心中猛然一震，忙起身进去泡出来一壶热腾腾的茶水，搁到桌面上，先给客人斟过去一杯：

"这位大姐，你在海的那畔，你过来这里为了什么？你是怎么过来的？"杨月珍急急地问道。

"几十年没来过台湾了，海的两畔，都是我们自己的国土，能不想过来看看？"

"如此说来，两岸百姓……可以来去了？"杨月珍又急急地问道。

"来是能来，但还要绕半个世界，先要往南到香港，再从香港往北绕过来，多走了好几倍的冤枉路。"

"是啊，这岸那岸，门对门户对户的一小段路，什么时候才能不绕山绕水的折腾？"

"我看也快了，只要两岸共同努力，这不，大陆那边，元旦刚颁发了停止炮仗的命令，手心手背都是肉，非得要打吗？"

"可不，这消息，几天前餐馆老板儿子从美国回来，也提起过。"

"你怎看呢，这事？"

"能怎看，你不刚说了，手心手背这个理儿吗？"

见到谈得亲分了起来，那来客略一沉思，便开门见山问道：

"老姐妹，我想，你这餐馆的老板该是姓曾？泉州南门外的？"

听到这话，杨月珍心中微微一惊，瞄了客人一眼，见客人仍是一副慈眉善目的样子，便如实答道：

"是的，你是怎么知道的？"

"光那'龙山'两字我就能猜出个七八来。"见到杨月珍吃惊的样子，那客人便把泉州龙头山曾氏祠堂说了出来，"……还有，这餐馆，开了几十年了，抗战前就有了，是不？"

杨月珍又是一惊："你都知道得很清楚？"

"是的，抗战前，我赴日本留学前，在淡水湾住了好一段日子……出了这个餐馆往西拐，走了一小段路，就是淡水河、基隆河、新店溪了，一个小镇，竟交汇了三条河，我刚才走过了，还和当年一样，河滩泥粥上面爬着跳跳鱼……"来客说着说着，最后变成了自言自语，是的，她是回忆起了远去的那些岁月，那些事，"……我还想问一问大姐，这家餐馆的老板是不是叫曾人望，曾人望先生？"

杨月珍听到这里，差点没叫出声来：这客人，怎么知道了这么多底细？她真是大陆那岸过来的？她又是干什么的？码头上鱼龙混杂，别话多惹出是非来，这样想着，便把话别了开去：

“大姐，来，喝茶，点菜。”

那客人显然也看出杨月珍的心思，但她并没有要把问话停住的打算，她此次来淡水湾只能停留一天的时间。她已经抵达台北好几天了，下午就要离开了，所以她顾不得什么唐突，也顾不得女店主那副提防的神态了，她必须把该问的事问个水落石出，否则，真是过了这个村，便没有这个店了。她再一次睁大了双眼，用和蔼的诚恳的眼神看定了杨月珍：

“老姐妹，您看我没有说错吧，曾人望先生现在该早已过了古稀之年了吧？”

望着客人那双诚恳的没有一丝邪气的眼睛，杨月珍不忍心避开她的问话了：

“……他老人家，早在1975年就过世了，现在这店，交代我看管着。”

看到女店主终于又愿意回答自己的话了，客人便趁热打铁接着问下去：

“哎，人生啊，一眨眼的事，当年我们几个大陆路过的学生，天天来这里用餐……老人家厚道得很呢，可惜啊，这趟来台北见不着他了……”来客轻轻叹了一声气，接着又说出一句令杨月珍更为惊愕不已的话，“……可他还有一个堂侄儿，当年从南洋过来的，叫曾文宝……”

未等客人把话说完，杨月珍的手一颤，一杯茶水泼在桌面上，她霍地站了起来，跨到客人面前，紧抓住她的双手：

“大姐，你到底是谁，从哪里来的？你怎么知道得这么多？”

“如此说来，我没有说错吧，不瞒你说，我这次特意到淡水湾就是为了找曾文宝，而且我下午就得离开了，大姐，你能不能赶紧让我见到他？大姐？”

依然是那双诚恳的不含一丝邪气的眼睛，执着地望着杨月珍，那样的目光，让杨月珍心底的所有提防都消失了：

“是有曾文宝这个人，但你得告诉我，谁让你找他的？”

“是南洋的朋友交代的，是曾文宝的一个同乡，泉州南门外御桥村的……”

杨月珍听到这里，整个心都提到嗓子眼上来了！她心慌意乱地问道：

“御桥村？曾文宝的同乡？在南洋？是不是马尼拉王彬街的？”

“怎么，对南洋，你知道得那么多？”轮到女客人吃惊了！

“那个托你来台湾找曾文宝的南洋番客姓什么？”

女客人怔住了，她的双手被女店主抓得生疼：

“他姓林，叫林——”

女店主迫不及待地接过客人的话叫道：

“告诉我，他叫林子钟，是吗？是不是？”

终于听清从来客口里说出那个如惊雷轰鸣般的“是”字时，杨月珍死死抓住她的那双手松开了。接着，她眼前一黑，瘫软了下去……

/ 二 /

……父母将阮嫁番客
番客不来娶
阮一年一年大
……大船走到七洋洲
番邦水路真难走
不知到底几多远……

一位（处）过一位（处）
何时倘做堆（能相聚）……抽签又卜卦
求神还托佛
保庇我君平安回唐山……

……一支遥远的歌；又一支遥远的歌……从哪里响了过来？

啊，啊，那是从泉州南门外，从古老的溜石塔下，从古老的御赐桥上传过来的啊……

啊，啊，一代代的侨乡女人，从我的母亲，从我的母亲的母亲……她们从童稚的处子时代，唱到走进了洞房，唱成了一个个番客婶；从满头青丝唱成了白发披头的老妪，直至唱成了一座座木主……

杨月珍苏醒过来了。

她昏死过去时，心窝里在唱着那些歌……

她苏醒过来时，心窝里还缭绕着那些歌……

她睁开双眼，发现自己的头枕在那个女客人的臂弯里，曾文宝正往她的口里喂着热腾腾的红糖水。

好强的女人，她一下子坐了起来，尽管有些头轻脚重，但她依旧硬挺腰身坐直了：

“大姐，该怎么感谢你呢，你可知道吗，林子钟，可是我的夫君啊，都30多年了……大姐，他在南洋，过得可好……”

“……好，好着呢，月珍姐妹，还有你的儿子云昭，他……如今也在南洋了……你就要有儿媳妇了，是唐山的，离泉州有一段路的永春山区的女儿，如今也到了南洋，林子钟还在王彬街朱林记商号里，林云昭哩，眼下开了一个小厂，是做洗涤品的，知道我要来台湾，林子钟先生……你丈夫，让我给曾文宝捎来几瓶……没想到会遇上你，还是放你这儿吧，这可是你的儿子厂里生产的……”

“啊，嗬嗬嗬，天爷啊，这是怎么回事啊，30多年了……”杨月珍听着听着，仰天号啕了起来。

“月珍姐妹……我们都当你不在人世了……林子钟还独身一人，他还不知道你漂泊到了台湾了……赶紧写信，”女客人说着，掏出提包里的笔纸来，写下了几行英文、几行汉字，“照这个地方寄……英文汉文都要写上——我回北京后，立即给他挂电话，这里不方便，我过几天就到北京了。”

当天中午，杨月珍、曾文宝做了几个拿手菜，硬是留下女客人吃过了午饭，才放她回团队去，临走时，女客人留下了自己的名字。

——黄南进。

第七章　妻子

/ 一 /

1979年春节前几天的一个早晨，一个国际长途电话打到了王彬街朱林记商号内，是林子钟接的电话。

几天前，黄南进离开台北艋舺渡头龙山餐馆之后，便于当天深夜辗转从香港飞回北京，第二天大早，她就赶到报社，打通了马尼拉的国际长途。

她知道，这个电话对于林子钟来说，意味着什么！这个走南闯北，到过许多港口、许多国家，采访过无数人，撰写出无数文章的老记者，拨通了电话，听到林子钟的回声时，她只应了一句："我是黄南进……"便久久地哽住了！

作为女人，作为记者，她目睹耳闻过各种各样的生离死别，然而，没有一桩能像林子钟、杨月珍所经历的这种离别令她断肠！天哪，这是为了什么？就为了隔开两岸的那汪窄窄的海水？多少年了，那窄窄的一汪海水，隔离着，甚至隔死了多少父子、兄弟、夫妻？它还要再隔下去吗？黄南进抑制住了自己的情绪，终于，颤着声音说出来：

"……月珍，杨月珍，我找到她了，她活着！……快联系她……"她打着抖，说完了这些话，也顾不得值夜班的电话接线员就坐在一旁，竟放声哭开了。

/ 二 /

这一天是星期天，陈燕玲是昨晚从红奚礼示回来的，此时正在灶台上做早餐。而林云昭，是昨天下半夜过后才离开工厂的。厂里连夜安装一台新装罐机，他是把机台装好后才回来的，此时还在自己房里睡着。

林子钟搁下电话，立即就跨上楼去，推开儿子的房门：

"云昭，老爸对你说，老爸好像做了一个梦——不，不是梦——你妈活着，活着！"林子钟浑身颤抖，脸色煞白，冷汗从额头上爆裂出来，他整个人就如同暴风中的一棵老树！

林云昭睁开惺忪的眼睛，见到父亲那副吓人的模样，大吃一惊，一个打挺从床上弹了起来：

“老爸，怎么啦，别急别急，你坐下来，好好说……”

听到楼上的动静，陈燕玲也从灶台旁赶了上来：“老爸，坐，坐下来，什么事，我给你倒杯水来，慢慢说……”

林子钟接过燕玲递过来的水，呷了一口，终于强迫自己镇定下来，然而，仅仅是平静了片刻，他便仰天干号起来：

“……月珍……月珍，你怎么，一去30年，30年了啊……月珍，我对不起你啊……我没照顾好你，让你死了……你活了……我又没有认真找过去……让你一个人，独自漂泊了30年……”

/三/

……过了许久，林子钟终于把所有的悲凄无奈，都压进了自己心怀的深处，然后，他说：

“云昭，燕玲，你们过来……”

他把儿子，还有未来的儿媳妇叫进了自己的卧室里，从枕头下掏出一帧照片，“看吧，这就是你的妈，32年前照的，她怀里抱的就是你啊……生你的妈，又为了你死去的妈啊……可她其实还活着……在很远，在台北……日夜想念着我们……”

两个年轻人，如同听着一个古老的传说，惊愕得说不出话来。

林子钟费尽了气力，把刚刚从电话里听到的妻子的那些事情，告诉了儿子和未来的儿媳：“……阿昭，燕玲……我们该怎么办……”

“老爸，燕玲，我们都想一想，这可是一件大事啊……怎么会是这样，这可是真的？……妈妈，亲爱的妈妈啊……”林云昭把那帧已经泛黄了的照片举在眼前，满怀悲哀地看了又看，终于号啕开了……

……30多年的阴差阳错，30多年的生离死别！

——这一切都是因了什么，为了什么啊？

这难道只能解释是“命”？

第二天早上，林家父子，陈燕玲，三个人似乎心境都平静了下来，林子钟把两个后辈招呼在一起：

“云昭，赶紧给你妈写信，地址是黄南进大姐给的，不会有错。”

“老爸，我想，该发电报，那快一些。”云昭说。

“对，先发电报过去，向你妈报个平安，详细的，再写进信中寄过去。”

燕玲说：“爸，云昭，信你们先写着，电报，我这就上邮电局去发，老爸，把妈妈在台湾的详细地址给我。”

/ 四 /

又是一年除夕到来了！

这是1978年的除夕。

按照旧例，这一天，两家龙山餐馆都没有开张。年终除尘的活儿，杨月珍已在昨儿领着餐馆的伙计们做过了。现在，餐馆里里外外满目洁净，冬日的阳光，暖暖地从窗棂外泄了进来。

忙了一年，是该舒口气了。此时，杨月珍坐在还未开门的店堂里，她是在店中过夜的。昨晚，她亲自下厨做了几样拿手的闽南菜，招呼伙计们提前一天吃过了围炉饭后，便把他们一个不留地打发回家去过年了，她自己一个人留下来守着餐馆。

自从送走了黄南进之后，这些日子以来，杨月珍做什么活儿都不能专下心来，常常是，她双手正忙着，突然就停了下来，走了神，怔在那里——她能定下心来吗？

30年了，丈夫是怎么过来的……他还独自一人过日子呐！哎，子钟啊子钟，你怎么就那么死心眼？罗茜是那样一个心地善良的番婆，而且都把我们的儿子云昭拉扯到了讨媳妇的年纪了；而且我也早死了，你怎么就不能与她……在一起？罗茜啊罗茜，我们的儿子拖累你了；我们家的男人为难你了；我们一家人让你委屈了，委屈了30年了！而且，看来，还是要继续委屈下去的！……还有子钟、云昭、燕玲啊，南进大姐临走的时候说过的，一回唐山就给你们挂电话，她挂了吗？你们接到了吗？我已收到了黄南进大姐捎来的洗涤剂，“银杏牌”的，包装得多精巧，气味又是那样迷人的清香，挤一点在手上一搓，掌中的油腻立即就没了……我们儿子能干啊，能办厂了……这说到底都是罗茜的功劳……子钟、云昭、燕玲，还有我……月珍啊，罗茜这份功劳我们怎么报……

杨月珍坐在那里，手里把抚着一瓶还未打开的银杏牌洗洁膏，心里自个儿默默地叨念着，把两汪泪水都叨念出来了！

……这个时候，有人拍响了虚掩的店门，一个邮差递进来一份电报，不，是两份。

/ 五 /

“月珍贤妻……”

……她觉得天旋地转，眼睛直花——这亲切的称呼，已消失了整整30多个年头了……

它真的消失了吗？没有！杨月珍深信它从来就没有消失过，那是深烙在丈夫心坎上的4个永不磨灭的字眼——丈夫不是还独自一人吗？丈夫为什么要独身，这不和她杨月珍烙在心坎上的那4个字——“子钟夫君”一个道理吗？

……当年她还没有完全复活过来，还处于失忆中的时候；当年张家二老，向她提亲的时候——啊，她直到此时才想起来了，在那一刻，尽管仅仅是一瞬间，她的脑海里是曾经清晰地闪烁过这4个字眼的啊——所以，她拒绝了张家的提亲！

……接下去的电文，她看不下去了，因为她已泪眼模糊了；她不用看，有了“月珍贤妻”这就够了！

这就是一切了！

……那另一份电报，当然是儿子云昭和未曾谋面的儿媳妇拍来的了。

第八章　母亲·母亲

——活在爱里的人是美好的

/ 一 /

1978年旧历除夕上午，杨月珍收到了发自马尼拉的两份电报，一份是陈燕玲打过来的，一份是林子钟亲自上邮局发的，妻子死去了30来年，如今又活了回来，给她的那份电报，他得亲自去发！

在刚收到两份电报后的第一天里，她没有如我们想象的那样恸哭，30多年的悲欢离合，不是一腔泪水可以哭尽的。

在那一刻里，杨月珍把两份电报死命地抓在手里，绞紧了，又抻开了，绞紧了，又抻开了，直至见到那两张柔韧的电报纸都快要被揉碎了，她才停下手来，这才感觉到有滴滴鲜血淌下来——那是从她的下唇上迸出来的——那是她自己的上牙咬出来的。接着，她像经过了一场生死搏斗，身上的衣服都让冷汗湿透了，无力地瘫倒在桌脚下……

这个时候，曾文宝走了进来：

“月珍，你怎么啦？脸色白得吓人，你怎么啦？口中出血？”

未等曾文宝过来扶她，杨月珍自己扶着桌角站了起来，她终于让自己平静了下来：

“文宝，子钟从南洋来电报了，云昭还有他的未婚媳妇，也都发来了电报。”杨月珍把握在手中的那两份皱巴巴的电报纸递了过去。

曾文宝接了过来，急急忙忙读了一遍：“都怪我自己粗心，当年没有把子钟的住址带过来，这样耽误了几十年……哎，海那边，御桥村我们家那口子……我寄出去的信都像沉落大海一样，没有回音，也不知她自己一个人过的什么日子？”

想到对岸那边的同乡柳月娇，也被一汪海水死死隔开了几十年；还有当年被掳掠过来的东山岛人；以及那些更早的时候流落到这里的无数的唐山客……这生离死别的不幸，还真不只她杨月珍一人在遭受呐！比自己不幸的人多得是，就拿眼前的曾文宝来说，他至今还不知柳月娇是死是活；而她杨月珍，至少现在已经得到了亲人的音讯：丈夫活着，儿子活着，还有一个未过门的儿媳，而且，儿子的生意做得顺风顺水——比起别人来，她杨月珍还算幸运了！

她释然了，反倒安慰起曾文宝来：

“文宝啊，那一天，听黄南进大姐说，眼下两岸松动了许多，双方也公开宣布不再互相打炮了，文宝，我想，我们都该趁这时候想想法子呢，兴许还能想出一些门道来，总不能再被隔在这里了……都二三十年了，人生能有几个二三十年……”

文宝说：“对，我们是都该想想门路了，月珍，你看呢？”

“你呢，该再赶快动手，写信过去——哦，且慢且慢，你让我好好想想，”杨月珍低下头去，想了又想，才又接着说，“这样吧，现在我这里有子钟的南洋地址，路分两头走，你直接往御桥村给柳月娇寄出一封，另一封寄到林子钟那里去，由南洋转过去，我就不信两封信都不能送到。”曾文宝一听，连连拍手叫好：

“好，就这样，这叫双管齐下。”

/ 二 /

杨月珍虽然为曾文宝出了两头寄信的点子，她自己也更是想到应当立即给南洋的丈夫儿子回信——终于盼到了这一天！

31 年了，她逃出溜滨湾的死亡旋涡；她义无反顾地回拒了张家的提亲；她盼日盼月盼星星，盼天盼地盼神明，盼的不就是这一天！可怜的女人，当这一天真正到来的时候，却不知该给丈夫给儿子给未来的儿媳写什么过去了！直到收到电报的几天后，林子钟、林云昭父子的信到来了，她在桌面上铺开了好几天的信纸上还没落下一个字！

……丈夫的亲笔信——那久违了 30 多年的笔迹又映现在了眼前！

依然是年轻时代的称呼：

月珍贤妻：

上午刚刚给你发过去电报，今夜就急着给你写信。电报，明天，最迟后天就能到你那里。而信呢，我问了邮政局，至少也要七八天，（杨月珍屈指一算，邮政局说得真准，是 7 天前收的电报，今天信就来了）……月珍贤妻，我和昭儿还有我们未过门的儿媳妇陈燕玲的情况，我想，黄南进大姐已经在台北对你说过了，我又能说些什么呢？……这段时间以来，王彬街上的朋友都这样说：我们林家几代人积德，才能积下今天……月珍贤妻，几十年来，为夫客居南洋，每当夜深人静之际，总不能安寝……心中有愧，竟不能让贤妻衣食无忧，平安过日……三十一年前那一幕，险成阴阳之隔……往事不堪回首……三十多个春秋过去，你我早已不再青春年少……也罢，岁月不能倒流，不再回首往事了……所幸今天终于盼来了劫后重生……云昭老成持重，操办事业胜过先辈，王彬街内生意场上的唐山父老，莫不交口称赞；更有未拜天地的媳妇陈燕玲，识文断字，粗活细活，皆能担当，更兼待人接物，稳重自如……人生一世，但无他求，仅以积德自安、后辈贤孝为最大满足……云昭已三十又二，燕玲也年届二十一，早已到了谈婚论嫁的时候了……云昭的婚礼应当到唐山举办，自贤妻不幸溺水，漂流未知去向后，幸得罗茜远赴唐山相助（详情谅必文宝已告知贤妻），大恩广德，可比天地日月！燕玲来菲律宾前，罗茜一再嘱咐，二人婚礼，必回唐山操办，我们理应遂她心愿……想我子钟一生，至今未愧对外人，唯每想罗茜为了我们云昭，竟然抛弃骨肉亲人，离家去国，耗尽青春……情意深重，笔墨难言，这是其一。其二，你我离家，已逾三十余载……溜石湾的姑舅妈及省身表弟，故里先辈墓茔木主，均已久违……人生苦短，稍纵即逝，多少事，不赶紧做，只恐……另据，黄南进大姐来菲时言，大陆台湾，两岸同胞往来，已指日可待，但愿如此……

读着丈夫的来信时，杨月珍还能克制住自己，终于将信读完，尽管她手抖得厉害，心颤得厉害！可是打开儿子的信时，她首先看到里面夹着的一张照片，她看到了照片上的林子钟！

……她终于醒悟过来，那是儿子！

1947 年，她最后一次见到丈夫时，他还不到儿子这个年龄啊！当年的丈夫，也远没有儿子这般壮实！

1947 年 5 月，作为母亲的杨月珍牺牲自己，将儿子推出了死亡旋涡……31 年过去，大难不死的儿子长成了这么一条壮汉！

杨月珍曾经是以自己的生命去换取了儿子的生命的，可是有一个女人，却是以自己的青春来换取儿子的青春啊！

——为了把林家的儿子拉扯大，她已耗尽了自己的青春！

那是罗茜！

儿子的信是这样写的：

亲爱的妈妈：

您的儿子，您未来的儿媳，云昭和燕玲在南洋呼唤着您，您可听见了？亲爱的妈妈，您虽然见过我，但那是我还在襁褓里的时候……您一定想象不到我今天的模样了，所以我寄去了我的近照：体高一米八一，体重七十六公斤（满口的孩子话——月珍心里说）。您呢，我小时候当然是见过您的，可是那时我一定是在您的怀抱里，已记不清您的模样了，但我想象中的妈妈您一定很慈祥，很坚强，也很漂亮——因为到了南洋后，我终于从老爸这里看到了妈妈的照片（孩子，孩子，都三十开外的大人了，还尽说些孩子话，妈老了，还能漂亮吗——杨月珍绯红了脸）……本来燕玲的相片也是要寄过去的，但是后来我们想了想，要等到见面的时候，给妈妈一个惊喜，我想，燕玲一定跟妈妈年轻时一样（调皮的儿子，拿妈妈开涮）……亲爱的妈妈，这几天来，我和老爸，还有燕玲，一直在议论着，说我是不幸的，三十年后，才知道自己的真正母亲，但又说我其实是万幸的，我不仅有着一位勇敢的为了儿子的生命而不惧生死的唐山生身母亲，还有着一位善良慈祥的菲律宾母亲，亲爱的妈妈，您当然不用猜，也能想到那就是罗茜妈妈了……亲爱的妈妈，您给了我两次生命，生我是一次，将我推出死亡的旋涡又是一次，而罗茜妈妈，养育了我……二十七年……该算是一次吧？还有一次，是在我上山下乡的永春山沟里，也就是燕玲的故乡，那里的乡亲待我如自家亲人……那一次我被毒蛇咬了，是陈文东老师用自己的生命换了我的生命，来了南洋之后，老爸与他的众多朋友都说我命大，有“四命”……这些事，我们见面那一天再详说吧……亲爱的妈妈，亲爱的罗茜妈妈从没有要求过什么，没有！只有在燕玲离开唐山到南洋之前，她才一再嘱咐，我和燕玲的婚礼，一定要回唐山我们的林家小院去办。我想，她一定是要我们不要忘了唐山是我们的根基，因为，在罗茜妈妈看来，燕玲是嫁进我们林家的媳妇中第一个出洋的女人……罗茜妈妈的心地是如此的好，想得又是如此周到……

……亲爱的妈妈，儿子深信，大陆与台湾之间，总不会永远就这么隔着……妈妈，我们真想您，是您来南洋呢？或许我们去香港，你也到香港……亲爱的妈妈，一切都听您的（傻孩子，又是孩子话，好像就只剩下买票下船那样简单了——杨月珍终于哭了——不知道是因为高兴还是因为哀伤）……

/三/

又过了一个星期，杨月珍终于将给林子钟父子和陈燕玲的信断断续续地写好了：

子钟夫君、云昭吾儿、燕玲贤媳：

电报，还有信，都收到了，我如在做梦！三十年来一直在做的一场梦，悲喜交集啊，夫君、云昭儿、燕玲儿……做梦都没有想到我们能有今天……自从死里逃生又找回记忆之后，(我)无时无刻不在牵挂你们……子钟夫君啊，为了这阴差阳错的三十年别离，我的双鬓都染尽了霜，子钟夫君，你呢……

写到这里，杨月珍突然脸上发烧了：都到了这个年纪了，怎么还写出这些缠绵绵的话？怎么可以把给夫君的信和给儿子、儿媳的信连在一起写呢？她把写了一半的信揉了，重新开始写了起来——自己的丈夫儿子不笑话，未拜天地的儿媳还不笑我老番癫了？

子钟夫君：

来信、电报都收到了，免念……回信是应当早在几天前就写了，你叫我怎么写啊，三十一年，三十一年经历的一切，恐怕用三十一年的时间也难以都写出来啊！……或许冥冥中我们夫妻的缘分未断，才有我能逃出溜石湾的死亡旋涡，才有我们的今天，才有张家他们，救了我的命……整整十年，从溜石湾外，到东山港；从唐山流落到台湾，他们把我当亲生女儿，虽不是亲骨肉，却胜似亲骨肉！

……还有云昭，燕玲来信说到的罗茜妈妈……子钟啊，我们一家人能有今天，千万千万要记住这些人，不管他们活着，还是他们已经作古……

云昭儿与燕玲儿的婚事是该办了，都到年纪了……是的，这场婚事，是无论如何也要回到唐山我们林家小院去操办……什么都可以不去顾及，就仅仅是为了罗茜姐妹的交代——是云昭叫了三十多年的“罗茜妈妈”的交代，这桩事也得回去办……云昭儿、燕玲儿的信中要我到南洋去（我知道那肯定也是你的意思），但我想了又想，既然云昭儿和燕玲儿的婚事要办了，而且，现在看到，大陆与台湾那边……已经松动了，我知道，过年以来，有些人已借路经过香港，偷偷回内地探亲了，这里好像也没有以前追查得那么紧严了……我想，我们还是再等一段时间，那时候我与××(我相信你能理解我指的是谁)，一同到香港，你们也到香港来……既然罗茜至今不愿回菲律宾，那么，你和云昭一定要邀上扶西、比罗一家，和我们一起回一趟林家小院……为了我们一家，他们一家人别离几十年了，该让他们团聚一场了，人生能有几个几十年?

……我这里还有一件事非得办而还未办：张家阿爹阿娘的坟在台北，而张阿强兄弟的（坟）还在金门那边……二老生前一再惦念，是要叶落归根的，而张阿强兄弟自然要随着二老回去的……

……这么多年来，我一个人过，有一些积蓄，是要留一部分用在这桩事上的……还有老龙山餐馆，曾家两代人信得过我，交代给我经营，我也不能立马抽身就走……想起来，事情还很多呢……

（杨月珍是个处事细心的人，她在信中把文宝的名字用 ×× 替代了，而且寄信的时候，她特意乘了二十来里路的车到台北市区邮局去寄，寄信人的地址、姓名也都空着，她以前听说过，台湾寄出去的信是要检查的，她不想惹出麻烦。）

第二封信是写给儿子和未来儿媳妇的：

云昭吾儿、燕玲贤媳：

妈妈已经收到了你们的电报和来信，你们一定不会想到吧，妈妈还会活在这个世上给你们写回信！这个，我们一家人都得感恩于张阿爹、张阿娘、张阿强兄弟！

……我们一家，所遭遇的灾难太多太多了，但是每一场灾难中，我们都遇到了贵人……我们能有今天……我们欠下的太多太多了……

云昭……这一切，我们每时每刻都要记在心里，一时都不能忘记，否则，那是天地所不容的！这句话，妈妈并没有说重……你们都是大人了，都亲身经历了这一切，你们是能理解的，我们一家人所欠的，是什么样的一份情啊！

……儿子，虽然是妈妈生了你，但你能这么茁壮地活下来，却是因为有了罗茜妈妈……虽然妈活了下来，虽然你们也找到了我，但你们听好：罗茜妈妈永远也都是你们的亲妈妈！日后不管什么事，你们都要首先尊重她，这个，妈也一定要做到……云昭儿、燕玲儿，你们的婚礼，是无论如何要回到唐山去办的，其他的都可以不去计较，就算单是为了那是罗茜妈妈的交代……云昭儿，你到南洋前后四个年头了，都跨过三十岁的门槛了；燕玲儿，到南洋也有一年了，你们的事，是该着手了……你们俩，还有你老爸，要尽快给罗茜妈妈写信过去，让罗茜妈妈把大体日期先择定下来……妈妈是无论如何要赶回去的，即使是绕道香港，即使是绕道南洋，妈妈也一定要赶过去的！

还有，我在给你们老爸的信中提到了，一定要邀扶西外公、比罗舅父一家一起回去，具体该怎么做，要和你老爸，和扶西外公他们商量，一定要把事情办好……

/ 四 /

杨月珍把寄南洋的信投到邮政局信箱之后，立即就想到该给罗茜写一封信了。其实，从 1950 年以来，也就是她邂逅曾文宝，恢复了记忆，听到曾文宝说起罗茜去唐山的事后，她就一直想要写这封信了，可那时她能说什么？那时候，她们过得太艰难了！随后，又遭遇到了接踵而来的巨大灾难：张阿强的死，张家二老的发疯和去世……她都快被逼上绝路了！况且，就是写了，寄了，罗茜那边就能收到？曾文宝还少给柳月娇寄信？可是他至今一封回信也没收到啊！

一汪窄窄的海水，隔开了多少亲人？隔绝了多少亲人？隔死了多少亲人？

/ 五 /

1979 年，清明节还没有到来，泉州南门外的雨季就来了。

是倒春寒的季节。“清明谷雨冻死虎母”的雨季提前到来了。

这天，还不到晌午，有人推开了御桥村塔山坡上林家小院的门。其时，番婆罗茜正坐在厅堂上，默默地注视着从屋檐上无休无止滴流下来的雨水。听到门响，罗茜抬眼望过天井，只见进来的是戴着斗笠的柳月娇，柳月娇把背后的院门推紧了又拉上了门闩，急急地迈上厅堂来，把滴着水的斗笠，靠在墙角下，便慌慌地凑上前来低低地抖着声说：

“罗茜啊，我们家，去了台湾的那个冤家，来信了……两封……”柳月娇回望了一眼闩紧了的院子门，才把兜在偏襟衫内的信掏了出来，拿在手里。

“……这可好了，终于都有消息了……这台湾到底有多远？……从那一年……到现在，都 31 年了，这会儿信才到……月娇啊，其实，这两天，我也收到了两封信，一封是昨天收到的，是南洋的云昭、燕玲寄过来的，说月珍姐……她们的妈还活着……今天，刚刚收到的这一封，是月珍姐亲自从台湾那边写过来的……我就想过去告诉你的……可又拿不准文宝给你写了信没有？我怕惹你伤心，正七上八下的不知道该怎么办好……”善良的番婆罗茜，说的句句是实话，从昨儿接到云昭、燕玲的来信中，得知台湾那边文宝的消息后，她就一直在注意着村街对面曾家大院的动静，可是一直没有听到柳月娇那里收到信的消息。善良的番婆罗茜，就为这件事，她昨晚在床上辗转了半夜！……从南洋到台湾，月娇他们夫妻俩分开都30多年了，曾文宝有没有“相好”上别的女人，把月娇嫂子给忘了？

……天底下的男人，可不可能都像林家的男人那样，一生一世只钟情一个女人……所以，她真不知道该如何把云昭、燕玲信中台湾那边文宝的消息说给月娇嫂子。

“现在可好了，月娇嫂子终于收到曾文宝哥哥的信了！”说话间，罗茜又从房间里拿着昨天收到的信走了出来，“这是云儿，燕儿的，刚才那是月珍姐……月珍嫂子的，月娇嫂子，往后，你们都该叫我罗茜了……月珍嫂子也该回来了……”

“都叫了几十年了，一时改口难哩！”

“——好，先别说这个了，你先帮我读读我们云儿燕儿的这封信，还有月珍嫂子的信，”罗茜把两封信都抽了出来，递给柳月娇，“……月珍嫂子还活着，这真是好人有好报啊……就冲着……我们家云昭、燕儿……如今已经知道是怎么回事，还一声一个妈地给我写来了这封信……我这几十年疼……他们，值了……你继续往下看啊，那是月珍嫂子写的，多好的一个妈妈啊。多能干的一个女人啊，你看那信的每一个字，比印出来的还工整……就冲月珍嫂子这封信，我几十年，为她拉扯着云昭……看顾着这个小院……值了……”

一个心地真正善良的女人，她从不会感到天底下有令她委屈的事。

一个胸怀里装着广博深沉之爱的女人，从不会觉得世界上有谁亏欠了她。

这样的女人，永远感到自己是幸福的——因为把爱给了世界，所以她比任何人更能感受到这个世界回报给她的爱。

……30多年前那个善良任性的菲律宾马来族渔家少女罗茜，早已告别了她的任性的少女时代，走进了人生的秋天，正面对着即将到来的老年。告别了少女时代的任性，她身上没有老去的便只剩下善良了。在罗茜身上，这种源自他们那个家族的善良本性，是永远不会老去的。相反地，却会因为年龄的递增，岁月的延伸，而更加根深蒂固，更加朝气蓬勃。

不管杨月珍是死是活，罗茜都早已割绝了她少女时代对于林子钟的那份儿女之情！

——你无法去指责那种情愫的暧昧——那种产生于一个不谙世事的少女的感情，其实也是一种美好的人之常情，而且这份爱，更因了之后罗茜的断然割绝，而显得弥足珍贵和圣洁了。

——人世间其实有着许多这样的爱的。

所以，我们完全可以不用担心，杨月珍的复活会给番婆罗茜带来什么伤害。

……在得知杨月珍复活的消息后，她似乎未感丝毫的震惊，也不迷惘惆怅，她始终如沉默的大地；如同她遥远的菲律宾故乡的阿悦山。仿佛杨月珍的复活是她意料中的事；仿佛她少女时代投向唐山中国，拉扯大了林云昭，苦守着林家小院……31年！为的就是等到这一天，等到杨月珍复活的这一天！

罗茜啊，罗茜……

……

早已过了晌午了，林家小院很静。

雨还在下着，院子里只剩下滴答的落水声……

“月娇嫂子，你怎么哭了……”

听到罗茜的声音，柳月娇从云昭的信中抬起头来，望了罗茜很久很久：

“……罗茜，你……不也流泪了，你怎么啦？”

“我，因为……高兴……为子钟高兴、为昭儿燕儿高兴、为月珍嫂子高兴……也为自己高兴，我们家昭儿、燕儿在信中说了，他们的喜事，一定要回唐山回御桥村林家小院来办的……而且，月珍嫂子来信中也说了，云昭儿、燕玲儿的婚事，她一定要回来的……而且，文宝哥哥也来信给你了……这一切……我能不高兴吗？”

第六卷

回家

死别是一个人的痛苦

生离是两个人的痛苦

※ ※ ※

从着手写《南洋泪》以来，我一直在思考：

人世间最强大的力量是什么？我这部书最终要表达的是什么？——是爱！

——题记

第一章 久违的木村

/ 一 /

沈霏已经从市长位上退下来整整4年了，从离休的那一天起，她就扛起了该市“关心下一代协会”主席的担子。对于沈霏来讲，这个职位并不比任市长轻松，她似乎更忙了。4年来，她差不多跑遍了该市辖下各县的偏远山村，不仅如此，她的身影还经常出现在宁夏、贵州等地区。我们已经知道，沈霏是1950年回国的，至今，她还与南洋众多的故友保持着密切的联系。自从担任“关心下一代协会”主席之后，她每年都能从南洋的朋友那里募到一笔笔捐款，她用这些钱在许多贫困地区建立一座座希望小学或一些慈善事业基金。当年回国的时候，她把“张飞小姐”的雅号也带回来了，无论在哪个职位上，她工作起来，都是雷厉风行。当科长的时候，人称“张飞科长”，当市长的时候，人称“张飞市长”，当了“关协”主席以后，人们却不再称她为“张飞主席”，而称之为“张飞妈妈”了。对于这个雅号，她深感惬意。

她至今未婚，少女时代在南洋与沈尔齐的那段初恋，是刻骨铭心的，尽管已经几十年过去，但至今没有任何一个异性能够再打动她的心。她是一个感情浓烈的女人，自从当上了“关心下一代协会”主席之后，她的这份浓烈的感情得到了寄托——她以一种母爱的形式尽情地表达着这份感情。当某个角落的某个男孩或女孩接到大学录取通知书时，面对着长期卧病的父亲或母亲，面对着天文数字般的学费落泪的时候，“张飞妈妈”会及时地出现在他们面前：

“别哭，别哭，有我呢，你哭什么哭，你尽管读出好成绩来……”她一边这样说着，一边已经将一摞打点得整整齐齐的钱钞塞进那男孩或女孩手中了。她把这些孩子都当成自己的儿女——她有许许多多这样的儿女。除了用“关协”的基金救助这些儿女之外，她每个月数百元的离休金——除了给自己留下基本的生活费外——她一分不留地都用于帮助这些儿女了。

一个月前，她收到林子钟、林云昭从菲律宾捐来5万元人民币。其中1万元是捐给陈燕玲的母校银杏集初级中学建篮球场用的。1980年，1万元在银杏集建一个水泥地面带两个钢管球架的篮球场是绰绰有余的。那时候，永春县县长的月工资才 70 多元钱。林云昭在信中特意提到，这 1 万元钱是陈燕玲的私房钱！沈霏能够想象，一个才到异国他乡谋生一两年的孩子，这 1 万元钱是怎么省下来的！还有 4 万元是作为播种银杏树的前期款项。按照永春县林业局的计划，银杏集四周山头银杏树的播种计划将于明年，也就是 1981 年清明节前后开始实施，将调动飞机播种。林子钟这些年在菲律宾处境艰难；他因单方中止“高士洁”的代理，不仅卖了林记商号，还背上了多年沉重的债务。云昭、燕玲去了南洋之后，生意上才得到重新发展。1980 年的唐山大陆，“万元户”还是稀有人士，现在，林家一下子捐来了 5 万元！沈霏能够理解，林家捐回唐山的这 5 万元钱，每个子儿都是从咸涩的汗水中捞出来的！菲律宾比索连年贬值，小本生意人要挤出这么一笔钱，该有多难！这笔捐款每一分钱都得用在刀刃上！因此，沈霏决意亲自主持施建这些工程，她在银杏镇整整住了两个星期，现在，篮球场终于修起来了。她准备明天再把工程账务清理好，将节余下来的工程款转交给当地“关心下一代协会”，后天就离开银杏镇，前往永春林业局，共同商定明年春天播种银杏树的具体工作。

已到了吃夜的时辰了，沈霏朝公社食堂走去。

/ 二 /

山里冬日很短，太阳才刚刚偏西，眨眼间黄昏就到了。

“张飞妈妈，你的电话，是长途电话。”这时候，正在电话总机房里值班的小李一阵小跑来到食堂里。

“长途电话？就来就来！”听到小李的招呼，正在吃饭的沈霏把筷子一搁，大步流星朝办公室赶了过去。

她拿起话筒一听，是黄杰汉的声音，黄杰汉告诉她，他现在正在永春城关，沈霏说：

“好你个黄队长，不在省城里待着，怎么就跑到这小山城来了？”离开菲律宾都几十年了，可是对于当年的这个菲华抗日支队的队长，沈霏一直没有改变过称呼。

黄杰汉在电话那头说：“我带来了一个朋友，现在就在我身旁站着呢，你猜是谁？”

沈霏说：“我猜不出来。”

“是快 40 年的朋友了，你猜猜看会是谁？”

“……我就是猜不出来。”

“张飞啊，你难道真猜不出来？”

“黄队长啊，到底是谁，你就直说吧，别卖关子了，别让那个老朋友站在一旁着急啊！”

黄杰汉在电话那端仍然不紧不慢地笑着说：“张飞啊，你还是那个急性子，你就不猜一猜这个日本来的老朋友会是谁？”

沈霏听到这里，心中一震，不禁脱口而出：“日本来的……快 40 年了……难道会是木村？”

黄杰汉说：“就是木村——他正在我身旁，让他和你说吧！”

“快，快，你让他说吧，我听着呢。”……沈霏握着话筒的手颤抖着，声音也颤抖着。

“沈霏啊，我是木村呢，你还记得吗？”

电话那头的声音，是用生硬的普通话说出来的，那是一种远去了的熟悉的声音！虽然隔着长长的电话线，但沈霏听出来了，这声音已不再是当年的年轻圆润，她听出了那声音的苍老与沧桑！

电话两头的人，都久久地说不出话来了，终于，还是沈霏开口了：

“啊，木村先生啊，我能忘记吗……”

电话两端的人都感到了对方的哽咽。

……从 1947 年中秋夜在马尼拉海湾分手到现在，一别 33 年，转眼间就过去了，人生中还会再有一个 33 年吗？

又是久久的沉默。

终于，又是沈霏强迫自己平静下来：“木村，你等着，我这就要一部车，我这就去看你！”

木村也终于平静下来，他回头对身旁的黄杰汉说：“沈霏，她这就要来看我们了，你看呢？”

黄杰汉接过话筒说：“张飞啊，你别，你千万别连夜赶来，你银杏镇到城关来，虽说只有一百来公里路，但尽是盘山路，至少也得三个小时，你看天都黑了，还是我们明天上银杏镇吧，我知道你明天脱不开身到县城来，是吗？”黄杰汉这番话是说给沈霏同时也是说给木村听的。

沈霏沉思了片刻说：“也好，你把电话给木村，我们再聊几句——木村啊，你就明天过来吧，我这里篮球场已经建起来了，你知道吗，这篮球场是谁捐的款吗——是子钟先生捐的款，子钟，你还记得吗？”

“记得的！记得的！ 1947 年中秋夜，我们一起在马尼拉湾分手的——他捐的篮球场，我该去看看，该去看看——黄先生，我们明早就上路吧——啊，沈霏啊，这就说定了，我们明天上你那里！”

沈霏放下话筒，回过头来，只见小李正端着她刚才搁下的饭站在身后："张飞妈妈，你看饭都凉了，我再去热一热。"

/ 三 /

木村到访的消息又把沈霏带回到早已逝去的少女时代……

33 年前马尼拉海湾的那个中秋夜，月是多么圆，当年他们 4 个人在海滩上那座大礁石上相聚的情景，依然历历在目，就像发生在昨天夜里一样。那时候，他们曾约请木村有一天能到中国做客，这个约会跨越了 33 年的岁月，终于实现了！

33 年了，她的少女时代早已逝去了，她已经过了 59 岁的生日了，正往 60 岁的门槛上迈……

她又想起了她的沈尔齐……

……1949 年深秋，南洋各界组团上北京参加开国大典时，她没能同行，那时候，她还在马尼拉近郊的华侨义山为双亲守灵——双亲健在的时候，她没有尽到儿女孝道，双亲过世了，她承诺过要为他们守灵 3 年——那是对逝去的双亲的承诺；那是对天地的承诺，她做到了，她在华侨义山父母墓冢旁边的一处小屋守了整整 3 年。

……

她至今仍孑然一身。

/ 四 /

这个夜晚，她思绪万千，她辗转反侧，彻夜难眠……

远处传来阵阵报晓的鸡鸣，她抬头一看，不知道什么时候，窗帘已经泛白了，她忙爬了起来，发现枕头上一片潮湿，那当然是她的泪，她已经多年没有流泪了，然而，昨夜里，她竟哭了一场。

她走过去打开窗户，太阳正在升起，阳光很好，往外望去，可以看到远处风口上的竹林。1980 年的冬天来得特别早，仿佛刚刚还是枫叶泛红的季节，一阵催霜的风刮过，银杏镇的冬天就来了。

而此时正值隆冬，天气奇冷，且时辰还早，但沈霏知道，黄杰汉与木村此时肯定已在前来银杏镇的路上了。她深知这个当年的菲华抗日支队队长风风火火的秉性！他会在鸡鸣的时候就把木村从被窝里拉起来赶路的。

她刚在学校食堂里草草吃过早饭，便听到操场上热闹起来了，她心里一阵急跳——她猜到是黄杰汉他们到了！

1980 年，从永春县城到银杏镇，直达车要走 3 个小时，她没想到他们会到得这么早！她忙奔了出去。

只见操场上停着两部轿车，车旁站着两位老人，那个身着皮夹克的，沈霏一眼就认出了是黄杰汉，他身旁一个身穿西装、外面套件厚厚风衣的老者，沈霏细一端详，肯定那必是木村了！

/ 五 /

哎，老了，老了，都老了！

那一年中秋节在马尼拉海湾分手的三个风华正茂的年轻人，如今都是风霜满面的老人了！三双手紧紧地颤抖着握在了一起。他们互相凝视着对方都已满是皱纹的脸庞，竟一起哽咽起来了。

这个时候，鞭炮响开了，黄杰汉望着列队欢迎的师生，再望望挂在一旁的大幅标语，那上面除了有“热烈欢迎日本友人木村先生”之外，还有“热烈欢迎老部长莅临我校指导”的字眼：

“这是哪门子跟哪门子的事啊？”黄杰汉笑着问。

沈霏笑笑说：“你这是沾了‘日本友人木村先生’的光！”

听沈霏这么一说，三个老人这才一齐笑开了。

“木村先生啊，这许多年来你都在哪里哟，你是怎么找到我们的？”沈霏望着木村说。

这个时候，木村才想起来从怀里掏出一张名片递了过去。沈霏低头一看，那上面有中文写着“日本东亚汉药株式会社驻华首席代表”：

“木村先生，欢迎你们日本企业到中国来发展啊，有什么需要帮忙的，你尽管说。”

“是啊，今后有许多事都要靠您们关照的，我是……1942 年离开中国，随军去了菲律宾的。到如今，……都快 40 年了，快 40 年了……我这是第一次又回到——新中国来了。一切都变了，我以前来，是侵略者……在这片土地上杀过人，放过火，我是有罪的……”谈到过去，木村把头垂下了。

“……木村先生，过去的事……有些历史，是不应当由个人来承担的，况且，你当时也仅是一个普通的日本下等士兵……”黄杰汉轻声地说道。

沈霏听着，也接着说了下去：“而且，你后来参加了反战同盟，投向了正义，木村先生啊，别再拿历史包袱压迫自己了，我们都曾经经历过那场战争……但我们最终都挺了过来……”

木村抬起头来，终于重重地舒出了一口气，看着沈霏，又看看黄杰汉。在那一瞬间，从沈霏那双充满怜悯的女性的眼睛里，露出了一种莫名的惆怅：她看到木村的双眼是混浊的，下垂的眼袋上，布满了纵横交错的皱纹，头上只留下稀疏的毛发——这是一个饱经风霜的老人。可以想象，自从在马尼拉别离，他回到日本，这以后的几十年，他过得并不轻松！沈霏正这样想着的时候，只见眼前这个日本老人张开微微颤抖的双唇：

“对于中国……对于中华民族……每个日本军人——都是有罪的……”又沉默了片刻。

“木村先生，我能理解您这句话的真诚与分量，我相信，这话不仅仅代表您一个人的意思。”沈霏说。

“是啊，我们都是经历了那场战争的人，我们都有责任把战争的真相告诉后人……那场战争，不仅把中国人民，也把日本人民带进了沉重的灾难之中。”黄杰汉说。

“毕竟历史并没有因战争而停止前进，人类终于走向进步了——木村先生，对于医学，我是外行，在日本，您们的‘汉药’指的是什么——范畴，或者说概念？”沈霏在适当的时候，把话题引了过来。

“日本的汉药，我的见解是，它应当是源于中国的。中医中药应当是它的……真正鼻祖……只是，只是它向前走了一大步，中国本土的中医中药，还有不少停留于——原始状态，而日本的‘汉药’则较多是经过现代科学技术的萃取……但万变不离其宗，都属于东方医药文化……比如说，风行全球的‘日本救心丹’，它其实是‘中国六神丸’组方的改进提取。”回到本行业的话题上来之后，木村的话多了起来……

……1948年12月底，妻子“芳子”死后不久。木村便离开了招津，漂泊到了大阪，在一家汉药厂谋了一份职业。从进厂的那一天起，他就决定在制药行业上做一辈子，以“制药救人”为人生目标，并用之来救赎以往的罪恶。他先是给一个药剂师当下手，由于勤奋与聪明，两三年后，便成了药剂师的得力助手。十几年后，那位药剂师便将自己所掌握的技术全部传授给了木村。十几年后，这位药剂师退休时，木村接替他主持了药剂室的工作，20世纪70年代，他在日本制药技术界已有了一定声望……

“木村先生，据我所知，是您极力促成了东亚汉药企业来中国发展。您为什么要这样做？”黄杰汉问道。

“是的，是我力荐的。为什么，我刚才已经说了，日本汉药的根在中国，我想，这也是一种寻根吧……可是，我万万没有想到，公司董事会会派我前来……”

“木村先生，如此说来，不是你主动要求来中国的，或者说，您本来是不愿来中国的？”沈霏以老朋友的口气问道。

沈霏的这一问，让木村嗫嚅了半天，才开口回答：“是的，哎，我该怎么说才是呢？我是既想来中国，又怕来啊——”说到这里，木村戛然而止，他的脸色变得苍白。沈霏还想问下去，站在一旁的黄杰汉暗地里碰了碰她的手，示意她别再问下去了。

“木村先生一路走来，可已找妥了投资地点，合作伙伴？”黄杰汉问道。

“还没有。离开日本前，我就向公司董事会声明了，这次来中国，我不全因公务，还有些私事……所以，投资地点、合作伙伴……这些都还没有真正提上我的工作日程。”

“木村先生说的也是，离开中国几十年了，先到处走一走，看一看，会会老朋友，工作上的事，先放一放。”沈霏说。

“可是到了福建之后，尤其是终于寻找到你们之后，我的心开始动了。”

黄杰汉笑笑说：“动了什么心了，木村先生？”

“我想，如果能到福建来，我是说，如果福建省……贵方愿意，这个厂，或许可以办到这里来。”

沈霏听到木村说出“贵方”二字，不禁笑了出来：“还未到谈判桌上，怎么就‘贵方’起来了，我们都是老朋友了。有些事情我们能帮上手的，尽管说，不要客气。”

“是的，木村，只要我国政策允许的，我们都会尽力帮忙的，你不用见外。”黄杰汉说。

“我想，办妥这桩事后，我也该退休了……我在日本，孤身一人，在这里，有你们这些老朋友……”

“还有呢，林子钟先生，也是福建人哩，他的老家在泉州市南门外，离这里不远，都属于晋江地区的，还有……”黄杰汉本还想说出沈尔齐的名字的，话到喉口，才想到不该引起沈霏伤心的回忆。黄杰汉知道，这个单身的痴情女子，尽管已进入了人生的黄昏，但无论什么时候提起沈尔齐，都会引起她锥心的哀痛，镌刻在她心灵深处的“沈尔齐”三个字，是任凭岁月的风雨也冲刷不去的！

“是的，到了我们这个年纪，是来日不多了，能见到你们——今后，厂子能办到贵地——哦，办到福建来，见你们的机会就多啦——还有林子钟，林先生，他还在南洋吗——可惜，不能见到他……”

“我想，我们都会见到他的，我也从1950年离开南洋后，至今再没见到他了，不过，我想也快了，他的儿子，林云昭，也去南洋好些年了，是从这里去的，听说，事业发展得很快……最近捐了一笔款，将在这里播种银杏。”沈霏说。

听到沈霏说到“银杏”，木村双眼一亮：“银杏，在中国又叫白果，是不是，那可一身都能入药，枝叶果实，心血管上的、泌尿系统上的，都能用，这里适合种银杏？”

“这里满山遍野，原来都长着银杏……”心直口快的沈霏，把当年自己的过失又说了一遍。

看到沈霏一脸悔恨的模样，木村忙把话又岔开了：“……只要是水土气候适宜，它终究还会生长起来的……林子钟先生他们不是已准备行动了吗？……我们大家共同努力吧——我刚才说过了，我这次来中国，除了公务之外，还有一些重要的私事要办的，寻找到你们各位，算是了了其中一个心愿。还有……”

“你尽管说吧，只要我能帮上忙。”

“怎么说好呢——这样说吧，我是死过几次的人了，每一次帮助我死里逃生的都是中国人……40年前，江苏吴家桥法莲寺一位叫法莲的尼姑——这个名字也是我此次来中国才打听到的——救过我的命……”木村满怀深情地讲起了1940年隆冬里的那桩往事，“……我从来不敢忘记法莲师父……几天前，我第一次重返中国，在上海下了飞机，一安顿下来，我就急奔吴家桥而去。法莲寺还在，可当年救我的法莲师父已不知去向……”接着，木村又老泪纵横地提起了他妹妹，“……我有这么一个骨肉妹妹……已经失散了40多年了，我一直有一种……直觉，她当年是随了我的——她的母亲流落到中国来了……而且，我一直觉得她还活着……”

“后来，还是江苏省宗教局的同志，费尽心思，几经调查，终于了解到法莲师父的俗家祖籍地是福建，解放后不久，她就离开法莲寺到福建来了。几天前江苏省统战部的老同行就这事给我挂了电话，并要我帮一位日本友人找到法莲师父的下落。没想到到福州找上门来的会是木村先生！”站在一旁的黄杰汉接过话头说了下去。

“于公于私，我们都该帮木村先生找到法莲师父与他的妹妹，可是人海茫茫，又过去了40个春秋——这真比海里捞针还难啊！”说话间，沈霏发现木村脸上现出怅然的神色，忙转过话来安慰他，“别急，别急，只要法莲师父还健在，我想我们能找到的……只要有缘分。”

“哎，缘分，是缘分啊……”木村深深地叹了一口气，无限感慨地说。

“是啊，真是缘分，当年马尼拉那个中秋夜一别，转眼30多年过去了，那一夜，我们相约过的，在解放了的中国见，没想到这一天真的就到来了……”沈霏说着说着，禁不住声音又哽咽了。

黄杰汉听出了沈霏带泪的声音，忙又把话接了过去：“昨天江苏省委统战部的同志又打来了电话，更清楚地说到了法莲师父的俗家在闽南，而且指出可能是泉州一带的……”

这个时候，沈霏已把涌出来的泪水忍住了，她略一沉思，又开口了：

“……如此说来，法莲师父在解放初期离开法莲寺时，已是50来岁的年纪了，到了这个年纪，她是不会还俗了，如果她还健在，如今该年过八旬了——哦，对了，有目标了！”沈霏说到这里双手一拍，“老队长啊，这目标还主要得靠你找啊——你当了多年省委统战部部长，这样吧，你给各个市的宗教局都打个电话，要他们查一查各寺庙里八九十岁的尼姑——泉州这几县市的，你就别管了，由我来——我想 年逾八十的出家人不会很多的，我们一定能从中找到法莲师父的下落的。”

“张飞啊，还是你行，不像我都老糊涂了，怎么想不到这一招呢？”听到黄杰汉这么一说，三个人脸上的眉结都舒展开了，一齐露出笑容来。

“这样吧，木村先生，你先回上海的办事处去，等我们的电话。”沈霏说。

/ 六 /

告别了沈霏，告别了黄杰汉，离开了银杏镇，离开了福州。之后，木村就赶回上海办事处了，他着手与前任首席代表办理了移交手续，送他上飞机回日本公司述职去了。两三天来，他把办事处一摊子事办完之后，立刻又焦急起来了：黄杰汉与沈霏还没有挂来电话，他们找到法莲师父的踪迹了吗……

这个时候，中国人的春节已经临近了，木村知道，在春节来临之际，中国人有许多事情要忙，他便不忍再挂电话给沈霏、黄杰汉查问这件事了。

……半个月前，当木村得知自己将被派往中国时，他立时怔住了，五脏六腑一下子翻腾起来，40年前的冬天，吴家桥那个充满耻辱的夜晚又映现在眼前，他害怕再次踏上那片深埋着这段残酷记忆的土地！然而，他立刻就想起了法莲师父，接着又想起了黄杰汉——当年菲律宾大学的那场劫狱战斗中，他身负重伤，是黄杰汉他们救下了他。这些中国友人，他不敢忘怀，他已经过了 60 岁了，失去了这个机会，他今生今世可能再也见不到他们了！另外，回日本的这几十年来，他一直在寻找自己的妹妹芳子，可是至今杳无踪迹，他曾经猜想过，芳子当年会不会随着母亲去了中国？或许能在中国的某个地方找到她的踪迹？想到这些，木村决定前来中国赴任了。

到达上海之后，他立即赶往吴家桥，并很快找着了法莲寺。是的，就是这座寺，这寺虽已修葺一新，但是木村一眼就认了出来……

然而，毕竟是 40 年过去了，老寺虽在，可法莲师父已不知去向！连日里，他马不停蹄，水陆兼程，几经辗转，来到福建，并偶然遇到了黄杰汉和沈霏，又从他们口中还得到了林子钟的消息，这一切，都仿佛是在梦中！现在，他寻找法莲师父的愿望更加浓烈了，虽然黄杰汉与沈霏也在尽力帮他寻找，但他突然感到渺茫起来：一个已逾八旬，云游四方的出家人，40 年后她去了哪里，她还健在吗？至于妹妹芳子，他更不敢奢望能在中国找到她——哎，这一切真比海底捞针还难啊！

第二章　颜溁夫人

/ 一 /

1980年的一天晚上，颜溁夫人把林子钟、林云昭父子请到家中来，与他们商定了一件事，她要把李东泉手上置下的一块空地让给林云昭建厂：

“二位林先生，我看银杏厂一天天发展了起来，不能再挤在那200平方不到的旧厂房里小打小闹了，应当搬一处大一些的地方了。”

林子钟听着，不禁暗自着急起来，儿子至今仍用着颜溁夫人的旧库房生产，莫不是她老人家有新的用途了？两年来，儿子产品的销路虽越来越广，但毕竟才办厂两年多，而且，儿子与燕玲的婚事也快到眼前了，现在要叫儿子拿出一大笔钱买地皮建新厂房，那确实难呢，心里一急，便一时间说不出话来了。此时，坐在一旁的云昭不慌不忙地开了口：

“颜溁夫人，这件事，我早也有打算了，那个地方确实是窄了点，特别是四五十个街童住了进来之后，睡觉的床、吃饭的桌子，都快摆不下了，我是早就想到应当过来与夫人合计合计了，可是夫人，您是知道的，眼下那边厂子是一刻也离不了人，而且……而且……”

见到云昭嗫嚅起来的样子，颜溁夫人禁不住轻轻笑开了：“而且，而且，刚刚捐了5万元回唐山是不是？我说，你们啊，自我与东泉结识你们林家之后，从林仁和先生到眼下你们父子俩，几辈人一个秉性，都是把唐山那边国家的事搁在最前头，连东泉都服了你们了……你们急什么急，以为我下逐客令了，要收回那个旧厂房了？没那回事，今天找你们来，就是要告诉你们，东泉在世时在沙仑那街后面置了一片地皮，有近千平方米，马尼拉沦陷时，被日本人占用了，菲律宾光复之后，那地皮又物归原主了。日本人在上面盖了一些房子，还可以用，我想，那块地临着马路，大小车辆都可以停靠，是个办厂子的好地方，你们父子先过去看一看，行了，就在那边把新厂子盖起来……”

林子钟听到这里，仍不吭声，可心里却翻出一种无名的愧疚：刚刚还把老人家开头那些话想偏了，哎，这是怎么啦，难道真如常人所说：人老了心眼儿也变多了——是啊，自己都已57岁了。

让林子钟更加感动不已的事还在后头呢。

/ 二 /

从颜漱夫人家里出来，一轮明月已经升起老高了。父子俩乘着明晃晃的月色，连夜赶往四里路外的那处地面上看了个遍。地是好地，紧邻着路口，四周的围墙近两人高，都是洋灰钢筋筑成的，十分牢固，一眼就能看得出这是军用建筑。里面有 10 来间大小相同的平房，也一色是钢筋水泥浇筑起来的。此外，一个操场，足有 500 平方米左右，父子俩里里外外看了又看，差点叫出声：这不就是专为他们量体裁出来的衣！这处所在，现成的平房能用，将来呢，还有发展的余地，喜得林云昭差点要连夜赶回颜漱夫人府上，告诉她老人家：就这么定了！可是被老爸给拦住了：

“你看，都快到半夜了，别再去打搅她老人家了。”

那晚，林子钟、林云昭父子俩差不多都乐到了天亮，才迷糊过去。第二天，林云昭又起了个大早，就要独自个儿赶到颜漱夫人那里，还是让林子钟给拦住了：

“阿昭，别急别急，吃了早，老爸与你一起过去，这么大的事，老爸不与你一起走一趟，你说对得起她老人家吗？”

林云昭咧开嘴笑了：“还是老爸想得周全，而且，这么早去，还不知道她老人家起床了没呢？”

/ 三 /

颜漱夫人的住所是往马加地方向去的。离着朱林记商号有三四里路，第二天早上林家父子赶过去的时候，颜漱夫人刚用过了早餐：

“二位林先生，我就料到你们父子俩会早早过来的，我还料到你们父子俩昨晚会连夜去看那处所在，我猜得没错吧？”老人说着，满脸慈祥明朗的笑容，“是啊，想办事就该风风火火地办起来，当年东泉在的时候，该办的事，都是不隔夜的——怎么样，那地方还可以吧？”

林云昭笑笑说：“老人家，事情都让您料着了，真想不到有那么一处好所在，就算是特意定下来的，也不可能那样适合。”

听到儿子这么说，林子钟不禁感叹道：“云昭这孩子，命里总有贵人相助……我们林家几代，都受到李先生和夫人您的恩惠，云昭这一代更是……”

颜漱夫人忙截住了他的话：“林先生，快别这么说，是你们林家的为人处世，才使得你们有这么多朋友。东泉在的时候，就打心眼儿里敬重你们林家呢，再说了，东泉那代人想办而没能办成的事，轮到云昭这辈人办起来了，我能不高兴？都是中国人哪！”

林云昭说：“有些话，我不知道该问不该问，该说不该说，我这是办厂经商，不是三天两天，也不是三年两年的事，原来先用着您老人家的厂房设备，快三年了，在营业收支中，我都让燕玲按行规留下了场地租用金、设备折旧费，我会很快将厂房搬到新地方去，我想，先把前一段那些账向您老人家结清了……”

听着林云昭的话，颜漱夫人亲切地望了他一阵子，才说：“我知道你们林家的家风秉性，我知道，云昭说的这事不办，你们不会安心。这样吧，你们听我说，子钟先生，你是知道的，当年东泉在美国加利福尼亚州为抗战募捐演讲时，累昏在台上，临终前他签署了最后一个文件，就是在他身后将一笔10万美元的遗产捐回唐山故国，做抚养战难儿童之用。我还知道，东泉在世时一直有一个愿望，那就是自己率先捐资，再发动华侨社会大家出力，把马尼拉那些无家可归的流浪儿，就是大家所称的‘街童’收留起来，提供食宿教育，将他们培养成人，而后教他们一技之长，让他们回归社会，东泉的计划大着呢，他想先从一条街道做起，先从王彬街做起，发展到整个马尼拉市，再推向其他地方，可惜那场战争毁了东泉的计划……东泉没能活到‘战后’……云昭先生，没想到，你现在所做的，与东泉生前所想要做的不谋而合，我感到欣慰啊……”

林云昭听着连忙说道：“我哪能跟东泉先生比，我的能力其实是非常微不足道的，我所做的那些其实是不值一提的。”

颜漱夫人说：“一个人，正因为能竭尽自己微不足道的那份力量，去为别人为社会服务而更弥足珍贵……有些千万富翁亿万富翁可能都没有想到要这样做呢——我知道你们林家的家风，你们在生意场上一是一，二是二，我要是不把云昭刚才说的那些款项收回来，反叫你们为难。这样吧，属于旧厂房、旧设备划出来的那笔款子，还有以后新场地的租金，可以作为我的捐资，参与银杏公司建造厂里街童们的宿舍楼之用，我老了……算是你们来实施东泉未竟的事业吧——待会儿我就给你们签署委托书，这是一。还有二，日后云昭事业做大了，有能力了，如果想买下这个新厂房，就按东泉当年购置的价算。”

“可是，‘战后’以来，地价已翻了几番了，我们不能这样做。”林子钟、林云昭父子俩几乎是异口同声地说道。

颜漱夫人果断地一挥手，止住了林家父子要往下说的话：“事情就这么定了，我在委托书中还会附加这一条的——云昭啊，能告诉我吗，你厂子里现在有多少街童？”

“还差一个，就整60人了。”

“很好，希望你能收养到600人、6000人……云昭啊，能不能告诉我，你接下来的计划？”

“接下来，我想，让燕玲把立人学校那份工作辞了，就到银杏公司来教这些半工半读的孩子，再往后，英蒂、索娜两姐妹大学毕业后，如果她们愿意，也可以来厂里任教……”

听着林云昭讲出这些十分长远而又脚踏实地的计划，颜漱夫人在心里暗暗赞叹：眼下这个年轻人，是能够实实在在地干出一番大事业的人！她以善良的老者的那种无限慈爱的目光凝视了林云昭好久好久，才又开口了：

“说到陈燕玲，我倒有一件事搁在心里好久好久了，是得说出来了——子钟啊，如果我没有记错的话，过了这个年，云昭就是34岁了吧？而燕玲呢，也满23岁了……是不能再等下去了，我和玛妮娜·黎刹女士，都念叨着要喝你们的喜酒呢……我们都老了，等不下去了。”颜漱夫人说到这里，开心地笑了起来。

听到老人家说出了自己悬在心中的话，林子钟忙着把话接了下去：

“云昭啊，老人家说的，其实也是老爸一直挂念在心头的话，我想呢，回去以后，我们得写信给唐山你罗茜妈妈，让她择一个日子，老爸想，最好能择在来年的清明节前后，现在还有几个月的时间；还有，也得给台北你的妈写信过去，这些事是该议定下来了。”

第三章　尾牙节

/ 一 /

1980 年农历十二月十六日，又到了中国民间传统节日尾牙节。晌午刚过，林子钟就把朱林记商号的店门关了。这一天，早市的客人光顾过后，王彬街上逐渐安静了下来，王彬街上的华侨商人，几辈子来都沿袭着从唐山带过来的习俗：不论一年来生意上赚了亏了，赚多赚少，大大小小商家的老板，都要尽力办出一场丰盛的宴席，招呼伙计们好好地吃一餐。

朱林记老板林子钟是“单干户”，直到如今，他还是自己给自己打工的老板，他不用备办尾牙宴招待伙计，他记挂的是儿子银杏洗涤品厂那边，这几年来，儿子那个小工厂，技术上配方上有玛妮娜·黎刹女士指点着，厂房设备甚至有时资金周转不过来，还有颜漱夫人鼎力支持，所以工厂办得顺风顺水。

不久前的那个晚上，林家父子从颜漱夫人那里回来后的第三天，陈燕玲就辞去了红奚礼示立人学校的工作，全身心投入到银杏公司来了，她用一半精力与比罗一起管理车间的生产，另一半时间为在厂的街童工上课。陈燕玲是幸运的，在泉州师范学习期间，一位从大学下调到该校的归侨教师，精通英语，在得知陈燕玲与林云昭的那层关系后，这位年过半百的女教师找到陈燕玲，主动提出要课外教她英语，她说：

“我也是从菲律宾回国的，菲律宾人民是很重视教育的……或许你将来也会到那边去，那个国家以英语为通用语言，当然，他们也有自己民族的语言……你应当学，无论怎么说，将来是有用的。”

由于陈燕玲的勤奋聪明，利用在师范的 3 年课余时间及节假日，到离开学校时，她竟然已学会了英语的一般对话及阅读，菲律宾当地人的大多日常生活语言她也掌握了。到菲律宾后的这段时间，由于刻苦学习，她这两种语言的水平更是大大提高了。在立人学校里，她的学识及人品，赢得了广大师生的尊敬。到银杏公司后，她的责任重了许多，也难了许多。59 个街童年龄大小不一，热带孩子发育早，有的个子都快有她高了，而且文化基础也参差不齐。陈燕玲到了“银杏”老厂后，林云昭便把这一摊子事交给了她，自己带上比罗操办新厂子的事了。

这几个月来，陈燕玲可是忙瘦了一圈！她不仅要与珍妮张罗着五六十个街童的衣、食、住，安排他们的工作，她更是要逐个把这些街童的文化底子摸个清楚，按照他们的程度分班教学。还有几个不到法定上工年龄的小街童，燕玲更是要如一个母亲似的那样操心！几个月的工夫下来，旧厂区这边的工作，总算都走上了正轨，谁能估量到，这其中陈燕玲付出了多少心血汗水！

而新厂区这边呢，云昭和比罗也是没日没夜地忙了几个月。厂子里原来的十几个房间占去了一半地方。这十几个房间从地基到地面，都是钢筋混凝土灌注的军事建筑，十分牢固，而且每个房屋的大小刚好做一个生产车间。云昭与比罗请来了设计师，商量后，决定保留这些旧建筑，并在上面加建了三层。工程完工后，新的银杏洗涤品公司，已有4层厂房共2000平方米，还有一个500平方米的旷地辟成了操场花圃。

新厂区的扩建工程终告完成了，而林云昭与比罗两人也累得快趴下了！

竣工那天，一向不喜张扬的林子钟竟执意邀请了颜漱夫人、玛妮娜女士前来剪彩。看着新建成的银杏公司楼房，颜漱夫人与玛妮娜女士相拥而泣，她们太高兴了：

“……东泉要是健在，看到他没能办成的事，由几个年轻人办成了，他该有多高兴啊。”

银杏公司已搬到新址生产3个月了，圣诞节早已过去了，转眼间，1981年元旦也过去了，这会儿又到了中国人的尾牙节了！

/ 二 /

林子钟今天来银杏公司，是与儿子、燕玲、比罗早几天前就约好了的。一年一度的尾牙节，是中国生意人的大节，更是银杏公司新厂房启用后的第一个尾牙节。而且，林子钟心里还有一团疙瘩，今天必须当着云昭、燕玲的面，把这团疙瘩给解开来！

由于年终前后这段时间里，生意上的事忙了许多，林子钟竟有两个星期没有上儿子厂里来了。才两个星期不见，儿子厂里又漂亮了许多。楼下那十来间旧房间已刷过漆了，空地四周的围墙下也种上了齐整整的两排三角梅、茉莉花，矗立在花丛中的两根高高的木杆上，各挂着一面五星红旗和菲律宾国旗。尾牙节，厂里放假了，车间没有生产，底层的一排厂房打扫得干干净净，车间的门都关着。而二楼却是十分热闹，不时有孩子们的读书声传来。

林子钟在楼梯下站了片刻，听到楼上孩子的读书声中伴有陈燕玲清脆的声音，他便轻轻地登上楼去，他看到两间教室里坐满了听课的孩子，每间都有 50 多人。林子钟早就知道，银杏公司搬入新址后，街童增加了不少，但他没有想到，这么短的时间里，人数就翻了一番！大的孩子这一班，由陈燕玲执教；小一些的孩子那一班，由索娜执教。索娜已从大学毕业了。林子钟站在陈燕玲这个班的窗外，他有意不让燕玲看见，他想听一听未来的儿媳妇讲课。

他轻轻地倚在窗外墙角上，像端坐在教室里的孩子那般，入迷地倾听着陈燕玲那年轻悦耳的、如同唱歌一般美好的声音：她用娴熟的英语讲着，时而又会搭上几句菲律宾当地语言……

……林子钟又回到了童年时代；回到了 40 多年前的唐山御桥村三省学堂……啊，那是谁在讲话了？

那不是卢老师吗？

……林子钟又回到现实中来了，回到菲律宾马尼拉沙仑那街上银杏洗涤品有限公司的新厂房中来了。他听到了教室里的陈燕玲这样说道：

"……今天的课就讲到这里了，车间里不上班，家近的，可以回家看看爸爸妈妈，但记得，下午回厂里来吃饭，今天是中国人的尾牙节，尾牙节是怎么回事，我已经讲过了，你们回家后，爸爸妈妈有空的，也请过来一起吃饭，大家聚聚，好了，就这样。"

放走了孩子们，陈燕玲走出教室，才发现林子钟站在那里：

"老爸，怎么不进来坐？云昭、比罗舅父已办菜回来了，正在厨房里忙着做尾牙宴的饭菜呢。"

"是吗，那我得过去帮忙了。"

"老爸，你别，不用，我们到楼下，我给你泡茶去，厨房里人手多着呢。"

"也好，燕玲啊，我们楼下坐去，有件事，我得先跟你说了，瞧云昭那个忙啊，都谈不上话。"

两个人来到楼下一间小房里，燕玲斟上一杯茶端了过来："老爸，坐下来，你喝，这茶草是我从红奚礼示那边采了晒干带过来的，我们家乡鲁山那边管这叫五根草，满山坡长着，这草茶消暑祛火，没想到南洋这边也有这种茶。"

这茶水，林子钟儿时是再熟悉不过的，那时候还在唐山，还在御桥村三省学堂上学时，每年到了夏天，母亲都要上观音山采些五根草回来，熬成茶，搁凉了，每天上学前，妈妈都要他喝上一大杯，到了南洋几十年来，他一直喝着咖啡，再也没能喝上这样的茶水了！没想到陈燕玲还能在南洋采到这样的茶草。他把一口茶水含在嘴里，一股淡淡的凉香沁入心脾后，一股浓浓的乡愁涌了上来：在那一瞬间，他想起了早已过世的母亲；想起了别离了30多年的唐山故乡；想起了久违的林家小院；想起了死而复活的妻子杨月珍；想起了罗茜……

他咽下了含在口中的茶水，开口说：

“燕玲啊，我记得的，之前我们都谈好了，你和云昭要写三封信，一封给你们唐山的罗茜妈妈，让她择一个来年清明节前后的吉祥日子，我们都回去，把你与云昭的婚事办了；另一封，写给台北你们妈妈；再一封，写给唐山永春鲁山的亲家二老，也是说的这件事，你瞧，都过去快这么久了，可这些信还没有写。圣诞节过去了，元旦过去了，又到了农历年底这个尾牙节了，这个尾牙节一过，大年年兜、正月、元宵就接着来了，你想想，来年的清明节还有什么好拖的？”

陈燕玲听着，像做错了事的孩子似的偷偷地吐了一下舌头，红着脸说：

“老爸，没想到，日子会过得这样快，老爸，我今天就把这三封信都写出来。”

林子钟说：“现在就写，下午我带回邮局去寄了。”

“好的，我马上去拿过纸笔来，上午就把这些信写好，让老爸下午寄回去。”陈燕玲说着，脸上的红晕已经消失了。

陈燕玲很快就取出纸笔走了过来，看到未来儿媳妇已铺开信笺，动起笔来了，林子钟这才站起身子说：

“你在这儿写着，我下厨房帮忙去。”

第四章 海的这边，海的那边

/ 一 /

1982 年 1 月 25 日，农历春节，是唐山大陆农历新年的开始，凡是有中国人聚居的地方，都称这个月令为正月。

1982 年，正月初一才过去几天，元宵节还未到来，刚到正月初十，暖暖的南风便刮个不停，泉州南门外乡下的春天早早地来了！连续好些时日被凛冽的北风催生出来的草霜，以及晋东北平原星罗棋布的湖泊小溪上面漂浮着的薄冰，也被正月初十晌午的阳光晒化了。要是站在田野上，细心一看，便会发现，枯黄了一冬的原野开始泛绿了。田埂上，有丛丛迫不及待地看麦娘、忍冬草、含草萱……像约好了似的，在正月初十晌午的阳光下冒出了新芽。

泉州南门外正月初十晌午的这一片好阳光，也照进了林家小院；那暖洋洋的南风，也吹进了林家小院。

从 1975 年林云昭去了南洋过后，番婆罗茜已在林家小院孤独地过了 7 个大年了。林云昭没去南洋之前，虽然上山下乡去了永春山区，但每年除夕，他都要回来为老妈守岁，然后住上一个星期，陪老妈到溜石湾姑舅妈那里走走，再赶回永春去。林云昭去了南洋之后，每年正月还未过去，春季开学之前，陈燕玲都会提前几天从永春过来，给罗茜送来一瓶冬蜜，还有炒熟的松子、山锥果，碰上生产队里放倒了野猪，陈燕玲也一定要给罗茜妈妈带来一条香喷喷的熏肉，陪老人家住上两天，再回学校去。现在，云昭和燕玲都去南洋了！

陈燕玲临走的时候，罗茜是再三交代过的，她与云昭的婚事，一定要回到唐山林家小院里来办的。可是从 1978 年到现在，陈燕玲已一去南洋 4 年了，她信虽是写得勤，可是，每封信中，却未提及婚礼之事。为了这，罗茜一天比一天着急！除夕前收到的信中，那边仍没有提及这桩事，罗茜都急红了眼：过了年，云昭、燕玲又长一岁了！

从旧年年兜，到正月初里，几天忙碌下来后，离元宵还有好几个日子，虽然还在正月里，但节日的气氛正在淡去，而番婆罗茜心中的焦急之情却愈烈了。这一天，她吃过了早粥后，看着天气晴朗，便想赶到溜石湾去，与姑舅妈林仁玉商量，给南洋写去一封信，问问林子钟：林云昭、陈燕玲的事拿定了没有！

就在她要跨出院门的时候，村里的邮递员堵住了她：

“月珍，有你的信！”

罗茜一见那信封边沿上红蓝交织的彩印，便肯定了那是南洋寄过来的航空信，那当然是林子钟他们寄来的。她接过信，急急地拆开读了一遍后，才想了起来，今儿还在正月里，怎么忘了给邮递员端来红枣甜茶，可是邮递员已走远了。

“这封信非同小可，来得也正是时候，要不我改天还得再上溜石湾一趟。”番婆罗茜自言自语着，把信揣进怀里，关上院门，走下塔山坡，走过御赐桥，大步往溜石湾去了。

/ 二 /

罗茜赶到溜石湾朱家院子时，已临午了。

见到罗茜上门来，林仁玉高兴地说：“罗茜啊，你来得正好，我估好了你今儿上午会过来的，信不信？我连你的午饭都做好了，正等着你来了，一块儿吃呢！”

自从云昭去了南洋，后来，又从他的来信中读到他已了解到罗茜的身世；接着又知道了杨月珍还活在台湾那边之后，林仁玉已逐渐叫回了罗茜的本名，可番婆罗茜呢，却一直拗不过口来，仍然像 1948 年刚到唐山时那样见了林仁玉一口一个姑舅妈地叫着：

“姑舅妈，你是怎么知道的？”

“你不信？你过来揭开锅盖瞧瞧看，我是不是做了三个人的饭？”

直肠子的番婆罗茜当真走进灶屋里，掀起锅盖一看，果真是三个人的饭量——朱家用的是与林家同号的铁锅，林云昭还在家的时候，罗茜和林仁玉一样，做惯了两个人吃的饭量。

“姑舅妈，你果真料到我今天要来？”

“我不仅知道你今天要来，而且是上午来，而且你怀里还揣着一封信。”林仁玉逗起番婆罗茜来了，她今天心情特别好，别看这个半番婆一向大大咧咧比谁都不拘小节，可要是一旦上了心，谁也没能像她那样事事都估得准。

听到林仁玉半实半虚地逗自己，番婆罗茜便反问道：

“姑舅妈，你要再能估出我怀里的信哪寄来的，信中说了些什么，我就把你当神仙看。”说着说着，番婆罗茜乐开了。

“南洋的信，对不对？——说的是云昭与燕玲的婚事——又对不对？”

罗茜正要拍手称奇，林仁玉把她止住了，接着说：

“番婆罗茜啊，我也是上午才收到子钟的信，说的是要我上御桥村去，帮你把日子择下来，我本想就赶过去，可一想，你也一定收到了这样的信，倒不如我在家等着你，这不，你就上门来了。”

罗茜接过林仁玉递过来的信，也掏出自己怀里的信，递了过去：

“姑舅妈，云昭他们来信说了，最好能在清明节前后择定一个吉日，你看呢？”看着戴上老花镜的姑舅妈读完了信，罗茜问道。

“……是该看在那段时日里……后人的事要记着办，前人的事也不能忘了，子钟都有——整整35年没回唐山了，云昭，转眼也去了南洋7年了，父母的墓，祖上的墓，都该在今年清明节……一家子人都得去上上坟了，还有月珍——”说到这里，林仁玉连忙偷偷瞄了罗茜一眼，把话打住了。

可罗茜完全没有注意到林仁玉的眼神，径直把话接了过去：

“是啊，月珍嫂子也该回来了，姑舅妈，我们得赶在她回来之前，把观音山上那堆冢平了，厅堂上的木主丢了，免得月珍嫂子回到唐山，见了这些伤心物……”

听着罗茜说到这里，林仁玉心中轰然一震，眼泪扑簌簌涌了出来：

“番婆罗茜啊，……你的心好到了这样，你的心细到了这样……我是林家出来的女人，都还没想到这一层哩……”，“番婆罗茜啊，你是把一腔心血都倾注在林家了啊……”后面这半句话，林仁玉是在心里说的。

“仁玉姑舅妈，这么大的喜事要来了，你怎么却哭了？”

“是吗？我落泪了……”林仁玉提起衣下摆，把泪水拭去了，“番婆罗茜，我们这就来吃饭，吃过了午，上庆莲寺去，宏船师父不在了，可那里的出家人都待我很好，我们上菩萨座前，求一个吉日——省身，准备午饭了。”

关在自己房间里的朱省身应了一声，立刻就跨了出来：“表嫂，春节好——看我忙的，”朱省身抬起沾着墨水的手掌，不好意思地笑了笑，“妈，你陪表嫂上桌坐去，我这就去洗手打饭过来。”

朱省身在泉州城区中学教了几年书后，于去年春天考取了公务员，眼下在市外经贸委一个科当着科长，虽然是星期天，但是他把一大摞红头文件带回家来，关在自己房里忙了一上午，一直没发现罗茜到来。

……70年代后期以来，中国大地上有许多年轻人，都如朱省身这样迅速成熟了。这种成熟之中，除了待人处事的老练稳重之外，更多的成分是世故或圆滑。就拿朱省身而言，面对母亲，他永远是个孝顺的儿子。但从他牙牙学语以后，多年来母亲所赋予他的那些为人规范、道德标准，经过这几年生活的磨炼，大都被他怀疑直至否定了，他没明说，但多年来，他一直在以自己的方式思考人生，默默地走他自己的路。

自从被郭朝霞、朱晓云母女甩了之后，朱省身更明白了许多道理，他认识到母女俩甩他，归根到底就是门不当户不对。郭朝霞自1975年之后，又是郭书记了，以后这几年，官场上她一直是顺风顺水。而朱晓云呢，本科毕业后，又考上研究生，日后的前途当然是他这个大专毕业的教师不可比拟的，朱省身因此暗暗里窝了一腔气，憋了一股劲，一定要活出个人样来！去年春天，机会终于来了，市委机关公开招聘公务员，笔试面试，他都顺利通过了，报到通知下来，他特意去了郭朝霞郭书记那里相告，对于朱晓云，他已不存任何幻想，他只是想让郭朝霞知道这就是朱省身！他会好好干一番大事业的！

林仁玉把菜张罗到桌上后，儿子也把三碗饭端了上来：

“表嫂，妈，趁热吃。”他仍像以前那样，称罗茜为表嫂，虽然已知道了事情的底细，但总是改不过来。林仁玉看着儿子说：“你老表侄就要成亲了，可看你，高不成低不就，还要拖到啥年月？”

/ 三 /

也是在1982年正月初十这一天，台北淡水湾老龙山餐馆的杨月珍接到了菲律宾来信，也是在临近晌午的时候接到的。这一天的淡水湾里，也和泉州南门外一样吹拂着暖暖的南风。

还在正月里，餐馆里的生意还没有火起来。过午不久，杨月珍朝店里伙计招呼了一声，便急急忙忙地上艋舺码头曾文宝那里去了。

曾文宝这边餐馆，当然也还没有忙活起来，正好可以坐下来，听杨月珍把事情说出来。在说过了海那边儿子的终身大事之后，杨月珍便谈起了海这边张家三位死去的亲人来了：

“文宝啊，我想了一上午，这一次回去，你也一定要一起回的，我想，趁这次机会，把张家三位亲人的骨殖也带回东山……这一次过去，谁知道还能不能又回到台湾来，我不忍将他们孤零零地留在海的这边，我走了之后，谁还能为他们上坟烧香化纸……”

文宝低着头，细心地听完了杨月珍的话，沉思了好久才说：

“子钟弟妹，我想，这不要……使不得……”

“那是为啥呀？”

“月珍，你听我说，不是我们不尽这份心，你想，我们回到那畔，对外都说是去香港的，绕道走的，我们这一带上那些骨殖，不就是大张旗鼓地告诉大家，我们是回内地的？”

听到曾文宝这么一说，杨月珍的心都掉进冰窟窿里了，她不忍心把张家三位亲人丢在海的这边！她急得久久都说不出话来。

看着杨月珍失望的模样，曾文宝心里明白，不让杨月珍在回大陆之前为张家死去的三位亲人做一点什么，她是难以安心的。他干着急了好一会儿，终于想到了一件事：

“月珍，我想，我们回乡之前，先去一趟金门，把张阿强的骨殖移回台北，伴在二位老人身旁，往后……海的这边，海的那边，可以任由两边人来往了，再一起迁回去，分两步走，月珍，你看行不？”

听到曾文宝这席话，杨月珍急得快要掉出泪来的那张脸，才逐渐松开了：“事情也只能这么着了……阿强兄弟这桩事，都说了这么多年了，这一次，再也不能拖了，你看啥时候动身？你还得陪我去一趟金门帮着我。”

曾文宝想了想说：“过了元宵，出了正月，清明节说到就到了，我看呢，趁着这会儿正月里生意还没忙起来，我们明后天就动身，三四天就能赶个来回。”

杨月珍说：“那就不要等到后天了，我们明天就走，元宵节就能赶回来了——”说着，便从口袋里掏出一些票子，“你这就去打船票，我回去准备香烛、烧纸、三牲、五果，还有骨灰盒也得从这里带过去。”

曾文宝把杨月珍递过来的钱推了回去说：“买船票的事你就别操心了，现在还早，你回去把该准备的准备好了，我买好了船票，就上你那里告诉船班时间。”

第五章 喜期

/ 一 /

整个大年年兜直到春节期间，沈霏都一直忙着——忙着春后播种银杏树的实施工作。这期间，永春县林业局、永春县一都公社的几位领导，陪着她走遍了银杏集周围蒙满冬霜的山岭，终于选定了首期播种的3000亩山地。地点选定下来，县林业局画出蓝图之后，已是除夕傍晚了。除夕夜，距永春城关10公里外的东关华侨茶果场，把沈霏接了过去，这个茶果场是1960年建起来的，安置了数百名东南亚归侨，这些归侨大多是从印尼、越南、菲律宾、马来西亚回来的。这个茶果场，除了经营着上万亩林场外，还开荒种下了许多菠萝、油茶、柑橘。沈霏退休以后，常常到这里来，有时一住十天半月的。那期间，她自己掏钱，带着场员们在远近山坡上种下了不少银杏树，同是南洋回来的番客，大家另有一种说不出来的亲情，特合得来，在一起混熟了，场员们便要问起沈霏何以对银杏情有独钟了，沈霏呢，也毫不避讳地谈起当年砍掉无数银杏树的事来：

"……趁着自己手脚还能动，多种活一棵，就减轻一份负罪感，或许到死的时候，心里还能少一点愧疚……"

正月初那几天，在永春城关，沈霏把播种银杏树的一系列准备工作都安排好了之后，已是元宵节了。这时候，又有一件事叫她着急起来，那就是去年冬天木村让她与黄杰汉帮着寻找法莲尼姑与芳子。对于寻找芳子的下落，沈霏几乎不抱一丝希望。在中国大地上，包括中国人、日本人在内，那是一场死了数千万人的战争啊！而法莲尼姑呢，据黄杰汉所说，江苏省那边政府的有关部门来了电话说：法莲师父已在解放初期到福建来了，木村走的那天，沈霏便开始给在闽南各地统战或宗教部门工作的朋友挂了电话，写了信，希望能帮忙找到法莲师父。此外，她还特意给已经回到永定老家定居多年的卢老师寄了挂号信，让她留心闽西一带的寺庙，关注那些已年过八旬的尼姑。至于省城福州那边的黄杰汉，她更是三天两头扯开嗓子挂过去电话。

可是过去这么久了，至今仍没有下落。

/ 二 /

元宵节过后不久，沈霏离开永春回到晋江清濛村老家来了。

沈尔齐的母亲沈家足娘已过世多年，沈尔齐的弟弟妹妹们也都早已各自成家了。沈霏退休之后，坚拒了机关同志的挽留，立即搬离了公家宿舍楼，卷起铺盖，自己叫了一辆三轮车，不事张扬地回到清濛村沈家屋里——就是诞生过沈尔齐的这座老屋。

从永春回到清濛村后的第二天，沈霏就赶往御桥村林家小院去了。

她早已知道了这两年来林家发生的一切，当然也知道，林云昭与陈燕玲要在今年清明节前后回到唐山举办婚礼的事了。她急着要知道，林仁玉与番婆罗茜把这个好日子看定在哪一天。

这时候，已经到了正月下旬，春节的气氛正在渐渐淡去。在沈霏走进御桥村时，天空中落下了毛毛雨。这是正月里的第一场雨，雨把村街上的人都赶进家门，村里更落寂了。

沈霏一进林家小院，番婆罗茜就赶了过来：

“沈霏大姐，淋着了你没有？”她牵着沈霏的手走上厅堂，抓过一条干净的毛巾拭去她头发上的雨珠，拉过一把交椅。把她按坐下来后，自己下灶屋去了，沈霏知道罗茜是为她张罗点心去了，忙说：

“罗茜啊，你别忙，我这刚吃过早呢。”

“就几个红糖蛋汤，正月正时年兜年头的，不能不吃，吃了，我才告诉你一件好事。”

“那好，我等着，有得吃，又有好事听着，哪有这样的‘好事’？”其实，不用罗茜开口，沈霏已料到是什么“好事”了。

说话间，罗茜已端上来一碗热气腾腾的荷包蛋：“趁热吃，吃了我告诉你。”

沈霏吃下了两个蛋包，搁下筷子来：“我实在是吃不下了……”

罗茜说：“你只吃了一半，那我只能把‘好事’告诉你一半——告诉你吧，云昭与燕玲的日子看定了，新历 4 月 5 日，农历三月十二。”

“还有呢？”

“你吃了我再说。”看得出来，今儿番婆罗茜的心情特别好，她逗着沈霏乐，又高兴又神秘地说道。

“你再不说，我可走了，你再请我来就难了。”

直肠子的番婆罗茜，不出两句话，便被沈霏逗了过去：

“别走，别走，我这就说，这就说……我们云昭与燕玲这场婚事，不仅他们俩要回来，子钟也要回来，我的比罗哥……”说到这里，罗茜的喉口被哽住了，接下去的话，她是用带泪的声音说出来的，“我的比罗哥哥也要过来呢，”她轻轻咳了一声，清了一下嗓子，终于止住了泪水，又绽出了满脸阳光，“而且，台湾那边，月珍嫂子也要过来……”

“还有我们那个冤家，我家文宝也要做一伙过来呢！”

沈霏与番婆罗茜回过头一看，这才发现柳月娇不知啥时候已站在身后了。

/ 三 /

从林家小院出来，看着天已放晴了，而且时辰还早，沈霏便赶往溜滨村去了。她已经多时没见到林仁玉了，时不时地突然就想起了她，她与林仁玉都是南洋回来的半番婆，彼此之间都有一种说不清的亲分，再加上对当年壮烈死在南洋的朱永明的敬仰，沈霏对林仁玉的那份情又更深了一层。从朱永明、林仁玉两人身上，沈霏又想到了他们的儿子朱省身。朱省身考上公务员，调到市外经贸局工作时，她已从市委机关退休了。沈霏是见过朱省身几次面的，不知道怎么回事，沈霏见着这个年轻人时，心里总有几分别扭，她也说不清那到底是为了什么，其实，朱省身每次见到她都是极有礼貌的，但她确实不喜欢这个年轻人。“这或许是眼下人们常说的‘代沟’吧”，沈霏总是以这种理由来说服自己，希望自己改变对朱省身的看法，毕竟他是朱永明、林仁玉的儿子！而且，她眼下还记挂着一件事：木村说过想把在中国的投资项目放到福建来。朱省身现时当着市外经贸局外资科的科长，她得把这个消息传达给他，让他也关注下这件事，于公于私，沈霏都想多调动一些人，帮木村把公司的事办起来。

沈霏来到溜滨村朱家院里时，已临近中午了，林仁玉招呼她坐了下来，她屁股沾上板凳，便想直奔主题，却让林仁玉挡了回去：

“你先别讲，我不听，都到午了，肚子先照应了，再说、再听也不迟。”

沈霏抬起手腕上的表一看说：“你不提，我还真没想到这都快12点了，慢着，你做什么孝敬我——要还是红糖鸡蛋就免了，我刚在番婆罗茜那里吃了，我这会儿倒想吃个咖喱炒饭、沙嗲汤，多久了，我一直馋着这些吃食。”

“都有，都有，今儿就我俩，都吃番仔菜。”

“那省身呢？”

“他们都上班几天了，怎么，你找他有事？”

沈霏把木村那桩事简单说了一番后，林仁玉已把沈霏点的那些菜端了过来。沈霏闻着扑鼻而来的浓香的咖喱沙嗲味，也不见外，筷子汤匙一起动了起来，连声称道：

“仁玉啊，你的厨艺又长进了许多，这咖喱沙嗲都做出了南洋味。”

“张飞啊，你就别急着褒贬我了，我还急着听你说正事呢。”林仁玉陪着沈霏吃了起来。

“仁玉啊，你后头娘家云昭、燕玲那桩事你都知道了，你瞧，这正月一过，二月一来，清明节就到了。”

“是啊，日子够快的，三月十二这个日子，还是我和罗茜上庆莲寺求来的，眨眼就过去10来天了——这个日子越近，我心里便是越喜越急乱。”

“喜的你就别说了，你急乱的是什么？”

“哎，我说张飞你啊，你就没想到这……这事之中的难处吗？林家人，现在就数我辈分高啦……这长者难当啊，这些日子，我一直烦着，这桩事该怎么摆平？”

“我说，番仔玉啊，都说树老根多，人老啰唆，这样的一场喜事，你烦什么来着？”

“张飞啊，你说我‘番’，你更‘番’了，也难怪，你是局外人，不在其中不知烦——你想想，这次可是月珍活……月珍也要回来啊……而罗茜呢……哎，这女人的心啊……那真到了那一天……事情没有摆弄好，尴尬别扭先别说，我还真怕乱成一锅粥，乱成一锅番薯糊呢……”

“这番婆罗茜与林子钟的事，我是知道得清清楚楚，罗茜的为人，这么几十年，你也都看出来了；杨月珍呢，我倒是至今没有见过……”沈霏说到这里，也觉得林仁玉的担心不无道理。

“其实，我那侄媳妇月珍，也是通情达理、软绵心肠的人……30多年了，不知道有没有变……而且，女人嘛，轮到我头上，说啥也会把事情刨根究底问个黑白的。”

“番仔玉啊，看不出来，你还是个老醋坛子呢——得啦，别去想它啦，这道坎子，是绕不过去的，我想，大家都会欢天喜地地迈过这道坎儿的，还是那句话：船到桥下自能拐弯，到什么山唱什么歌！仁玉啊，你就别为这事揪心了。”

“那，张飞啊，三月十二日那天，你一定过来啊。”

“我能等到那一天才过去吗，只要子钟一回来，我就守在那里。”

“还有，罗茜有没有告诉你，杨月珍那堆冢，她已经给平了，你上次从永春带回来的那些银杏苗，她都种到那冢堆地上了，我去看过了，都成活了，冒出新芽来了。”

沈霏听着，不禁长长感叹了一声：“这个番婆，太善良了……”

沈霏告别仁玉走到门口时，仁玉又追了出来问道：

“上次让你给永定那边卢老师的信写了没有，这事子钟再三交代的——写了就好——这次看定了三月十二日，你还得再写信过去，子钟，都有……从1937年到现在，40多年没见到卢老师了，我们溜石湾这些活着的老人，也都想她呢！”

/ 四 /

沈霏从仁玉那里回到清濛村家中时，太阳已偏西了。

见到大嫂回来，弟媳递过来一封信：

“嫂子，今天地委统战部来了一位同志，等了你好久，刚走不久，他留下了一封信，让我交给你。”

“统战部？”沈霏眼睛一亮，忙抽出信笺急急读了起来。

……信中说，永春县委统战部打来了电话，说他们已排查了县境内所有的寺庙，终于在距银杏集一公里外的一处叫静海寺的尼姑庵，找到了一位法莲尼姑，现年83岁。据调查了解，法莲尼姑确是1952年从江苏迁移过来的……这极有可能就是那位日本友人要寻找的法莲……

沈霏把手中的信反复读了两遍后，简直不敢相信，银杏集外会有这么一处寺庙，那地方她可是熟悉的啊！

这也难怪，沈霏是那种办事十分专注的人，早些年在那地方砍树烧炭炼钢，她是日夜扑在工作上的，哪会关心深山里有哪座庙寺。这次上银杏集中学修篮球场，当然也没去关心题外的事了——寻遍了大半个世界，想不到静海寺法莲尼姑竟然就在自己眼皮底下，沈霏真笑话起自己来了。

她喝下弟媳为她沏好的热茶，抬头望了望窗外正在西沉的太阳，说：

“小婶仔，我这就上地委去——晚上不回来了——如果找着人了，那我这两天都不回家了。”

第六章 了缘

—— 一个故事的结局

/ 一 /

连绵十几公里的南鲁山，是那样的遥远。它位于漳平、永春、安溪 3 个县交接处，属于戴云山脉系。无论从漳平、永春或是安溪的县城启程，都要走到这三县的尽头，才能看到这座山脉。

这是一座海拔 900 米的山脉，在闽南地区，它称得上是一座大山。这是一座一年四季都沉浸在浓浓的云雾中的山，在多雨的闽南山区，这座山一年四季都有清澈的山泉，从高处，穿过无边无际的树林竹林，淙淙地流了过来。在它的主峰的半山腰，有一片宽阔的低陷的平地，从四面八方流过来的山泉，在这里汇成了一个大大的湖泊，而在这汪平静的湖泊后面，有一座古老的尼姑庵，它建于何年，已无从查考，但据说南宋那位了不起的大哲学家朱熹曾在这里著书立说，这个千真万确的传说使得后人对这座寺庙充满了敬仰之情。

南鲁山半坡上的这座老寺，就称静海寺。

这里的住持，是一位年逾八旬的老尼，人称法莲师父。

这一天，静海寺接待了几位特别的客人，那是由永春县统战部与宗教局领导陪着上山的黄杰汉与沈霏。

前一天，沈霏在清濛家中读过了晋江地委统战部留下的那封信后，连夜赶到泉州城里，挂通了福州那边黄杰汉的长途电话，约好了第二天在永春县城会合。那天下午，他们就会同永春县委统战部的同志赶到百多公里外的静海寺来了。

在与法莲师父交谈多时之后，来访的客人初步认定她极有可能就是木村要找的那位“法莲师父”！

临别下山的时候，沈霏对法莲师父说：

“师父，两天后，我们要陪一位日本客人来拜访您，这位日本客人，师父可能会记起他的。如果真是他，那么，这应是 40 多年前的事了……当年是您救了他……”

法莲师父似乎并不特别在意沈霏说出来的“日本客人”这几个字，她只是静静地听着，脸上露出些许淡淡的笑容，然后她又一次双手合十，淡然地说：

“阿弥陀佛，四海之内皆兄弟也，相逢何必曾相识，无论来自何方的施主，我都将奉茶恭敬……”

法莲师父说着这些话的时候，神态始终是安详的。出家之后，她曾经救助过许许多多患难的人，但她从来没有刻意询问过这些受助者是谁——至今，她的记忆中没有保存任何一个受助者的名字。然而，当沈霏说出“日本客人”这四个字的时候，她的心中不禁为之重重一震！尽管如此，她仍然不动声色，尽力让自己保持着一种平静的神态。

/ 二 /

木村果真来到南鲁山，来到静海寺了。

这是黄杰汉、沈霏离去后第三天上午的事了。

这天早上，南鲁山上竟然下起了雪。

方圆十几公里的南鲁山脉，无边无际的雪正无声无息地飘落下来，一时间满山遍野都裹上了白茫茫的银装，远处近处，不时传来积雪压折毛竹的咔嚓声。

1982 年早春二月的鲁山特别寒冷。法莲师父清晰地记得，这是她到南鲁山后遇上的第二场雪，第一场是在 1975 年冬天遇上的。

那天上午，当黄杰汉和沈霏陪着木村进寺来的时候，法莲师父正领着寺中尼姑围在大殿里诵经念佛。这是她们每天必修的早课。对于出家人来说，这是一个神圣的、不容亵渎的时刻。她们目不旁视，心无旁骛。黄杰汉他们几个人已静静地站在一旁好久了，一直不敢打扰她们的早课。

沈霏看看正在主持佛事的法莲师父，然后，转过头来，发现木村焦急的目光正在尼姑中搜索着，他显然是在寻找当年的救命恩人！她伸过手去，轻轻地碰了碰木村，示意他看正在主持佛事的法莲师父。木村随着沈霏的目光望去，最先映入他眼帘的，是那件颜色褪成近白的灰色佛门缦衣！

木村的心不禁一震！

/ 三 /

沿着那灰色的缦衣望去，他看到了一双深灰色的圆口布鞋——那布鞋异常洁净。

木村的心又是一震！

/ 四 /

接着，他的目光从下往上；从那双圆口布鞋，沿着那件洗褪色的灰色缦衣往上望去，他看到了一张清癯的脸。

木村的心再是一震！

/ 五 /

那时候，法莲师父正双眼微闭，敲着木鱼，神情肃穆地跪在蒲团上，她已完全进入了一种无我的境界。

从东墙的窗口泄过来的冬日阳光，洒在她那张瘦削的脸上，木村在这张清癯的脸上又找到了那宽阔的前额和方圆的下颌，洒在那脸上的冬日清新的阳光，使得这张已布满了皱纹的脸，显得格外的明朗而庄严，并且散发出圣洁的光晕……

木村的心重重一震！

——是的，这就是当年的法莲师父……

木村不敢贸然走上前去，他深知佛门注重清静，他不能在这样的时刻去打扰她们。

他只能站在远处，从侧面无限虔诚地瞻仰着法莲师父，瞻仰着这位当年的救命恩人。

/ 六 /

终于，有一个久违的遥远的声音——是的，那是一种穿越了 40 多年岁月的遥远的声音，又在他耳边响起：

“……或有一天，你终能大彻大悟，弃恶向善，不再沉湎于刀山火海……”

/ 七 /

就在这个时候，众尼姑们已修完了早课。法莲师父把手中的木槌插进木鱼嘴口，颤巍巍地从蒲团上站了起来，迎着身后的客人走了过去：

“这场雪下得好大啊，没想到你们会冒雪上山来——噢，木村施主呢？”她说着，目光在人群中一一寻找着，又重复了一句：“木村施主呢？”

木村终于听清了这一声召唤是朝着自己的，他跨上一步，在法莲师父跟前跪了下去，热泪奔涌着恸哭了起来……

/ 八 /

“到后殿坐吧，我当供上热茶，恭敬各位施主。”法莲师父说着，扶起了木村，领着客人朝后殿走去。

“啊，法莲师父，你是怎么知道木村要上山来的，大前天我们来寺上的时候，并没有提到木村先生的名字啊？”紧随在法莲身旁的沈霏问道。

法莲师父听罢，双手合十：“善哉，善哉，缘分，真是缘分啊。各位施主，随我来，我让你们见一个人，看一样东西。”

/ 九 /

从正面的大殿走过一条长廊，便是法莲寺的后殿了。走进后殿的偏门，那里并排几间禅房，就是寺中众多尼姑下榻的所在。在这排禅房与寺殿中间，有一个小小的厅，法莲师父安排客人在这里坐定之后，便有一个年轻的尼姑把刚泡出来的茶水端了过来，这是新制的乌龙冬片泡出的茶，一股新茶的清香随着淡淡的雾气升腾而起，一下子就弥漫了整个小厅。

“各位施主，都用茶，暖暖身子，这天气可够冷的了——噢，不过木村施主，当年在吴家桥法莲寺外的那个早晨要比这儿冷多了吧……”法莲师父招呼大家品尝着新茶，谈起了往事。

“是冷多了，天寒地冻的……要不是法莲师父相救……我木村早已饥寒交困、抛尸野郊了……几十年了，我难忘法莲师父的再生之恩啊……”回首往事，木村心潮起伏，端着茶杯的手不禁颤抖了起来。

“木村施主，你言重了，普天之下，芸芸众生，本该相扶相助、渡过苦海，不该钩心斗角，更不该兵戎相见，有道是化干戈为玉帛。”法莲说着，把喝空的茶杯搁到茶盘里，手掌轻轻一挥，“木村施主，这事不足挂齿，你就将此事忘了吧——噢，木村施主，你此番千里迢迢，来到寒寺，该还另有他事吧？”

“有啊，法莲师父啊，你当年给我吃的跌打刀伤丸药，可称神丹妙药啊，我的伤那样严重，当时军营里又缺医少药，可吃了那几颗丸药，我的伤口居然没有感染化脓，这事连军医都不敢相信，法莲师父啊，这几十年来，我一直在药厂谋生，我常想着有朝一日能再遇上师父，我一定会请求跟中国合作，恳请师父献出秘方，生产这种丸药，救死扶伤。”木村说的是真心话，多少年来，他一直怀着这个善良的愿望。

这位法莲师父，早年出洋学医，回国后在哈尔滨一家教会医院任职，“九一八”事变时，她的亲属全部遇难，她悲愤难当，遁入空门。都说出家人无喜无悲，可在此时，听到木村这么一说，这位出家人不禁感慨万千，当年她救助过的这个曾经沉湎于刀山火海的日本士兵，显然已放下屠刀，弃恶从善了，法莲师父沉思良久，眯起眼睛微笑了：

“善哉，善哉，木村施主有这份济世之心，难得啊，这事你去跟中国谈妥了，药方我当献出，况且这药方也是前人传下来的，但愿天地间是医是药都能尽用于疗治生灵病痛，而不再用于战争，木村施主，你说是吗？”

从40多年前九死一生的那场战争中走过来的日本老兵木村一郎，自然听出了这位救命恩人话中的深刻用意：

“法莲师父啊，您的话，我能理解，您是说人间不应该再有战争，其实早在40多年前，您不仅救了我的生命，也救了我的——”看得出来，木村是个不善言辞的人，他一时找不到合适的词语将这句话说完。

“木村先生，你是说，法莲师父当年不仅拯救了你的生命，同时也拯救了你的灵魂，是吧？”坐在一旁的沈霏接过木村的话说。

“是的，就是这个意思……”木村说。

坐在一旁的法莲师父听着他们的话，又一次双手合十，微微笑了起来：

“善哉，善哉，如此看来，木村施主是早已跨越刀山火海，现身说法，可谓立地成佛啊。”说到这里，她突然话题一转，看着木村问道，“木村施主，你可有个妹妹，俗称——芳子？”

听到法莲师父口中说出这个名字，木村的全身猛然一阵哆嗦，连手中的茶水都泼了出来：

“法莲师父，您说什么——芳子——您是怎么知道的？”

法莲师父呷下一口茶，仍是从容地说：“木村施主，你的妹妹——芳子——噢，该称了缘才是——”

“……芳子——了缘——这是怎么回事啊，法莲师父，您能告诉我吗，她如今在哪里？”木村迫不及待地问着。

“阿弥陀佛，善哉，善哉，真是一个‘缘’字啊，木村施主，你们兄妹跟贫尼真是有难了难断的缘分啊——芳子早在 40 多年前，在吴家桥法莲寺落发出家了，‘了缘’两字还是贫尼给她起的法号呢！”

“啊，法莲师父，如此说来，我的妹妹，芳子，她还在吴家桥那边寺中了？”

“不啊，木村施主，早在 1952 年，了缘就随我南下到这座寺庙中来了。”

木村听到这里，“霍”的一声站了起来，走到法莲师父跟前，又一次跪了下去：

“法莲师父，又是你救了我的妹妹芳子，她现在可在寺中？”

“起来，起来，木村施主，在，在，了缘病得不轻，不瞒木村施主，了缘快到圆寂西去的时候了，木村施主要是晚来，恐怕难以相见，她此时正在禅房静养，随我来吧。”法莲师父说着，领着众人走进了最后一间禅房。

/ 十 /

让我们回首过去，回到那个战火弥漫的岁月，回到 1940 年的秋天……

这个时候，在中国大地上，一场侵略与反侵略、征服与反征服的拉锯战正处于残酷的白热化阶段，为了鼓舞在华作战的日军的士气，日本方面组织了家属赴华慰问团，来到中国战场慰问前方战士。多次申请，真善子与芳子母女俩终于双双获准参加了这个慰问团，并很快来到了中国。这个慰问团在日本军队的重重护卫下，几经辗转，在进入中国江苏北部地区的时候，遭到中国抗日军队的伏击，那些护卫的日军几乎全军覆灭。而慰问团的成员则四处逃散。他们有的被中方俘获，有的则被所到之处的日军收留了。在混乱之中，真善子与芳子失散了！

真善子很快被吴家桥内的慰安营收留了。将近一个月之后，芳子也被送到了这个慰安营内，这个时候，已是 1940 年的隆冬了。

关于 1940 年冬天，在中国苏北吴家桥日军慰安营里，发生在木村与其母亲身上的那桩往事，我们已经说过了，这里，我们还得交代一下，在那个夜晚，从大田长官走进去的那个房间里传出来的，那个十三四岁的日本少女的呼救声——那正是芳子！

……此刻，芳子正躺在中国闽南南鲁山的静海寺里，这是 1982 年的隆冬，距离 1940 年吴家桥那个夜晚，已经过去整整 42 年了……

……

她是在回忆往事吗？

是的……

/ 十一 /

这是一个被战争夺去了一切的女人，一个曾经的慰安妇。

战争夺去了她的父亲，战争夺去了她的母亲，战争夺去了她十三四岁少女的童贞——还有那失散了 40 多年的骨肉兄弟……

现在，她已走到了人生的尽头。在生命的最后时光里，她在回忆，她记起了自己作为慰安妇的那些时日……

……她在吴家桥慰安营里度过了 56 个日夜。在这漫长的 56 个日夜里，芳子可以说是经历了人世间属于女人的一切灾难了……

……第一个夜晚，她以一个十三四岁的未曾完全发育好的处女的血，写下了她作为慰安妇的第一页（夜）历史——第一夜，她挣扎了，她呼救了，她流泪了，与那血同时喷涌出来的是她心上的血。

那一夜，她一直处于半昏迷、半死亡的状态之中。大田长官是在什么时候离开房间的，她已全然不知，甚至在第二天，她的脑浆迸裂的母亲真善子被搬出去草草掩埋，她也一概不知。

像对待所有被他夺去了贞操的少女一样，大田长官从此再没有碰过芳子，从第二夜开始，她就被交给了所有的日本军人。

随后的日子，她不再呼叫，不再挣扎，不再流泪——她死去了。

她必须随时应付那些从战场上下来的日本兵的需要，有时是一天 5 个，有时是一天 10 来个，有时是排着队来……

这是一个十三四岁的慰安妇。

她死去了——她死成了一具没有灵魂、没有思想的躯壳。

她曾经绝食过，她想过让自己完全死去——但是这绝不可能，她连死去的权利都没有。她每天都被他人硬灌下食物而活了下来——这是维持肉体温度的热能量——大日本帝国发动的这场战争需要这么一堆堆温暖的躯壳——

尤其是在 1940 年那样严寒的冬天。

是的，她死去了。

她的心已不再滴血——她心上的血似乎已经滴尽了。

可是她的躯壳一直在滴血——一个尚未完全发育的十三四岁女孩的躯壳，为这场战争滴出的血！

……

在第五十六个夜晚将要过去的时候，吴家桥日军据点被新四军叶飞挺进部拔掉了，混战之中，一颗炮弹落进慰安营里爆炸了。

那座作为日军慰安营的大屋被炸开了一个豁口，幸存的女人们越过这个豁口作鸟兽散，各自落荒而逃。

在混乱中，当芳子逃离慰安营的时候，吴家桥城内正笼罩在黎明前的重重夜色之中。不时炸裂的炮弹的火光一次次映红了漆黑的天地。芳子终于艰难地穿过炮火逃到城外来了。

那时候，启明星已经退隐，一线白光从遥远的东方地平线上裸露出来——那是被隆冬的冰雪冻得苍白的黎明的曙光。

这是芳子被圈进慰安营后这五十多天来，第一次见到的大自然的光芒。

她站在冰天雪地之间，久久地凝视着前方地平线上那一线愈来愈清晰的曙光。

终于，她发现半轮血红的朝阳升腾了起来！

面对着那冉冉升起的朝阳，她突然泪流满面，号啕大哭起来，那是因为——

她发现自己活着！

而在这之前，她逃离慰安营，逃出吴家桥，却是一种完全没有意识的行动——甚至也不是一种本能——那只是一种类似梦游症的行动。

而现在，她终于有了意识（感觉）。

——生命回到了这个十三四岁的慰安妇身上！

她回过头去，望了一眼还在冒着硝烟的吴家桥，又很快回过头来。

/ 十二 /

而后，她义无反顾地朝着前面的曙光走去。

/ 十三 /

她在冰天雪地里艰难地跋涉着。

她深一脚浅一脚地踩着厚厚的积雪，迎着遥远的地平线上那轮初升的朝阳走去。

后来，她倒在了冰天雪地之间。

——她在离吴家桥城不远的法莲寺门前昏死了过去。

/ 十四 /

她活转过来的时候，已近当天中午了。

她是躺在法莲师父的臂弯里苏醒过来的。那位出家人正在往她口中灌着什么药汤。

后来，法莲师父终于知道了她的身世。

几天之后，当法莲师父要为她的下身施药的时候，面对着这个十三四岁女孩被摧残得触目惊心的躯体，那位自诩六根清净的出家人禁不住老泪纵横……

啊，阿弥陀佛，这就是战争吗？

罪过，罪过！

/ 十五 /

是的，这就是战争！

/ 十六 /

从此以后，芳子在法莲寺剃度出家，取法号“了缘”。1952年，法莲师父离开苏北来到闽南南鲁山静海寺任住持时，了缘也随同前往，直到今日。

不久前，她在医院里被检查出患了宫颈癌，并且已到了晚期，癌细胞扩散到肝脏里了，知道了自己的病情之后，她执意出院回到寺中。她已经多日粒米不沾，每天只靠一杯清茶延续着生命。

离开医院这些日子，她已多次处于弥留状态，但是最终她又硬挺了过来——她死不瞑目啊，她虽已出家多年，又法号“了缘”，可是她尘缘未了——她还有一个母亲在这个尘世中（她不知道母亲早已死去！），她惦记着她；她还有一个兄长在这个尘世中，她惦记着他！

这个时候，法莲师父领着客人走了进来，只见了缘正闭着双眼静静地躺在那里，对于走进房间的客人她没有任何反应，她似乎没有发觉。

法莲走了过去，拉开暗色的布窗帘，禅房里一下明亮起来：

“了缘，你睁开眼睛看看，是什么人来看望你了。”法莲师父在了缘身旁俯下身子，轻声地说道。

然而，对于师父的呼唤，她好像没有听见——她连转过头去睁开眼睛看看来客的力气都没有了。两天前，就在沈霏、黄杰汉他们离去后的那天晚上，当了缘再一次进入弥留状态时，法莲师父贴在她耳旁，对她说起了有一位日本客人将要到访的消息之后，她立刻又复活了，并且猜想到这位到访的日本客人必定是木村！

“木村……哥哥……是他……一定……是……他……”从那一天起，她就一直这样不停地呼唤着；并且从那一刻起，她一直将那把匕首紧紧地握在胸前，再没有放开过！她坚信苦苦寻找了40多年的骨肉兄弟就要到来了！了缘的这种情绪甚至也感染了法莲师父，连她也深信不疑了：这个即将到访的日本客人就是那把匕首的主人，就是当年她曾经施救过的那个日本伤兵！

……木村低着头，显然正注视着近在咫尺的了缘。他的胸怀里滚过一股莫名的悲哀！

啊，这难道真的是芳子吗？这就是我的妹妹吗？

他久久地望着床上这位瘦得只剩下一副骨架的尼姑，他不敢相信眼前这个垂死的出家人，就是他苦苦寻找了几十年的妹妹。

这时候，从窗棂上投射过来的一线阳光正落在了缘的胸口上，木村看到了这线阳光里的那双手……

——他看到了缘手中紧紧地握着的一把匕首！

/ 十七 /

“你最好将手中的匕首丢在一旁，那样或许对你会更安全些。”——那个不亢不卑、不威不怒、不畏不惧、大慈大悲、大刚大勇的声音从远去的岁月里传了过来……

这是谁的声音？

这当然是法莲师父的声音！

/ 十八 /

是的，是这把刀！

……40多年前的那个冬日的早晨，当木村离去之后，法莲师父便将这把匕首收入寺中，她不想因这把日本短刀给法莲寺带来不幸的事。

随后不久，当芳子在吴家桥法莲寺出家后，便认出了这把刀，她向法莲师父说起了它的来历，并且要过来随身保存。这把刀已伴随了她40多个春秋！她坚信，她的哥哥还活在世上。她一定要见上他一面；她一定能见上他一面！在她身患绝症之后，这种信念更是几次支撑着她从弥留中又挺了过来！

现在，这把刀的主人，他的哥哥木村一郎就站在面前了！

法莲师父见木村还犹疑着站在一旁，便轻轻地把他推向前去："去吧，木村先生，这就是了缘，这就是你的妹妹——她告诉过我，你们的家在日本招津，在樱花街……"

"招津，樱花街！啊，是的，是的，这就是芳子，这就是我的妹妹！"木村高声地呐喊起来，随即，他坚信不疑地向了缘扑了过去，"芳子，芳子，你醒醒啊，你睁开眼睛看看我是谁啊，我是你的哥哥，我是木村一郎啊……"

了缘终于又睁开了眼睛——这是回光返照——她默默地望着趴在自己眼前的这个人，片刻之后，她脸上掠过一丝笑容，同时，喃喃地深情地叫了起来：

"木村一郎，哥，哥哥……"她这样低声地呼唤着，脸上泛出一层动人的红晕，双眼里也闪烁出明亮的光泽。她转动着明亮的双眸，在木村的周围寻觅着。

她在寻找什么？

是的，她是寻找另一个亲人。

但是，她没有找到这个人。

于是，她脸上的笑容消失了：

"哥，怎么，是你，一个人……来，妈妈呢，妈妈怎么，没来……看我……"她又喘了一口气，"妈妈……"

了缘用最后的生命呐喊出来的这个神圣的字眼，像闷雷般在木村耳旁轰然一响，随之，这个闷雷撞向他的胸口，他突然感到心口一阵激烈地绞痛，如万箭穿心般，他撕心裂肺地惨叫了一声：

“妈妈！”

接着，他再一次感到胸口一阵激烈的绞痛，眼前一黑，倾倒在妹妹身上……

/ 十九 /

几天之后，一个驻华日本记者向报社发回一则消息，简单地报道了芳子的死讯，那报道的最后是这样写的“……芳子……可能是‘二战’结束后，滞留在中国大陆的最后一个日本慰安妇了……”

第七章 香港九龙码头

/ 一 /

1982年4月1日，农历三月初八！

/ 二 /

1982年正月后，杨月珍的心里差不多只剩下这个时日了：1982年4月1日，农历三月初八！

……从1948年，她死进溜石湾的旋涡里到现在，34年，就这样过去了！

……从1947年，子钟离开唐山御桥村，离开林家小院，去了南洋，35年，就这样过去了！

夫君，子钟夫君啊！

如今，我的头发差不多白透了，我开始掉牙齿了！

你还能认出我来吗？

而你呢，我的子钟，我的夫君！

你头发白了吗，你掉牙齿了吗……

我还能认出你来吗？

啊，啊，你不需说，你不需说，你好好地看着我，我好好地看着你。

34年！35年！

……这一天来得这样艰难；这一天来得这样快！

……这一切，都是在梦中吗？

不是的，不是的，这是在香港九龙湾客运码头！你的夫君，你的子钟就站在你的面前，看吧，你好好地看吧，杨月珍。

你的丈夫并没有老去，依然是那宽宽的前额，额头上是茂密的黑发……鼻梁当然更不会变——都说人最难老去的就是鼻梁，是的，这是子钟的鼻梁，挺直的鼻梁，鼻梁下是方圆的下颏，下颏上还是那棱角分明的嘴唇。然后，你的目光移了上去，又看到了那双善良的深邃的眼睛……啊，啊，丈夫怎么一点都没有老去？而且似乎还长高了，而且比你记忆中更加壮实了！

……你再次怀疑了，这难道又会是一场梦，一场捉弄人的梦？

……人生本来不就是一场梦吗？有时短促，有时漫长；有时甜蜜，有时苦涩……

你终于又从一场梦中醒了过来；你终于醒悟了，站在你面前的这个男人不是你的子钟！

你终于看到“子钟”后面的另一个“子钟”……

——一个身板已经微微佝偻的真正的子钟……

如此说来，站在你面前的这个年轻的“子钟”，必定是你的儿子，是云昭，是当年你用生命将之推出溜石湾死亡旋涡的儿子了？

而站在儿子身后那个……半老头，那个头上已经蒙白，双颊已经陷落的……

你像遭了当头一棒，一下子痉挛了，发直的、呆滞的目光凝固在你所认定了的丈夫脸上，但仅仅是过了片刻，你的眼皮就垂了下来，目光坠落到了地面上……

——那才是你魂牵梦萦的子钟！

——当年的丈夫，只剩下那个高高的鼻梁了……

你没有流泪，35 年的生死别离，从泉州南门外一个婀娜多姿的年轻番客婶，等成了一个老妪，即使把你的全身都化为泪水哭出来……

你没有哭天抢地，你默默地睁大了双眼，终于，你死滞的双眼里又有了一些生气。你以自己充满柔情悲悯的目光，从他的脚板开始，慢慢地往上望去，直到又一次落定在他的脸上；直到在他那张脸上寻找到了他的目光。然后，你紧紧地盯住了——你生怕那苦苦等待了 30 多年的目光再度消失……

……没有一个作家或者诗人能够准确地写出这个时候你的目光里包含着的是什么？

——没有！

——只能说，任何一个人，在这个时候看到你的目光时，都要感到撕心裂肺、肝肠寸断！

这不是一个梦！

这是 1982 年 4 月 1 日的下午。

杨月珍与曾文宝是 1982 年 3 月 30 日下午从台北坐船，4 月 1 日下午抵达香港九龙湾港口的，而林子钟、林云昭父子还有陈燕玲、比罗 4 人，是从马尼拉乘飞机过来的，晌午飞机落地之后，他们就驱车赶到这里来了，一直等到现在……

再过半个小时，当黄昏到来之前，他们将登上开往厦门港的“鼓浪屿”号客轮，在海上度过一夜，于明天到达厦门，转车前往泉州，再达南门外御桥村。

林子钟问儿子：“现在不用再在厦门转乘帆船走溜石湾的水路了吗？”

林云昭说：“现在直接坐车，快多了。”

第八章　三个女人和一个夜晚

/ 引子 /

“爱”往往是沉重的，担当着这种“爱”的人，其实也是沉重的。

/ 一 /

林子钟一行人，是在林云昭、陈燕玲婚礼的四天前回到御桥村的，随后的三天里，够他们忙碌辛苦的。首先，已临近清明节了，他们回唐山后的第一件事就是到祖坟上香烧纸供祭。

30多年过去，塔山坡对面两三里路外的观音山墓场，又多了许多新冢。春天已经来了，墓场上的狗尾草、接骨藤、看麦娘、仙女梦、景人蔓都新芽勃发，一片嫩绿。而匍匐在地面上的浑身长刺的，早春里盛开的金樱花，花已谢去，花托上结出了血红的果实。在这片万紫千红、生机勃勃的土地上，不时飞过的翠雀、画眉、黄莺儿，丢下来阵阵悦耳的叫声。

……这就是让一代代闽南番客魂牵梦萦的唐山故土了——无论是死去的还是活着的。

……在泉州南门外我们的故乡，一切足以使离乡去国漂泊南洋的游子牵肠挂肚的事物中，最永恒的莫过于先人的坟墓了。在他们看来，人生一世，犹如草木一春，是瞬间般的短暂。而死才是永恒的——最终将自己的骨肉之躯，融入摇篮血迹，孕育出新一代的生命，让一代代人前来缅怀，前来祭祀，那才是永恒的。

——那叫落叶归根；那叫魂归故土；那叫生生不息。

/ 二 /

在林云昭的记忆里，在他不曾谋面的祖父林仁和衣冠冢的后侧，那里是曾经有过一个无名冢堆的。现在，他显然看到那个冢堆已被铲平了，上面种了好几棵银杏树，齐人高的树冠上，长着油嫩的绿叶。

在出发前来扫墓时，罗茜就把林云昭叫到一边：告诉他上山时别当着他妈妈的面说起那个冢堆，并告诉他，那上面已种上了银杏，是沈霏从永春带来的苗木。

走到墓地，杨月珍便问起了那些树：

“这都是些什么树，以前可是没有的，可我又觉得好生面熟，好像在哪里见过？”

云昭说：“妈，这就是银杏树，我想，妈你是在我们洗涤品的外包装上看到的，我们纸盒上印的那种树就是银杏树。”

“所以，为洗涤品起名时，你就想到祖宗风水上这些银杏树？”提到银杏牌洗涤品，杨月珍心里高兴了起来。

“不，妈妈，这些树是罗茜妈妈才新种上去的。”

“难得你罗茜妈妈想得周到，我想，我们林家几代人积德，就凭这祖宗风水上的这些银杏树，也得荫出我们家银杏牌产品兴旺发达。”杨月珍说着又笑了。

/ 三 /

拜谒过先人坟茔，为列祖列宗烧香供祭化纸之后，林子钟、曾文宝两家人更忙了起来，都离乡去国 30 多年了，历经生死万难，终于才又回到故土的番客，接下来就得给邻里亲朋分发份子礼了。

这一次，曾文宝再也不必像 1948 年那时，为逃避份子礼，到了家门口，竟不敢回家，而径直去了台湾。正月里，他陪月珍去了一趟金门，把张阿强的骨殖移回台北，葬在外潘湖山坡上张家二老旁边。那一次去金门，想到要回家乡，他买下了许多金门“三宝”。这三宝，是金门高粱酒、花生贡糖，这两样，是金门的老特产，据说早年是朝廷贡品。而第三宝呢，则是金门菜刀了。削铁如泥的金门刀具，则是 1958 年以后的金门新特产了，据说是用当年大陆打过去的大炮钢铸造的，几年之间，人们便把金门菜刀列为金门第三宝了。高粱酒与贡糖，曾文宝一下子就买了几十瓶、几十包，金门菜刀，他更是买下了几十把。在餐馆打理几十年，与各种刀具打交道，他亲手挑的这几十把菜刀，都是绝佳的上等货。这些沉甸甸的“金门三宝”，曾文宝是用来作为带回唐山的份子礼的。而林子钟他们带回来的呢，除了芒果干、菠萝蜜片、浓香浓香的纯可可粉之外，更多的是带了银杏牌洗涤品如洗发香波、洗澡露、牙膏等，林子钟要告诉唐山老家的邻里亲朋，他的儿子能办厂出产品了；林家走出困境了！在订购机票的时候，旅行社的伙计告诉他们，唐山已取消“布票制”了，南洋的番客回故乡去不用再带布料、针线什么回去了。回到御桥村后，曾文宝把“金门三宝”送了一些到林家，又从他们那里取走了几打洗涤品，两家这样一调剂，送出去的分子礼就更有面子了！忙完了这些事，林云昭与陈燕玲的“好日子”也就到了！

/ 四 /

林子钟一家的回来，尤其是林云昭、陈燕玲婚期的到来，使得多年冷清的林家小院一时热闹起来。连日来，亲朋好友、邻里乡党都拥到林家小院来。而自从回到御桥村之后，林子钟一直在等待着一个人的到来，但是一直盼到婚礼的前一天，却等来了沈霏带来的消息：这个人不能来了——这就是林子钟盼了44年的卢老师！沈霏不仅早已把林子钟的信转了过去，“好日子”临近时，她还往永定挂过去长途电话，电话是卢老师所在的公社领导接的，她正生病住院，电话又转到医院，卢老师亲自接了，她让沈霏转告对林子钟一家人的祝贺，希望林子钟能在唐山多住些时日，她身体稍好之后，一定会赶到晋江来的。得到这个消息后，林子钟心里一阵怅然：他想到卢老师是病得不轻，否则，她一定会过来的！40多年不见了，林子钟对于卢老师的那份情，就如同儿子对于母亲！

农历三月十二日，林家院里的婚礼热热闹闹地开始了。一切还按老规矩办，轰天震地的几串大爆竹响过之后，林云昭与陈燕玲便在老人嬷的安排下拜了天地，之后，便是叩拜高堂父母了。林子钟、杨月珍两夫妻已早早地被众人安排到两张并排的大交椅上了，当老人嬷把拜过天地的林云昭、陈燕玲引了过来，将那条折成四方用来垫膝的棉毯挪到林子钟夫妇俩跟前时，杨月珍牵起丈夫的手站了起来，同时把一旁的比罗不由分说地按在那张交椅上坐稳，然后牵过儿子、儿媳的手，走了过来：

“昭儿，燕儿，来，先拜过比罗舅父。”

遵照母亲的吩咐，云昭、燕玲双双在比罗膝前跪了下去。

……在泉州南门外我们的故乡，很久很久了，从老辈人那里，传下来这么一句话，传下来这么一个规矩，叫作“天上天公，地上母舅公”。这是说，不论你是贫贱，还是富贵，在你成亲的这一天，你拜过天地之后，接着便要叩拜“母舅公”了。

来自异国的比罗，来自菲律宾红奚礼示郊外曼鲁村的比罗，一时还不能理解，在中国泉州南门外，林云昭、陈燕玲这对夫妇在新婚之日对他的这一跪拜，是何等隆重而又真诚的礼节！那是出自林家两代人对于他们一家的感恩与崇敬——那意味着，林家人已把罗茜当成林云昭的再生母亲，而作为罗茜的胞兄，比罗理所当然被尊为“母舅公”了。

接着，又是杨月珍搬过来一张交椅，把那条棉毯在这张交椅前摆正了，然后，还是杨月珍，紧紧地牵来番婆罗茜，还是不由分说地将她按坐了下去。这一天，番婆罗茜与杨月珍穿的是同一式样的大红偏襟衫，在泉州南门乡下，当妈的在儿子成婚这一天是要穿上这种大红衫的。罗茜身上的这一件大红衫，是杨月珍几天前就为她备下的。

不用老人嬷的指点，不用母亲的安排，林云昭与陈燕玲已跨了过去，在罗茜妈妈跟前，齐刷刷地跪了下去……

……多年之后，参加过 1982 年农历三月十二日林家的这场婚典的老少乡党们，还会清晰地记得，那一天，当看到林云昭、陈燕玲双双在自己膝前跪下去时，番婆罗茜是如何眼泪滂沱地哭瘫在交椅上的……

/ 五 /

那一天深夜，当客人们散去；儿子、儿媳已双双走进洞房；杨月珍让林子钟先回房间之后，她一只手搭在罗茜肩上，将她紧紧地拢进怀里。

这是农历春暖的三月夜晚，泉州南门外乡下的人们已脱去了厚厚的寒衣。这个夜晚的罗茜，她大红的偏襟衫里，也只套上了一件薄薄的夹衣，杨月珍搂在她肩上的那只手掌，很容易就触到了罗茜夹衣里棱棱的骨突。抚摸着罗茜瘦削的肩头，一阵怜悯之情再次在杨月珍胸中滚起！她年长罗茜 4 岁，从第一天见面起，她的心里就对罗茜充满了一种莫名的深沉的柔情，她一直称她为罗茜妹仔。现在，在这个深夜里，杨月珍就如同一个母亲，拥着自己深爱的女儿，与罗茜一起，迈进了她睡觉的房间：

“罗茜妹仔，我们姐俩，今晚能多谈一会儿吗？”

罗茜睁大了她那双已显苍老，但依然美丽动人的重眼皮眼睛，以童真无邪的眼神看着杨月珍：

“月珍嫂子，你说吧。”

“罗茜妹仔，几天了，我一直想对你说……我得感谢你……没有你，就没有林家……没有云昭的今天……30多年了，这是一个‘谢’字能了结的吗？……我们林家欠你们家太多太多了……哦，罗茜啊，你为什么要……”说到这里，杨月珍泣不成声了，她由自己逝去了的青春，想到罗茜失去了的青春……

罗茜没有哭，刚才云昭、燕玲跪拜她的时候，她已经痛痛快快地哭过了，现在，她用那双刚刚被泪水洗涤过的清澈的眼睛，勇敢地迎着杨月珍那双无限善良的眼睛开口说：

“为什么？为了爱……，还在孩提时代，我……就爱着林子钟了……虽然我，自始至终都没有得到过子钟哥哥的……那种爱，但是我爱着，有些爱是刻骨铭心的……我愿意为了子钟哥哥，为了他的儿子云昭……离开菲律宾，甚至离开父母兄弟……”

作为女人，作为爱过的女人，杨月珍能从罗茜微微颤抖的声音中听出来，她对于子钟的爱是多么深沉绵恒，至今依然爱着！

“可是，罗茜妹妹，你为什么不向子钟……说出这种爱……而且，那时候，我是已经死了啊……你应当说出来……你不应当这样……苦着自己……”

“不，月珍嫂子，我说过的，你在世的时候，我就向他表白过……在当年，我甚至还故意把你让子钟带给我的戒指戴到了无名指上，可是后来……”说到这里，罗茜把自己的手伸了过去。杨月珍发现，罗茜戴在右手无名指上的那个戒指，确实就是她当年让子钟带给罗茜的。“……我已经发现，子钟哥哥，他心中只有你，特别是你的……死讯传到南洋之后……我更加认定了，不管是生是死，子钟哥哥的心里永远只会有你……”

“……既然你已经知道，你与子钟之间，已经不可能……你为什么非得为了云昭……罗茜啊，你都把自己给耽误了啊……”

“我离开南洋，既是为了云昭，也是为了自己……月珍嫂子，你也是女人，你一定能够理解……我选择了离开，选择了逃避……那是我希望不用天天见着子钟哥哥而痛苦……”

“可是你可以选择回到曼鲁渔村啊……”

“可是，唐山……还有云昭啊，他那时只有一周岁多一点啊……”

听到这里，杨月珍又张开了双臂，脸贴着脸，重新把罗茜紧紧搂在怀里。

……随后，两个女人的泪水交织着流在一起了……

/ 六 /

从罗茜那里出来，走进自己房间，杨月珍发现丈夫还没有睡着。

“月珍，都忙了几天了，你有什么话，不能留着明天谈？”林子钟问道。

“有些话，我都憋了好些天，现在说了出来，心里轻松多了……哎，这人生啊，难道都是命定的……”杨月珍轻叹了一口气。

“你都跟罗茜谈了些什么啦？”

“……子钟啊，我们林家，是积下了什么德，才交上罗茜一家人，这种大恩大德，我们这辈子都还不起啊！”

“那就让昭儿、燕儿继续往下还吧……”

“……罗茜，菩萨心肠啊，子钟，你们……男人，有时够狠心的……罗茜，多么好的一个女人啊，你当年为什么要拒绝人家……”

“……为什么……为了你……”

“我会怪你吗……难道我会怪你吗……而且，当年，我是死了啊……都死了 30 多年了啊……”

“不，月珍，你听我说，那情形，不也和你一样……你，当年不也回绝了张家的提亲吗……有些情，是生死也难以抹去的啊……”

/ 七 /

这时候，御桥村里已响起了头更的鸡啼，黎明即将来了。

屋顶上，落下了沙沙的水声，那是清明时节的雨……

鸡啼过后，因了沙沙的雨声，夜更静了。

而在云昭的洞房里，一对大红烛欢乐地燃出吡吡的声响。

红烛光照耀着的红色的床帐帘后面，响起了新娘、新郎甜蜜的均匀的鼾声……

1982 年 4 月 5 日，子夜过后，陈燕玲把自己人生中的最后一个处女夜交给林云昭后，拥在丈夫怀里睡着了……

第九章　播种银杏的季节

良心，是人类所有属性中
最为崇高的属性

——达尔文

/ 一 /

清明节过去好些日子了。“清明时节雨纷纷”，这一句在中国流传了千百年的诗，说的是清明时节总是伴随着没完没了的雨水。在泉州南门外，人们更是一直把“清明谷雨”前后两个节气连在一起叫，就是因了一个“雨”字。可是，1982 年清明节前，闽南一带一直是晴天万里，飘过空中的云，不带一点水汽。那些日子里，沈霏急得嘴唇都起了泡：她跟永春县林业局定好了，要在林云昭回唐山的这段时间里，把第一批银杏播种下去，让林子钟一家人亲眼看到播种银杏的场面！

天不误人，吉人自有天相！

农历三月十二日晚上，从林子钟那里回到清濛村后，沈霏躺在床上辗转多时，终于迷糊过去的时候，便被雨声唤醒了，她来不及披上外套，便冲向寒气逼人的厅堂屋檐下，伸手朝天井的空中一抓——果真是雨来了！

……10 多天没雨了！恰恰在办过林云昭与陈燕玲婚礼的下半夜，雨就来了！这场雨让林家老少都很高兴！

在泉州南门外，长久以来就有这样的说法：只有积下厚德的人家，在办完红白喜事之后，天才会降雨！据说，红白喜事过后下的雨点点滴滴都下的是金，下的是银！所以次日一大早，林家院里的主人们便迫不及待地走出房间来，高高兴兴地看着天井里的积水。

沈霏就是这个时候从清濛村赶到御桥村来的。当她推开林家院门的时候，陈燕玲已经把满天井的爆竹烟花碎屑打扫干净了，沈霏见了笑笑说：

“燕玲，喝了几年南洋水，你也变成番仔婆了，唐山的风俗，新娘子可是要静手静脚地歇上两天哩。”

陈燕玲把手中的大竹扫把靠在墙角上，笑笑答道：“是吗——沈霏阿姨，快屋里坐，我泡茶去。”

听到沈霏的声音，刚刚才返回房间的林家人都迎了出来。不等大伙开口，沈霏先说了：

“我就不坐了，子钟，你们看，多久没雨了，云昭、燕玲这喜事一办，雨就哗啦啦来了，真是喜事成双啊，这清明雨季一到，永春那边银杏便可播种了。”

杨月珍听着，走过去牵住沈霏的手：“什么事也得坐下说。”

“我得在头上这阵雨下来之前，赶到城内乘车上永春去安排播种的事，如果我没有再捎话过来，大后天，就是 4 月 9 日，你们就直接上银杏集去。那个地方，燕玲就不用说了，云昭也是比我熟多了。燕玲、云昭啊，记得把一家人都带上，去看看播种现场，”说着，特别亲切地望了一望罗茜、比罗，“云昭，燕玲，记得把你们比罗舅爷、罗茜妈妈都带上——我在银杏集等你们一家人。”沈霏这样说着时，一脚已迈出院子门去了，子钟、月珍一见，忙赶过去：

“这个沈霏，总是这样风风火火，进了门，总该喝口热的再走啊，瞧，天又拢合过来了，又要来雨了。”

沈霏回过头去，扬起手中折成方块的雨衣说：“没事的，我带着这呢——记住啦，风雨不动，大后天我在银杏集等你们一家子。”说完话，不再回头，急急地走了。

/ 二 /

本该是春雨连绵的雨季，可是，从春节以后，至今还没见下过一场透雨。鲁山坡上的一些沟沟坎坎里，有些长年流淌淙淙作响的山涧，甚至已经开始沉默下来了。而到了 1982 年农历三月十二日子夜过后，永春、泉州两地的老天爷像约好了似的，都齐刷刷地下起了大雨，整整半夜没有停歇过。到了农历三月十六日，天又放晴了。憋了一春的雨下过之后，天气转暖了。对于云昭、燕玲两人新婚日里的这一雨一晴，林家上下都感到顺心畅意：该来的雨来过了，该来的阳光也来了！番婆罗茜也学起泉州南门外老大妈们的口气来了：直说这是燕玲的好“脚迹”，预兆着从今往后林家的日子风调雨顺、兴旺发达；而杨月珍、陈燕玲婆媳俩呢，则一个劲地夸是罗茜看了个好日子！

4 月 9 日，林家几个人，还有比罗、罗茜兄妹俩，都起了个大早，沐浴着霞光，赶到泉州城内，搭上了前往永春县城的长途汽车。陈燕玲离开唐山的时候，泉州到永春县城的客车，每天还只有一班，现在是上下午都各有车一天两班了。而永春县城开往银杏镇，也是上下午都各有一班车了。他们买的是泉州开往银杏集的联票。

晌午过后，汽车抵达永春县城，在车站停车半个小时，燕玲、云昭在停车场的饭馆里叫好了午餐，招呼一家人吃了后，又带着大家转乘上开往银杏集的汽车。

客车出了县城，又出了五里街之后，汽车便逐渐上坡了。接着，大大小小的山峦迎面而来，这一条回家的路，陈燕玲再熟悉不过了。此时，她一直陪伴在罗茜身旁，为了不让这位番婆妈妈旅途疲劳，陈燕玲使出了在师范学校里学到的全部口才，加上山里人的本土知识，一路上指点着窗外那些流动的风景，告诉罗茜：那叫什么山，那叫什么树，那叫什么花：

"……罗茜妈妈，你看你看，那火烧山一样的花，叫映山红……那叫杜鹃，还有，你看，罗茜妈妈，那是布谷鸟……到了我们鲁山那边，比这儿更美呢，罗茜妈妈……"

坐在前排的杨月珍，回过头来笑着嗔怪道："燕儿，你只顾着亲热你的罗茜妈妈，把娘冷在一边了。"

陈燕玲绯红了脸，连忙笑着应道："娘，回来的时候，我就坐你身旁，陪你说话。"

杨月珍又笑笑打趣道："燕儿，娘这是逗着你说，难不成娘还吃你们的醋？"

杨月珍这一说，先把番婆罗茜逗乐了！

过道的那一旁，是云昭陪着比罗坐的。从小没有离开过菲律宾的比罗，一生见惯了无边无际的热带海洋，第一次走进了中国闽南的群山峻岭之间，一路上一直睁大双眼，目光随着窗外不断后退的山水花木兴奋地转动着。8 年的上山下乡插队生涯，林云昭在这条进出鲁山的公路上不知走了多少趟，对于这条公路两旁的风景，他甚至比陈燕玲还要熟悉。他也尽其所知，一路上陪着比罗舅父说这说那。

数不清爬上了几个山头，记不起绕下了几道山坡，汽车终于穿过两个山头夹紧的那段公路，爬上了一处宽敞的平地。

这时候太阳已经西斜，林云昭与陈燕玲几乎是异口同声叫了起来：

"到家了，银杏集到了。"

/ 三 /

按照几天前的约定，沈霏已在银杏集上的停车点等候片刻了，站在她身旁的还有几位先行到达这里的永春县林业局的领导和技术干部。当然，鲁山村的一大拨乡亲，是早在上午就随着陈燕玲的爹娘候在银杏集上了。

山里人，像他们身居的大山一样多情；像他们脚下的大地一样朴实。对于迎接远道归来的女儿；对于迎接来自南洋和海峡彼岸的稀客，他们没有赶城里人的时髦，为每位贵客奉上一束鲜花。在他们看来，自己故乡大地上那满山遍野的鲜花，就是为每一位远道而来的亲人盛开的。

山里人，以他们朴实无华的泪水——以他们从未被世俗污染的心田里涌出来的泪水，迎接久违的亲人……

……林云昭是在 1967 年，也是在这样的季节里，来到了银杏集，来到了鲁山村……

……那段岁月里，他曾经死去过一次，但他终究又活了过来，为了使他复活，有一个人失去了生命，那是陈文东老师……还有，在那一个夜晚，在他不省人事之时，又是多少山民，燃过多少松明火把，赶了几个小时的崎岖山路，轮换了多少人，硬是赶在死神前头将他送进了天湖山矿区医院……

……10 多年过去了，既然你没有忘记这山这水这人——即使你去了南洋；那么，这山这水，这老老少少的山民们，又何忍忘了你？

……你被一双双善良的眼睛亲切地久久地端详着；你被一双双长满老茧的手亲切地久久地握着，抚摸着……

你无须再说什么，只管把你的泪水也涌出来吧，让你的泪水，和着他们的泪水，热腾腾地流在一起吧……

/ 四 /

农历三月十六的夜晚。

人们常说：十五月满圆，十六月更圆。然而，正当清明谷雨时节，即使是“月更圆”的夜晚，天空的云层也是厚厚的，那是饱含水汽的云层，但毕竟已是到了农历十六的日子；毕竟是“月更圆”的夜晚，离地面很近的那盘圆月，早早就升了起来，虽说是升了起来，但似乎并没有升上天，近得就如同挂在树梢上，踮起脚跟，举起手来，随时都可以摸到这轮山里圆圆的月亮。

银杏集公社的干部们早已为林家人备下了房间，然而，那一夜，燕玲的外家嬷好歹硬是将他们全部请进了自家的土楼里。老人家早已备下了新制的冬片铁观音茶，还有土香土色的茶点：带霜粉的柿饼、金桔糖、蜜炒栗子……她把山里人视为最好的东西，都搬出来款待亲人了。

那一夜，亲友散去之后，夜已深了，可云昭、燕玲两人都似乎没有睡意，在没离开银杏集之前，除了开会的日子，他们也和所有山民一样，日出而作，日落而息。到了南洋之后，特别是银杏洗涤品厂筹办开张之后，操心的事多了起来，熬夜甚至通宵不眠的劳作，是常有的事，几年下来，云昭、燕玲已养成了不到半夜不能入睡的习惯，这种习惯，是生活的压力，是事业的重担，抑或也可以说，是理想与责任逼出来的。

现在，云昭与燕玲已轻轻地迈出房间，走下楼梯，牵着手来到银杏集的街道上了。

“你要带我上哪儿去？”燕玲问道。

“到你的母校去——去看看你捐建的那个篮球场。”

“不等明天再过去吗？”

“明天不是要上鲁山去吗，明天到了鲁山事情可多了……首先上陈文东老师坟上去——而且，自从去了南洋，这么多年过去了，我再没能摸上一回篮球了……”

“可今晚，我们上哪儿去找个篮球？”

“只要看看那球场，那球架……”

小镇初级中学离燕玲外家嬷那座土楼不到一箭之遥，说到就到了。

那个年代的校园大多是不上锁的，即使是在夜里，尤其是在山区。这对新婚伴侣走进校园的时候，一阵风刚好把厚厚的云层吹开了。新铺的水泥球场，在明晃晃的月光下泛出银光。

月亮真好，风也真好。

他们在球架下，默默地站了片刻。

……随后，陈燕玲突然发觉被人从身后拦腰抱离了地，那是一双有力的手臂。

“你干吗，月这样亮，不怕人看见……”等燕玲猛醒过来，奋力挣扎着的时候，她已被云昭抱了起来，原地转了两圈。

“不怕，你是我的妻子……”

他把燕玲在地上放稳了，徒手在球场上跑了几圈，冲刺，跳跃，投篮……

直到汗水都流了出来！

林云昭初到南洋的时候，林子钟才刚刚从困境中走了出来，说是走出困境，其实也就是刚还清了压在身上多年的沉重的债务而已。林云昭的一切事业，都是靠自己白手起家的，几乎是每一步路，都是靠自己的脚板，艰难地走过来的。

……作为番客，在异国，在南洋，他这几年活得太累了，活得太沉重了！以至于多年都没有摸过球了。

一个怀着某种责任在人生道路上跋涉的人，他的步履永远是沉重的……

——是否也包括了这个夜晚？

不！这个夜晚，林云昭是满怀激动、满心欢喜的，为了偿还一种夙愿——多年来，林云昭一直以为，他欠着自己脚下的这片土地，以及在这片土地上生活的山民——包括那些活着的以及死去了的人，太多太多了——这一切，是必须偿还的！他们已为燕玲的母校修了一个篮球场，他们还即将在银杏集四周的山头播种银杏树，他们已迈出了实实在在的第一步……

他太高兴了——因为他是跑在妻子捐建的这处球场上啊！

他跑了一圈又一圈，甚至跑到泪水与汗水都交汇在一起了……

直至妻子跑了过去，拦住了他：“云昭，你停下来，你停下来……你都跑了十几圈了！”

……走出银杏集初级中学校门，他们又走到了农盐门市部后面小溪旁的那棵枫树下。

月亮和那年一样。

小河的水也和那年一样。

……当年来自泉州南门外那个卖农盐的知青；还有当年那个穿着尿素袋改成外衣的银杏集中学女学生……如今都成了南洋番客了……

……还有墟日里那盆大肥肉熬的老糟菜……

……这一切，都远去了吗？

哦，哦，人生啊人生……

……你在回忆，面对着月色朦胧的高山；你在回忆，面对着云雾弥漫的穹庐；你在回忆，面对着在儿时就走进你心扉的云昭……

啊，啊，燕玲啊燕玲，你不觉得过去了的一切都是亲切的吗？

……一种温馨的柔情，急促地在你胸怀里迅速弥漫开来……

陈燕玲突然回过身去，扑进丈夫怀里，把头紧紧贴在他胸前。

许久许久，她听到了丈夫这样问道：

“燕玲，今天，我一直在寻燕杰，他为什么没有来？”

“不告诉你，到时候你就知道……你等着一个惊喜……”妻子喃喃地娇嗔地说道。

/ 五 /

林家一行，在银杏集住了一夜，便早早上了前往鲁山村的小路，这是一个生机勃勃的季节。连续几天的雨水，催出了银杏集四周千山万岭轰轰烈烈的春天。林子钟对于鲁山的向往，首先是从儿子多年的信笺中读到的，开头的那些信，儿子总把那里的山山水水、草草木木，尤其是当地的山民，都描绘得那样美好，儿子从来没有提到过插队生活的苦处。可在南洋，他听到外人说的，却多是有关唐山下乡知青的艰辛苦难，他甚至怀疑儿子是尽写好话在安慰他。然而，多年了，儿子信中的口气一直都没有变，他到了南洋后，更是常常怀念着插队生活。直到陈燕玲到了菲律宾之后，几年朝夕相处下来，林子钟从她身上看到了山里人的种种品质，便完全相信了儿子所说的一切。而杨月珍呢，她“死”去时，儿子还在襁褓里，她“复活”后再见到儿子时，云昭已经30开外到了娶媳妇的年龄了！30多年的阔别，母子之间甚至都有了些生分，这几天里，反而是罗茜妈妈时不时地暗示着云昭多和“妈妈”交谈，谈什么呢，云昭对母亲谈得最多的当然是生命的话题了。这之间，他谈得最详细的莫过于1967年夏天的那个夜晚：陈文东老师，为了抢救林家的独根苗，死了。鲁山村失去了一个好老师……

而在杨月珍看来，鲁山村除了给了云昭第二次生命外，还给了林家一个多么好的媳妇……杨月珍不禁感慨万千了：她一生坎坷多难，但灾难中总遇上好人！为了这一切，她不能忘恩负义，不管对活人或是对死人。临回唐山前，她已把张阿强的骨殖从金门移到台湾张家二老身旁安葬，了却了一个多年的心愿，这只是第一步；再接下来，总有一天，她是一定要把张家三位亲人移回大陆东山来重新安葬的。现在，她从海的那边来到银杏集，作为母亲，她必须亲自到鲁山上陈老师的坟前祭拜一番的。

在银杏集陈燕玲外家嬷土楼里住了一夜，第二天早上，林家一行人走上了通往鲁山的山路。

/ 六 /

走出银杏集后，林云昭就一直惦记着路旁那三棵银杏树。现在，他终于来到了三棵久违的树下！

“爸爸，妈妈，罗茜妈妈，就是这三棵树，这就是我每每提到的三棵银杏树！你们看，有多高，有多挺拔……”在三棵树下，云昭停下了脚步，他昂起头来，深情地凝视着树冠上在这几天春雨里绽开的银杏花。

7 年不见，它们又长高了、长粗了，又长出了新的年轮……

可是，种树的人呢；种树的陈老师呢，早已沉睡在高高的鲁山上了……

林云昭没有在树下多逗留，他再一次深情地望了望那三棵亲爱的银杏树后，又大步走在前头了。

他急着去看望陈老师！

依旧是半山坡里的那座祠堂；依旧是那方一尘不染的“永春县银杏集鲁山小学”的木牌。在学堂对面的那处山峦上，依旧是那座墓冢！

那个长眠在墓冢中的人，无论是春夏秋冬，无论是天晴天雨，无论是清晨黄昏，10 多年了，他一直那样默默地深情地注视着面前那所学堂。

此时，他应当发现了，从南洋归来的林云昭，带着一家人来看望他了……

林云昭发现，去了南洋 7 年，这座墓冢又长高了许多！他深信，多年来，这座孤独的墓冢并没有寂寞过，鲁山小学的师生，鲁山村的老少乡党们，都和自己一样，时时记挂着这座墓冢！

他深信，再过几十年，再过几百年……这座墓冢，终将成为一个传说——一个古老的民族，不论过去、现在抑或是将来，都会有一些伟大的人，成为伟大的传说，留给这个民族的未来。

没有传说的民族，便没有未来。

……清明节已经过去几个日子了，而且，几天之中，南鲁山方圆几十里都下过了大雨，但林云昭仍能清晰地看到，那座墓冢新培的土层上，还压着许多未被雨水漂去的五彩缤纷的祭墓纸，而坟前，直直地插着一丛丛燃剩的香炷脚——这座墓冢显然刚被祭祀过——就在 1982 年的清明节……

/七/

从山坡南边的豁口上，吹过来阵阵春风。

……你已经多年没有感受到过这样的风了，你一下子就把这融入了百花芬芳的鲁山的春风识别出了——那是不同于遥远的南洋的那种带着些许咸味的海风。

你敞开胸怀，大口地贪婪地呼吸着这久违了的亲切的风——你深知：过了今天，这美好的风，又只能从回忆中去寻觅了……

……而后，你回过头去，向着母亲深情地说道：

“就是这座坟……陈老师的……1967 年，到现在，15 年了……”

未等儿子说完，杨月珍已大步跨了过来，在那堆无碑的冢前跪了下去。接着，林子钟、比罗、罗茜、林云昭、陈燕玲 5 个人也齐刷刷地跪了下去。他们没有发现，在身后，在叠满厚厚的浮云的苍穹下，随着他们，跪下去了黑压压的一片人：男女老少——这是鲁山村的乡党们。

——这就是山里人!

……许久许久之后，他们终于听到了身后的动静。回过头来，看着那些跪在苍天大地间的肃穆的人们，他们完全相信了一直以来儿子所说的：这片土地是善良多情的；这片土地上生活的山民是善良多情的。

杨月珍是为陈文东带来了祭品的，除了应备的香烛烧纸等供品之外，还有三包贡糖、两瓶高粱酒，都是金门特产。从金门带到台湾；再从台湾带到香港；又从香港带到御桥村……带上了鲁山……

……燃着了的香烛和烧纸，化为缕缕青烟，飘向了云空，在人们头上缭绕着，久久不愿散去……

“昭儿，你过来，陈老师坟后这些树，都是银杏！”杨月珍把儿子叫了过来。

“是的，妈妈，这些树，都是儿种的，是当年在鲁山村时种下的，那时候，还不到人的肩膀上呢，可是现在，妈，你看，都比一层楼还高出了许多！”

杨月珍昂起头来，望着高高的树干上嫩绿的树冠，许久许久，才收回目光对云昭说：

“儿子，把那两瓶高粱酒旋开，就洒在陈老师坟前。”

有山民说：“伯母，陈文东老师生前可是滴酒不沾的……为了这，我们每年来上坟，都不备酒。”

“既然如此，我们一定要尊重他，云昭儿，那么，我们就把酒浇在他身旁的这些银杏树下，我想，这样，陈老师会高兴的……”

遵照母亲的吩咐，在山民们默许的目光中，林云昭把旋开了盖的两瓶高粱酒，洒进银杏树下深厚的土地里，片刻之中，醇厚浓郁的酒香从地下升腾上来。

那一天中午，林家一行人是在陈燕玲家用的午餐。清脆的竹笋，香浓的红菇汤，还有熏过了一冬的野猪肉，糯米糍粑……燕玲母亲以地道丰盛的鲁山菜款待了远道而来的亲人。

歇过午，就要下山回银杏集的时候，陈燕玲的母亲从箱底掏出一个牛皮纸信封，交给女婿：

“阿昭，这是当年你交代燕玲保管的那四千元，燕玲临去南洋时放在我这里，这是你准备种银杏树的第一笔款，我一直存在信用社里，知道你们要开始播种银杏了，我前天特意到银杏集信用社取了回来，4000 元连本带息，差 160 元不到 6000 元，你数好了……”

/ 八 /

戴云山脉从西北往东南逶迤而来，进入永春境内北部之后，分成许多支脉，山脉各有其名，其中林云昭当年插队的鲁山，一山连绵十多公里。而银杏集，其实就是鲁山东端山巅上的一处平地，在 1972 年春天，福建省林业厅曾经多次在银杏集一带进行飞机播种，那时候银杏集的空地上常常可见直升飞机起落。

1982 年 4 月 11 日，不是墟日的银杏集上突然热闹了起来。这一天，永春县林业局的几位技术干部早早就候在集外的一处大空地上了。这时候，沈霏陪着林家人也过来了。除了集上的人之外，鲁山村那边更是来了不少人。在空地的边上，早已摆上了一筐筐泡浸过药物的银杏种子。

离飞机到来还有一些时间。此时，林子钟想起来了：多天来，他一直带在身边的提包里的那些东西，是不是该在这个时候交给沈霏了？

那是一件洗旧了的灰色新四军军衣，是 1942 年 2 月沈尔齐交给林子钟的，还有一封信，沈霏已在当年取走了。而那件军装，一直放在林子钟那里，没想到一放就过了 40 年——林子钟把它带回来了，还有一封信，是沈霏在 1942 年 7 月 7 日让林子钟转交给沈尔齐的，其时，沈尔齐早已在唐山战死。这次，林子钟也带回来了……

关于这一段往事，我们在本书第一部的第十三章《张飞小姐》里详细地写到了……林子钟想到，要把这些当面交给沈霏是一件多么艰难的事！他深知，沈尔齐的死，是沈霏心头永远的伤、永远的痛。40 年过去，她心口上的伤或许已经结痂了。如今，他把这一切交给她，那不是在揭去她心口上的痂……然而，播种过银杏树；过了今天，他将很快又回南洋——那什么时候才能重逢啊？他咬了咬牙，把那个提包递了过去：

"……我带回来了，该交给你了，都在里面……"

她接过了提包，轻轻地问了一句：

"当年我写的那封信也在里面？"

除此之外，她没有多问什么。她仿佛早已料到，这次林子钟回唐山，一定会把这些东西带过来的。林子钟点了点头，然后，他的眼睛迅速转向别处，他不忍心看着沈霏那张已经老去的脸上，正在浮现上来的那种深沉的哀伤……

/ 九 /

太阳升起来不久，在东边的天际上，从永春城关方向，顺风传过来阵阵飞机马达声。片刻之后，在永春县林业局一位技术人员的引导下，两架直升飞机徐徐降落下来。飞机停稳了，舱门开启后，驾驶员从机上走了下来，指挥地面人员往机舱里装银杏种子。那个飞行员十分年轻，年轻到脸上还散发出阵阵稚气。

站在林云昭身旁的陈燕玲眼睛一亮，抓起丈夫的手便朝飞机奔了过去：

"燕杰，燕杰弟弟，你看，你看，我手中牵着的这个人是谁——云昭哥哥，是云昭哥哥回来了……"

……是的，这就是陈燕杰！

当年来自鲁山村的那个银杏集初级中学学生；那个曾经用汗津津的手指头沾了桶沿的农盐下饭的腼腆的中学生，9 年之后，已成了农用飞机驾驶员……

……那一天，在农盐门市部后面的大枫树下，那一群围着一盆泡进了开水的汤饭的孩子们中间，就有一个陈燕杰……

是的，就是他，那天中午，当一架播种植树的飞机飞过大枫树上空的时候，陈燕杰说过的：

"将来我要能驾驶飞机，一定带着阿昭哥一起上天。"

……山里人啊，无论是大人孩子，男人女人，说过的话，都一定要兑现的——这些日子，陈燕杰正在休假期间，但得知云昭哥哥要来银杏集播种银杏的消息后，他再也不能安心休假了，他找到队长磨了又磨，缠了又缠，终于讨来了这个任务。不是因了林云昭是他的姐夫；不是因了林云昭是南洋来的番客；也不是因了林云昭捐资播种银杏。不是的，那仅仅是因了童年时代的一个承诺……

……播种银杏的这一天终于到来了！

从1967年夏末那一个再生的日子，从得知陈文东老师死去的那一个日子，从接过五保户桐叔交给他那份包着几层油纸的报告的那一个日子开始；从鲁山到横云岭，从横云岭到银杏集，从香港到菲律宾，林云昭从没有忘怀过要在这里大面积播种银杏！

他从怀里掏出那份保存了15年的油纸包，招呼着陈燕杰蹲了下来。然后从油纸包里抽出一张手画的鲁山山脉地形图，十分虔诚地在大地上摊开了它：

“燕杰，这是陈老师画的，上面都标上了播种银杏的地点，我们今天从哪里播起？”

陈燕杰显然早已熟悉了这张地图，他的手指一下就指出了图上一个数字：

“就是这里，一号播种区，地名叫云台坑——子钟哥哥，你保存的这份图是原稿，县林业局里的那一份，是用复写纸复出来的。”

……像是一个美好的梦，林云昭被直升飞机带上了天空。空中的云朵绕在身边，仿佛伸手就可以扯过来一把！林云昭太高兴了，透过马达的轰鸣，他听到了山山岭岭翠竹挣脱笋壳拔节冲天的声音；他听到了千树万树年轮膨胀的声音……

终于，飞机在一片朝阳的山坡上盘旋了起来。

20多年前，这片辽阔的山坡上曾经长满了银杏，不少树高数十米，树干几抱粗的银杏，都在一年中消失了……以后多年里，那上面就一直杂乱地生长着各色各样低矮的灌木和野草。这个冬季里，这片山坡刚烧过场，蓬松的土地正在等待播种……

……于是，林云昭仿佛真真切切地听到了银杏种子落进土层的声音，那声音是那样悦耳动人！他还想象到：落进土壤中的种子是一定要发芽的，那种芽顶破土层的声音会更加美好动听吧？

播种和发芽，都是在期待着一种希望的到来——那就是收获……

这么多年在南洋的打拼；在热带阳光下流出的汗水；在马尼拉街头晕趴在车盖上；在车间里吃午饭时，困得一头扎进汤盘上打起呼噜……这一切，对于林云昭来说，更多的是为了偿还……

是为了给过他第二次生命的这片土地。

林云昭哭了……

/ 十 /

按照事先的安排，第一天的播种提前在下午 4 点钟结束了。

随同陈燕杰在天空盘转了几个小时，林云昭似乎一点也不感到疲劳。陈燕杰告诉他，今天，他这架飞机播种了 250 亩！只要在以后的春天里不停地播种下去，再过三五年的时间，银杏集外方圆数万亩的山坡上，将又会长出绿油油的银杏树！

在永春山区插队落户的多年之中，林云昭是见过三四十米高的银杏树的。这时候，他突然想到：这一生中，他或许不能看到今天播下的这些银杏树长到三四十米高的样子了，但后人是一定要看到的。他还想到，一个民族，每一代人都有“前人栽树后人乘凉”的思想，这个民族必然是生生不息的。

……从飞机上下来，林云昭径直朝老爸与沈霏他们站的地方走来，兴奋地说：

“老爸、老妈、罗茜妈妈、比罗舅父、沈霏阿姨，一天一架飞机几百亩，几个春天以后，这里又满山遍野都是银杏树了！”

沈霏听着，溢出泪花说：“……但愿播下的种子快快发芽吧，但愿山山岭岭快快长满银杏树吧……云昭啊，如此下去……哪一天，我去毛主席他老人家那里报到时，或许会走得轻松些——”说到这里，沈霏想起了一些事，她转过脸来，“子钟啊，木村本来约好了今天也要赶到这里来的，可惜病情又有了反复，竟不能来了，今天还住在永春县医院里。(那一天在静海寺，木村突发心脏病，当即被送往永春城医院抢救，现在已脱离了危险。）还有黄杰汉不巧也去了北京开会，说是明后天就回来了。他留下话来，要你们无论如何也要等他回来！”

林子钟听罢，心中一阵怅然：“沈霏啊，你先挂个电话过去，问问黄杰汉回福州确切的日子，我们好赶过去见他。木村先生呢，我们这次下山，回永春城时，就可以去医院看望他了。卢老师那边，更是无论如何也要走一趟的……这么多年来她是怎样过来的啊……44 了，人生再不会有第二个 44 年了……”

“是啊，难得能回一次唐山，这些亲朋故友，见一次少一次，见一个少一个了……”杨月珍接过丈夫的话说道，然后转过身去看着儿媳妇，“燕玲啊，你常说起，这银杏集附近有座静海寺，能不能带娘过去走走？娘想去上上香。”

“妈，是该去，好地方呢，清幽寂静、古香古色的一座好寺庙，罗茜妈妈，你也该去看看。”燕玲说。

林云昭也在一旁鼓劲：“出了这街心，不到二里路，就到了，趁这还早，我们大家都去。那法莲师父，多好的一个出家人，也不知道现在过得怎样？”离开多年了，林云昭觉得这里的一切都值得他怀念，都值得他回忆。他又没法在这里多住几天，所以，他想尽量多走走、多看看。

“可惜，你们这次见不到了缘师父了。”沈霏说。

“她怎么啦？”陈燕玲焦急地问道。

“她……圆寂了，不久前……但她最终总算见到了她的亲哥哥……一个外国尼姑，日本人，流落到中国，到静海寺都几十年了。”

“了缘，外国尼姑，日本人……”站在沈霏身旁的罗茜心猛地一动，“静海寺也有外国出家人？”

“也就只有了缘一个，是几十年前法莲师父救下来的，日本人，木村的骨肉姐妹。”沈霏说。

/ 十一 /

说话之间，一行人来到静海寺前了。

自从立春之后，南鲁山四周的山坳里一直没有雨水。没有雨水的闽南春天，气候很快就转暖了。

即使长年不雨，静海寺前那泓叫静海的湖也不见断水。在春节过后的那一段暖洋洋的时日里，湖面上齐刷刷地长出了旺盛的新荷。然后，连续几天清明季节的雨，催肥了荷叶，肥了的荷叶铺开之后，便矮了下去。这样，那些本来被叶片遮掩了的鹅蛋大小的莲花骨朵儿，就直挺挺地昂起头来，性子急些的，已经偷偷地绽开了。

离着静海寺还有好长一段路的时候，罗茜就看到了寺前那个被称为静海的湖。愈是走近了，便愈是觉得这个静海湖的广阔；愈是走近了，便是愈觉得脚下虚浮了起来，接着眼前也感到缥缈了起来……她如同走进了一个梦。

那是一个遥远的梦。

随着那个梦，罗茜越走越远……

……忽有一阵刚劲的鸟鸣自头顶闪过，落定在湖面上……

于是，罗茜从梦中走了回来，她发现自己离静海湖已经很近了。

她看到了刚才从她头上呼啸而过的那两只小鸟！她认出来了，在儿时，在少女时代，在她还未离开南洋来到唐山之前，在她们红奚礼示郊外的曼鲁渔村，常常会有这样的小鸟，从海上，从遥远的海面飞临他们的竹吊楼：

“燕儿，燕玲儿，你看，站在荷蕾上的那两只鸟，很久以前，在南洋，在我们海边并不少见……可是到了泉州南门外，到了御桥村，便再也没有见到了……那叫越洋鸟，别看它小，它飞起来的时候，比箭还快，比箭还有力……从这个岛到那个岛，多么宽阔的海洋，它都能穿越……”

随着罗茜妈妈的手指望去，陈燕玲终于看清了，停落在摇晃的荷秆上的，那一对身儿比鸡蛋还小的鸟儿：

“罗茜妈妈，这种鸟，书上写的，它叫鹡鸰，那是一种非常刚强、非常有力量的鸟儿，是的，多么辽阔的海洋，它们都能穿越……它们可是生活在大海上的啊……奇怪了，我们这里从来没有见过这种鸟儿……”

“难不成……”罗茜低声自语，随即，她抓住了一旁的比罗的手臂，“哥，哥哥，我，30 多年没有看过这种鸟，你认认看，那是不是我们菲律宾的越洋鸟？”

此时，西下的太阳正照着那根高高的挺拔的荷秆，照着停在这根荷杆上那两只“越洋鸟”。比罗眯起双眼，用力地朝那两只小鸟注视了好久，终于肯定地说：

“罗茜，不错，那就是我们菲律宾的越洋鸟……”

“……比罗哥哥，你还记得不，小时候，你常常满沙滩地追着跑着，想为我逮住一只越洋鸟，可你总没抓住……”

比罗回过头去，看到罗茜正遥望着远方；遥望着西天那轮正在沉落的太阳……他看着夕阳里的妹妹，心胸里又升腾上来一股深深的哀愁，他又一次发现：他的罗茜妹妹已经苍老了！接着，他看到罗茜那双布满皱纹的眼窝里，正慢慢地涨上来泪水……比罗禁不住又是心中一酸。他轻轻地抓住了罗茜一只手，再一次这样说道：

“罗茜妹妹，听哥哥一声劝，回家吧，回菲律宾吧……”

——自从来到中国，自从见到了罗茜，这一句话，比罗不知道已说过多少回了。

罗茜没有回答，她似乎什么也没有听到，依然沉默地望着远方那轮半沉的太阳。

……然而，她显然是又一次听清了比罗哥哥多天来重复着的那句话！

比罗终于发现，罗茜摇了摇头，摇落了噙在眼窝里好久了的，那两颗被夕阳染得金光闪闪的泪水……

……他们终于都围到静海湖前了。

/ 十二 /

多么大的一个湖啊，大得如同海，难怪它被称为静海湖……

多么美好的湖！

去冬留下的残荷，已经溶入湖中，化为湖水了。此时此刻，满湖面是新生的青翠的充满活力的荷叶，还有亭亭玉立的多情的荷蕾……

刚刚停在湖面上的那两只鹡鸰已经飞走了。

黄昏的风吹过，满湖的荷叶摇晃着……

……罗茜再一次走进了她的梦，走进了她的湖……

……那个湖也和静海湖一样吗？

一样的。

一样大吗？

一样的。

一样长满了荷花，一样有小鸟飞临？

一样的。

一样也叫静海湖；那飞临湖上的小鸟也一样叫越洋鸟？

不！

她梦中的那个湖叫情侣湖，那停在荷秆的两只小鸟，叫情侣鸟……

那湖在遥远的菲律宾；在马尼拉通往红奚礼示的路上；在临近曼鲁渔村的岔路上……

啊，子钟哥哥，子钟哥哥，还记得 1947 年那个 11 月的下午吗？

/ 十三 /

“子钟哥哥，子钟哥哥，你看你看，那一对……情侣鸟……”

突然间，罗茜的一只手茫然地指向湖面，高声地泪流满脸地叫了起来……

/ 十四 /

听到罗茜的哭声，杨月珍、林子钟、陈燕玲一齐围拢过来。

只见她神色呆滞，双眼发直……

“你怎么啦？”

听到那声声急切的呼唤，罗茜又从梦中走了回来。她已忍住了泪水，她的脸上虽然没有一丝血色。然而，她的嘴角却顽强地挤出了一丝凄凉的笑纹。

“罗茜妈妈，那叫相思雀。”贴靠在罗茜身旁的陈燕玲，从罗茜妈妈凝视过去的那杆荷叶上，看到了一对啁啾着的小鸟。

罗茜没有作声。她沉默着，沉默得如同盖满了荷叶，不见一丝涟漪的静海湖……

杨月珍走了过来，把她搂进怀里，搂得紧紧的。她的头靠在她的胸前，她听到她这样说：

“……罗茜妹妹，你就哭出来吧，不要憋着……我们都是……亲人……姐陪你哭，好不好……”

/ 十五 /

夕阳已经西下，昏茫的暮色在湖上溶开了。落在荷秆上的那对相思雀，从静海湖上飞了过来，在人们的头上盘旋了一圈，啼鸣了几声，便消失在薄薄的夜幕中了。

相思雀飞走了，静海湖畔更加沉静了。只听到阵阵沉缓的暮鼓声从寺中传来，接着，暮鼓声也戛然而止。片刻之后，有一小尼走了过来，双手合十，招呼大家：

“师父已备下斋饭，请各位施主入寺用斋。”

大家随那位小尼迈入寺内，只见法莲师父带领着寺内尼姑们列在门旁迎候。显然，她们已诵过夜经，准备开斋了。法莲师父招呼各位入座后，听到沈霏这样问道：

“师父，了缘的后事该已办妥了吧？”

“阿弥陀佛……苦海无边，了缘尘孽已尽，算是解脱了吧，她的骨灰已送入归一塔中了。”法莲双手合十，平静地说道。

“法莲师父，我听说，这位了缘师父，是外国人，是日本人，师父，静海寺也收容外国人出家？”罗茜十分认真地问道。

“阿弥陀佛，佛海无量……我佛佛光普照，救苦救难，无分贫贱富贵，无边无界。”

“法莲师父，所说当真？”

“佛门中无有戏言。”

罗茜听着，突然站了起来，走到法莲师父面前，双膝跪了下去：

“法莲师父，照实说来，我也是外国人，是菲律宾人，如果我想出家，我是说，如果我想到静海寺削发为尼，法莲师父可愿收留？”

罗茜说出这话之后，满桌的人皆惊愕地放下筷子，睁大双眼，怔在座位上。首先醒悟过来的是林云昭与陈燕玲，他俩同时跨到罗茜跟前，硬是把她扶了起来：

“罗茜妈妈，你别出家……我们都离不开你，真的，罗茜妈妈……”

说话间，罗茜搂过陈燕玲，抓起她的一只手，充满慈爱地抚摸着：

“燕儿，你还年轻……有些事你是不能理解的……燕儿（她说着，脱下了自己手指上那枚镶着玉石的金戒指），这是云昭的祖父认我做干女儿时，你的妈，让你的爸带到菲律宾给我的……几十年了，它一直随着我，即使在1960年冬天，妈也没舍得变卖它……你和昭儿结婚了，妈作为礼物转送给你……进了寺门，妈什么也不能戴了。”她把那枚戒指不由分说地套进了燕儿右手的无名指上，“昭儿，本来是该你来戴的，今儿妈替你了。”

这时候，杨月珍也走了过来：“罗茜，你就留在我们身边吧……林家小院，是我的家，其实更是你的家……云昭，燕玲是我的儿子儿媳，其实更是你的儿子儿媳……你在林家支撑了30多年，而我呢，从头到尾……仅仅是不到3年的时间，而且我还得回台湾去，那边，有许多事还没有办呢……张家三位亲人的坟，要移回东山……龙山餐馆，不能说走就走……我们都是女人……过去的一切，我们都权当是命吧……这或许是逃脱不了的……我们都已失去了青春……”杨月珍说着哭着，哭着说着，终于断断续续地说完了这一番话。然后，她转过头去，看着沉默的沈霏，她希望沈霏也能说出几句规劝罗茜的话——她俩都是从菲律宾过来的，或许罗茜能听她的劝。

然而，杨月珍看到的却是沈霏苍白得吓人的脸，以及那双茫然的眼睛……

杨月珍心中一震——她发现那张脸，以及那双眼睛所流露出来的神色，竟然与罗茜惊人地相似！

接着，细心的杨月珍还发现，沈霏似乎轻轻地、无奈地摇了摇头……杨月珍心中又是一震！

而后，沈霏依然久久地沉默着……

……这个黄昏走进静海寺之后，沈霏就一直有着一种异样的感觉。至于那是一种什么感觉，她自己也说不清楚——似乎是一种引力，却无影无形；似乎是一种召唤，却无声无息。

此时，那无影无形的引力；那无声无息的召唤，都因罗茜的出家而豁然清晰了……

她似乎有了一种——顿悟……

她顿悟了什么？她又说不清楚了。

然而，正是这个“顿悟”，使得沈霏面对罗茜出家的决定时始终保持沉默——她知道，一切劝说都是徒劳的；她知道，缠绕着罗茜的爱与被爱，都是刻骨铭心的！

然而，如今这些爱，都必须了结了，都必须有一个解脱。对于罗茜以及她所爱的那些人来说，她的出家，无疑是一种最好的解脱方式——既解脱了自己，更解脱了别人。

尽管这种解脱是沉痛的，可是罗茜别无选择！

沈霏的“顿悟”正在渐渐清晰起来……

……她由罗茜的出家想到了自己——自己的归宿。

……她的沈尔齐早已战死东江；她已为长眠在遥远的菲律宾华侨义山的双亲守了三年坟；她已为清濛村的婆婆养老送终……

如同罗茜，她似乎已经完成了所有的“爱”，可以解脱了。

……然而，并不是所有的人都可以如罗茜那样，做到问心无愧，逃离尘世遁入空门——比如她沈霏！

……于是，她眼前又出现了那满山遍野一排排倒下去的银杏树……

还有……

她不敢再想象下去。

此时的罗茜，已平静如水，沉默如山，她已不再流泪……

过了很久很久，她才喃喃地似乎还是平静地说：

“月珍嫂子，我这一生已了无遗憾了，我爱过了，也被爱过了……”

是的，番婆罗茜是爱过了，也被爱过了——围绕着她的所有的爱与被爱，都是伟大而神圣的。

可是她的委屈呢——如果可以称为委屈的话——那是否也是神圣而伟大的呢……作为女人，从十几岁开始，她用30多年的时间，苦守着对一个“丧妻”的男人的爱——她难道没有“另一个希望”吗？那希望是什么？她不敢正视。

……她说出的上面那几句关于“爱”与“被爱”的话，在别人听来，或许是平静的，平静得如无风无云的天空，如无波无浪的大海。而于林子钟呢，从罗茜的话中，他听到的是高空中激荡的风雷、是大海上轰鸣的巨浪！

林子钟的这种感觉，来自他对罗茜的那份广袤圣洁的恋情的深层理解——只有他能理解！

……他鼻子一酸，眼窝一热，他竟然没有想到：那就是泪水了！

……因了这种理解！他久久地低垂着头坐在那里，他什么也没有说；他又能说什么？

而当罗茜最后一次把目光落在林子钟脸上时，她猛然一阵战栗！

——啊！她第一次看到了他的眼窝里有泪水的光芒……

啊，她是知道的，从儿童时代开始，子钟哥哥的眼泪就哭干了。几十年了，他再没有流过眼泪！

而在此刻，他竟然双眼含泪。

在那一瞬间，罗茜胸间闪过一股浓烈的柔情。

那是一股如火山爆发、岩浆奔流的柔情。这股柔情，使她曾经压抑在理智的冰山下30多年的那场初恋解冻了！

——这是否就是我们前面所提到的那“另一个希望”的源头？而杨月珍的复活，使她的“这个希望”彻底破灭了……

她再没有勇气去窥视林子钟哥哥的那双泪眼——她怕那双泪眼会改变她出家的主意！

她慌忙地把自己的目光从子钟哥哥的脸上躲开了。然后，她再一次跨到法莲师父面前，双膝齐齐地跪了下去：

“收下我吧！”

/ 十六 /

林子钟一家，还有比罗，在永春山区住了一个星期后，又回到泉州南门外来了。

他们前往银杏集的时候，是6个人，回来的时候，只剩下5个人了。

罗茜留在了静海寺，谁也劝不了她。

……其实，自从得知了杨月珍复活的讯息之后，番婆罗茜就一直在寻找着自己的归宿。

这个痴情的女人！用30多年的青春，执着地履行着她的爱！她把曾经倾注在林子钟身上的那些爱，转移到林云昭身上，后来又转移到陈燕玲身上，她从来没有奢望过林子钟会因了她为云昭付出的一切，而回报她所渴望的那种儿女之情！没有！自从逃离菲律宾的那一刻起，她似乎已了断了那份情结，而将之化为更广袤、更深沉的爱。杨月珍的真正出现，以及随后云昭与燕玲的婚礼完成之后，她觉得她的爱已经完成了。她可以问心无愧地把云昭、把燕玲、把林家小院交给杨月珍了。可是林子钟的归来——30多年离别后的重逢，使得罗茜终于发现，那曾经铭刻在她心灵上的那个深深的“爱”字，那似乎填满在这个“爱”字上的岁月的尘埃，在一瞬间被一种莫名的旋风刮得一干二净！

——所有纯真的“爱过”都是不能忘却的！

于是，她想到了再一次逃避。

然而，30多年了，为了爱，为了逃避爱，她逃出了菲律宾，逃到了中国，现在，她终于发现，她其实没有真正“逃出”过！30多年了，她的人生，她的爱，都太沉重太沉重了！

……那陌生的静海湖，仿佛曾经不止一次地在她的梦境中出现过，她终于在静海寺觅到了这个湖。

她是在见到了这个湖之后，才动起了在静海寺出家的念头的，并且任凭谁来劝说也不能让她改变主意——包括林子钟的无言的眼泪。

她义无反顾地遁入了空门，并且在林家人还有比罗哥哥想留下来劝她回去的时候，她毅然铰光了自己花白的头发……

/ 十七 /

1982年农历三月末，林家人又要各奔东南了。先是杨月珍和曾文宝必须回台湾去，那是往东去的路程。曾文宝得回去掌管艋舺码头上的龙山第二餐馆。杨月珍呢，这一趟回到了海这畔的泉州南门外，回到了御桥村，回到了林家小院，见到了亲人，她才算真正“复活”了；真正又活了回来！然而，她还得回台湾去，老龙山餐馆还等着她回去，张家三位亲人的坟墓还在那里……所以，她还得与曾文宝一起，经香港回到台湾去。

而林子钟、林云昭、陈燕玲，在杨月珍、曾文宝走后，也必须很快地回菲律宾去，那是往南的路程。王彬街上的朱林记商号离不开林子钟，而银杏公司更是离不开林云昭、陈燕玲、比罗。银杏事业已迈开了脚步，一刻都不能停下来——包括银杏集周围山山岭岭银杏树的播种；包括南洋银杏洗涤品公司的各项业务。在南洋那边，现在住厂的街童已近 100 人，他们大都称陈燕玲为“姐姐”，而有两个随哥哥被银杏公司收留进来的不到 7 岁的小女孩，竟然称燕玲为“妈妈”。听到这种亲昵的称呼，有一天夜里，燕玲问起了云昭：“我真的都老成了能做 7 岁孩子的妈妈了？”

厂里收留了七八个不到就业年龄的孩子，陈燕玲为他们做了几张小巧玲珑的格子床，每天早晨，陈燕玲都要上他们房间去，她喜欢看着他们醒来的模样，那模样使她想起鲁山故乡山坡上清晨绽开的花蕾和叽喳叫着的小山雀。这几天在鲁山，在银杏集，每每看到绽开的鲜花与欢叫的鸟雀，她都会惦记起南洋厂里的那些孩子！一转眼，离开菲律宾都有十来天了，珍妮、英蒂、索娜她们娘仨还有特意从曼鲁村赶来的扶西外公，能忙得过来吗？因此，在从银杏集回来的路上，在永春县医院探望过了还在住院治疗的木村之后，他们就商议好了，大家先走，而林子钟还得留在唐山几天，他将等到黄杰汉从北京开会回来后，再与沈霏一道，三人一齐上永定看望卢老师，这一次回唐山，林子钟是无论如何也要见上卢老师的！

可惜的是，杨月珍与曾文宝却必须离开了。一来是台湾那边的生意不能放下，而更要紧的是他们的往返通行证期限已到，不能再延长了，必须如期回去。在 20 世纪 80 年代初期，往返海峡两岸的中国人，一旦逾期，那是一件非常麻烦的事，有可能从此再不允许通行！

离别几十年后，又回到泉州南门外的故乡之行，对于杨月珍与曾文宝来说，唯一的遗憾是没能与林子钟他们一起上永定山城去看望卢老师。曾文宝在三省学堂上学时，卢老师当过他的班主任。当年，由于欺侮林子钟，他没少挨卢老师的教鞭，现在回想起来，卢老师落在他屁股上的教鞭却是亲切的。而杨月珍呢，她嫁到林家小院的时候，卢老师早已离开御桥村许多个年头了。她是从丈夫那充满眷恋与敬仰的诉说中认识卢老师的。所以，她断定卢老师是个值得尊重的好人。而且，有一件事她不能忘怀：几年前，有一个年纪与她相仿的女子，不知道怎么得知她是从泉州南门外过来的，便寻到老龙山餐馆来了，言谈之中，那女子告诉她自己祖籍地也在泉州南门外，从口音上，杨月珍能听出来，那女子没有说假：她能发现那女子的言谈中时不时带出些许泉州南门外的乡音来！但是，餐馆里来来往往的人流中鱼龙混杂，双方似乎都存着一层戒心，没有谈得太多。过了不久的一天午后，那女子又来了，要了份肉粽子配马鲛鱼丸汤，坐下来后，她把杨月珍招呼过来。这一次，她说得更加详细了，她不仅说出泉州南门外的祖籍地，而且居然说出了小时候曾在一处叫御桥村的地方住过——那是杨月珍的故乡啊!

……杨月珍心中一震!

……然而，接下来那女子问起的一个人，却让杨月珍心里刚翻滚起来的那股汹涌的乡情顿时止住了。那女子说：她知道御桥村有一座三省学堂，当时学堂里有一位卢老师，她问杨月珍是否知道这位老师——是个女老师……杨月珍细里一听，便断定了那女子问及的必定是卢翠林老师了！她早已知道，卢老师是共产党的人，而台湾这里可是……她一个从海的那边过来的生意人，特别是经营这种四面八方、人来人往的餐馆，对任何陌生人，她得处处提防！但她又不忍拂了那女子的一番心意，她发现那女子在谈到卢老师时的那份深情，所以她只能这样作答：我这里进出的人多，我会帮你打听的。言谈之间，不觉已近中午，餐馆里热闹了起来，杨月珍必须去招呼其他客人了。看她站了起来，那女子说：那就拜托您老姐妹了，过几天我再来登门拜访……后来又见过一次……那之后，几年过去了，再不见这位女子来过餐馆……

……现在，杨月珍就要离开故乡回台湾了，她没能见上卢老师，但是她必须嘱咐丈夫，无论如何一定要把这事告诉卢老师。

……海峡两岸分隔得太久太久了，经常的，一个普通的话题便会引出一个令人潸然泪下的故事；而一个看似微不足道的疏忽，往往就让一段就要重新连接的亲情依然断裂着……

是的，几年前在老龙山餐馆突然出现又突然消失的那个女人，就要引出一段催人断肠的历史……

……如果生命假以我时日，我还要写《南洋泪》的第四部，即《月圆月缺》。那时候，我将会详细地写到出现在老龙山餐馆的这个神秘的女人……

从银杏集回来之后的那两天里，杨月珍一直沉默着，直到曾文宝把去香港的船票送来的时候，她才把全家叫了过来，用低缓的声调嘱咐道：

“……记住了，我走了，你们，还要劝……罗茜回来……昭儿，燕儿，你们一生一世都要记住……你们的罗茜妈妈……还有你，子钟……要记住啊……”

那一天，林仁玉、柳月娇、比罗，林子钟父子还有燕玲，一路将他们送到了厦门，送上停在和平码头（当年的太古码头）上的“鼓浪屿”号，临别的那一刻，林仁玉把大伙心里的话说了出来：

“月珍啊，台湾那边的事，办好了，就回来吧，不要一去，又是……34年……”

（第三部完）